Roger Pihl

DER MANN, DER VOM FAHRRAD FIEL UND IM PARADIES ERWACHTE

Roger Pihl

DER MANN, DER VOM FAHRRAD FIEL UND IM PARADIES ERWACHTE

Roman

Deutsch von Daniela Stilzebach

LIMES

Die Originalausgabe erschien 2014 unter dem Titel
»Mannen som ikke ville hjem« bei Juritzen Forlag, Oslo.

NORLA
NORWEGIAN LITERATURE ABROAD

This publication of this
translation has been made possible
through the financial support of
NORLA, Norwegian Literature Abroad.

MIX
Papier aus verantwortungsvollen Quellen
FSC® C083411
FSC
www.fsc.org

Verlagsgruppe Random House FSC® N001967

2. Auflage

Redaktion: Henrike Degenhardt
Umschlaggestaltung: www.buerosued.de
BL · Herstellung: sto
Satz: KompetenzCenter, Mönchengladbach
Druck und Bindung: CPI books GmbH, Leck
Printed in Germany
ISBN 978-3-8090-2668-6

www.limes-verlag.de

1

Valdemar Vågen, zweiundfünfzigeinhalb Jahre alt, radelte langsam zwischen Friedhof und Krankenhaus entlang. Er hatte ausreichend Zeit und plante, exakt so spät anzukommen, dass alle anderen wichtigen Menschen mit Selbstachtung bereits beim Kongress angekommen waren. Frisch und mit geröteten Wangen wollte er das Fahrrad mit einer Hand, der linken, nach oben heben und mit der rechten Hand Kunden, Konkurrenten, Presseleute und Lieferanten charmant mit einem herzlichen Handschlag begrüßen. Der Jahreskongress der Firma war das größte Gesprächsthema der Branche, und alles, was kriechen und laufen konnte, war zugegen, um Valdemar Vågens Vortrag zu hören. Das war der einzige Tag des Jahres, an dem das Unternehmen Global Village Neuigkeiten preisgab. Das war der einzige Tag des Jahres, den er auf keinen Fall verpassen wollte. Das war der wichtigste aller Tage.

Für einen Mittwoch gab es kaum Verkehr. Der Kirchhof duftete nach Ginster und Kornelkirsche. Er schaute über das Meer aus Grabsteinen, die alle den Vorschriften entsprachen, was die zulässige Höhe und Breite betraf. Der Staat hatte festgelegt, dass im Tod alle Menschen gleich sein sollten. Aber warum sollten sie das, wenn sie zu Lebzeiten nicht gleich waren? Er wollte den Blick gerade in Richtung Krankenhaus wenden, als ein Sonnenstrahl ein goldenes Kreuz traf und das Gold in seinem Augenwinkel reflektiert wurde. Er schaute unwillkürlich weg, und sein Blick fiel auf ein goldenes Jerusalemkreuz. Das Symbol der letzten Pilgerfahrt des Menschen, der ultimativen Reise.

Ein umherirrender Federball, dem die Verkehrsvorschriften offensichtlich unbekannt waren, brachte Valdemar Vågen dazu, auf die linke Seite hinüberzuradeln. Der Federball war eine weiße Taube, und als sie auf die linke Seite des Weges spazierte, lenkte Valdemar hinüber auf die rechte. Aber als sei er magnetisch, tat die Taube das Gleiche, und zum Schluss musste Valdemar beide Bremsen zum Einsatz bringen, um den Vogel nicht zu überfahren.

Die Taube gurrte und sah ihn an, als wolle sie etwas von ihm. Als würde sie etwas sagen, aber Valdemar Vågen sprach kein Gurrisch. Oder wie hieß sie, die Sprache der Tauben?

»Was?«, fragte Valdemar Vågen.

Die Taube legte den Kopf schief, erst auf die eine Seite, dann auf die andere. Valdemar Vågen kopierte die Bewegung, fühlte sich aber wie ein Trottel, als er versuchte, die Taube zum Sprechen zu bewegen.

»Was?«, wiederholte Valdemar Vågen, ohne aber eine andere Reaktion zu erreichen, als dass die Taube auf den untersten Ast des nächstgelegenen Baumes flog, sich hinsetzte und ihm schweigend direkt in die Augen starrte. Er starrte zurück. Ein fremdes, unangenehmes Gefühl ergriff von ihm Besitz. Er fühlte sich verletzbar.

Er? Er, der nie krank gewesen war? Oder um genauer zu sein, er, der nie bei der Arbeit gefehlt hatte, ganz einfach weil er unentbehrlich war? War nicht Valdemar

Vågen, der große Maschinist, immer vor Ort und sorgte dafür, dass die Räder geölt wurden und liefen, wie sie sollten? Ohne ihn würde die Firma zweifellos stillstehen. Er hatte seine Finger im Spiel, egal um was es ging. Daher konnte er nicht krank sein, nicht einen einzigen Tag. Egal was geschah, er war gezwungen, zur Arbeit zu kommen, auch wenn er zeitweise Schmerzstiller wie Süßigkeiten verspeiste. Die Beipackzettel waren eine Formalität, die zu lesen er längst aufgegeben hatte – waren die Nebenwirkungen auch noch so umfangreich und gravierend, dass sie jeden anderen als Valdemar in die Knie gezwungen hätten. Er konnte Fieber haben, blieb aus diesem Grund aber selbstverständlich nicht zu Hause. Sollte er es zu etwas bringen, musste er seinen Mann stehen und brutal gegenüber sich selbst sein. Und sollte es die Firma zu etwas bringen, musste Valdemar Vågen vorangehen und zeigen, wie es gemacht werden musste.

Einige Angestellte arbeiteten nur, um einen Ort zu haben, an dem sie zu Mittag essen konnten. Davon war Valdemar Vågen überzeugt. Durch eine Unachtsamkeit hatte er einen Drückeberger mit nahezu unbegrenztem Zugang zu Krankschreibungen eingestellt. Die Krankenscheine waren natürlich in Ordnung und immer in der nötigen Anzahl abgeliefert worden, sauber abgestempelt und unterschrieben. Dies war wahrscheinlich einem guten Freund mit medizinischer Ausbildung und Arztpraxis zu verdanken. Was bildete sich dieser Typ verdammt nochmal ein? Jeder konnte mal erschöpft oder ein bisschen erkältet sein, aber man schied aus diesem Grund nicht dahin oder ließ sich einfach krankschreiben. Wo waren die Ambitionen? Der Wunsch, einen guten Job zu machen? Der Wille, Opfer zu bringen, um die

Karriereleiter nach oben zu klettern? Valdemar Vågen musste die Weichen für die Laufbahn des Betreffenden nur in Richtung Abstellgleis stellen, und nach ein paar Jahren im Abseits kündigte der Blaumacher und ging zurück in den öffentlichen Dienst, wo er die Verantwortung für eingeschobene, relative Nebensätze in öffentlichen Erklärungen bekam. Valdemar Vågen ließ sich den Fall eine Warnung sein. Stelle niemals jemanden ein, der sich im öffentlichen Dienst wohlfühlt, denn es gibt auch einen Grund, warum sich der Betreffende dort wohlfühlt. Kühe sind schließlich nie wilde Tiere gewesen und werden es niemals sein. Nach dem Mittagessen hatte dieser Schwächling selten etwas zustande gebracht. Sein Blut war ins Verdauungssystem gesickert, um sich der Kalorienbomben anzunehmen, die er zu sich genommen hatte, und er wurde träge und schläfrig. Den Rest des Tages hatte er sich auf schweren, lebensmüden Füßen umhergeschleppt und auf den Feierabend gewartet. Aus Gründen, die für Valdemar Vågen ein Rätsel bleiben sollten, war er zu seinem 40. Geburtstag eingeladen worden. Abgesehen von Valdemar Vågen hatte die Gesellschaft aus kommunalen und staatlichen Bürokraten bestanden, die alle Jacken mit Lederaufnähern an den Ellenbogen trugen. Möglicherweise war es eine Zierde, den Arbeitgeber vor Ort zu haben. Valdemar hatte eine Rede gehalten, in der er alle negativen Seiten des Schwächlings durchgenommen hatte, eine Mischung aus Fakten und Fiktion. Er hatte von den üppigen Mittagessen gesprochen, seinem ständig steigenden Körpermasseindex, fehlendem Glück bei den Frauen und lästiger Transpiration. Er hatte von seinem fehlenden Sinn für Finanzen und kreativen Gründen berichtet, um noch einen Lohnvorschuss zu bekommen. Valdemar Vågen hatte nichts unausgesprochen gelassen. Valdemar Vågen war gemein, an der Grenze zum Böswilligen gewesen. Valdemar Vågen war gemeiner gewesen, als er sich vorgestellt hatte, dass er es sein konnte. Die Rede wurde ein donnernder Erfolg. Die Festteilnehmer lachten und klopften sich auf die Schenkel, denn diese Idee gefiel ihnen. Alle fanden Valdemar Vågen amüsant. Er war nicht nur amüsant, sondern sogar das Amüsanteste des ganzen Abends. Einige Gäste kullerten sogar laut lachend über den Boden, um zu zeigen, wie amüsant sie die Rede fanden. Besonders als Valdemar deklamierte, dass es eigentlich er sei, der ein Geschenk dafür verdiente, es mit dem Jubilar auszuhalten. Aber Valdemar Vågen war eigentlich nicht amüsant. Valdemar Vågen machte nicht einmal irgendeinen Versuch, amüsant zu sein. Valdemar meinte es ernst. Jedes einzelne Wort. Manche verstehen keinen Spaß. Andere verstehen keinen Ernst.

Ebenso jäh, wie ihn die Taube gestoppt hatte, flog sie von dem Ast hinauf zum Krankenhaus und landete bei einem Dachfenster in einem alten, offenbar stillgelegten Flügel. Unzweckmäßig hohe Etagen, alte Fenster, lose Backsteine und bröckelnder Putz zeugten davon, dass neue Zeiten anbrechen mussten. Er umklammerte den Fahrradlenker und wollte weiterradeln, als er einen letzten Blick auf die Taube warf und meinte, hinter dem Dachfenster eine Bewegung gesehen zu haben. Komisch, dachte er, gelangte aber zu der Überzeugung, es müsse die Taube sein, die sich im Glas spiegelte.

Valdemar Vågen versuchte vergeblich, das Gefühl der Verletzbarkeit abzuschütteln, setzte sich auf das Fahrrad und strampelte weiter.

2

Valdemar war tief enttäuscht, dass sein Leben nicht vor seinen Augen Revue passierte. Er hatte gehört, dies wäre der Fall, wenn er einer lebensgefährlichen Situation ausgesetzt sei, aber so war es ganz einfach nicht. Er hatte keine Ahnung, wie das Missverständnis entstanden war, aber so wurde es in einer Flut von Büchern dargestellt, selbst von angesehenen und berühmten Autoren. Was versuchten sie eigentlich ihren Lesern einzureden? Dass sie ein gefährlicheres Leben führten, als sie es tatsächlich taten? Dass sie sich das Geschehen so vorstellten, während sie ihr sicheres und höchst ungefährliches Dasein an der Tastatur mit einem Glas Jahrgangsrotwein aus dem Rheingau fristeten?

Eines war sicher: Das Leben spielte sich nicht noch einmal vor Valdemars innerem Auge ab, als er einer lebensbedrohlichen Situation ausgesetzt war. Auch wenn er lange genug gelebt und ausreichend erlebt hatte, um zumindest eine Kabarettnummer serviert zu bekommen. Nicht einmal als er sich an einem frisch geschliffenen Küchenmesser geschnitten hatte und das Blut in reißenden Strömen geflossen war, hatte er einen flüchtigen Schimmer von Kindheitserinnerungen gesehen. Auch als er den Wasserkessel trocken gekocht, die Wohnung in Brand gesetzt und es gerade so geschafft hatte, sich durch das Toilettenfenster nach draußen zu retten, bevor das Feuer auf das Reihenhaus übergriff, hatte das Kinounternehmen keinen Film für ihn abgespielt. Und als eine Tonne mit Eiszapfen nur wenige Zentimeter hinter ihm auf einen Gehweg im Zentrum gekracht war, hatte er nicht einmal einen winzig kleinen Sketch zu sehen bekommen. Nicht eine einzige Episode ließ sich aufspüren, als diese Unglücke eintrafen. Valdemar Vågen hatte genug lebensbedrohliche Situationen erlebt, dass er mit empirischen Belegen jedwede Behauptung von Revue-Aufführungen zurückweisen konnte.

Ganz im Gegenteil: Die Welt gefror zu Eis, als aus dem Nichts ein elektrischer Reiskocher auftauchte und direkt in sein Fahrrad krachte. Radweg oder nicht, der Autofahrer hatte keinerlei Grund dafür gefunden, sich an derartigen Details festzuhalten. Er wollte vorwärtskommen, so schnell wie möglich. Die Zeit blieb stehen, und das Bild fror ein, ungefähr so, wie es einzelne Computerprogramme in dem Augenblick taten, bevor er es geschafft hatte, wichtige Änderungen zu speichern. Bevor es krachte, gelang es Valdemar, enttäuscht zu sein, von einem weißen Elektroauto überfahren zu werden. Aber er schaffte es nicht einmal zu denken: »Verdammt nochmal, von einem beschissenen weißen, fünftürigen, elektrischen Reiskocher totgefahren zu werden, dem langweiligsten und geschlechtslosesten aller Transportmittel der Erdkugel. Warum muss ich eine unförmige Metallbox mit Gummimotor ins Gesicht bekommen und nicht ein ordentliches Auto?« So viel, wie er in den letzten zwölfeinhalb Jahren gearbeitet hatte, und so viele Steuern, wie er gezahlt hatte, sollte ihm zumindest die Ehre erwiesen werden, von einem in Deutschland produzierten Premiumwagen überfahren zu werden. Gern von einem Cabrio. Die Welt ist nicht gerecht. Valdemar schaffte es nicht, Derartiges zu denken.

In der japanischen Frontscheibe konnte Valdemar undeutlich das verdrehte graue Gesicht eines etwa dreißigjährigen Mannes mit weit aufgerissenen Augen und einem lautlos schreienden, weit geöffneten Mund erkennen. Er war frisch geduscht, und die Haare waren noch immer nass. Er hatte einen Hauch zu viel Rasierwasser verwendet, was ein paar griechischen Ahnen geschuldet war. Er hatte den Ansatz zu Geheimratsecken und würde innerhalb von zehn Jahren komplett kahlköpfig sein. Er hatte den Tag mit einem Frühstück in Gesellschaft seiner schwangeren Frau und seiner fünfjährigen Tochter begonnen. Die Schwangerschaft der Frau würde noch ungefähr zwei Monate andauern, sodass der Babybauch mehr als deutlich zu sehen war. Ihre Brüste waren größer, die Brustwarzen dunkler geworden, und die Drüsen bereiteten sich auf die kommende Milchproduktion vor. Die Stimmung am Frühstückstisch war unbekümmert und gut gewesen. Die Tochter hatte nicht versucht, sich mittels Schreien Cornflakes zu erbetteln, sondern mit gutem Appetit die mit Kaviar und braunem Ziegenkäse belegten Brote gegessen. Im Kindergarten war das Mädchen voller Freude angekommen, hatte den Vater umarmt, bevor es vergnügt zu den anderen Kindern gelaufen war. Sie hatte die Legosteine hervorgeholt, um einen Leuchtturm zu bauen, und sie hatte erzählt, dass sie als Erwachsene in einem Leuchtturm wohnen wollte. Das weiße Elektroauto hatte er erst vor ein paar Tagen im Autohaus abgeholt, finanziert mit einem Autokredit mit einer auf zehn Jahre angelegten Abzahlungsfrist. Zwar war der effektive Zins einige Prozente zu hoch, aber die Hypothek für das Haus war schon auf das Äußerste ausgereizt, und so war er den Haien der Kreditgesellschaften ausgeliefert. Der Autofahrer fühlte sich trotzdem einfach erfolgreich. Die Welt lächelte ihn an und lag ihm zu Füßen. Das war noch vor kaum mehr als fünf Minuten gewesen, und jetzt brach seine ganze Welt zusammen wie ein Kartenhaus bei Windstärke zehn. Der Autofahrer sah ein, dass er im nächsten Augenblick zum Mörder werden würde. Ein Automörder der schlimmsten Sorte. Dass er die Jahre bis zum Rentenalter hinter Schloss und Riegel verbringen würde, mit vereinzelten Ausgängen dann und wann. Verurteilt wegen fahrlässiger Tötung. Dass die Kinder mit einem Gefängnisinsassen als Vater aufwachsen müssten. Dass sie Spitznamen bekommen würden, die sie ein Leben lang verfolgen würden. Dass er ein Mann in gestreifter Gefängniskleidung werden würde. Mit Kette und Kugel um das Fußgelenk. Dass er von jetzt an jede Nacht mit der Gewissheit einschlafen würde, dass er, wenn er schweißgebadet aufwachte, die Leiche des Radfahrers vor sich sehen würde – nämlich Valdemars Leiche. Die Oberschenkelknochen, die aus seinem Körper herausstachen. Das Blut, das herausfloss und sich in kleinen glänzenden Lachen sammelte und langsam in der Morgensonne geronn. Die Glasscherben, die wie winzig kleine, leuchtende Schneekristalle verstreut umherlagen. Die weinende, zusammengebrochene Ehefrau, die allein die Verantwortung für die Erziehung der Kinder übernehmen müsste. Die Beerdigung des Radfahrers in kaltem Regenwetter. Die Karriere, die endlich Fahrt aufgenommen hatte, würde ausradiert, bevor die Glasscherben der Frontscheibe auf den Radweg splitterten. Bevor es den Airbags gelang, sich aufzublasen, würde er arbeitslos sein. Die Nachbarn würden mit den Fingern auf sein Haus zeigen und sagen: »Seht nur, dort wohnt er, der verfluchte Mörder. Er hat einen nichts ahnenden, unschuldigen Radfahrer totgefahren. Ihn einfach auf dem Radweg niedergemäht. Ohne jede Chance. Es stand in der Zeitung. Mit Fotos und so. Verdammter Automörder. Man kann nur hoffen, dass er nie wieder rauskommt und dort im Gefängnis verfault.« Und als wäre das nicht genug, würde er nicht anhalten können, um das Los zu kaufen. Genau das Los, das genau in dieser Woche mit einem unverschämt hohen Berg norwegischer Kronen aus der Lostrommel gezogen werden sollte und die Familie schuldenfrei gemacht hätte. Exakt dieses Los sollte stattdessen von einer Dame gekauft werden, die einen Englischen Cockerspaniel, der zeitweise auf den Namen »Athos« hörte, Gassi führte.

Valdemar begriff innerhalb einer Zehntelsekunde, dass er nicht rechtzeitig würde anhalten können, und bereitete sich darauf vor, sein Leben in der Rückschau zu sehen. So kam es nicht. Er sah lediglich diese kleine blasse, unscharfe Momentaufnahme eines zu Tode erschrockenen Autofahrers. Er schaffte gerade noch zu denken: »Nicht auch noch ich.« Dann krachte es irgendwie geräuschlos, das Auto verschwand, und alles wurde wundersam dunkel.

3

Valdemar Vågen hatte Radfahren eigentlich nie gemocht, aber so wie sich die Wirtschaft entwickelte, hatte er keine Wahl. Jeder, der in seiner Branche etwas auf sich hielt, radelte den Großen Ritt, und selbst wenn sie einander halb im Spaß fragten, ob sie teilnahmen, war es blutiger Ernst. Natürlich würden sie radeln. Sie wollten nicht nur radeln, sondern mussten auch das Diplom erlangen. In der Wirtschaft gab es zwei Typen von Führungskräften. Jene, die das Diplom schafften, und jene, die das Diplom nicht schafften. Valdemar Vågen selbst fuhr nicht ein einziges Rennen, denn es war ein Leichtes, jemanden dazu zu bringen, es unter seinem Namen für ihn zu fahren. Alles konnte man kaufen, auch das Diplom und einen vollständigen Bericht über den Verlauf des Rennens. Er nutzte für diese Aufgabe eine kleine selbstständige Firma, die gern ungewöhnliche Aushilfsjobs annahm. Die Firma war absolut diskret. Die Rechnungen waren fetter als jedes Weihnachtswürstchen, aber der Laden war jede Krone wert. Valdemar Vågen gelang es, mit großem Einfühlungsvermögen von dem Rennen zu erzählen. Besonders malerisch waren die Beschreibungen der Touren im Regen. Über den Matsch im Gesicht, wie sich er und andere mit ihm durch die Schmutzbäder infizierten, wie sie in den Tagen danach nicht von der Toilette kamen, wie die Fahrradkette schwerer und schwerer zu bewegen war, von den wund geriebenen Stellen durch den verfluchten Rucksack, und davon, dass er das Diplom aber doch in verhältnismäßig guter Zeit geschafft hatte. Gegenüber wichtigen Kunden war es strategisch geschickt, ein bisschen langsamer als sie gefahren zu sein. So fühlten sie sich überlegen.

Freilich musste er sich ein Fahrrad kaufen, um ein paar Runden damit zu drehen, um zu wissen, wovon die anderen redeten, aber den gut neunzig Kilometer langen Wahnsinn überließ er den anderen. Ob XT auf den Teilen stehen solle, hatten sie im Geschäft gefragt, und Valdemar Vågen hatte intuitiv verstanden, dass die richtige Antwort auf diese Frage Ja lautete. Das Zahnrad kostete zweitausend Kronen, das Kettenblatt das Dreifache, die Gabel sechstausend, die Felgen elftausend Kronen das Stück, und einen passenden Rahmen bekam er für fünfundfünfzigtausend. Er entschied sich konsequent für das Teuerste, denn in bester norwegischer Tradition sollte es auf keinen Fall an der Ausrüstung fehlen. Auf die Klingel hatte er zwar verzichtet, aber die hätte ihm auch nicht geholfen.

4

Nach dem Autounfall vor zwölfeinhalb Jahren hatte Valdemar eigentlich aufgehört zu leben. Er hatte gewartet, dass seine Frau mit den Töchtern nach Hause kam, aber nachdem der Nachmittag in den Abend übergegangen und es ihm nicht gelungen war, sie über das Handy zu erreichen, hatte er Unheil geahnt. Sie hatte immer Bescheid gegeben, wenn irgendetwas dazwischenkam, denn sie war selbst ein ängstlicher Mensch, der informiert werden wollte.

In seiner Familie war es üblich, von offenen Gewässern zu träumen, wenn jemand sterben sollte, und sowohl seine Mutter als auch seine Großmutter hatten diese sinnlose Fähigkeit besessen. Oder um was es sich dabei auch handelte. Er selbst hatte es meist als altmodischen Aberglauben abgetan, denn keine von ihnen hatte vor Eintreten des Todesfalls von dem Traum erzählt. Valdemar hielt es daher für etwas in der Art von »Hinterher ist man immer klüger«. Dennoch hatte er nicht widersprochen, als sie erklärten, vorab von dem Todesfall gewusst zu haben. Aber in den Wochen vor dem Unfall hatte er den Traum selbst gehabt. Sogar als er sich ein Mittagsschläfchen gegönnt hatte, war der Traum aufgetaucht. Ihm war, als würde er über einem leicht schwankenden Gewässer schweben, langsam über kleine Wellen gleiten und in die dunkle Tiefe blicken. Das Sonnenlicht schien nur milchig durch die Nebelwolken hindurch. Er hatte versucht, die Träume zu verdrängen, aber er war trotzdem erschrocken gewesen. Wenn er träumte, dass jemand sterben sollte, auf wen bezog es sich dann? Und je mehr er sich mit den Träumen beschäftigte, desto wirklicher wurden sie. Nachdem die Tage ohne Todesfall vergingen, wurde er immer sicherer, dass die Träume genau das waren: Träume, ein Produkt seiner Fantasie. Jeden Morgen hatte er versucht, sie von sich zu schieben, und darüber geschwiegen. Was hätte er darüber auch Vernünftiges sagen sollen? Seine Frau hätte seine Träume sicher als eine Art Hypochondrie abgetan, so bodenständig, wie sie immer gewesen war. Valdemar hatte sich entschieden, die Träume zu ignorieren und so zu tun, als hätten sie ihn nie heimgesucht. Bis zu diesem Abend, an dem er allein in dem großen Haus gesessen und gewartet hatte. In stummer Dunkelheit hatte er versucht, eine Erklärung zu finden. Das Auto könnte einen Platten haben. Es musste nichts Ernstes sein. Es konnte eine ganz natürliche Erklärung dafür geben, warum seine Familie nicht zum vereinbarten Zeitpunkt nach Hause kam. Es spielte keine Rolle, dass das Abendessen kalt geworden war. Es spielte keine Rolle, dass die Kinder viel zu spät ins Bett kommen würden. Hauptsache, sie kämen nach Hause. Das Auto könnte einen Platten haben, hatte er wiederholt. Das Benzin könnte auch ausgegangen sein. Ja durchaus, es konnte auch noch andere Erklärungen geben. Es war ihm nur keine eingefallen. Die Dunkelheit draußen hatte das Haus erfüllt, und er hatte kaum seine Hand vor Augen sehen können. Es spielte keine Rolle, er würde am Küchentisch sitzend warten, mit dem Handy vor sich. Jeden Augenblick hatte er erwartet, dass es klingeln würde, dass das grüne Display aufleuchten und den Namen seiner Frau anzeigen würde. Die Dunkelheit hatte sich enger um ihn gelegt, wie eine dicke Decke. Die Dunkelheit hatte ihn vor allem Bösen beschützen wollen, und solange er von ihr umgeben war, war er sicher gewesen. Die Dunkelheit war aus allen Ecken hervorgekrochen und hatte ihn getröstet. Ruhig, hatte die Dunkelheit gesagt, es muss nichts Ernstes sein. Solange er die Dunkelheit hatte, würde er nie allein sein. Plötzlich war ein schmaler Lichtstreifen auf den Küchentisch gefallen. Er war zusammengezuckt, hatte aus dem Fenster geschaut und den Mond erblickt. Eine karge Sichel zeugte von der abnehmenden Mondphase. Morgen würde er verschwunden sein. Valdemar lief es kalt den Rücken hinunter. Ohne sich darüber im Klaren zu sein, hatte er aufgehört zu hoffen und sich auf den zermalmenden Schlag vorbereitet. Alles, was er tun konnte, war in der Dunkelheit sitzen und warten. Draußen im Flur hatte er die alte Standuhr langsam ticken hören. Das Pendel war von Seite zu Seite geschwungen und hatte jedes Mal, wenn es den niedrigsten Punkt des Bogens erreicht hatte, ein metallisches Klacken von sich gegeben. Die Zeit vergeht nicht, hatte Valdemar gedacht, die Zeit läuft ab.

Er hatte nicht gewusst, auf was er warten sollte, hatte es aber in dem Augenblick verstanden, als es an der Tür klopfte. Es war ein vorsichtiges, höfliches und leicht nervöses Klopfen von einem Menschen, der nicht klingeln wollte, gewesen. Valdemar hatte sich langsam zur Tür geschleppt. Er hatte die Türklinke nach unten gedrückt und gleichzeitig den Schlüssel im Schloss herumgedreht. Im Schein der Straßenlaterne hatte ein Mann gestanden, den er nicht kannte. Ein dicker, recht kleiner und ausgesprochen ruhig wirkender Mann. Er war in

Schwarz gekleidet, und an seinem Kragen steckte ein kleines weißes Viereck. »Valdemar Vågen?«, hatte er die Gestalt fragen hören, und Valdemar hatte schwach genickt. »Kann ich für einen Moment hereinkommen?«, hatte er weitergefragt, und Valdemar hatte ihn über die Türschwelle treten lassen. Der Mann hatte sich vorgestellt. Sie waren hinein zum Küchentisch gegangen, doch Valdemar war es nicht in den Sinn gekommen, das Licht einzuschalten. Er fand den Weg in die Küche blind. Vier Schritte geradeaus, drei nach links, zwei nach rechts und wieder drei nach rechts. Er hatte am Tischende gestanden. Der Pfarrer war dem Klang der schweren Schritte gefolgt und hatte sich an die entgegengesetzte Seite des Tisches gesetzt.

Jetzt kam es.

»Ich befürchte, ich habe schlechte Nachrichten«, hatte der Pfarrer gesagt.

»Ich weiß«, hatte Valdemar geantwortet. Die Worte hatten sich wie dicker Brei aus seinem Gaumen gepresst. Der Pfarrer war still geworden, hatte versucht zu entscheiden, wie er anfangen sollte. Selbst einem Pfarrer, mit all seiner Ausbildung und Erfahrung, können die Worte fehlen, wenn er erklären soll, dass eine Mutter und ihre zwei Töchter bei einem Verkehrsunfall getötet wurden. Wie sollte er auf behutsame Weise von dem osteuropäischen Laster erzählen, der auf der glatten Fahrbahn in hohem Tempo auf die andere Seite gefahren war und den entgegenkommenden PKW zermalmt hatte? Wie sollte er erzählen, dass die Insassen keine Chance hatten und auf der Stelle tot waren? Wie sollte er erklären, dass die Körper, die dieser Mann so oft umarmt hatte, deren Wärme und Duft er gespürt hatte, jetzt bis zur Unkenntlichkeit entstellt waren?

»Manchmal gibt mir der Herr schwere Aufgaben auf«, hatte er gesagt. »Und andere Male legt Er mir noch schwerere Bürden auf. Es sind Stunden wie diese, in denen ich im Glauben wanke. Ich möchte versuchen, es mit den Worten Jesu auszudrücken: Mein Gott, warum hast Du mich verlassen?«

Er hatte das seinetwegen gesagt, nicht wegen Valdemar. Denn die Sinnlosigkeit stellte ihn unbarmherzig auf die Probe. Der Pfarrer hatte so schonend er konnte von dem Unfall berichtet. Dabei hatte er alle möglichen Details ausgelassen und so getan, als kenne er sie nicht. Hatte erklärt, dass er selbst nicht am Unglücksort gewesen war, sondern nur mit der Polizei und dem Arzt gesprochen hatte. Valdemar war auf dem Stuhl zusammengesunken und wie ein verwahrloster, alter Mann sitzen geblieben. Seine Haare würden vor Anbruch des nächsten Morgens grau sein. Sein Leben würde zu Ende sein. Alles, wofür er gelebt hatte, alles, was er geliebt hatte, war verschwunden. Von der Zeit ausradiert. Er hatte den Kopf auf die Tischplatte gelegt, die Tränen hatten zwei kleine Lachen auf der abgenutzten Oberfläche gebildet. Die dünne Mondsichel hatte sich darin gespiegelt, aber der Pfarrer hatte noch eine Botschaft vorzubringen gehabt.

»Es muss nicht vollkommen vergebens gewesen sein«, hatte er gesagt. »Sie können das Leben anderer retten.«

Auch das hatte er so schonend erklärt, wie er konnte. Es war unmöglich, über die einzelnen Organe zu sprechen. Das wäre zu brutal gewesen. Der Pfarrer hatte erklärt, dass das Krankenhaus transplantieren und damit anderen Menschen das Leben schenken könne.

Valdemar hatte stumm genickt, sein Kopf ruhte noch

immer auf der Tischplatte. Das Stirnbein hatte ein knirschendes Geräusch von sich gegeben.

»Der Herr segne Sie«, hatte der Pfarrer gesagt und ihm die Hand auf die Schulter gelegt.

Valdemar war die ganze Nacht über am Tisch sitzen geblieben, so lange bis sich die ersten Sonnenstrahlen durch die Kronen der Kiefern vor dem Küchenfenster drängten und ihn scharf blendeten. Er war vorsichtig aufgestanden. Wie ein Greis hatte er sich abstützen müssen, um nicht umzufallen. Steif, schwindlig und für einen Moment desorientiert. Dann holte ihn die Wirklichkeit wieder ein. Das Haus war still. Die Standuhr war stehen geblieben, es war ihm am Abend zuvor nicht in den Sinn gekommen, sie aufzuziehen. Der gewohnte Morgenlärm von Mädchen, die sich um das Badezimmer stritten, Rufe und Schreie nach Dingen, die nicht auffindbar waren, sowie der Geruch von Schulbroten fehlten komplett. Er hatte das Blut am Trommelfell vorbeirauschen hören, die Bewegungen in den Nackenwirbeln hören können. Er hatte nicht geträumt. Er war jetzt ganz allein. Das hieß, nicht ganz. Auf dem Sofa im Wohnzimmer hatte der Pfarrer geschlafen, den Mantel über sich gebreitet. Es hatte ungemütlich ausgesehen, also hatte Valdemar eine Decke über ihn gelegt, bevor er sich wieder an den Küchentisch setzte. Er hatte auf die Kühlschranktür gestarrt, auf die kleinen Bilder, die seine Mädchen gemalt hatten. Eines davon zeigte die Frau und die Töchter in einem Auto, während er vor dem Haus stand. In einer Sprechblase sagte er: »Fahr langsam.« Sie fuhr immer langsam und vorsichtig, aber was hatte das geholfen? Wäre sie ein bisschen schneller gefahren, nur ein bisschen unvorsichtiger, dann wären sie vielleicht nicht genau dort gewesen, nicht genau da. Als der Laster kam. Wären sie nur ein paar Sekunden früher losgefahren. Eine andere Zeichnung zeigte ein paar gelbe Blumen, dazu hatte die Jüngste geschrieben: »Ich umarme dich, wenn ich nach Hause komme.«

Valdemar war wieder zusammengesunken. Er war nicht imstande gewesen, an das zu denken, was vor ihm lag. Er hatte gehört, der Mensch hätte ungeahnte Kräfte, wenn es darauf ankam, aber das stimmte nicht. Ganz im Gegenteil, er war vollkommen leer gewesen, wie ein ausgewrungener Lappen. Wie sollte er es schaffen weiterzumachen? Welchen Weg sollte er einschlagen?

Im Wohnzimmer war der Pfarrer aufgewacht, hatte gestöhnt und sich seitlich vom Sofa heruntergerollt, war auf die Beine gekommen und hatte sich den Schlaf aus den Augen gerieben. Dann hatte er nach der Armlehne gegriffen, sich hochgedrückt und war zu Valdemar in die Küche gewankt. Er hatte nach Valdemars Händen gegriffen und gefragt, wie es ihm gehe. Ohne auf eine Antwort zu warten, war er fortgefahren.

»Ich habe heute Nacht mit dem Krankenhaus gesprochen. Sie sind dankbar.« Er hatte entschieden, sich selbst zu korrigieren: »Sie sind sehr dankbar.«

Valdemar hatte mit einem leeren Nicken geantwortet. So oder so, es spielte sowieso keine Rolle.

»Haben Sie jemanden aus der Familie, der kommen kann? Der Ihnen helfen kann?«, hatte der Priester gefragt. Sollte er vielleicht jemanden informieren? Jemanden, der helfen konnte, auf die eine oder andere Weise?

»Nein«, hatte Valdemar geantwortet, »ich bin der einzige noch Lebende.«

Und dann war die Welt vor ihm verschwunden, nicht

plötzlich, sie wurde langsam ausradiert. Mit Wasser zu einem unsichtbaren Aquarell verdünnt.

Er hätte eine großartige Beerdigung arrangieren können. Allein von der Arbeit der Frau wären mindestens hundert Trauergäste gekommen und von der Schule der Kinder ein Vielfaches davon. Die Kirche wäre mit Menschen und Blumen, Lichtern und Kränzen gefüllt worden. Musik wäre aus den Orgelpfeifen geströmt und hätte nicht ein trockenes Auge hinterlassen. Viele hätten gute Worte der Erinnerung gesagt, ohne dass jemand von ihnen die Wirklichkeit verändern oder die Zeit hätte zurückspulen können. Valdemar konnte weder die Aufmerksamkeit noch die Umsicht ertragen und hatte entschieden, das Begräbnis in Stille abzuhalten, nur mit ihm, drei weißen Särgen, einem Pfarrer und einem Organisten. Mit einem großen Sarg und zwei kleineren. Der Pfarrer war der gleiche gewesen, der die Botschaft überbracht hatte, aber Valdemar hatte keine Ahnung, was er sagte. Er brauchte niemanden, der die Trauer in Worte fasste, sie hatte sich so schon heftig genug angefühlt. Nichts, was jemand sagen oder tun könnte, würde die Mädchen zurückbringen. Der Organist hatte die gleiche Kantate dreimal gespielt, einmal für jedes der Mädchen. Johann Sebastian Bach, die gleiche Kantate, die gespielt wurde, als sie geheiratet hatten, in der gleichen Kirche, fünfzehn Jahre zuvor. »Ich stehe mit einem Fuß im Grabe.« Damals war es lustig gewesen, weil lediglich das Brautpaar wusste, wie das Stück hieß, das sie auf ihrem Weg aus der Kirche hinausbegleitete, während es die Gäste schön gefunden und für eine willkommene Abwechslung zu Mendelssohns Hochzeitsmarsch gehalten hatten. Damals war es wahr gewesen.

Er hatte mit einem Bein im Grabe gestanden. Valdemar hatte vor den Särgen gekniet, auf jeden von ihnen eine rote Rose gelegt, Abschied genommen und beschlossen, sich zu ertränken.

Und zwar in Arbeit, dem Einzigen, was er noch hatte.

5

Der Kongress war der Beweis für den Erfolg der Firma. Am ersten September jeden Jahres, egal auf welchen Tag das Datum fallen mochte, lud Global Village Kunden, Lieferanten, Konkurrenten und Journalisten zur Präsentation der neuen Softwarefunktionen ein. Der Kongress war Valdemar Vågens einziger Auftritt vor den Medien, und die Spekulationen nahmen immer größere Dimensionen an, je näher das Datum des Kongresses rückte. Die Spekulationen verschafften der Firma eine Medienpräsenz ungeahnten und unbezahlbaren Ausmaßes. Es war ein Geniestreich gewesen, auch die Konkurrenten einzuladen, denn die wurden von der beachtlichen Lobeshymne, die Global Village zuteilwurde, vollkommen außer Gefecht gesetzt. Nach der Show taumelten die Konkurrenten in der Regel zutiefst deprimiert nach draußen und brauchten mehrere Wochen, um sich wieder zu erholen. Sie wussten insofern, was sie tun mussten, da Valdemar Vågen den Kurs für sie abgesteckt hatte. Das Problem bestand darin, dass sie hoffnungslos ins Hintertreffen geraten waren und nur ein Jahr hatten, um den Vorsprung aufzuholen, bevor Vågen erneut auf der Bühne stand.

Das Bühnenbild war in höchstem Maße spartanisch: Valdemar Vågen hatte einen kleinen Tisch mit einem Glas Wasser darauf. Das war alles. Für gewöhnlich trug er einen untadeligen italienischen Seidenanzug, aber an diesem einen Tag trat er mit weißem T-Shirt, Jeans und Turnschuhen auf. Die größte Leinwand der Stadt bildete den Hintergrund, auf dem eine genau einstudierte Präsentation parallel zur Verkündung der Neuigkeiten durch Valdemar Vågen abgespielt wurde, und immer wartete er ganz bis zum Schluss mit dem, das zu hören alle gekommen waren; ein Ass im Ärmel, eine Funktion, an die keiner gedacht oder die keiner für möglich gehalten hatte. Und natürlich die Ankündigung: »Nun, eine Sache noch.«

Der Saal war voll mit IT-Bloggern, die sofort berichteten, und Journalisten, die die Präsentation an eine Flut von Lesern und Zuschauern weitergaben. In vielen Ländern saßen Händler und Verbraucher wie festgenagelt vor den Bildschirmen und folgten jedem einzelnen Wort. Der Kongress war unvergleichlich und die größte virale Begebenheit der Branche. So gesehen war es verdammt unerfreulich, dass Valdemar Vågen exakt an diesem Tag angefahren wurde und nicht an einem der anderen dreihundertvierundsechzig Tage des Jahres, die der Fahrer des weißen Elektroautos hätte wählen können.

6

Das neue Jobangebot hätte Valdemar Vågen nicht besser passen können. Er hatte beschlossen, sich in Arbeit zu ertränken, und nach einer besseren Gelegenheit hätte er lange suchen müssen. Die Stelle war eine Herausforderung: Vier Informatiker hatten eine Idee für ein geniales Produkt, aber sie hatten keine Ahnung, wie sie diese umsetzen sollten. Valdemar Vågen wurde der fünfte Gründer und bekam die Verantwortung für alles, ausgenommen der Entwicklung der Software. Die Achtzig-Zwanzig-Regel galt vom ersten Tag an, er bekam zwanzig Prozent der Aktien und machte achtzig Prozent der Arbeit. Mit Freude vergrub er sich in die Arbeit, tiefer und tiefer. Dort unten war er auf eine merkwürdige Weise glücklich, dort konnte er die Schmerzen vergessen, und niemand sollte ihn wieder nach oben ans Licht zerren. Er würde sein eigenes Loch graben, bis zum Boden. Egal, wie tief es auch werden musste. Er zeigte außergewöhnliches Interesse und Eifer. Das Loch, in dem er saß, wurde umso schmaler, je tiefer er kam, aber je tiefer und dunkler das Loch wurde, desto interessanter wurde es für ihn. Manchmal, wenn er nachts arbeitete, geschah es, dass er nach oben zu den Sternen schaute, die sich langsam um die Erdachse bewegten. Es passierte, dass er eine Sternschnuppe sah, wenn die Magie des Universums ihm für einen flüchtigen Augenblick die Hand entgegenstreckte. Valdemar Vågen gefiel der Gedanke, Sternschnuppen seien Himmelsschiffe auf ewiger Segeltour. Segelten seine Mädchen mit einem von ihnen? Schauten sie vorbei, um zu sehen, ob es ihm gut ging? In den ersten Jahren hatte er den Himmelsschiffen gewunken, in der Hoffnung, gesehen zu werden, aber nach und nach hatte er auch damit aufgehört, ebenso wie er damit aufgehört hatte, zu den Gräbern zu gehen.

Die Jungs hatten eine gute Idee. Die Idee war bestechend einfach, daher war kein anderer darauf gekommen. Sie war schlichtweg einfach, klar und einleuchtend. Sie entwickelten Software für Menschen, die Computer hassten oder die zumindest große und chronische Aversionen gegen sie hatten. Menschen, die sich weigerten, den Schritt in den kryptischen, binären Alltag zu machen. Kunden, die von etwas anderem lebten, als in einem Büro zu sitzen und mit dünnen blutarmen Fingern auf einer Tastatur herumzudrücken. Kundengruppen, für die das Wort »Papierschieber« ein Schimpfwort war und Bürokraten gleichbedeutend mit Landesverrätern. Kunden mit starken, kräftigen Bärentatzen, die keine Tastatur berühren konnten, ohne mindestens fünf widersprüchliche Befehle auszulösen. Vereine, die nie mehr mit Feinmotorik zu tun hatten, als eine Flasche Bier mit dem Daumen zu öffnen. Kunden, denen es schwerfiel, sich sowohl schriftlich als auch mündlich auszudrücken. Kunden, die davon lebten, etwas Physisches zu erschaffen: Handwerker. Diese waren nahezu ein Gegenpol zu den multitaskenden, digitalen Einwohnern. Das waren die pragmatischen Menschen, jene, die schwarzen Kaffee aus mitgebrachten Thermoskannen tranken und ihre Pausenbrote selbst schmierten. Tischler, Zimmermänner, Maurer, Elektriker, Holzfäller, Rohrleger, Maschinisten, Fliesenleger, Baggerfahrer. Sie waren zwar flink mit den Händen, setzten sie sich aber an eine Tastatur, verschwand die Sensitivität, und die kräftigen, muskulösen Finger verwandelten sich in große, hilflose und überreife Bananenstauden. Und keine der Tasten, die sie drückten, war die richtige. Geballte Fäuste geräucherter Fleischwürste versuchten vergeblich, detaillierte Übungen auszuführen. Shift, die Befehlstaste und das E mit der einen Hand gleichzeitig gedrückt zu halten, während die andere die Rückschritttaste betätigen sollte, ging selten gut. Strg, Alt, Entf waren für sie böhmische Dörfer. Diese Menschen waren genuin analoge Geschöpfe mit großen Anpassungsproblemen an die digitale Welt. Die Firma entwickelte icon- und touchscreenbasierte Software, sodass die Kunden ihre Gliedmaßen niemals auf eine Tastatur setzen mussten. Sodass auch sie ein Teil der digitalen Gesellschaft werden konnten.

Die Konkurrenten hatten geglaubt, es handele sich um Icons und Steuerung per Maus, aber das tat es natürlich nicht. Ganz im Gegenteil. Es handelte von etwas viel Grundlegenderem: vom Informationsfluss ausgehend von den Bedürfnissen und Alltagsthemen der jeweiligen Handwerkergruppe. Es ging um chaos-basierte Datenarchitektur. Wie denkt jemand, der nicht so denkt, wie es gedacht ist zu denken? Sie hatten gelernt, wie der Hase lief. Die Software jedes einzelnen Nutzers besaß die Fähigkeit zu lernen, wie genau dieser Nutzer die Software verwendete. Das Produkt wurde schlauer und schlauer, je mehr es genutzt wurde.

Daher war es nicht verwunderlich, dass ihr Preis stieg und sie schnell Kaufinteressenten fanden, auch von der anderen Seite des Atlantiks. Ja, sogar aus dem Osten. Sie lehnten konsequent ab, denn ein Earn-out-Vertrag bedeutete nur, dass sie die Kaufsumme selbst verdienen mussten und zudem die Firma verloren. Da konnten sie auch die Kaufsumme verdienen und die Firma behalten. Das war ein einfaches Rechenstück. Nach und nach wurden sie größer und hätten leicht die Konkurrenten aufkaufen können, aber das ließen sie bleiben. Sieben von zehn Fusionen endeten im Fiasko, und Valdemar Vågen war fest entschlossen, bei seinen Leisten zu bleiben. Das hatte sich über viele Jahre hinweg als lohnenswert erwiesen. Nicht zuletzt, als sie durch organisches Wachstum über die Landesgrenzen hinweg expandierten und sich in ganz Nordeuropa etablierten. Von einer Bande Nerds mit Räumlichkeiten in einem alten, umgebauten Stall hatten sie sich zu einem stromlinienförmigen internationalen Softwarehaus mit Hauptsitz direkt am Meer entwickelt. Und all das hatten sie nur einem einzigen Menschen zu verdanken: Valdemar Vågen.

7

Als er aufwachte, blendete ein großes weißes Licht seine Augen. »Ist es so?«, dachte Valdemar. Dann hatten jene recht, die von ihren Nahtod-Erlebnissen berichtet hatten, dass sie von einem weißen Licht empfangen wurden. Sollten wir uns doch wiedertreffen, fragte er sich. Wollen sie wissen, wer ich jetzt bin, es ist ja zwölfeinhalb Jahre her? Was sollte er sagen? Hallo? Lange nicht gesehen? Wie groß ihr geworden seid? Zu dumm, zu eindeutig. Er versuchte zu fokussieren, um zu sehen, ob er sich selbst von oben betrachten konnte, aber das konnte er nicht. Egal wie heftig er starrte, er konnte nur eine Zimmerdecke mit einem großen runden Lampenschirm erkennen, der ein weißes Licht zu ihm schickte. Von der Lampe aus verlief eine Art glänzende Metallstange, die in der Unterkante seines Blickfeldes verschwand. Er war nicht tot, fühlte sich aber auch nicht besonders lebendig.

Valdemar versuchte, den Kopf zu heben, und stöhnte schwach. Nicht laut, es war vielmehr ein Seufzen, aber ausreichend, um irgendwo im Raum eine Reaktion auszulösen. Eine Gestalt rückte langsam in das Blickfeld seines rechten Auges, und er bekam eine Krankenschwester von unten zu sehen. Das heißt, nicht ganz von unten. Nicht so weit unten, wie er es sich während der Abiturzeit erträumt hatte. Sie stand über ihm und hielt eine Pinzette in der einen Hand und eine kleine Metallbox in der anderen. Sie lächelte und hieß ihn in der Notaufnahme willkommen.

»Lebe ich?«, fragte er, ohne einen Gedanken daran zu verschwenden, dass sich die Antwort von selbst ergab.

Die Krankenschwester lächelte. »Ja, Sie leben.« Valdemar versuchte, ihre Lachgrübchen zu zählen, und meinte, auf zwei zu kommen.

Dann drehte sich die Krankenschwester langsam nach links und erklärte, der Patient sei wach. Dieser kleine Satz sorgte für Leben und Bewegung ein Stück außerhalb von Valdemars Blickwinkel, und bald bekam die Krankenschwester Gesellschaft von einem Mann in weißem Kittel. Er stellte zuerst die Krankenschwester als Irlinn und anschließend sich selbst als »Gurgle« vor. Entweder redete er undeutlich, oder Valdemar hörte schlecht, denn Gurgle schien ihm ein komischer Name zu sein. Andererseits konnten die Leute doch heißen, wie sie wollten. Ihm kam in den Sinn, dass der Arzt auch auf etwas für ihn Unbekanntes anspielen könnte, dennoch blieb es bei dem Namen »Doktor Gurgle« für die kurze Zeit, die er in der Notaufnahme lag. Nach allem, was Valdemar wusste, konnte es sein, dass der Arzt eigentlich Gundersen hieß. Doktor Gurgle erklärte, Schwester Irlinn würde zuerst einige Glassplitter aus seinem Körper entfernen, dann würde man Valdemar zum Röntgen bringen und anschließend zurück zur Kontrolle. Für gewöhnlich fiel es Valdemar nicht schwer, sich in Dinge einzuarbeiten, aber all das hier war neu für ihn. Außerdem war er gerade von etwas aufgewacht, das einem Traum ähneln konnte, einem Traum, in dem er eines frühen Morgens mit dem Rad den Radweg entlanggefahren war. Er konnte sich auch noch schwach daran erinnern, dass er auf einen Kongress wollte, an mehr aber nicht. Der Traum wirkte fern und schwach, solche Träume hatten eine Tendenz, nach einer Weile wiederzukehren.

»Das ist viel Neues auf einmal«, sagte Valdemar, aber Doktor Gurgle kümmerte sich offensichtlich nicht darum, was Valdemar meinte. Der Arzt versprach, dass sie ihm ein paar schmerzstillende Medikamente spendieren würden, jetzt wo er wach und sie sich sicher waren, dass er keine Gehirnerschütterung hatte. Er war unsicher, was der Arzt meinte. Wie sollte er eine Gehirnerschütterung bekommen haben? Warum ließ der Arzt eine solch halb ausgesprochene Weisheit im Raum stehen? Dann verschwand der Arzt am Horizont hin zu neuen Aufgaben. Vielleicht war das Tagwerk vollbracht, oder es war Kaffeepause, woher sollte Valdemar das wissen. Das Ergebnis war so oder so das gleiche: Doktor Gurgle war weg.

»Ich habe geträumt, dass ich Rad gefahren bin«, erzählte Valdemar Schwester Irlinn. Sie hatte blaue Augen, rote, gekräuselte Haare, die in alle Richtungen standen und sicher mit einer Reihe von Vorschriften brachen. Er wagte nicht, sie zu lange anzuschauen, aus Furcht, sie würde es missverstehen, aber infolge der flüchtigen Blicke, die er ihr zuwarf, erschien sie als eine würdige Repräsentantin des weiblichen Geschlechts. Es gab mehrere anatomische Details, die seine Aufmerksamkeit auf sich zogen, trotzdem war es die Stupsnase, die das Rennen machte. Von dort aus war der Weg zu den Augen kurz, und wenn es tatsächlich so war, dass die Augen der Spiegel der Seele waren, dann hatte Irlinn eine schöne Seele, schlussfolgerte Valdemar.

»Das war kein Traum. Sie waren mit dem Rad unterwegs«, antwortete sie.

Ihm fiel nichts Schlaues ein, was er erwidern konnte.

»Haben Sie große Schmerzen?«, fragte sie, aber so weit hatte er nicht gedacht. Sie nickte in Richtung Valdemars linker Schulter, und er verstand, dass sie fragte, ob selbige wehtat. Er griff mit der rechten Hand nach der Schulter, und im gleichen Augenblick jagte ein Schmerz durch seinen Körper. Er hatte keine derartigen Schmerzen mehr verspürt, seit seine ansonsten so rücksichtsvolle Zahnärztin Kristin versucht hatte, eine Wurzelbehandlung ohne Betäubung vorzunehmen. Valdemar bemühte sich, eine Art Grimasse zu schneiden, aber es ähnelte wohl mehr einem Lächeln, da Irlinn zurücklächelte. Es konnte den Anschein haben, dass seine Erfahrungen mit Frauen mit Schmerz verbunden sein sollten.

»Ja«, antwortete er, »das tut ziemlich weh in der Schulter.«

Irlinn erhob sich und verschwand, schaffte aber noch zu erwähnen, dass sie die angekündigten schmerzstillenden Medikamente holen würde. Es war Valdemar noch nie zuvor aufgefallen, aber Krankenschwestern hatten keine Nachnamen. Sie hatten lediglich Vornamen. Vielleicht hatten einige Bürokraten Angst, männliche Patienten könnten sich heimlich an die Krankenschwestern heranpirschen? Mit den Ärzten war es umgekehrt. Die Ärzte hatten nur Nachnamen. Wahrscheinlich wusste niemand, wie Doktor Gurgle mit Vornamen hieß. Gunnar Gurgle? George Gurgle? Oder war das ein Ausdruck für die Hierarchie im Gesundheitswesen? Zuerst hatte man nur einen Vornamen, dann bekam man vielleicht Vor- und Nachnamen, danach Titel und Nachnamen und ganz zum Schluss nur den Titel? Lassen Sie uns hören, was der Oberarzt dazu zu sagen hat. Klar, wenn man Oberarzt ist, braucht man keinen Namen. Alle wissen, dass man der Oberarzt ist.

Bevor sich Valdemar noch weiter in seine Überlegungen vertiefen konnte, kehrte Irlinn mit einem Glas Wasser und vier weißen Tabletten zurück. Sie waren länglich mit abgerundeten Ecken. Er schluckte sie, ohne nach den Inhaltsstoffen zu fragen, denn er sah keinen Grund, an Irlinn zu zweifeln. Er vertraute ihr zu hundert Prozent. Sie war schließlich ausgebildete Krankenschwester, während er nur ein elendiger, mehr oder weniger autodidaktischer Geschäftsführer eines etwas größeren Unternehmens war. Irlinn hatte ganz sicher sowohl Diplom als auch Zeugnisse, während Valdemar nicht ein einziges Papier vorweisen konnte, ausgenommen seiner Visitenkarten. Die waren teuer genug gewesen, so war es nicht. Er hatte die Rechnung des Designbüros selbst gegengezeichnet und hätte ebenso gut Hundert-Kronen-Scheine als Visitenkarte verteilen können. Prägung, Spezialfarben und Glanzüberzug gab es nicht gerade gratis. Die Hunderter wären möglicherweise populärer gewesen, auch wenn die Gefahr bestanden hätte, dass einzelne Pedanten es als Bestechungsversuch gewertet hätten.

»Die Tabletten beginnen in einer Viertelstunde zu wirken«, erklärte sie. Und fuhr fort: »In der Zwischenzeit werde ich die Glasscherben entfernen, die sich festgesetzt haben.« Valdemar hatte Glasscherben in einer Schulter, im Oberarm sowie in der Wange.

»Das ist merkwürdig«, sagte er, »ich kann mich an kein Glas erinnern.«

»Die Frontscheibe des Autos ging bei dem Aufprall zu Bruch«, antwortete Irlinn. »Sie hatten Glück. Das heißt, es war klug von Ihnen, einen Helm zu tragen, ansonsten wäre es kaum so gut ausgegangen. Sie hätten Gemüse sein können.« Valdemar bildete sich ein, dass das eine Untertreibung war, fragte aber trotzdem.

»Welche Art von Gemüse meinen Sie?«

»Sie hätten einen Schädelbruch erleiden können, und dann hätten Sie nicht hier bei mir gelegen. Dann wären Sie schon lange in der neurochirurgischen Abteilung, und da wäre es nicht so sicher, dass Sie in der Lage wären, mit einer von uns Schwestern zu sprechen.«

»Schädelbruch? Meinen Sie so, wie wenn ich das Ei aufschneide und das Weiße und das Gelbe herauslaufen? Würde mein Gehirn in der gleichen Weise herauslaufen?«

Valdemar schauderte es vor der eigenen Beschreibung.

»Na, na, nun werden Sie nicht vollkommen paranoid. Sie trugen einen Helm und Ihrem Kopf geht es gut. Sie sind ebenso normal oder bekloppt, wie Sie es immer waren«, sagte sie und lächelte. Er bemerkte an der Kette um ihren Hals einen Ring. Warum das? Wartete sie auf jemanden? Oder war es eine Erinnerung an jemanden? Das war selbstverständlich nicht seine Angelegenheit, aber dennoch wunderte er sich. Es war zwölfeinhalb Jahre her, dass er einer Frau so nah gewesen war, dass er ihre Wärme spüren konnte, ihren Atem; zwölfeinhalb Jahre lang hatte er immer einen ganzen Schreibtisch aus kaltem Ebenholz zwischen sich und den Frauen gehabt. Personalgespräche luden zu nichts anderem ein. Oft saßen die Frauen mit überkreuzten Armen da, bewusst oder unbewusst, um den professionellen Abstand zu schaffen. Wäre er jünger gewesen, hätte er sich vielleicht etwas einbilden können. Entspann dich, sagte er zu sich selbst, du bist zweiundfünfzigeinhalb Jahre alt. Außerdem hatte er seit Langem vergessen, wie er eine Frau als

Frau behandeln sollte, und glaubte, es würde ihm nie wieder gelingen.

Die Glasstückchen, die Irlinn herauszog, waren von der Größe russischer Erbsen, und es hatte nicht den Anschein, als würde sie bald fertig sein.

»War es eine große Frontscheibe?«, fragte sie.

»Keine Ahnung«, antwortete Valdemar. »Ich habe nicht gesehen, was mich traf, aber es fühlt sich an, als wäre es mindestens ein Bus gewesen.«

Irlinn lächelte. Die blauen Augen über der Stupsnase konzentrierten sich indessen auf die Glassplitter, die in seiner Schulter steckten. Sie zog sie schweigend heraus. Jedes Mal wenn sie einen davon in die Metallbox fallen ließ, klang es nach kühlem Metall. Die Glasstückchen rollten ein bisschen herum, bevor sie sich zur Ruhe begaben. Sie funkelten, als wären sie frisch geschliffene Diamanten. Wären es Diamanten, hätte Valdemar einen Ring anfertigen lassen und ihr geben können. Aber er dachte, ein Ring könne missverstanden werden. Wie konnte er ihr ein Symbol für Potenz und Männlichkeit schenken, wenn er es war, der von ihr abhängig war? Valdemar, der zwölfeinhalb Jahre lang von niemandem abhängig gewesen war. Er wünschte sich, die Glassplitter wären Perlen, damit sie stattdessen eine Perlenkette bekommen könnte. Ein Symbol der Fruchtbarkeit, Weiblichkeit und Vollkommenheit. Von ihm für Irlinn. Eine Perlenkette konnte nicht missverstanden werden, oder doch?

»Wissen Sie, was aus dem Fahrrad geworden ist?«, fragte er. Für Valdemar war Irlinn in diesem Moment die Frau in seinem Leben. Mit keiner anderen konnte er in seinem neuen Zustand als Verkehrsgeschädigter reden. Er fühlte eine unendliche Dankbarkeit, dass sie so nett war und die Glassplitter herauszog, auch wenn sie sicher anderes und Wichtigeres zu tun hatte.

»Ein Wrack«, antwortete sie mit der größten Selbstverständlichkeit.

»Ein Wrack?«, fragte er. Wie konnte das sein? Das Fahrrad sollte doch einen Carbon-Rahmen haben. Das Beste, was es für Geld zu kaufen gab.

»Ein Wrack«, wiederholte sie. Dann führte sie näher aus: »Das Vorderrad ist an vier Stellen gebrochen, der Rahmen ist quer durchgebrochen, die Lampe ist kaputt, die Gabel schief. So etwas nenne ich Wrack. Es liegt draußen am Empfang. Die Polizei kümmert sich darum und fährt es dorthin, wo Sie es hinhaben möchten.«

»Kann die es nicht direkt zum Recycling fahren?«, schlug Valdemar vor. Was sollte er mit einem schrottreifen Fahrrad? Irlinn meinte, das sei nicht so einfach.

»Zum einen ist das Fahrrad ein Beweisstück. Zum anderen will die Versicherungsgesellschaft ein Wörtchen mitreden, bevor irgendetwas zum Recycling geschafft wird.«

»Sie kennen sich aus, ich verstehe«, konstatierte er.

Irlinn lächelte.

»Wir bekommen hier in der Notaufnahme so einiges zu sehen.«

»Passieren oft so ernste Unfälle wie meiner?«, fragte Valdemar. Er zweifelte daran, dass so etwas oft geschah, wollte aber fragen, größtenteils, um sicherzugehen.

»Nein, meistens geht es viel schlimmer aus. Tatsächlich ist es ziemlich selten, dass es so gut ausgeht wie bei Ihnen. Sie hatten wirklich Glück.«

War das möglich?

»Meinen Sie, es wird nicht einmal eine Meldung in der Zeitung geben?«

Irlinn lachte, ein helles, warmes Lachen.

»Nicht einmal eine kleine Notiz. Sie dürfen sich nichts einbilden.«

Valdemar war sicher, dass Irlinn mit ihm scherzte. Sie war ein richtiger Spaßvogel. Selbstverständlich war das der ernsthafteste Unfall von allen. Wie sollte es Menschen gehen, die noch schlimmer verletzt waren als er? Sie würden es nie im Leben schaffen zu überleben. Irlinn lag falsch, aber das sagte er ihr nicht. Er sah keinen Grund dafür, dass sie wegen einer Bagatelle zu Feinden werden sollten, jetzt, wo sie dabei waren, einander so nah zu kommen.

»So«, sagte sie. »Das war endlich der letzte Glassplitter. Dann wollen wir uns mal auf den Weg zum Röntgen machen. Warten Sie hier, dann schaffe ich die Scherben weg und hole einen Rollstuhl.« Valdemar protestierte, er konnte gut selbst laufen und brauchte keinen Rollstuhl.

»Ich brauche keinen Rollstuhl«, sagte er.

»Doch. Solange ich die Verantwortung für Sie habe«, bestimmte sie. Ein warmes Gefühl breitete sich in seiner Brust aus und belegte, dass er nichts dagegen hatte, in jemandes Verantwortung zu liegen. Ein Gefühl, das er lange nicht verspürt hatte. Zwölfeinhalb Jahre lang hatte er nicht das Gefühl gehabt, dass sich jemand Gedanken darüber machte, wie es ihm ging, und das nahm er persönlich, auch wenn er wusste, dass er das nicht tun sollte. Irlinn war professionell. Sie wurde dafür bezahlt, umsichtig zu sein, das wusste er, aber sie bekam kein Geld dafür, nett zu ihm zu sein.

Irlinn kam mit einem Rollstuhl zurück, in den sie ihn hineinbeorderte. Anschließend machten sie sich auf den Weg zum Röntgen. Valdemar wünschte, die Fahrt würde länger dauern, sie würde die Erlaubnis bekommen, ihn bis in den Sonnenuntergang hineinzuschieben.

»Können wir vielleicht auf dem Rückweg eine Pause machen und Mittag essen?«, schlug er vor.

»Haben Sie Hunger?«, fragte Irlinn.

Er hatte es als Scherz gemeint. Es war ein schlechter Versuch, lustig zu erscheinen, um ihr etwas von ihrer Freundlichkeit zurückzugeben. Es grenzte schon an einen Flirtversuch, aber Irlinns unendliche Fürsorge wollte nur sein Bestes. Würde er hungrig sein, würde er natürlich etwas zu essen bekommen. Das fehlte noch.

»Was möchten Sie haben? Ich glaube, wir haben Brötchen am Empfang. Mit Schnittkäse? Braunem Ziegenkäse? Schinken? Oder sind Sie Vegetarier? Ich persönlich halte mich von rotem Fleisch fern.«

Er erklärte, dass er lediglich versucht hatte, lustig zu sein, sie hatten sich doch irgendwie zusammen auf einer Autofahrt befunden, nicht wahr? Und sie fuhr? Man müsste doch jede Stunde eine Pause machen, oder?

»Ach so«, antwortete sie, »wir bekommen hier nicht so viele Patienten mit Sinn für Humor rein. Die meisten haben vor allem Mitleid mit sich selbst, oft mit gutem Grund. Entschuldigen Sie, dass ich das nicht erkannt habe.«

»Kein Problem. Für gewöhnlich lacht auch niemand über meine Witze. Niemand außer den Lieferanten.« Auch das war eine Art Witz, aber sie überhörte ihn in der gleichen Weise. Er bemerkte, dass er sich plötzlich anhörte, als hätte er Selbstmitleid, aber das war nicht der Fall. Ganz im Gegenteil. Die Tabletten fingen an zu wirken, und er hatte das Gefühl, dass es ihm nie besser gegangen war. Er wurde gleichgültig. Er war schlichtweg dabei, auf alles zu pfeifen. Und warum sollte er das nicht können? Er war doch geschäftsführender Direktor. Er war es, der die Entscheidungen traf, und jetzt entschied er, dass es die neue Wirklichkeit war, die galt. Es ging um ihn und Irlinn, um niemand anderen, so lange oder kurz es dauern mochte.

In der Röntgenabteilung wurde er von einer Fotografin in Empfang genommen. Oder wie nannte man die, die die Röntgenbilder machten? Sie stand wohl relativ weit oben auf der Rangleiter, denn sie stellte sich nur mit einem Titel vor, der sich nicht in Valdemars Fremdwörterbuch fand. Auch wenn sie namenlos war, war sie ebenso umsichtig und rücksichtsvoll wie Irlinn. Sie wollte, dass er in einer leicht verkrüppelten Haltung dasaß, um ein gutes Bild machen zu können, und fragte, ob es ihm wehtat, so zu sitzen. Das tat es, aber das sagte er nicht. So nett wie Irlinn und die neue Dame waren, konnte er zumindest so tun, als würde es nicht wehtun. Zum Glück bat sie ihn nicht, in die Kamera zu lächeln. Außerdem war die Sitzung beinahe vorbei, bevor sie begonnen hatte, und Irlinn konnte ihn in dem gleichen beherrschten Tempo zurückrollen.

»Wir müssen dieses Mittagessen auf ein anderes Mal verschieben«, scherzte sie, und Valdemar konnte nichts anderes tun als ihr zuzustimmen. Er schlug ein nettes Café mit Meerblick vor, nicht weit entfernt vom Rathaus, und sie versprach, daran zu denken.

Irlinn würde es im Berufsleben weit bringen, das hatte er im Gefühl. Sie war verantwortungsvoll. Sie würde sicher eines Tages den Schritt bis ganz an die Spitze machen, namenlos werden und nur einen Titel tragen. Vielleicht würde sie eines Tages Direktorin werden. Sie schob ihn zu dem Arzt hinein, der ihn zuvor kaum gegrüßt hatte, Doktor Gurgle, und stellte ihn in dessen

Büro ab. Valdemar verstand, dass das Fußvolk mit ihm fertig und jetzt die Experten an der Reihe waren.

Irlinn verabschiedete sich, wünschte ihm alles Gute, verschwand aus dem Zimmer und den Korridor hinunter. Er vermisste sie bereits, bevor die Tür ins Schloss gefallen war.

8

In Prozent gemessen war es nicht schwer, den Kundenkreis zu erweitern. Valdemar Vågen brauchte nur einen Kunden zu akquirieren, schon hatte die Firma doppelt so viele Kunden wie bei seinem Einstieg. Weil die Firma aber nicht von Prozenten leben konnte, war er gezwungen, andere Wege zu finden, um mehr Leute von der Produktidee zu begeistern. Er begann, nach Zwillingen zu suchen. Er beschrieb den ersten Kunden so gut er konnte, sortierte alle demografischen und psychologischen Daten, die ihm zur Verfügung standen. Anschließend suchte er in derselben sowie in angrenzenden Branchen nach entsprechenden Firmen und erweiterte den Kundenkreis. Der Umsatz verdoppelte sich jährlich, und bald musste er Leute einstellen. Jemanden, der im Büro saß, wenn er unterwegs war. Jemanden, der die Kunden bei Laune hielt. Jemanden, der dafür sorgte, dass das Unternehmen das hielt, was Valdemar Vågen versprach. Schnell kam von den Kunden der Wunsch nach neuen Funktionen, und somit musste auch der Stab an Programmierern wachsen. Nach einem Jahr waren es fünfzehn Angestellte, nach zwei Jahren fünfzig und nach zehn Jahren fünfhundert.

Zu den ersten Mitarbeitern, die er einstellte, hatte Valdemar Vågen eine Beziehung; vermutlich, weil er eine Art Dankbarkeit dafür empfand, dass sie es wagten, in einer

Firma anzufangen, die ebenso gut ein Reinfall wie ein Erfolg werden konnte. Aber je mehr hinzukamen, desto mehr verschwand dieses Gefühl allmählich, und die Menschen wurden stattdessen zu Funktionen, biologischen Maschinen, die bestimmte Aufgaben ausführen sollten. Das war die natürliche Konsequenz von Valdemar Vågens Wunsch, in Arbeit zu ertrinken. Er kümmerte sich weder darum, was sie dachten noch was sie fühlten, solange sie die Arbeit machten, für die er sie bezahlte. Er konnte sich nicht für die Leute engagieren. Sein Ziel war es, Global Village nach vorn und nach oben zu treiben. Je mehr Etagen das Unternehmen füllte, desto größer wurde auch der Abstand zu Valdemar Vågen. Nicht nur rein physisch, sondern auch in Form mehrerer Leitungsebenen dazwischen, längerer Dienstwege und gesteigerter Bürokratie.

Dennoch, kein Baum wuchs in den Himmel. Als der größte Kunde aufgrund eines Korruptionsskandals unerwartet in Konkurs ging, wackelte die Firma. Das geschah in der ersten, noch verletzlichen Phase. Das Unternehmen hatte lange Zeit auf einem Bein gestanden, und als die Axt dieses Bein traf, stand die Firma kurz vor dem Aus.

Bevor er aber Kunden fand, die den kritischen Verlust ersetzen konnten, musste er gegen die bedrohte Liquidität ankämpfen. Das Geld hatte zwar aufgehört hereinzufließen, aber es hörte nicht auf herauszufließen. Die Zahlen wurden von Tag zu Tag roter. Valdemar Vågen begriff, wohin das führte, und es war seine Fähigkeit, resolut und frühzeitig zu handeln, die das Unternehmen letztendlich rettete. Er machte sich so unbeliebt, wie es nur möglich war. Weil er aber wusste, dass seine verhassten Maßnahmen das Überleben der Firma sichern würden, brachte er eine nach der anderen auf den Weg. Er sorgte dafür, dass all die kleinen Gläubiger ihr Geld bekamen, sodass niemand sich schnell verbreitende Gerüchte über Zahlungsschwierigkeiten streuen konnte. Die großen Rechnungen konnte er aufteilen, denn konnten kleine Gläubiger den Konkurs der Firma verlangen, war das finanzielle Risiko für die anderen zu groß. Er jonglierte mit Mehrwertsteuer, Arbeitgeberabgabe und Steuern und reizte, wenn es notwendig war, alle Grenzen so weit es ging aus. Er hielt Lohn zurück und führte im Einkauf ein Terrorregime ein. Er drohte den Angestellten mit Kündigung.

In Wahrheit aber schlief er mehrere Wochen lang nicht. Er warf sich von der einen Seite auf die andere und schwitzte, als hätte er Tropenfieber. Der Appetit verschwand. Er hatte so viel verloren, und das Einzige, wofür er lebte, war die Firma. Sollte er die auch verlieren? Sollte sie in Konkurs gehen? Was würde dann noch bleiben? Er rief die Aktionäre zu einer außerordentlichen Generalversammlung ein und forderte Kapitalspritzen. Valdemar Vågen verlangte eine korrigierte Emission an die Aktionäre, sodass sich jeder von ihnen in einen größeren Anteil des Unternehmens einkaufen konnte, aber keiner von ihnen ergriff die Möglichkeit, denn sie hatten nichts beizutragen. Sie waren hoch verschuldet, hatten teure Autos, teure Wohnungen, teure Ehefrauen und noch teurere Gewohnheiten, und im Gegensatz zu Valdemar Vågen hatten sie nicht einen Groschen für schlechte Zeiten zurückgelegt. Er verwendete jede einzelne Krone, die er besaß, um das Unternehmen in einen sicheren Hafen zu führen, gleichzeitig wurde er dabei Hauptaktionär. Von diesem Augenblick an mochten ihn die anderen Aktionäre nicht mehr, aber Valdemar Vågen hatte keinen Dank erwartet. Weder von den vier Aktionären noch von den übrigen Angestellten. Über mehrere Monate aß Valdemar Haferbrei zu Abend, verlor an Gewicht, wurde dünn und ungelenk. Als die Zahlen wieder schwarz waren, schloss er die Tür zu seinem Büro ab und holte aus der untersten Schublade seines Schreibtisches eine Flasche Portwein. Er machte sich nicht die Mühe, ein Glas aus der Kantine zu holen, sondern trank direkt aus der Flasche. Er hatte nicht die Absicht, mit irgendjemandem zu teilen, das war sein Sieg. Allein seiner.

Als die Krise überstanden war, wurde er Zeuge eines Gespräches auf dem Flur. Eine der Angestellten erklärte, dass sie nie im Zweifel darüber gewesen sei, dass alles gut gehen würde. Sie sagte, sie habe sich lediglich zurückgelehnt, und es habe für sie keinen Grund zur Besorgnis gegeben. Valdemar Vågen würde das klären, denn Valdemar Vågen klärte alles. Das waren die Worte, die sie gebraucht hatte: »Valdemar Vågen wird das klären, denn Valdemar Vågen klärt alles.« Er erwartete keinen Dank. Er machte seine Arbeit, wie er es auch von anderen verlangte.

Er fühlte das Gewicht aller Angestellten auf seinen Schultern lasten. Ihr eigenes Gewicht, das Gewicht der Bankanleihen, Mieten, Jahresbeiträge für die Firmenwagen, Stromrechnungen, Kindergartenbeiträge, kommunalen Steuern, Kosten für Zigaretten und Wein, Telefonrechnungen, Urlaubsgelder, Rundfunkgebühren und von allem anderen auf seinen Schultern. Er war es gewohnt, ständig schwerere Lasten zu schultern, und wusste, dass die Angestellte recht hatte. Valdemar Vågen klärte alles. Es gab keinen Grund, sich Sorgen zu machen.

Bis das Schicksal Valdemar Vågen ein verdammtes japanisches Elektroauto mitten ins Gesicht schleuderte.

9

»Das ist zweifellos eine linksseitige AC-Gelenksluxation dritten Grades«, sagte Doktor Gurgle, ohne zu zögern, als er das Röntgenbild sah. Aus Gründen, die Valdemar nicht erklären konnte, assoziierte er die Behauptung zunächst mit Steven Spielbergs Film »Unheimliche Begegnung der dritten Art«. Möglicherweise weil das Bild, auf das der Arzt zeigte, etwas äußerst Befremdliches zeigte.

»Was ist das?«, fragte Valdemar und zeigte auf ein komisches Etwas ganz oben im Bild.

»Das ist die Scapula«, sagte der Arzt mit der größten Selbstverständlichkeit.

Valdemar sah vermutlich aus wie ein Fragezeichen.

»Ihr Schulterblatt«, antwortete Doktor Gurgle pädagogisch. Was sollte es anderes sein? Ein Arzt hatte da leicht reden, er konnte alles Mögliche über die Aufnahme behaupten, und Valdemar wäre gezwungen, ihm zu glauben.

Selbstverständlich könnte es auch etwas anderes sein. Nach Valdemars Assoziation war es eher das Bild eines Wesens von einem fremden Planeten, eines Aliens. Eine Gestalt auf Besuch aus einer fernen Galaxie. Nach einer unendlich langen oder unendlich kurzen Reise durch den Raum war sie auf die Erde gekommen, um einer auf

Abwege geratenen Rasse den richtigen Weg zu weisen. Um den Kurs für eine bessere Zukunft abzustecken. Um zu zeigen, dass die Menschheit nicht allein war, dass sie nicht auserwählter war als sie. Dass Gott alle liebte. Take me to your leader. Zu wem sollte sie Valdemar führen? Zur Ministerpräsidentin? Zum amerikanischen Präsidenten? Zum Papst? Doktor Gurgle sagte irgendetwas, aber Valdemar hörte nicht, was es war. Oder besser gesagt, er hörte nicht zu. Er musste ihn bitten, es zu wiederholen.

»Sie haben Glück, hier in Norwegen operieren wir solche Verletzungen. Das macht man nicht in allen Ländern. Ich rechne damit, dass Sie im Laufe des Tages operiert werden, oder spätestens heute Abend.«

»Operiert?«, fragte Valdemar.

Was meinte der Arzt? Sollte das Skelett auf dem Bild Valdemar gehören? Behauptete der Arzt, Valdemar habe ein Skelett in seinem Körper? Dass er schlicht und einfach ein Mensch sei? Dass er genauso aufgebaut sei wie die Angestellten, die nicht einmal in der Lage waren, eine Tasse in die Spülmaschine zu stellen? Wo war da die Gerechtigkeit? Was war mit dem Außerirdischen geschehen? Valdemar schaute den Arzt zweifelnd an und verstand umgehend, dass er Witze machte. Na klar, Ärzte haben Humor.

»Sie veräppeln mich?«

Selbstverständlich war Valdemar unsterblich. Er konnte nicht verletzt werden. Er konnte erschöpft sein, aber er konnte nicht verletzt werden. Nicht einmal ein Bein brechen oder sich etwas ausrenken. Anderen geschah das vielleicht, aber nicht ihm. Er war unmenschlich im positiven Sinne. Er war übermenschlich im schlimmsten

Fall. Und da wagte es der Arzt anzudeuten, er habe sich das Schlüsselbein ausgerenkt? Das konnte nicht stimmen. Das konnte einfach nicht stimmen. Das war vollkommen unlogisch. Valdemar musste ihn bitten, es ein weiteres Mal zu wiederholen.

»Ihr Schlüsselbein ist ausgerenkt, bis zur Operation müssen Sie Ihren Arm ruhig halten, also veranlasse ich die umgehende Einweisung. Sie müssen die nächsten Tage nicht zur Arbeit, also genießen Sie die Zeit ohne den Chef.«

Er lachte, und Valdemar wurde bewusst, dass Ärzte vielleicht doch keinen Sinn für Humor hatten. Die Zeit ohne den Chef genießen? Valdemar war doch der Chef! Alle anderen würden die Zeit genießen. Die Katze war aus dem Haus, und die Mäuse hatten freie Bahn, um auf den Tischen zu tanzen. Er sah es vor sich und erschauderte.

»Oben in der Orthopädie haben sie sicher ein freies Bett für Sie. Sie sollten die Chance nutzen, wenn sie sich schon bietet.«

Valdemar war plötzlich verwirrt.

»Was meinen Sie?«

Doktor Gurgle lächelte.

»Nichts anderes, als dass sie planen, das Krankenhaus zu schließen. Sie könnten der letzte Patient sein.«

»Das Krankenhaus schließen?«

»Ja, es war die Rede davon.«

»Ich dachte, wir brauchen mehr Krankenhäuser?«

»Politiker, wissen Sie. Große Worte und nichts dahinter. Denken nur an die Wiederwahl.«

»Ja, ja. Hauptsache, es ist noch bis zu meiner Entlassung geöffnet. Dann können sie wegen mir so viel abreißen, wie sie wollen.«

Dann dachte er nach.

»Wie komme ich dahin? Ich befürchte, es wird schwer, mit dem Fahrrad zu fahren.«

Doktor Gurgle lächelte erneut.

»Wir haben da unsere Methoden, wissen Sie«, sagte er.

Valdemar hatte einen lichten Moment gehabt, als der Arzt davon gesprochen hatte, dass das Krankenhaus abgerissen werden sollte, aber mehr lichte Momente gab es nicht. Es war, als hätte er gerade Halt gefunden, und dann ging es wieder schief. Wieder und wieder. Er erlebte die Situation als immer absurder. Einweisung? Valdemar konnte nur zwei denkbare Erklärungen finden. Die erste besagte, es könnte sich um einen Streich handeln, inszeniert von einem der Jungs im Vorstand. Einige zogen es vor, zu scherzen und zu lachen, anstatt zu arbeiten, wenn sich die Möglichkeit bot. Es konnte definitiv einer von ihnen gewesen sein. Oder zwei. Oder alle vier. Vielleicht wollten sie die Stimmung auflockern, nachdem sich der Zeitpunkt der Generalversammlung und der Festsetzung der Dividende mit anschließender Ausschüttung näherte. Vielleicht wollten sie sichergehen, dass Valdemar gute Laune hatte und den Gürtel etwas lockerte, wenn es an der Zeit war. Damit es nicht so viel Brotrinde, Luftsuppe und Wartebrötchen gab. Es könnten Blakken, Svarten, Rauen und Rappen gewesen sein. Das war die eine Erklärung. Die andere Erklärung bestand darin, dass Valdemar tatsächlich von einem weißen, verdammten Elektroauto angefahren worden war, das aus dem blühenden Ginster gekommen war. Es war möglich, dass sein Fahrrad wirklich zermalmt und sein Schlüsselbein wirklich ausgerenkt war. Und dass er bei einem echten Arzt in einer echten Ambulanz saß, auf ein authentisches Röntgenbild schaute und im Begriff war, in ein wirkliches Krankenhaus eingewiesen zu werden, um eine äußerst realistische Operation zu bekommen. Dass der Unfall tatsächlich passiert war, und dass ihm nicht nur die heutige Konferenz, sondern auch die nächsten Tage entgehen würden. All das war möglich. Eine dritte Alternative konnte sein, dass er ganz einfach träumte. Es war nur, dass es Valdemar nicht so mit dem Träumen hatte, abgesehen von dem einen Traum, den mit dem Wasser. Aber es war so viele Jahre her, dass er diesen das letzte Mal gehabt hatte. Die erste Alternative konnte er verstehen und nachvollziehen, aber die zweite war beinahe unwirklich. Aber nachdem keiner der Jungs hinter einer Säule auftauchte oder mit einem Bett angerollt kam, machte sich langsam ein leichter Zweifel in Valdemar breit.

Konnte es sein, dass der Arzt die Wahrheit sagte? Dass er froh sein konnte, am Leben zu sein, und dass es vielleicht nur dem Glück und dem Tragen eines Fahrradhelms zu verdanken war, dass er bei diesem Arzt saß und ein Röntgenbild seines Schlüsselbeins betrachtete? Vielleicht würde er sich in ein paar Stunden in einem Krankenhausbett befinden? Er, der nie zuvor in einem Krankenhaus gewesen war? Das war unwirklich, aber die unwirkliche Lösung wurde schrittweise realer. Ungefähr so, als würde ein Bild im Rotlicht einer altmodischen Dunkelkammer entwickelt werden. Ausgehend von einer weißen Fläche wurde langsam erkennbar, dass sie doch etwas darstellte, und dass diese abstrakte Vorstellung unmerklich und ganz plötzlich ganz konkret wurde. Über alle Zweifel erhaben. Es gab niemanden, der Unfug mit ihm trieb. Valdemar war von einem weißen Elektroautoteufel überfahren worden, sein Fahrrad war zerquetscht worden, er hatte eine sogenannte AC-Luxation dritten Grades, und er sollte in Erwartung einer Operation ins Krankenhaus eingewiesen werden. Die einzige gute Neuigkeit, die Valdemar dabei in den Sinn kam, war: Sollte all das wahr sein, dann gab es Schwester Irlinn auch in Wirklichkeit.

Valdemar dachte nach. Was hatte Doktor Gurgle damit gemeint, als er sagte, sie hätten ihre Methoden?

»Was meinen Sie damit, Sie haben Ihre Methoden?«, fragte er.

»Nichts anderes, als dass wir Sie von der Ambulanz ins Krankenhaus transportieren werden. Für so etwas haben wir Leute. Wir nennen sie Krankenträger.«

»Ich muss nicht selbst laufen?«, fragte Valdemar und fühlte sich ein Stück weit privilegiert.

»Wir rollen Sie direkt bis an die Bettkante.«

Das war prima, dachte Valdemar. Morgen würde er wieder fit sein. Oder zumindest in ein paar Tagen. Es gab Grenzen, wie lange es dauern konnte, eine Schulter zusammenzuschrauben.

»Es gibt nur jemanden, der ein paar Worte mit Ihnen wechseln möchte, bevor Sie fahren«, sagte Doktor Gurgle, und Valdemar nahm unmittelbar an, dass es sich um Irlinn handeln musste, denn sie war die Einzige, die er in der Ambulanz kannte, abgesehen von Doktor Gurgle.

10

Sie stellte sich als Polizeiwachtmeister Stenkvist vor und hinter ihr stand ein Kollege, ein Muskelpaket der seltenen Art. Die Muskeln des Hoferben waren das Ergebnis einer Kindheit mit schweren Kraftanstrengungen auf einem abgelegenen Bauernhof und nicht eines Fitnessstudios und der Einnahme von Eiweißpulver. Dennoch bestand kein Zweifel daran, wer von ihnen den größten Respekt ausstrahlte. Polizeiwachtmeister Stenkvist sah aus, als könnte sie jeden vom Fleck weg verhaften. Ihre Gestalt an sich war recht zierlich, mit hellen Haaren, blaugrünen Augen und einem Lächeln, das die Kühltheke im Supermarkt zum Schmelzen bringen könnte. Trotzdem, Polizeiwachtmeister Stenkvist war eine Frau, die sich mit nichts abfand, und das Erste, was sie tat, war den Führerschein des Autofahrers einzuziehen. Wie es Gesetz und Vorschriften sicher vorsahen. Sie streckte die Hand aus, schnipste mit den Fingern, und ohne dass sie etwas sagen brauchte, zog der Autofahrer den Führerschein hervor und gab ihn ihr. Er sank zusammen und sah ein, dass er ein lebenslanges Urteil bekommen hatte. Er bereitete sich darauf vor, in die Zelle gesteckt zu werden, nahm den Gürtel ab und gab ihn dem Polizeiwachtmeister. Für einen kurzen Moment wirkte sie unschlüssig, bevor sie ihn langsam an ihren Kollegen weiterreichte. Sie nickte mit dem Kopf, der Hoferbe legte seine Bärenpranke auf die Schulter des Autofahrers und nahm ihn mit, wahrscheinlich zu einem unterirdischen Bunker, wo Wasser und Brot auf ihn warteten. Der Autofahrer starrte auf seine Schuhspitzen, als er verschwand, trotzdem stolperte er an der Türschwelle, und hätte der Hoferbe im Fallen nicht nach ihm gegriffen, wäre der Autofahrer mit dem Kopf voran auf eine Betonsäule gekracht. Das geschah ihm recht, dachte Valdemar.

Es klapperte an Polizeiwachtmeister Stenkvist, als sie sich bewegte. Um ihre Taille hingen mehrere Requisiten, unter denen Valdemar Handschellen ausmachen konnte. Es stellte fest, dass er nicht einmal die Uniform wiedererkannte, also musste es viele Jahre her sein, seit er das letzte Mal einen Polizeiwachtmeister in Uniform gesehen hatte. Hatten sie vielleicht aufgehört, durch die Straßen zu patrouillieren? Sie hatte Schulterklappen mit goldenen Rändern, und daher nahm er an, sie sei eine Art General. Möglicherweise weil er durch die schmerzstillenden, rezeptpflichtigen Medikamente umnebelt und berauscht war. »So sieht also die Polizei aus«, stellte Valdemar fest. Anschließend versuchte er, sich Polizeiwachtmeister Stenkvist in einem kleinen schwarzen Kleid, mit einer einfachen, aber kostbaren Halskette darauf vorzustellen, aber es gelang ihm nicht. Das war nicht ihre Schuld, ihr würde ein kleines schwarzes Kleid mit einer einfachen, kostbaren Halskette darauf sicher stehen. Und nicht einen einzigen Moment dachte er an die Handschellen, auch wenn er das sicher getan hätte, wäre er nicht so umnebelt und berauscht gewesen. Er war zudem überrascht, dass er noch nicht einen einzigen kleinen Gedanken an die Firma oder den Kongress verschwendet hatte, rechnete aber damit, dass dies kommen würde, früher oder später.

Polizeiwachtmeister Stenkvist setzte sich neben Valdemar und fragte, ob er seinen Namen wisse.

»Ja«, antwortete Valdemar.

»Können Sie es mir auch sagen?«, fragte sie.

Er hatte sie missverstanden. Er hatte geglaubt, sie wolle nur wissen, ob er wusste, wer er war, aber dann wurde ihm klar, dass sie wissen wollte, wer er war. Und wo er wohnte und wie seine Handynummer lautete. Direkt zur Sache, dachte Valdemar, aber dann kam ihm der Gedanke, dass sie möglicherweise aus anderen als den von ihm vermuteten Gründen fragte. Es hatte wohl kaum etwas mit einer Einladung zum Abendessen zu tun.

»Valdemar Vågen«, sagte Valdemar.

»Waldhemar ...«, schrieb Polizeiwachtmeister Stenkvist.

»Valdemar«, korrigierte Valdemar.

»Waagen ...«, schrieb Polizeiwachtmeister Stenkvist.

»Vågen«, korrigierte Valdemar.

Sie wollte wissen, was passiert war. Sie sprach freundlich mit ihm, aber dennoch lag eine Entschlossenheit in ihrer Stimme. Valdemar unternahm einen ehrlichen Versuch, den Ablauf der Ereignisse wiederzugeben, denn er hatte den Wunsch, dass Polizeiwachtmeister Stenkvist einen so problemfreien Arbeitstag wie nur möglich haben möge. Leider hatte er nicht viel zu erzählen und schlug vor, sie sollten sich lieber bei einer Tasse Kaffee zusammensetzen, wenn er wieder auf dem Damm sei. Er rechnete damit, die Erinnerung würde sich bessern, wenn er erst darüber nachdenken könnte. Also schlug er vor, dass er ein bisschen später auf die Polizeistation kommen könne. Und würde das nicht passen, dann habe sie ja seine Telefonnummer? Sie könnten sich treffen, wenn es ihr besser passen würde? Sie lächelte bedauernd. Die Polizei hatte ihre Vorschriften. Die galt es zu befolgen. Valdemar erklärte, dass er auf dem Radweg gefahren war, aus dem gelben Ginster ein weißes Elektroauto hervorgekommen war, es gekracht und dann dunkel geworden war. Der Rest waren nur Bruchstücke, die er sich zusammenreimen musste, oder das, was ihm Schwester Irlinn im Nachhinein erzählt hatte.

»Sie konnten also nicht bremsen?«, fragte Polizeiwachtmeister Stenkvist.

»Nein«, antwortete Valdemar, »ich schaffte es nicht einmal, die Bremse zu berühren.«

»Wie schnell sind Sie gefahren?«

»Wie schnell ich gefahren bin?«

»Ja.«

»Ich bin nicht schnell gefahren. Ich fuhr langsam.«

»Dann notieren wir das«, sagte Polizeiwachtmeister Stenkvist, und Valdemar vernahm einen Anflug von Irritation in ihrer Stimme. »Wie langsam sind Sie dann gefahren?«

»Nicht sehr langsam. Etwas schneller, als wenn ich gehe. Das ist doch der Sinn vom Radfahren.«

Nun vernahm Polizeiwachtmeister Stenkvist einen Anflug von Irritation in seiner Stimme.

»Können Sie das in km/h angeben?«

»Nein. Mindestens zehn. Maximal fünfzehn.« Valdemar hätte anhand des Fahrradcomputers dokumentieren können, dass die Geschwindigkeit bei gut vierzehn Kilometern pro Stunde gelegen hatte, wäre dieser nicht bei dem Zusammenstoß kaputtgegangen.

Polizeiwachtmeister Stenkvist machte sich Notizen auf einem gelben Zettel, den sie von einer Krankenschwester bekommen hatte. Es war kein großer Zettel, doch obwohl Valdemar kaum etwas zu erzählen hatte, wurde der Zettel auf beiden Seiten vollgeschrieben. Er wunderte sich, was sie eigentlich schrieb, traute sich aber nicht zu fragen.

»Sie schafften es also nicht zu stoppen?«, fragte Polizeiwachtmeister Stenkvist erneut.

Sie legte die Schreibsachen beiseite und nahm eine Haltung ein, die Valdemar als feindlich auffasste. Sie wurde gerader im Rücken und fester im Gesicht. Ihre schmalen Augenbrauen zogen sich zusammen, und sie brütete über einem Gedanken.

»Schafften es nicht zu stoppen? Was meinen Sie?«, fragte Valdemar. Er hatte das unangenehme Gefühl, dass sich das Gespräch in eine Richtung entwickelte, die ihm nicht gefiel. Warum sollte er beschuldigt werden, nicht für ein Auto auf dem Radweg anhalten zu können?

»Sind Sie nicht mit dem Wortlaut von Paragraf 31, erster Abschnitt, des Verkehrsrechts vertraut?«, fragte sie. Ihn überkamen Zweifel. Gab es überhaupt jemanden, möglicherweise mit Ausnahme von Polizeiwachtmeister Stenkvist, der mit dem Wortlaut von Paragraf 31, erster Abschnitt, des Verkehrsrechts vertraut war?

»Äh, nein. Wie lautet der?«, fragte Valdemar.

»Jeder soll rücksichtsvoll fahren und achtsam und behutsam sein, damit keine Gefahr entstehen oder Schaden verursacht werden kann, und so, dass andere Verkehrsteilnehmer nicht unnötig behindert oder gestört werden.«

All das sagte Polizeiwachtmeister Stenkvist mit der größten Selbstverständlichkeit. Valdemar wiederholte das bisschen, was er bereits erklärt hatte, wies aber mit besonderem Nachdruck darauf hin, dass er sich auf einem Radweg befunden habe und dass Radwege, so wie er diese verstand, nicht für Autos vorgesehen seien, auch wenn diese mit Strom betrieben wurden. Und wenn jemand rücksichtsvoll fahren sollte, dann müsse dies der elektrische Autofahrer auf dem Radweg sein. Oder nicht? Aber vielleicht hatte er das falsch verstanden?

Dies erwiderte Polizeiwachtmeister Stenkvist mit einem Blick, der nicht misszuverstehen war. »Sie machen sich nicht über die Polizei lustig«, sagte der Blick, und »noch ein Scherz, und es geht direkt in den Arrest.«

»Sie kommen wahrscheinlich mit einem Bußgeld davon«, sagte sie noch.

Damit verschwand Polizeiwachtmeister Stenkvist aus seinem Leben, bevor sie dazu gekommen war, ihm ihre Telefonnummer zu geben. Auf der anderen Seite hatte das Gespräch eine Wendung genommen, die andeutete, dass sie eine Herausforderung darstellen konnte, dachte Valdemar.

11

Nach der Beerdigung hatte Valdemar aufgehört, von Wasser zu träumen, stattdessen tauchte der Autounfall in einem in Zeitlupe aufgenommenen Film auf, wie ein nicht enden wollender Albtraum. Er saß selbst auf dem Beifahrersitz, und als der Laster aus der Kurve auf die falsche Fahrbahnseite schoss, hatte er keine Stimme zu schreien oder Kräfte, ins Lenkrad zu greifen und das Auto in die entgegengesetzte Richtung zu drehen. Er konnte nur sehen, wie der massive Berg aus Stahl in das Auto donnerte, die Motorhaube sich wie Seidenpapier zusammenkräuselte, die Frontscheibe kleine Eisblumen bildete, bevor sie explodierte und sich in einem Schauer messerscharfer Glassplitter im Innenraum verteilte, aber im Gegensatz zu den Mädchen wurde er nicht verletzt. Die Glasscherben gingen direkt durch ihn hindurch. Die Mädchen wurden im gleichen Moment nach vorn geschleudert, als die Airbags vergeblich versuchten, sich zu öffnen, bevor eine Zehntelsekunde später die Körper zusammen mit Glas, Plastik und Metall in einem riesigen Mixer landeten und zu einem blutigen Smoothie zermalmt wurden. Durch den Lärm konnte er die Stimme des Pfarrers sagen hören, dass es nicht vergebens sein musste. Nicht komplett. Andere könnten leben. Er wachte immer an der gleichen Stelle des Traums auf; saß jäh im Bett, nicht verschwitzt, sondern eiskalt. Danach konnte er nicht wieder einschlafen, nie, sondern blieb in dem dunklen Zimmer sitzen und starrte aus dem Fenster. Davor wuchs ein großer Ahornbaum, und die Äste reckten sich gen Himmel. Am schlimmsten war es, im Winter auf diese Weise aufzuwachen, wenn der Baum seine schwarzen toten Arme Richtung Himmel streckte und im Hintergrund die Lichter der Stadt glimmten wie das Feuer aus der Hölle.

12

Sie hatten die Firma Global Village genannt, nach einem Begriff in Marshall McLuhans einflussreichem Buch *Die Gutenberg-Galaxis*. Ursprünglich war der Ausdruck eine Beschreibung dafür, wie elektronische Technologien die Welt kleiner machen, aber nach und nach war er zu einer Metapher für das Internet geworden. Und die Metapher passte ausgezeichnet. Sie waren unter den Ersten, die sich in dieser Wolke etablierten.

»GV« stand da, mit weißen, leicht zusammengerückten Buchstaben auf einem rechteckigen roten Hintergrund. Das brachte eine bestimmte Boulevardzeitung dazu, in Erwartung eines Urheberrechtsprozesses eine einstweilige Verfügung zu beantragen. Sie behaupteten, das Unternehmen würde von all dem profitieren, was sich die Zeitung über Jahrzehnte erarbeitet hatte. Was Anwälte anging, war Valdemar Vågen ganz klar in der Unterzahl, aber er hatte die besten Argumente. Die Zeitung konnte sich nicht auf das Exklusivrecht berufen, weder auf rote Rechtecke noch auf weiße Buchstaben. Und besonders nicht auf eine Schriftauswahl, die Teil jeder Software eines jeden Computers ist. Die Verwechslungsgefahr konnte nicht als groß beschrieben werden. Die meisten erkannten natürlich den Unterschied zwischen einer Tageszeitung und einem Computerprogramm, auf jeden Fall mit Ausnahme von ein paar

Redakteuren und ihren Anwälten. Aufgrund des Prozesses bekam Global Village eine Menge Gratis-PR, und es lag etwas Wahres in der alten Redewendung, dass jegliche PR gute PR sei. Eine gewisse andere Boulevardzeitung genoss das sichtlich und druckte beinahe jedes einzelne Wort, das in diesem Fall von Valdemar Vågen vorgebracht wurde. Anschließend hatte er die Anzahl der Berichte nachgerechnet und herausgefunden, dass sie redaktionellen Platz in einem Wert von einer bedeutenden Anzahl an Millionen von Kronen erhalten hatten, hätten sie den Platz in Form von Anzeigen kaufen müssen. Außerdem genoss redaktionelle Berichterstattung, selbst in Boulevardzeitungen, eine höhere Glaubwürdigkeit als Anzeigen. Und besonders, wenn Goliath versuchte, den kleinen David in den Dreck zu ziehen. Da verlor Goliath sowieso.

13

Der Autofahrer saß in einem Zimmer auf der anderen Seite des Flurs und war deutlich von der Situation gezeichnet. Nicht nur aufgrund des Mordversuches, sondern auch aufgrund des Verhörs, das er hinter sich hatte. Er saß auf einem Hocker und zitterte, während ihm gleichzeitig der Schweiß von der Stirn floss. Valdemar dachte, der Autofahrer müsse eigentlich um sich herum trocken wischen. Er roch alles andere als frisch geduscht. Er hatte wahrscheinlich zu Hause angerufen und erklärt, dass es keineswegs sicher war, dass er freigelassen würde und er vermutlich die nächsten Wochen, in Erwartung des Prozesses, mit Brief- und Besuchsverbot, mit nachfolgendem Urteil und Absitzen der Strafe verbringen müsse. Die Reaktion der Frau war heftig gewesen. Ihr Leben lag wahrscheinlich in Trümmern. Sie war gezwungen, die Kinder allein großzuziehen, und wie sollte sie das schaffen in dieser großen Stadt? Sie dachte sofort daran, in ihr Heimatdorf zu ziehen, dort hatte sie Menschen, die sie kannte und denen sie vertrauen konnte. Der Autofahrer schaute mit betrübten Augen zu Valdemar auf. Valdemar hatte nicht das Gefühl, ihm etwas zu sagen zu haben. Erwartete er, dass Valdemar Mitleid mit ihm hatte? Glaubte er, Valdemar würde ihm anbieten, seine kaputte Frontscheibe zu ersetzen? Oder dachte er, sie würden Freunde werden und sich gegenseitig zu Geburtstagsfeiern einladen oder so etwas?

Valdemar verspürte ein enormes Bedürfnis, im Leben voranzukommen. Er hatte trotz allem eine Firma zu leiten, und alles, was ihn davon trennte, waren ein paar Tage Aufenthalt in einem Krankenhaus. Offenbar war er gezwungen, diesen Krankenträger selbst zu organisieren. Aber um höflich zu sein, humpelte er zu Irlinn und erklärte, dass Doktor Gurgle vermutlich einen Krankenträger angefordert habe, der ihn in sein nächstes Zuhause transportieren sollte.

»Das stimmt«, antwortete Irlinn.

Valdemar schaute sich um. Er konnte keinen Krankenträger ausmachen.

»Ich sehe keinen Krankenträger«, sagte er so höflich, wie er konnte.

»Nein, Sie wissen doch, dass die nicht nur Sie herumschieben müssen«, lächelte sie.

»Nicht?«

»Setzen Sie sich einfach dort hin und entspannen Sie sich. Er kommt, wenn er kommt, aber es dauert selten länger als eine Stunde.«

»Soll ich eine Stunde warten?«

Irlinn antwortete nicht auf die Frage.

»Haben Sie Hunger?«, fragte sie stattdessen.

Valdemar war eigentlich nicht hungrig, aber irgendetwas musste er tun, während er wartete, und ein Bagel mit Lachs und Avocado konnte nicht schaden.

»Ich nehme gern einen Bagel mit Lachs und Avocado«, sagte er.

Irlinn sah ihn an. Lächelte erneut, aber dieses Mal nachsichtig.

»Sie können belegte Brötchen haben«, erklärte sie, »mit Schnittkäse oder braunem Ziegenkäse.«

»Ist das alles, woraus ich wählen kann?«

»Hätten Sie sich ein bisschen früher verletzt, hätten Sie auch Schinken bekommen können.«

Valdemar überlegte, ob er schockiert reagieren oder ob er es lassen sollte, kam aber zu der Entscheidung, dass er nicht als anspruchsvoll erscheinen wollte. Besonders nicht jetzt, wo er und Irlinn so gut auf einer Wellenlänge lagen. Er bestellte eins mit Schnittkäse und setzte sich hin, um eine Zeitung vom Vortag zu lesen. Er war der Meinung, würde es eine Zeitung nicht wert sein, am Tag darauf gelesen zu werden, dann war sie es überhaupt nicht wert, gelesen zu werden. Brötchen mit Schnittkäse hatte er mindestens zwölfeinhalb Jahre lang nicht mehr gegessen, und selbst wenn die Mahlzeit an der Grenze zum Spartanischen lag, genoss er jeden Bissen. Es hatte etwas herrlich Ungekünsteltes an sich, und Valdemar ertappte sich dabei, die Kanapees und den Champagner, die zeitgleich auf dem Kongress serviert wurden, nicht zu vermissen. Er hatte das Gefühl, in eine unbekannte Welt zu blicken, eine Welt, in der nicht alles ebenso selbstverständlich war wie in seiner. Gab es Menschen, die jeden Tag so lebten, fragte er sich, ohne zu einem Schluss zu kommen.

Eine gute Stunde und zwei Brötchen mit Schnittkäse später tauchte Irlinn auf, im Gepäck einen Krankenträger und einen Rollstuhl.

»Hier trennen sich unsere Wege«, sagte Irlinn und wünschte ihm gute Besserung. Valdemar konnte in ihrer Stimme oder ihren Augen keine Sorgen ausmachen, verspürte aber selbst einen kleinen Stich in der Brust. Er würde ihre Aufmerksamkeit und Fürsorge vermissen. Er wollte sagen, dass sie sich später treffen könnten, ließ den Gedanken aber im gleichen Augenblick wieder fallen. Das würde aufgesetzt und gezwungen, unnatürlich wirken. Irlinn war für ein paar Stunden die Frau in seinem Leben gewesen, aber das war nur geliehene Zeit. Valdemar schluckte und kletterte in den Rollstuhl.

»Danke für die Fürsorge«, sagte er, lächelte und an den Krankenträger gerichtet: »Fahren Sie vorsichtig.«

Valdemar bildete sich ein, es wäre schön, wenn der Krankenträger so eine Uniform trüge, wie sie in alten Zeiten die Schokoladenverkäufer im Kino hatten, da würde er sich wie ein wichtiger Passagier fühlen. Das tat er jetzt eigentlich nicht, denn der Krankenträger trug den grünen Kittel offen, und der Stoff flatterte, wenn er ging. Das erweckte den Anschein, er wäre Chirurg, aber das war er nicht, so viel verstand Valdemar. Er wollte, dass so viele Leute wie möglich dachten, er sei Chirurg, auch so viel verstand er. Bei hunderten von Angestellten, von denen einige ständig unter falscher Flagge segeln wollten, hatte er einiges gelernt. Warum sollten Krankenträger anders sein?

»Das Krankenhaus ist bestimmt ein kleines Labyrinth«, sagte Valdemar zu dem Krankenträger, der die ehrenvolle Aufgabe erhalten hatte, ihn in die orthopädische Abteilung zu geleiten. Er hatte den Rollstuhl bereits mehrere Kilometer weit geschoben, und Valdemar hatte keine Ahnung, wann sie da sein würden. Er war versucht zu fragen, ob sie bald essen würden, ließ es aber sein.

»Ich verstehe nicht, wie Sie sich zurechtfinden.«

»Es ist nicht schwer, wenn man es erst verstanden hat«, antwortete er. »Außerdem hilft es, aktiver Orientierungsläufer gewesen zu sein, denn dann ist man es gewohnt, Stationen zu finden.«

Valdemar war sicher, dass es als Wortspiel gedacht war, tat aber so, als wäre nichts.

»Waren Sie aktiver Orientierungsläufer?«

»Sie haben vielleicht von mir gehört?« Er stellte sich vor, aber der Name sagte Valdemar nichts.

»Orientierung ist übrigens der langweiligste TV-Sport der Welt«, fügte er hinzu. Valdemar verstand, dass er nicht über Rundfunk, Fernsehen und Orientierungslauf sprechen sollte, denn dann würden die Tiraden kaum ein Ende nehmen. Er entschied sich, das Gesprächsthema zu wechseln.

»Haben Sie sich hier im Krankenhaus schon einmal verlaufen?«

»Ja, viele Male. Besonders in der ersten Zeit. Da haben wir mit Betten ohne Patienten Trockentraining gemacht. Einmal dachte ich, ich müsse verhungern, als ich mich unten in den Katakomben verlaufen hatte. Die ersten drei Jahre sind für gewöhnlich die schwierigsten, aber jetzt läuft es gut. Ich habe an meinem Handy sogar eine GPS-Navigation, nutze sie aber nicht.«

»Nein, das ist unheimlich, so abhängig von Maschinen zu werden«, sagte Valdemar.

»Die Leute können nichts mehr, sie wollen nur auf Knöpfe drücken, und dann soll sich alles zum Besten wenden, auch wenn der Knopf keine Ahnung von dem hat, was der Betreffende meint. Soll ich Ihnen sagen, was ich denke?«

Valdemar rechnete damit, dass er es ihm sagen würde, egal was er antwortete.

»Erzählen Sie«, ermunterte ihn Valdemar.

»Wenn alles automatisch wird, und das ist nicht mehr weit hin, dann gibt es keinen Bedarf mehr für uns Menschen. Bald kommen die automatischen Krankenträger, die die Patienten zur Behandlung und wieder zurück fahren. Dann wird in den elektronischen Krankenakten stehen, zu welchem Zeitpunkt der Betreffende an welchem Ort sein soll, und dann fährt das ganze Bett von allein dorthin. Aber ich werde Ihnen noch etwas sagen: Was, wenn der Patient unterwegs aus dem Bett springt, was macht der Roboter dann? Haben Sie einmal daran gedacht?«

»Nein, das habe ich nicht.« Das war nicht einmal gelogen. Valdemar hatte diesem Problem nicht einen einzigen, kleinen Gedanken gewidmet.

»Oder haben Sie mal daran gedacht, wie gut und beruhigend es für einen Patienten ist, jemanden zum Reden zu haben, wenn er auf dem Weg zum Operationssaal ist? Viele sind vor einer Operation nervös, wissen Sie. Es ist trotz allem nicht sicher, dass man danach wieder aufwacht.«

Vor einem Fahrstuhl machten sie Halt.

»Wir müssen nach unten in die erste Etage«, sagte der Krankenträger.

Da erwachte in Valdemar plötzlich die Neugierde, und er fragte ihn, wie viele Etagen das Krankenhaus hatte.

»Sechs, wenn Sie das alte Turmgebäude nicht mitrechnen«, sagte er.

»Aber unter der Erde? Es muss doch auch einen Keller geben? Oder die Katakomben, von denen Sie sprachen?«

»Hier gibt es mehr Keller, als Sie ahnen. Die meisten Gebäude haben mindestens zwei Etagen unter der Erde, dazu kommen die ganzen Tunnel, die von einem Gebäude in das andere führen.«

»Tunnel?«

»Die sind praktisch im Winter und wenn es regnet. Glauben Sie es oder nicht, aber das Krankenhaus verfügt über zweiundvierzig Kilometer Tunnel. Wenn Sie also Lust haben, einen Marathon zu laufen, ohne zweimal die gleiche Runde nehmen zu müssen, haben Sie hier die Möglichkeit. Abgesehen davon, dass Sie nicht so aussehen, als wären Sie dazu in der Lage. Die Tunnel sind das am besten bewahrte Geheimnis, denn es sind fast nur ich und ein paar andere Krankenträger, die wissen, welcher Tunnel wohin führt. Wir Krankenträger nennen die Tunnel nur das Labyrinth.«

»Das hört sich beinahe wie eine ganz eigene Welt an?«, fragte Valdemar.

»Das ist eine ganz eigene Welt.«

Der Fahrstuhl kam, und sie fuhren schweigend nach unten in die erste Etage. Dort bogen sie unmittelbar nach rechts ab, dann nach links, anschließend fuhren sie durch eine Abteilung, in der Valdemar und der Krankenträger scheinbar die Show-Einlage des Tages waren, und dann standen sie vor einer neuen Fahrstuhltür.

»Jetzt müssen wir hoch in die dritte.«

»Aber kommen wir nicht aus der dritten Etage?«, protestierte Valdemar.

»Ja, aber nicht in diesem Gebäude. Die meisten fahren runter ins Erdgeschoss, kennt man sich aber aus, so wie ich, kann man den Fahrstuhl in den ersten Stock nehmen, durch die Abteilung laufen und jede Menge Zeit sparen. Wenn es eine Sache gibt, die uns Krankenträgern fehlt, dann ist es Zeit. Es ist schwerer, hier im Krankenhaus einen Krankenträger zu bekommen als an Silvester ein Taxi.«

Der Fahrstuhl kam, sie fuhren zwei Etagen nach oben, und wie von Zauberhand wurde Valdemar in etwas hineingerollt, das anhand der Farbe an den Wänden und dem Linoleumbelag auf dem Fußboden den Anschein erweckte, viele Jahrzehnte lang orthopädische Abteilung gewesen zu sein. Innenausstatter war offensichtlich jene Berufsgruppe, die sich nie zwischen den vier Wänden der Abteilung hatte entfalten können. Vielmehr schaffte er nicht zu denken, bevor ihn eine Krankenschwester namens Sunniva in eine Art Empfangsraum zog, wo sie ihn mit einem Patientenarmband ausstattete, das Auskunft darüber gab, wer er war und in welche Abteilung er gehörte. »Valdemar Vågen, Orthopädie«, stand dort mit zierlicher Handschrift. Und seine Personennummer. Valdemar fand es ein bisschen komisch, gezwungen zu sein, diese Art von Identifikation zu tragen, wo er doch immer noch in der Lage war, selbst zu sprechen. Er hatte geglaubt, nur Neugeborene kriegten solche Armbänder, bekam aber keine andere Wahl als die, ob er das Armband am rechten oder am linken Handgelenk tragen wollte. Anschließend erhielt er die Patientenuniform des Krankenhauses, wodurch seine Gedanken unbestreitbar in Richtung Wehrpflichtzeit wanderten. Valdemar fragte Sunniva, ob er nicht auch ein Schiffchen bekommen würde, hatte aber nicht den Eindruck, dass ein Schiffchen zu den ihr bekannten Kleidungsstücken gehörte. Auch glaubte er nicht, dass ihr Sinn für Humor Ironie umfasste.

»Ich gehöre Ihnen für den Rest dieser Woche«, sagte Sunniva. Er fand sie reizend und fragte sich, ob Irlinn eifersüchtig werden würde, wenn sie ihn jetzt sehen könnte.

Valdemar sah sie überrascht an, sodass sie sich beeilte zu ergänzen:

»Ja, ich bin in dieser Woche die diensthabende Krankenschwester dieser Abteilung, wenn Sie etwas wollen, brauchen oder sich wegen irgendetwas beschweren wollen, brauchen Sie nur zu mir zu kommen. Oder nur nach mir zu klingeln.«

Valdemar atmete erleichtert auf. Er brauchte sich nicht irgendetwas einzubilden, auch wenn es einfach war, exakt das zu tun.

»Dann werde ich sehen, was ich tun kann.«

Sunniva erklärte, dass seine Operation direkt nach dem Mittagessen angesetzt war, aber mit einem kleinen Vorbehalt der Planänderung. Er dachte, das sei gut, dann könnte er in höchstens ein paar Tagen wieder vollständig einsatzbereit sein. Er war ein wenig beeindruckt von der Effektivität, zog er alles in Betracht, was er in den Medien über Wartelisten und lange Schlangen gelesen hatte. Im Büro wartete jede Menge Arbeit auf ihn, und da er unersetzlich war, eilte es, dass er operiert wurde. Dass er den Kongress verpasst hatte, war nicht zu ändern. Shit happens. Jemand anders hatte hoffentlich die Verantwortung übernommen.

»Fein«, sagte Valdemar, »dann kann ich morgen vielleicht wieder zur Arbeit?«

»Das bezweifle ich, Sie werden genug damit zu tun haben, sich von der Narkose zu erholen«, wendete Sunniva ein.

»Narkose? Reicht eine lokale Betäubung nicht aus?«

Ihre meergrünen Augen hatten Mitleid mit Valdemar, der es nicht besser wusste, und der Blick sagte mehr als nötig.

»Aber meine Zahnärztin verwendet nur lokale Betäubung, selbst bei Wurzelbehandlungen«, versuchte er es erneut.

»Ihre Zahnärztin, ja.«

Die Art und Weise, wie Sunniva »Ihre Zahnärztin« aussprach, unterstrich, in welchem Grad sich Valdemar fern der Realität befand, und dass es das Beste sei, wenn er die praktischen Aspekte der Operation dem Krankenhaus überließe. Er glaubte, sie versuchte ihm begreiflich zu machen, dass orthopädische Chirurgie ein eigenes Fach sei, in der gleichen Weise wie seines – welches das auch immer sein mochte.

»Übermorgen dann?«, fragte Valdemar und versuchte zu zeigen, dass er ungeduldig war, dass er einen wichtigen Job hatte, und dass es niemand anderen gab, der seine Arbeitsaufgaben übernehmen konnte, nicht einmal die geringste davon.

»Das kommt ganz darauf an, ob Sie im Laufe des Tages, heute Abend oder im schlimmsten Fall erst morgen operiert werden«, sagte sie.

Diese ungefähre Zeitperspektive erschreckte Valdemar. Er war auf die Minute genau festgelegte Zeitpläne gewohnt, und hier redeten sie von Tagen? Er war es außerdem gewohnt, immer das halten zu müssen, was er versprach, und verlangte dasselbe von seinen Unterlieferanten. Warum sollte ein Krankenhaus eine Ausnahme darstellen? Hatten sie gesagt, er solle an diesem Abend operiert werden, dann mussten sie auch dafür sorgen, dass er an diesem Abend operiert wurde. Er war der Kunde, oder nicht?

»Das ist ziemlich weit gefasst«, protestierte Valdemar.

»Möglich, aber genauer wird es nicht.«

»Es gibt also eine Warteschlange?«

»Ja, selbstverständlich«, lachte Sunniva, »klar gibt es eine Warteschlange. Sollte es die nicht geben?«

»Ich weiß nicht, in der Notaufnahme bekam ich den Eindruck, dass das Krankenhaus geschlossen werden soll, also dachte ich, man würde vielleicht keine Patienten mehr aufnehmen.«

Sunnivas Augen wurden schwarz. Sie wurden dunkler als ihre Haare. Die Veränderung kam überraschend für Valdemar. Er hatte offensichtlich einen wunden Punkt, oder zwei, getroffen.

»Habe ich etwas Falsches gesagt?«, fragte er.

»Nein, es ist ja nicht Ihre Schuld, dass das Krankenhaus von einem verdammten Wirtschaftsheini geleitet wird.«

Sunniva war dabei, zu einer längeren Ausführung über Wickelkinder mit Wirtschaftsausbildung anzusetzen, die ausschließlich daran interessiert waren, Denkmäler über die eigene Vortrefflichkeit zu errichten, und sie natürlich nichts dagegen hatte, solange sie dies auf eigene Kosten machten. Sie überlegte, auch diverse Tötungsmethoden zu erläutern, die auf all die überbezahlten Berater angewendet werden konnten, die nichts anderes getan hatten, als das Selbstverständliche zu entdecken, aber dann entschied sie sich dagegen. Es war nicht Valdemar Vågen, der für sie da war, es war sie, die für ihn da war. Egal, er hatte lange genug in der Wirtschaft gearbeitet, um zwischen den Zeilen zu lesen.

Sunniva erhob sich.

»Kommen Sie, dann zeige ich Ihnen den Weg zu Zimmer 404. Sie haben einen Fensterplatz bekommen.«

Valdemar verstand, dass Fensterplätze im Krankenhaus Mangelware waren, und dass er dankbar dafür sein sollte, einen davon bekommen zu haben. Sunniva zeigte ihm den Weg zum Zimmer, wo er gerade so die anderen zwei Patienten auf der entgegengesetzten Seite des Raumes begrüßte. Es war augenscheinlich Zeit für ein vormittägliches Nickerchen, denn sie grunzten kaum hörbar als Antwort. Das Bett neben ihm war mit einem Wandschirm verdeckt, und er sah Sunniva fragend an.

»Kasus«, sagte sie und überließ es Valdemar zu verstehen, was sie damit meinte. Stattdessen prüfte sie, ob sich Decken und Kissen in der vorschriftsgemäßen Ordnung befanden. Dann versprach sie ihm Mittagessen, wenn er sich umgezogen und eingerichtet hatte. Sich einrichten ist etwas, das man in Hotelzimmern tut, aber das sagte er nicht zu Sunniva.

14

Valdemar Vågen war der einzige unter den Gründern von Global Village ohne Ausbildung oder Hintergrund in irgendeinem Bereich der Datentechnik. Die anderen vier waren Diplom-Ingenieure mit Spezialisierung in kryptischer, höherer Programmiersprache, während er am besten im Business-Englisch war. Sie führten regelmäßig Diskussionen darüber, durch welche dieser Sprachen sie das meiste Geld verdienten, wurden sich aber nie ganz einig. An dem Tag, als das Unternehmen die Grenze von fünfhundert Angestellten überschritt, führte Valdemar Vågen Englisch als Konzernsprache ein, und danach diskutierten sie nie wieder über diese Frage.

Er hatte eine Bezeichnung für jeden Einzelnen der vier Gründer, die ihre Kosenamen nach den entsprechenden Eigenschaften eines Kaltblüters erhalten hatten: Blakken, Svarten, Rauen und Rappen. Das machte es gleichsam einfacher, sie auseinanderzuhalten.

Blakken, der Abgebrannte, wurde Blakken genannt, weil das Geld in seinem Portemonnaie regelrecht verbrannte, und egal wie viel er davon hatte, war er in Rekordzeit blank. Valdemar Vågen ließ den Lohn am letzten Tag des Monats ausbezahlen, und er war bereits am Ersten des Folgemonats pleite. Er allein beschäftigte einen Kundenberater seiner lokalen Bank. Einmal hatte er sich für einen Apfel und ein Ei einen Fischkutter gekauft und anschließend ein Vermögen darauf verwendet, ihn am Sinken zu hindern. Vergeblich. Er hielt die Gläubiger bei der Stange, indem er eine Kreditkarte darauf verwendete, die nächste zu bezahlen, und löhnte Zinsen auf einem Niveau, das in die Yuppie-Ära gehörte. In Anbetracht dessen, dass er die Ingenieurausbildung geschafft hatte, war er erschreckend schlecht im Rechnen. Einmal hatte er gleich mehrfach Lotto gespielt, in der Hoffnung, Ruhe vor einem hitzigen Gläubiger zu bekommen, hatte aber lediglich eine Bestätigung dafür erhalten, dass er auch von Wahrscheinlichkeitsrechnung keine Ahnung hatte. Aber Blakken war gut im Programmieren.

Rauen war nie mit etwas zufrieden und führte sich genauso auf. Für Rauen war es nie unmöglich, unzufrieden zu sein. Bei der Wahl, ein Teil des Problems oder ein Teil der Lösung zu sein, definierte er sich stets als einen Teil des Problems. Das war vielleicht der Grund, warum er zum Vorstandsvorsitzenden gewählt worden war. Blakken, Svarten und Rappen legten Rauens Verdrehtheit so aus, dass sich Rauen für ihr Wohl und Wehe interessierte und sich um sie sorgte. Nichts hätte falscher sein können, und das resultierte in einer ganzen Serie von Fahrlässigkeiten, die aufzuräumen Valdemar Vågen oft Wochen beschäftigten. Am schlimmsten war es, wenn er nach eigenem Gutdünken Kunden anrief und sie als sanftmütige Rindviecher beschimpfte. Das kostete die Firma viele Rosen und Unmengen teuren Branntwein, um aufzuräumen, nachdem der Elefant im Porzellanladen Amok gelaufen war. Aber Rauen war gut im Programmieren.

Svarten, der Schwarze, hatte sich wahrscheinlich bereits in Kindertagen angewöhnt, sich nicht öfter als einmal, höchstens zweimal im Monat zu waschen. Svarten war eine Person, die man lange riechen konnte, bevor man sie sah, und egal wie deutlich die Hinweise waren, ignorierte er sie konsequent. Natürlich sparte er viel Geld für Seife und Deodorant, wie er auch kein Geld für den Zahnarzt ausgab. Er war bei einem einzigen Kundengespräch dabei gewesen, und das war es dann. Sollte Svarten jemals wieder an einem Kundengespräch teilnehmen, dann nur mit einer Decke über sich. Jedes Mal wenn Valdemar Vågen einen Jahresbericht unterschrieb oder feierlich bestätigte, dass das Unternehmen nicht die Umwelt verunreinige, geschah dies mit einem Hauch von schlechtem Gewissen. Aber Svarten war gut im Programmieren.

Rappen bekam den Namen Rappen, weil er der Schnellste von ihnen war und weil er der eigentliche Architekt hinter der Software war. Aus Gründen, die Valdemar vollkommen unverständlich waren, schien er sich mit Blakken, Rauen und Svarten in etwas, das einer Freundschaft von Dissidenten glich, wohlzufühlen. Eine Versammlung, die eine Sprache sprach, die nur andere Dissidenten verstanden. Im täglichen Umgang nannte Valdemar Vågen sie natürlich beim Geburtsnamen, und er hatte nie Angst, den falschen zu verwenden.

Auch wenn Valdemar Vågen nicht über eine Informatikausbildung verfügte, hätte die Firma ohne ihn und seine Kompetenz nie das Licht der Welt erblickt. Die anderen vier hatten zwar die grundlegende Idee gehabt, aber sie hatten es nicht geschafft, auch nur einen einzigen Auftraggeber von ihrer Idee zu überzeugen. Sie wirkten kindlich und unseriös und waren nicht in der Lage, potenzielle Kunden von der Vortrefflichkeit der Idee zu überzeugen. Sie schafften es nicht, aus dem Nest zu kommen, und noch viel weniger, auf eigene Faust zu fliegen. Möglicherweise war es dem Umstand geschuldet, dass sie zu Präsentationen mit Rollschuhen, Baseballcaps und knielangen Shorts kamen und mehr an eine Schulklasse auf Ausflug als an eine Softwarefirma erinnerten. Es verlangte jedem viel ab, die kritischen Werkzeuge eines Unternehmens einer Bande von Jungs zu übertragen, die die Liebe zum Fußball in den Mundwinkeln trugen. Da waren Nadelstreifen, Manschettenknöpfe, Krawatten, das Schaffen von Sicherheit und das Sprechen der Kundensprache gefragt. Und der Einzige, der diese Sprache beherrschte, war Valdemar Vågen.

Dennoch konnte auch ein blindes Huhn ein Korn finden, und als sich dann ein weitsichtiger Kunde, unter der Voraussetzung, dass es auf der Eigentümerseite eine Person mit Geschäftssinn gab, als erster Nutzer der ersten und höchst instabilen Betaversion anbot, wurde Valdemar Vågens Kompetenz wertvoll. Er wurde zur Schlüsselfigur. Ohne ihn konnte die Firma nicht gegründet werden, und seine Kompetenz war die perfekte Ergänzung. Sie waren voneinander abhängig.

Somit erblickte eine neue Firma das Licht der Welt, und die Kaltblüter konnten in ihre Kinderzimmer traben und mit dem spielen, was sie am liebsten mochten: ihrem kompilierenden Werkzeug. Sie waren früh mit einer innovativen Lösung gestartet und bekamen recht schnell ein paar wenige, aber wichtige Kunden. Kunden mit guter Liquidität, Weitblick und deutlichem Signaleffekt. Sie waren die Leittiere in ihren jeweiligen Märkten. Andere Akteure machten, was sie taten oder was sie glaubten, dass sie taten. Den Konkurrenten gelang es nie, den Vorsprung wieder einzuholen, und von jedem Kongress, auf dem Valdemar Vågen eine Neuheit vorstellte, vergingen sechs Monate bis drei Jahre, bevor die Konkurrenten eine schlechtere Kopie zustande brachten. Hätte das an den Kaltblütern gehangen, würde die Firma gerade einmal Toilettenpapier besitzen. Daher gab es lediglich eine Person mit der Fähigkeit und dem Wissen, die Rolle des Geschäftsführers sowie die Verantwortung für die trivialen Details wie Verkauf, Marketing, Rechnungsstellung, Akquise und Kundenpflege zu übernehmen. Daher war es ganz natürlich, dass diese eine Person die Rolle des allein herrschenden Königs im Unternehmen bekam. Diese Person war Valdemar Vågen.

15

»Leider können Sie heute Abend nicht operiert werden.«

Schwester Sunniva richtete ihre traurigen meergrünen Augen auf Valdemar und bedauerte mit dem schönsten Sørlands-Dialekt, dass ein Fall mit höherer Priorität hereingekommen war. Valdemar erkannte das Phänomen unmittelbar aus seinem Berufsleben wieder: Einige Kunden kamen vor anderen in der Schlange dran, auch wenn die anderen länger gewartet hatten. Dafür konnte es viele Ursachen geben, aber für gewöhnlich waren es die besten Kunden, die den besten Service bekamen. Vereinzelte Male waren es zwar akute Fälle, die für eine bevorzugte Behandlung qualifizierten, aber hauptsächlich kam es auf den Zahlungswillen an. Nicht Fähigkeit, sondern Willen. Valdemar war gezwungen, Sunniva zu fragen, was er tun konnte, um eine höhere Priorität zu erlangen. Ob sie ihm ein Beispiel geben könne. Konnte er sich nicht vielleicht freikaufen?

Sunniva überlegte einen kurzen Moment.

»Geld kann Ihnen wohl nicht helfen, aber Sie könnten sich in ein Auto setzen und in voller Fahrt in einen Brückenpfeiler krachen und diesen so heftig treffen, dass Ihr Oberschenkelknochen durch die Pobacken nach außen geschoben wird. Dann sind Sie der Erste in der Schlange«, sagte sie. »Oder nach vorn gerückt zumindest.«

»Müssen Sie so direkt sein?«, fragte Valdemar. »Das hört sich schlichtweg unangenehm an.«

»Verkehrsunfälle sind nur in Ausnahmen angenehm«, erklärte Sunniva. »Würde der durchschnittliche Autofahrer die Erlaubnis bekommen, lediglich einen Tag im Operationssaal der Orthopädie zu verbringen, würde er oder sie unvorstellbar vorsichtiger fahren.«

Sunniva brauchte Valdemar nicht zu überzeugen. Er verfügte über eine ganz gute Fantasie und hatte nicht das geringste Problem damit, vor seinem inneren Auge zu sehen, wie die Knochen aus den Pobacken herausstachen. Es gelang ihm allerdings nicht, das Bild allzu lange vor Augen zu haben. Valdemar hätte sich sicher noch vieles andere vorstellen können, ließ es aber bleiben. Möglicherweise konnte Sunniva Gedanken lesen, denn sie sagte:

»Ich glaube, Sie können morgen früh operiert werden, in der ersten Schicht. Das ist zwar ein bisschen abhängig von der Operation, mit der sie momentan beschäftigt sind, aber ich meine, es besteht eine hohe Wahrscheinlichkeit, dass Sie morgen früh drankommen. Wenn keine Komplikationen auftreten oder der Chirurg erschöpft ist oder zittrige Hände bekommt.«

Letzteres war hoffentlich als Scherz gemeint.

Valdemar stellte fest, dass er es nicht so eilig hatte, wie er geglaubt hatte. Der Kongress war ohne ihn über die Bühne gegangen, aber er hatte unbestreitbar den Verdacht, dass es nicht so besonders gut gelaufen sein konnte. Trotz allem war er nicht da gewesen, und jemand anders war gezwungen gewesen, seinen Vortrag zu halten. Das konnte nicht gut gehen, so viel war ihm klar, aber mit dem Autounfall hatten sie ja eine perfekte Entschuldigung. Wenn sie davon wussten. Niemand hatte ihn angerufen oder nach ihm gesucht, aber irgendwie mussten sie herausgefunden haben, was passiert war.

Sein Handy hatte sich bei dem Unfall verabschiedet, und er verbrachte seit vielen Jahren den ersten Tag, ohne dass jemand anrief und etwas von ihm wollte. Das Gefühl war ihm fremd, aber Valdemar erwischte sich dabei, es zu mögen. Er bemerkte, wie sich ein leichtes Gefühl des Genusses einschlich, und der Griff, von dem er nicht wusste, dass er sich um sein Zwerchfell gelegt hatte, lockerte sich. Einer der Vorteile daran, unersetzlich zu sein, war, dass er sich gleichzeitig kostbar machen konnte, und jetzt war er kostbarer als je zuvor. Valdemar konnte damit vielleicht ein paar Tage leben, dennoch sollte er die Firma darüber informieren, dass er das Homeoffice in die orthopädische Abteilung verlegt hatte. Vorübergehend.

»Ich habe es nicht eilig«, antwortete er. »Wegen mir brauchen Sie keinen Stress machen.«

Sunniva lächelte. »Das ist kein Stress. Das ist Arbeit.«

Natürlich. Valdemar hatte das nicht als Arbeit betrachtet. Erst Irlinn und jetzt Sunniva, sie waren so nett, dass er das Gefühl hatte, in irgendein Kurbad eingecheckt zu haben. Das war eine komplett neue Erfahrung, dass die Menschen um ihn herum ihm Gutes wollten, ohne dafür bezahlt zu werden. Im Berufsleben war Valdemar von Lieferanten umgeben, die breit lächelten, gekünstelt und alles andere als aufrichtig. Aber immer in der Hoffnung, dass ein paar Kronen in die richtige Richtung flossen. Es spielte keine Rolle, was sie lieferten, alles vom Toilettenpapier bis zum Server, das Benehmen war identisch. Im Großen und Ganzen waren sie alle gleich glatt, abgesehen von den Kopiererverkäufern, die noch glatter waren. Aber so war es im Krankenhaus nicht. Sunniva lächelte und meinte es so. Das Lächeln war ein echtes Lächeln und keine antrainierte Grimasse.

»Weil Sie aber wahrscheinlich morgen früh operiert werden, können Sie leider kein Abendessen zusammen mit den anderen bekommen. Wir wissen nicht, wie Sie auf die Betäubung reagieren, und wollen keine unnötigen Risiken eingehen. Aber ich werde Ihnen einen Venenkatheter legen, damit Ihr Körper wenigstens ein paar Nährstoffe bekommt.«

Es wäre zu schön gewesen, um wahr zu sein. Hinter dem herzensguten Lächeln verbarg sich dennoch eine gnadenlose Frau aus Eisen. Ein Teufel in Gesundheitslatschen. Während die anderen drei auf dem Zimmer das Tagesgericht bekamen, wollte sie Valdemar mit intravenöser Kost abspeisen. Nie zuvor hatte er Bekanntschaft mit einem Venenkatheter gemacht, war jetzt aber dazu gezwungen. Er stellte fest, wie groß der Unterschied zwischen der Wirklichkeit und amerikanischen Kriminalserien im Fernsehen war. Unabhängig von der Verletzung, die sich ein Patient in einer amerikanischen Kriminalserie zuzog, konnte sie mit Sauerstoff kuriert werden, der mittels eines durchsichtigen Plastikschlauches über die Nase zugeführt wurde. In amerikanischen Serien wirkte Medizin viel einfacher. Valdemar hatte etwas Ähnliches erwartet, traute sich aber nicht, es zu erwähnen, aus Furcht, als kompletter Idiot dazustehen. Auch Wunden wuchsen schnell in amerikanischen Serien, das aber vermutlich, um die Aufmerksamkeit bis zur nächsten Werbepause aufrechtzuerhalten. Sunniva kehrte mit einem klapprigen Stativ auf vier Rädern, einer Plastiktüte mit intravenöser Flüssigkeit und jeder Menge Schläuchen zurück. Es konnte den Anschein erwecken, sie wolle eine Art Ölraffinerie eröffnen.

»Welche Hand bevorzugen Sie?«, fragte sie, genauso, wie sie es bei der Blutbank taten. Von sich aus war er nie besonders altruistisch gewesen, aber im Alter von achtzehn Jahren war er von einem Mädchen überredet worden, Blutspender zu werden. Das Mädchen war süß, aber es war nie mehr daraus geworden. Seither kamen die Einladungen regelmäßig, und er schaffte es nie, Nein zu sagen. Valdemar sagte immer, es könne schlau sein, ein paar Einlagen in der Blutbank zu platzieren, denn man konnte nie wissen, wann man eine Spende brauchte. In dem Fall wäre es gut, dort ein bisschen Blut vorrätig zu haben. Für gewöhnlich wechselte er ab, aus welchem Arm gezapft werden sollte, aber er hatte keine speziellen Präferenzen. Hin und wieder versuchte er es mit dem Witz, der eine Arm sei leer, und sie müssten daher den anderen anzapfen, aber solche Scherze hatten sie schon viele Male zuvor und zudem von Leuten gehört, die besser im Erzählen von Witzen waren als er. Valdemar glaubte, das galt für die meisten Berufsgruppen. Sie hatten berufsbezogene Witze so oft gehört, dass sie die Fähigkeit verloren hatten, darüber zu lachen. Valdemar hatte zum Beispiel das Glück, einen Kellner zu treffen, der lächelte, als er auf die Frage, welche Kartoffeln er zum Essen wollte, *Kerrs pink* antwortete. Auch in seiner Branche gab es Beraterwitze, aber im Großen und Ganzen wurde immer der gleiche zum Besten gegeben. »Wie spät ist es?«, fragte der Kunde. »Wie spät möchten Sie, dass es ist?«, antwortete der Berater. Valdemar glaubte, er habe darüber vielleicht einmal gelacht, aber in dem Falle war es lange her. Sunniva stand geduldig neben dem Bett und wartete auf eine Antwort.

»Rechts? Links?«

»Ich glaube links«, antwortete er.

Für Blutspender, die es gewohnt waren, dicke Drainagerohre in den Arm gestochen zu bekommen, war der

Venenkatheter nur ein kleiner Mückenstich. Valdemar hatte gute Venen und Sunniva keine Probleme, den Katheter zu legen. Schnell hing ein Beutel mit farblosem Inhalt an dem Stativ, und sie justierte den Tropfmechanismus nach Parametern, die er nicht verstand. So gesehen war es egal, denn er vertraute Sunniva ebenso sehr, wie er es bei Irlinn getan hatte. Vom Aussehen her konnte der Inhalt des Beutels an Gin oder Wodka erinnern, aber auch wenn Valdemar Single Malt Whisky bevorzugte, versuchte er nicht, auf einen guten Witz zu dem Thema zu kommen. Er war überzeugt, Sunniva hatte auch diese alle schon vielfach gehört, und er wollte ungern einen schlechten Eindruck bei ihr machen.

»So, sagen Sie Bescheid, wenn irgendetwas ist.«

Sunniva verschwand und überließ Valdemar den Zimmerkameraden. Das erste Mal seit seiner Einweisung ins Krankenhaus bekam er die Gelegenheit, sich vorzustellen. Valdemar erzählte ihnen, wie er hieß und dass er Patient war, weil ein Typ in einem weißen Elektroauto eine Abkürzung über den Radweg nehmen wollte. Ihm wurde unmittelbar große Sympathie zuteil, und der Autofahrer wurde mit verhältnismäßig beleidigenden Worten bedacht.

Obwohl er als Letzter angekommen war, hatte man ihm die Hälfte der Fensterplätze des Zimmers zugeteilt, aber keiner der anderen Bewohner protestierte. Der andere Fensterplatz gehörte Kristian, der sich bei dem Versuch, einige steile Hänge mit dem Longboard herunterzufahren, das Bein gebrochen hatte. Es war gut gelaufen, bis er entdeckte, dass er weder lenken noch bremsen konnte, und es ihn in der ersten Kurve direkt in einen Steinhaufen befördert hatte. Im Bett an der einen Wand lag Atle. Er hatte sich das Bein gebrochen, als er in der Dusche auf einem Stück Seife ausgerutscht war. Atle schwor, sofort auf einen Seifenspender umzusteigen, wenn er nach Hause kam. Und direkt bei der Tür, an der anderen Wand, lag ein namenloser Kasus, der den Wandschirm nicht nah genug an sein Bett heranbekommen konnte. Er kommunizierte mit niemandem, alles, was Kristian und Atle über ihn wussten, hatten sie von den Krankenschwestern erfahren. Er war bei Rot über die Straße gegangen, während er eine SMS schrieb. Der Autofahrer, der bei Grün gefahren war, hatte keine Chance zu bremsen, der Beinbruch war ziemlich kompliziert, aber das Auto hatte glücklicherweise nichts abbekommen. Er hatte bisher gut drei Wochen im Krankenhaus verbracht und hatte vermutlich nichts anderes getan, als sich über die Hauptstädter zu beschweren. Er sollte in Zimmer 404 liegen, während er darauf wartete, in sein örtliches Krankenhaus im Nordvestlandet überführt zu werden.

»Wer kommt mit raus zum Fußballspielen?«, fragte Valdemar, aber keiner verstand den Witz.

Normalerweise war sein Kalender voller Termine. Er begann gern um sieben Uhr am Morgen und blieb bis neun Uhr am Abend. Mindestens. Aber an diesem Tag war das ganze Programm abgesagt. Valdemar hatte überhaupt nichts zu tun. Sunniva war so freundlich gewesen, die Firma darüber zu informieren, dass er in den nächsten Tagen nicht kommen würde. Anfänglich hatten sie es als Witz aufgefasst, aber Sunniva konnte sicher ziemlich bestimmt sein, wenn es darauf ankam, und allmählich war die Wahrheit durchgedrungen. Das erste Mal seit vielen Jahren musste die Firma auf eigene Faust zurechtkommen. Das erste Mal seit vielen Jahren konnte

Valdemar an die Decke starren, ohne darüber nachdenken zu müssen, wie die eine oder andere Herausforderung gelöst werden konnte. Das war ein merkwürdiges Gefühl. Ein unbekanntes Gefühl. So als würde sich ein Gordischer Knoten im Magen lösen, und es war noch stärker als in dem Moment, als er in der Abteilung angekommen war. Er mochte es. Er hatte gerade begonnen, das Gefühl zu genießen, als Sunniva einen Fernsehapparat hereinrollte. Sie legte die Fernbedienung auf sein Bett und begann, den Apparat auf eine Art Stativ zu montieren.

»Tut mir leid«, sagte sie, »aber in der Eile habe ich vergessen, den Fernseher für Sie aufzustellen.«

Valdemar erkannte, dass eines der Dinge, auf die er am allerwenigsten Lust hatte, ein Fernsehapparat war. Brauchte er Neuigkeiten, konnte er sich eine Zeitung ausleihen. An schlechten Reklamefilmen für Waschmaschinen, Leberpastete oder Makrelen hatte er keinen Bedarf. Er wollte das Gefühl spüren, nichts zu tun zu haben.

»Nein danke«, antwortete Valdemar, »ich habe keine Lust auf Fernsehen. Ich komme prima ohne klar.«

Sunniva hielt inne, sah ihn verwundert an. Er war wahrscheinlich der erste Patient, der keinen Fernseher wollte. Patienten konnten ungewöhnlich sein, aber selten in dieser Weise.

»Wollen Sie keinen Fernseher haben?«, fragte sie.

»Nein danke«, wiederholte Valdemar.

»Ganz sicher?«

»Bin mir tatsächlich mit noch nichts sicherer gewesen«, antwortete er.

Sie sah ihn mit fragendem Blick an, um sich zu versichern, dass er nicht mit ihr scherzte, aber er nickte überzeugend. Er hatte jedes einzelne Wort so gemeint. Sunniva schob den Fernsehapparat zurück ins Lager. Er verspürte einen Anflug von schlechtem Gewissen, aber das legte sich schnell, als ihn das gute Gefühl, nichts zu tun zu haben, wieder erfüllte. Dieses Gefühl hatte er zwölfeinhalb Jahre lang nicht mehr erlebt, mindestens. Während er dort lag und die Seligkeit vernahm, herrschte bei Global Village garantiert ein leichtes Chaos. Nichts davon lag mehr in Valdemars Verantwortung, er war krankgeschrieben, aber er wusste nicht, ob sie die Herausforderung meistern würden. Egal, er würde ja in ein paar Tagen zurück sein, und es gab trotz allem Grenzen für das Chaos, das sie in der kurzen Zeit anrichten konnten. Er lächelte und schaute nach oben in den Lampenschirm. Dieser schwang im Luftzug, den das angekippte Fenster verursachte, behutsam hin und her. Unglaublich faszinierend. Er konnte den Schirm bis ins Unendliche studieren und fand, Lampenschirme seien als Phänomen unterschätzt. Er hatte ihnen auf jeden Fall nicht einen Gedanken geopfert, bevor er da lag und entzückt an die Decke starrte. Eigenartig, wie ganz alltägliche Dinge plötzlich interessant werden konnten, dachte er.

Valdemar wusste nicht, wie lange er den Lampenschirm studiert hatte, es konnten gut mehrere Stunden gewesen sein, als er auf einmal auf einen klobigen Gegenstand auf der Bettkante aufmerksam wurde. Es war die Fernbedienung, die Sunniva vergessen hatte, wieder mitzunehmen, eine Fernbedienung, hergestellt aus der gleichen Art Plastik wie der Fernseher. Das Design war schlichtweg entsetzlich, gefertigt in einer Kultur, in der die Anzahl der Knöpfe entscheidend war. Je mehr Knöpfe, desto besser die Fernbedienung.

Valdemar entschied sich, mit der Fernbedienung auf das Fenster zu zielen, und unmittelbar hatte Kristian ein Konzert für Hardangerfidel und Akkordeon auf dem Bildschirm. In der gleichen Sekunde fiel in dem Fußballspiel, das er ursprünglich geschaut hatte, ein Tor, und Atle war der Einzige von ihnen, der es mitbekam. Kristian brachte ein paar einfache Worte hervor und schaltete auf das Fußballspiel zurück, um das Tor in der Wiederholung zu sehen. Valdemar dachte, sie sollten beide etwas davon haben, und stellte erneut um. Der Wortschatz auf der anderen Seite wurde erweitert, aber das Fußballspiel war bald wieder im Gange.

Valdemar entschied sich, an die Decke über dem Wandschirm zu zielen, und bekam seine Vermutungen bestätigt. Als die Kanäle hinter dem Wandschirm begannen, sich selbstständig zu machen, schrie der unbekannte Patient lauthals und rief nach Hilfe. Sunniva kam angerannt, in dem Glauben, etwas Ernsthaftes sei passiert, und war erleichtert, als es nichts anderes war als Kasus, der verlangte, dass der Wandschirm näher an das Bett herangeschoben wurde. Für einen kurzen Moment hatte Valdemar ein schlechtes Gewissen, aber das ging schnell vorüber. Er würde keinen anderen Spaß haben als jenen, den er selbst organisierte, und solange er die Fernbedienung in Maßen benutzte, konnte er richtig viel Spaß bekommen. Auf Morphin basierende schmerzstillende Präparate haben amüsante Nebenwirkungen, die wohl kaum in den Beipackzetteln beschrieben sind.

Mit der Fernbedienung in der Hand schlief Valdemar nach einem langen und anstrengenden Tag im Krankenhaus ein. Dem ersten in seinem erwachsenen Leben.

Am nächsten Morgen wurde Valdemar gegen sechs Uhr geweckt, einem Zeitpunkt, an dem er oft bereits im Büro zu Gange war. Es war gut, lange schlafen zu dürfen, auch wenn er offenbar der Einzige im Zimmer mit dieser Auffassung war. Er hatte erwartet, mit Frühstück am Bett geweckt zu werden, aber das war nicht der Fall. Er hatte auch erwartet, von Sunniva geweckt zu werden, stattdessen wurde ihm die Freude zuteil, die morgendlich frische Birgitte zu begrüßen. Sie erklärte, dass Sunniva im Laufe des Tages zurückkommen würde. Birgitte konnte ihre Herkunft aus der schwedischen Provinz Schonen nicht verleugnen, auch wenn er persönlich der Ansicht war, sie könne mehr daraus machen. Der Dialekt war schön und nicht schwer zu verstehen. Nachdem der Blutdruck gemessen und er als fieberfrei befunden war, erhielt er die Erlaubnis weiterzuschlafen, aber wenn er schon wach war, konnte er auch ebenso gut aufstehen.

Valdemar schlurfte auf den Korridor, mit dem Venenkatheterstativ im Schlepptau, und stellte fest, dass er der einzige wache Patient war. Er dachte, es müsse möglich sein, irgendwo eine Morgenzeitung und eine Tasse Kaffee zu finden, also schlurfte er weiter zum Schwesternzimmer. Es war leer wie ein durchschnittliches Lohnkonto am Monatsende, aber auf dem Tisch fand er eine Zeitung. Mit Kaffee sah es schlechter aus, also setzte er eine Kanne an. Neun Löffel Kaffee und einen für die Kanne. Er war gerade fertig, als Birgitte in der Türöffnung auftauchte und fragte, ob sie ihm mit etwas behilflich sein könne. Valdemar fragte sich, ob er ein Gebiet betreten hatte, das für Unbefugte verboten war und ob er wieder ein schlechtes Gewissen haben müsste. Der Wahrheit entsprechend antwortete er, dass es ihm gelungen sei, Kaffee aufzusetzen, und dass er keine Hilfe brauche. Er war immer der Auffassung gewesen, dass Leute, die allein klarkamen, allein klarkommen sollten. Da fühlte Birgitte plötzlich ein Bedürfnis, ihm zu erklären, dass er der Patient sei, und nicht sie. Damit war Valdemar natürlich einverstanden und antwortete daher, dass es wohl kaum schaden könne, wenn ein Patient Kaffee aufsetze. Er erlaubte sich, einen ihrer Landsleute zu zitieren: »Wer den Bedarf sieht, hat die Verantwortung und die Befugnis, etwas damit zu tun.« Birgitte schien es zu gefallen, dass er gewisse Kenntnisse über berühmte Schweden hatte, bestimmte aber trotzdem, dass er zurück ins Bett solle. Die Visite war noch nicht vorbei, und er habe sich bitte schön im Bett zu befinden, wenn das Ritual vonstattenging. Im Gegenzug versprach sie, Kaffee zu bringen, wenn dieser durchgelaufen war, und ein solches Angebot konnte er nicht ablehnen. Das Venenkatheterstativ und Valdemar schlurften zurück ins Zimmer. Aus Gründen, die er nicht verstand, erfüllte ihn diese winzige Begebenheit mit einem Gefühl, das er aus der Zeit vor dem tödlichen Unfall kannte. Aus der Zeit mit den Mädchen. Das war merkwürdig, denn es war zwölfeinhalb Jahre her, dass er dieses Gefühl gehabt hatte, aber er erkannte es unmittelbar wieder. Damals pflegte er auch als Erster aufzustehen und Kaffee aufzusetzen, Zeitung zu lesen und zu frühstücken. Valdemar stellte fest, dass es im Krankenhaus gar nicht so schlecht war, wenn man es genau betrachtete, und dass es mit der Operation vielleicht nicht so eilig war. Ein Tag mehr oder weniger, was sollte das schon ausmachen?

Als er über den Flur bummelte, begegnete er einem rothaarigen Mann in einem grauen, schmutzigen Arbeitskittel. Sicher ein Hausmeister oder so etwas, dachte Valdemar. Als er näher kam, drosselte der Mann sein Tempo, und in dem Augenblick, als sie aneinander vorbeigingen, hatte Valdemar das Gefühl, er wolle etwas von ihm. So als würde er Valdemar von irgendwoher kennen, aber nicht darauf kommen, woher. Auch Valdemar hatte dieses unangenehme Gefühl, anhalten und sich unterhalten zu müssen. Keiner von ihnen machte jedoch Halt, und das Gefühl blieb in der Luft hängen, unerlöst.

»Sie können heute Morgen leider nicht operiert werden«, erklärte der für die Morgenvisite zuständige Arzt. »Wir haben einen Motorradunfall hereinbekommen, jemanden, der versucht hat, auf einem Rad zu fahren, sich stattdessen aber voraussichtlich mit einem Bein begnügen muss. Solche Amputationen können lange dauern, aber ich werde versuchen, Sie heute Nachmittag dranzunehmen. Es tut mir leid, dass Sie deshalb den Tag über nichts essen dürfen, aber Sie können so viel Kaffee bekommen, wie Sie nur möchten.«

Valdemar verstand, dass er auf der Prioritätenliste nach hinten geschoben worden war, das Merkwürdige und Unerwartete aber war, dass er sich damit ohne Protest abfand. Als wäre er der geduldigste Mensch der Welt. Er erkannte sich nicht wieder. Normalerweise hätte er sich aufgeregt, und Vereinzelte hätten sich um seinen Blutdruck gesorgt, aber er antwortete einfach nur: »Nun gut.«

Anschließend kam Birgitte zu ihm und erklärte, er brauche sich nicht damit abzufinden, unendlich lange mit ausgerenkter Schulter dazuliegen und dass auch er einen Anspruch darauf hätte, operiert zu werden. Damit hatte sie sicher recht, aber solange die Morphin-Präparate und Valdemar gut miteinander auskamen, sah er keinen Grund, unnötig zu drängeln. Eine Amputation mit den dazugehörigen Komplikationen erforderte natürlich einen größeren Ressourceneinsatz, als nur eine leicht aus den Fugen geratene Schulter zusammenzuschrauben. Valdemar konnte warten, und das erklärte er Birgitte.

»Ich kann warten«, sagte er, »und es heißt, alles kommt zu dem, der warten kann. Ich habe keine Eile. Ich habe es nett hier.«

»Schön, dass Sie sich wohlfühlen, aber trotzdem sollen Sie nicht hier wohnen«, sagte Birgitte.

»Kann ich ein bisschen mehr Kaffee bekommen?«, fragte er. »Der Arzt sagte, ich kann so viel Kaffee bekommen, wie ich will.«

Birgitte lächelte. Trotz allem war es Valdemar, der an diesem Morgen den Kaffee aufgesetzt hatte.

Ein Vorteil daran, das Zimmer mit drei Mitpatienten zu teilen, die sich ein oder zwei Beine gebrochen hatten, war, dass er der Einzige war, der sich einigermaßen frei bewegen konnte. Außerdem war Valdemar der Einzige, der die Toilette nutzen konnte, die anderen waren komplett von Hilfsmitteln abhängig, von denen er am liebsten nichts wissen wollte. Die Toilette war ein Refugium, das kein anderer benutzen konnte, und wäre er ein Mensch, der es vorzog, auf der Toilette Zeitung zu lesen, hätte er dies unter Garantie ungestört tun können. Valdemar gehörte nicht zu dieser Sorte Mensch, also war es Perlen vor die Säue zu werfen, ihm eine eigene Toilette zu spendieren. Übrigens kam es einer Gymnastikübung gleich, sich nur die Zähne zu putzen, solange er an das

Venenkatheterstativ angeschlossen war, und er bezweifelte stark, dass es tatsächlich möglich war, sich dort drinnen zu entspannen.

»Leider können Sie auch heute Nachmittag nicht operiert werden«, bedauerte Birgitte, »aber dafür bekommen Sie Essen. Sie können sogar wählen, welches Fertiggericht Sie haben möchten.«

Sie überging die schlechten Nachrichten elegant und rechnete damit, größeren Erfolg zu haben, indem sie an Valdemars Grundbedürfnisse appellierte. Sie hatte vollkommen recht. Er hatte lange genug intravenös gelebt und brauchte etwas, in das er seine Zähne schlagen konnte. Buchstäblich gesprochen. Er fühlte nicht den Ansatz von Lust, irritiert zu sein, sondern war erfüllt von einer angenehmen Milde.

»Das hört sich gut an, woraus kann ich wählen?«

Birgitte blickte beschämt drein.

»Bœuf Stroganoff«, antwortete sie.

Ungefähr wie Henry Ford, als er das Modell T vorstellte. Man konnte es in jeder erdenklichen Farbe bekommen, solange man sich für Schwarz entschied. Die gleiche Strategie lag den Alternativen des Abendessens zugrunde. Birgitte hoffte, er habe Appetit auf Bœuf Stroganoff, denn dann konnte sie seinen Wunsch erfüllen. Valdemar verstand ausgezeichnet, wie das funktionierte. Er war kein schwieriger Mensch.

»Wenn Sie Bœuf Stroganoff haben, dann hätte ich das gern«, sagte er.

Birgitte sah erleichtert aus.

»Bœuf Stroganoff, das geht in Ordnung. Was möchten Sie trinken?«

Intuitiv begriff er, dass die richtige Antwort auf diese

Frage »Wasser« lautete, und nicht der Name eines italienischen Jahrgangsweins.

»Haben Sie ganz normales Wasser?«, fragte er, und Birgitte glaubte, das in die Wege leiten zu können. Zehn Minuten später tauchte sie mit einer Portion dampfend heißem Bœuf Stroganoff und einem großen Glas kaltem Wasser auf. Die anderen im Zimmer hatten kurz zuvor ein kabeljauähnliches Abendessen aus der Kantine bekommen, und der Neid stand ihnen auf die Stirn geschrieben. Der Duft von warmem Bœuf Stroganoff breitete sich im Zimmer aus und kitzelte die Geschmacksknospen in der gleichen Weise, wie es Kabeljau mit Erbsen und Möhren nicht tat. Es ist nicht sicher, ob alles zu dem kommt, der warten kann, aber auf jeden Fall war sicher, dass Bœuf Stroganoff zu dem kam, der warten konnte. Außerdem konnte sie versprechen, dass Valdemar garantiert am nächsten Morgen operiert würde, denn mehr als zwei Tage sollte niemand auf eine Operation warten müssen. Das war tatsächlich noch nie passiert.

»Leider können Sie auch an diesem Morgen nicht operiert werden«, erklärte der Arzt am nächsten Morgen. »Ich will Sie nicht mit Details von dem Verkehrsunfall heute Nacht langweilen, aber exakt in diesem Augenblick arbeitet jeder verfügbare Chirurg daran, einen Fußgänger zusammenzuflicken, der versucht hat, alle vier Fahrbahnen der Schnellstraße zu überqueren. Es hat ihn erwischt, als er von der Mittelleitplanke sprang.«

»Mir müssen Sie nichts erklären«, sagte Valdemar. »Ich verstehe gut, dass ich nicht genauso wichtig bin und dass Sie denen den Vorrang geben müssen, die lebensgefährlich verletzt sind. Wenn ich ehrlich bin, fühle ich mich wohl und kann gern ein paar Tage hier verbringen. Ich betrachte es als Urlaub. Meinetwegen brauchen Sie sich nicht zu beeilen. Auf keinen Fall, aber es wäre sicher schön, wenn Sie irgendwann auch Zeit für mich hätten.«

Der Arzt dankte ihm für das Verständnis und fuhr mit der Visite fort. Er blieb eine Weile vor dem Kasus im Nachbarbett stehen und dachte nach, bevor er erklärte, dass sie sich noch immer nicht ganz im Klaren waren, was sie mit ihm machen sollten. Er meinte natürlich, was sie vor der Abreise in das lokale Krankenhaus mit seinem Bein machen sollten, eine Präzisierung, bei der sich Valdemar unsicher war, ob der Kasus das mitbekam. Der Arzt garantierte ihm, dass man ihn nicht entlassen würde, bevor sein Schicksal nicht besiegelt war, und meinte es gut. Der Körper von Kasus schüttelte sich.

»Nein, ich will nicht«, schrie er. Der Arzt zuckte nicht mit der Wimper und setzte seine Runde fort. Es war an Sunniva, die im Laufe der Nacht wieder zur Arbeit gekommen war, den Fall hinter dem Wandschirm zu beruhigen. So war die Verantwortung im Krankenhaus verteilt. Der Kasus rollte sich in der Embryonalstellung zusammen, in dem Grad, wie ein gebrochenes Bein die Embryonalstellung eben zuließ, und begann zu summen. Sunniva ließ ihn liegen, schob aber den Wandschirm wieder an sein Bett heran.

»Sie haben jetzt vielleicht Appetit auf ein kleines Frühstück?«, fragte sie Valdemar. Die anderen hatten bereits ihr Frühstück bekommen, da man aber plante, ihn mit nüchternem Magen zu operieren, hatte er nichts anderes als Kaffee und noch mehr intravenöse Kost bekommen. Er wollte gern etwas zum Hineinbeißen, aber aus Erfahrung wusste er nun, dass er vorsichtig damit sein sollte, zu viel zu erwarten.

»Vielleicht kann ich ein paar Scheiben Brot mit Schnittkäse haben?«, unternahm er einen Versuch und sah Sunniva strahlen. Mit Schnittkäse war die Küche ausgerüstet.

»Sie können auch Marmelade bekommen«, sagte sie, »wenn Sie sich mit Erdbeermarmelade begnügen.«

»Nein danke, ein paar Scheiben Brot mit Schnittkäse wären prima.« Beim Essen war er nie besonders anspruchsvoll gewesen, er hatte Essen vor allem als eine Art Treibstoff betrachtet. Auf jeden Fall in den letzten zwölfeinhalb Jahren.

»Aber ich hätte gern ein bisschen Milch im Kaffee.«

»Das geht nicht. Sie können schwarzen Kaffee bekommen.«

Valdemar schaffte es auch nicht, sich darüber aufzuregen. Plötzlich war er froh darüber, der Jagd nach Kaffee zu entgehen. Espresso, Cortado, Cappuccino, Latte, Macchiato, Americano oder wie sie alle hießen, einfach oder doppelt, keiner von ihnen konnte ihn mehr locken als eine von Sunniva servierte Tasse schwarzer Kaffee. Normalerweise war es ein umfassender Entscheidungsprozess, einen Kaffee zu bestellen, aber hier waren ihm alle Entscheidungen abgenommen. Schwarzer Kaffee, that's it.

»Sie können auch Tee bekommen«, fuhr Sunniva fort. »Sie können auch gelben Tee bekommen, wenn Sie den lieber möchten. Schwarzer Kaffee oder gelber Tee.«

»Nein danke, schwarzer Kaffee ist prima.«

Er rechnete nicht damit, dass der Tee gelb war, verstand aber, was sie meinte. Abgesehen davon hatte er keine Lust, die schwere Entscheidung treffen zu müssen, ob er Tee oder Kaffee haben sollte. Jetzt war für ihn entschieden, dass er schwarzen Kaffee haben sollte, und das war gut so.

Der Vormittag sollte mit dem einen oder anderen Sportereignis im Fernsehen vergehen. Kristian und Atle hatten den Fernseher angeschaltet und luden Valdemar zu sich ein, aber er lehnte ab. Schließlich konnte er die Gelegenheit nutzen, um ein wenig Spaß zu haben. Er versteckte die Fernbedienung so, dass sie nur ein bisschen unter der Bettdecke hervorschaute, und tauschte die Sportsendung bei Atle mit einer Werbung für Damenbinden aus. Atle schrie auf und bat Kristian, sich nicht auf seine Fernbedienung zu legen. Kristian entschuldigte sich und sagte, er müsse aus Versehen darauf gekommen sein. Atle fuchtelte mit seiner Fernbedienung in der Luft herum und sagte etwas in der Richtung, dass das doch nicht so verdammt schwer sein konnte, und da wechselte Valdemar die Seite und stellte Kristians Kanal um, sodass Atle die Schuld bekam. So läuft es, wenn man aus Versehen mit der Fernbedienung herumfuchtelt. Kristian war der Meinung, es stand 1:1, aber Valdemar wusste, es stand 2:0, und zwar für ihn. Außerdem war er in Torlaune und hatte nicht vor, sich geschlagen zu geben. Er richtete die Fernbedienung an die Decke und schaltete beide Apparate aus.

»Jetzt hat er sich abgeschaltet«, sagte Kristian.

»Meiner auch«, kam es von Atle, und dann einigten sie sich darauf, dass sicher etwas mit der Gemeinschaftsantenne nicht stimmte. Zwei Fernsehapparate schalten sich nicht so ohne Weiteres ab, auf jeden Fall nicht zeitgleich. Valdemar ließ sie die Geräte wieder einschalten, bevor er das Prozedere wiederholte.

»Was zum Teufel?«, brüllte Kristian und redete gleich für Atle mit. Beide warfen sich über ihre Fernbedienungen und hätten es im Synchronschwimmen sicher weit gebracht.

Valdemar schmuggelte seine Fernbedienung in den Schrank und schaffte es, einen einsetzenden Lachkrampf zurückzuhalten. Kein Grund zu übertreiben oder gar Verdacht zu wecken.

Gegen Abend kam der Arzt, um Valdemar mitzuteilen, dass er am nächsten Morgen operiert würde.

»Jetzt sind Sie endlich an der Reihe. Es tut mir leid, dass Sie so lange warten mussten. So etwas sollte nicht passieren, tut es aber dennoch. Das ist schlicht und einfach peinlich. Im Laufe des Abends kommt eine Krankenschwester, um Sie für die Operation fertigzumachen.«

»Fertigzumachen?«, fragte Valdemar.

»Ja, wir haben gewisse Abläufe, die eingehalten werden müssen.«

»Abläufe?«, fragte Valdemar.

»Ja, wir möchten doch, dass Sie die richtige Behandlung bekommen. Dass wir die richtige Schulter operieren und nicht stattdessen Ihren Blinddarm herausnehmen.« Dann lachte er laut und ging.

Sunniva war wieder durch Birgitte ersetzt worden, und Birgitte sagte, sie würde zurückkommen, um ihn fertigzumachen. Bis zu diesem Zeitpunkt war Fertigmachen etwas, das Valdemar ausschließlich mit dem Runterputzen von Personen verband, aber es hatte den Anschein, als sei er gezwungen, auch seine Meinung über diesen Ausdruck ändern zu müssen. Die Sprache befand sich offenbar in ständiger Entwicklung. Natürlich hatte er den Witz gehört: »Wenn Sie wegen einer Blinddarmentzündung eingeliefert werden, werden wir auch dafür sorgen, dass Sie an einer Blinddarmentzündung sterben«, aber plötzlich fühlte es sich an, als könne dies durchaus wahr werden. Für gewöhnlich war er nicht paranoid und hatte keinerlei Pläne, damit anzufangen.

Valdemar wartete mit einem gewissen Grad der Spannung darauf, dass Birgitte ihn fertig machte, aber es war keineswegs so spannend, wie er es sich vorgestellt hatte. Er wurde nicht geduscht oder dergleichen. Schmuck und Uhren mussten entfernt werden, und weil Valdemar nichts von beidem hatte, blieb nur, seine Schulter mit schwarzem Filzstift zu markieren. Damit sie nicht die falsche Schulter operierten. Er gab zu, dass genau das unerfreulich wäre, konnte aber auch nicht ganz verstehen, wie jemand eine Schulter, bei der das Schlüsselbein unter der Haut gerade nach oben stand, mit einer Schulter, bei der dies nicht der Fall war, verwechseln konnte. Der Höhenunterschied machte trotzdem viele Zentimeter aus. Aber: »Better safe than sorry.« Außerdem hatte er aufgehört, Entscheidungen zu treffen, und sein Schicksal voll und ganz in Birgittes Hände gelegt. Oder Sunnivas.

»Jetzt stehen Sie an erster Stelle«, sagte Birgitte, »also werden Sie garantiert operiert. Richtig garantiert, also.« Valdemar hatte Lust zu fragen, auf was diese Garantie hinauslief, rechnete aber nicht damit, dass sie mit irgendwelchen spezifischen Bedingungen aufwarten würde. Es war vor allem eine Redensart. Er wusste, dass er zufrieden sein sollte, denn diese ständigen Verschiebungen waren in der ganzen Abteilung zum Gesprächsthema geworden. Alle redeten über den armen Patienten, der offensichtlich nie operiert werden würde, und welche

Leiden und Schmerzen er ertragen müsse. Die Wahrheit aber war, dass es Valdemar ganz ausgezeichnet ging. Er musste nicht eine einzige Entscheidung treffen, alles wurde für ihn entschieden. So etwas kannte er gar nicht. So hatte er es auch nie zuvor haben wollen. Als sich nun aber die Möglichkeit bot, gefiel es ihm viel besser, als er je geahnt hatte. Zu seiner eigenen Überraschung begann er, sein neues Leben zu mögen. Auch wenn Sunniva und Birgitte ein gänzlich professionelles Verhältnis zu ihm hatten und wohl kaum eines seiner Gefühle erwiderten, so mochte er sie mehr, als er seiner Erinnerung zufolge zwölfeinhalb Jahre lang irgendeine Frau gemocht hatte. In der Firma gab es gut zweihundertfünfzig, aber keine von ihnen berührte Valdemar in der gleichen Weise.

»Außerdem müssen Sie hier unterschreiben«, sagte Birgitte, »da Operationen immer ein Risiko bergen, müssen Sie erst Ihre Einwilligung geben.«

»Risiko?«, fragte Valdemar, »Sie haben doch die richtige Schulter mit wasserfester Farbe markiert. Da kann doch wohl nichts schiefgehen?«

»Sie könnten dabei sterben«, entgegnete sie. »Sie könnten ein Blutgerinnsel bekommen, oder es kann etwas anderes Unvorhergesehenes während der Operation passieren. So etwas passiert nicht oft, aber es passiert.«

»Und wenn ich nicht unterschreibe, werde ich nicht operiert?«

»So in etwa, ja.«

»Bedeutet das, ich kann hier wohnen bleiben, in diesem Zimmer?«

»Nein«, sagte sie, »dann werden Sie mit der ausgerenkten Schulter nach Hause geschickt und müssen so gut Sie können allein klarkommen. Ich würde das nicht empfehlen.«

»Sie meinen, ich muss ein Todesrisiko akzeptieren, wie klein es auch sein mag?«

Dann lächelte sie so zuckersüß, wie es nur eine Krankenschwester namens Birgitte konnte, und das war in der Tat ein wenig süßer als das Lächeln einer Krankenschwester namens Sunniva.

Valdemar unterschrieb. Am nächsten Morgen würden sie ihn aus dem Zimmer schieben, hinein in den Operationssaal, ihn betäuben und das tun, was sie mit der Schulter tun mussten. Und im Laufe des Tages würde er aus dem Narkoserausch aufwachen und sich schnell auf dem Weg der Besserung befinden. Nach einer knappen Woche würde er wieder der Alte sein, in hektischer Aktivität im Beruf, zurück in der Tretmühle und noch vor dem Zeitungsboten auf Arbeit, den ganzen Tag Termine wahrnehmen und mit Kunden, Angestellten und Aktionären kämpfen. Er würde wohl dazu gezwungen sein. Er konnte doch nicht bis in alle Ewigkeit im Krankenhaus liegen bleiben. Vollgas bei Global Village. Global Village? Das hörte sich vertraut an. Valdemar dachte, er habe dort vielleicht einmal gearbeitet. Vor langer Zeit.

»Leider wird es auch heute keine Operation geben.«

Valdemar erkannte einen Schnitzer auf weite Entfernung. Dieses Mal hatte der Arzt nicht den Mut, die Botschaft selbst zu übermitteln, sondern schickte eine Krankenschwester, die Valdemar noch nie zuvor gesehen hatte, um ihm mitzuteilen, dass die Krankenhausleitung aufgrund der vielen Überstunden entschieden hatte, dass er noch ein paar Tage warten müsse. Die Krankenschwester hieß Caterina, war definitiv italienischer Abstammung und fühlte sich sichtlich unwohl mit der Situation. Die Auto- und Motorradunfälle der letzten Tage hatten so stark an den Chirurgen gezehrt, dass es unverantwortlich wäre, sie noch länger arbeiten zu lassen. Caterina konnte allein mit ihrem Lächeln Krankheiten und Schmerzen kurieren und brachte Valdemar dazu, an alternative Medizin zu glauben. Ein paar Tage mehr oder weniger spielten keine Rolle, und er hatte längst alles vergessen, was mit Arbeit und Verpflichtungen zu tun hatte. Natürlich konnte er nicht zugeben, dass dies gute Neuigkeiten seien, aber das entsprach der Wahrheit. Er versuchte trotzdem, entmutigt dreinzublicken, und glaubte, dies zu einem gewissen Grad hinzubekommen.

»Das ist so peinlich«, fuhr Caterina fort, »und die Verantwortlichen trauen sich nicht selbst zu kommen, um es Ihnen zu sagen. Der Arzt hat sich in seinem Büro verbarrikadiert und weigert sich herauszukommen, bevor ich nicht mit Ihnen gesprochen habe. Ich verstehe gut, wenn Sie wütend sind.«

Mit anderen Worten, Valdemar bekam die Möglichkeit, wütend zu sein. Die hatte ihm niemand zuvor gegeben, aber die große Frage war doch, ob das irgendeinen Effekt haben würde.

»Hilft es, wenn ich wütend werde? Ich meine, kommen die Chirurgen dann zur Arbeit?«

»Nein, das tun sie wohl nicht.«

»Nein, dann glaube ich, dass ich keine Lust dazu habe. Ich werde immer so verflucht ungerecht, wenn ich wütend bin, also ziehe ich es vor, nicht wütend zu werden, glaube ich.«

Caterina sah ihn verständnislos an.

»Ich verstehe nicht, wie Sie es schaffen, so geduldig zu sein?«

»Ich bin nicht sicher, ob ich geduldig bin. Ich habe nur

gelernt zu versuchen, die Dinge zu beeinflussen, die ich tatsächlich beeinflussen kann. Die Dinge, die ich nicht beeinflussen kann, wie zum Beispiel die KFZ-Steuer oder die Rundfunkgebühren, von denen lasse ich die Finger. So ist das hier auch. Wenn die Chirurgen ein paar Tage schlafen sollen, ungeachtet dessen was ich meine oder tue, ziehe ich es vor, dahingehend nichts zu denken und nichts zu tun. Man muss entscheiden, welche Schlacht man kämpfen soll.«

»Sie sind unglaublich«, antwortete Caterina und sah aus, als würde sie es meinen. »Ich muss Sie beinahe fragen, ob Sie verheiratet sind?«

Nicht mehr, dachte er. Das war zwölfeinhalb Jahre her, und er hatte anschließend nie daran gedacht, wieder zu heiraten. Er hatte beschlossen, sich in Arbeit zu ertränken, und das war ihm gelungen.

»Nein, ich bin nicht verheiratet. Aber denken Sie nicht daran. Es ist entsetzlich, mit mir zusammenzuleben. Glauben Sie mir, keiner kennt mich besser.«

»Das war ein Scherz.«

Das hatte Valdemar wohl verstanden. Aber es war erlaubt, mit einem Scherz darauf zu reagieren, auch wenn der Witz vielleicht nicht verstanden werden würde. Noch ein paar Tage auf Schmerzstillern also. Die Jungs im Zimmer hatten sich an einem Pfeifkonzert versucht, aber nur Kristian war es gelungen. Eine Schwalbe machte keinen Sommer und ein Pfiff kein Pfeifkonzert. Jetzt entging es Valdemar, einige Tage mit nüchternem Magen herumzuliegen, und er konnte sich stattdessen auf das gastronomische Angebot der Krankenhausküche stürzen. Er hoffte, sie hatten Bœuf Stroganoff. Das könnte prima werden.

16

Valdemar drehte sich abrupt um. Auf dem Flur übermannte ihn plötzlich das unangenehme Gefühl, dass ihn jemand beobachtete und verfolgte. Ungefähr das gleiche Gefühl, das er manchmal im Büro hatte. Da war es jemand, der private Sachen wie die Aktualisierung sozialer Netzwerke, Onlinebanking oder die Urlaubsbuchung erledigte und dabei unentdeckt bleiben wollte. Dann verfolgte der Betreffende genau, was Valdemar tat, und war stets bereit, die Bildschirmansicht zu ändern, sobald er ihm zu nahe kam. Den Panikknopf zu drücken. Über viele Jahre mit Hunderten von Angestellten hinweg hatte er ein Gespür dafür entwickelt wenn er beobachtet wurde. Aber im Krankenhaus gab es niemanden, der Grund hatte, ihn zu observieren? Oder doch?

Valdemar scannte die Umgebung, konnte aber nichts Ungewöhnliches feststellen. Im Flur lagen zwei Patienten und schlummerten, unschuldig wie Kinder. Am anderen Ende des Ganges war ein Krankenträger zu sehen; er schob einige Karren mit Dreckwäsche. Zwei Krankenschwestern, Jeanette und May, standen vor dem Schwesternzimmer und sprachen über irgendetwas. May gestikulierte, als würde sie einen Sandstrand beschreiben oder zumindest einen Swimmingpool. Vor dem Schwesternzimmer wartete ein älterer Mann und sah aus, als würde er nachdenken. Ein Patient, dessen Gesicht Valdemar nicht erkannte, schlurfte ziellos umher, während er sein Venenkatheterstativ vor sich herschob. Auch er hatte keinen Grund, Valdemar zu überwachen, dennoch ließ ihn das Gefühl nicht los. Aus reinem Reflex scannte er die Umgebung erneut und entdeckte keine Veränderungen, abgesehen davon, dass der Krankenträger im Fahrstuhl verschwunden war.

Aber dann, für den Bruchteil einer Sekunde, bekam er den Streifen eines Gesichts zu sehen, das ihn aus einem Türschlitz heraus, etwa zwanzig Meter entfernt, anstarrte. Exakt in dem Moment, als er Blickkontakt bekam, verschwand das Gesicht, aber er hatte genug gesehen. Es war ein dunkles, beinahe rußiges Gesicht mit scharfen grünen Augen und ungekämmten roten Haaren. Es war das Gesicht des Mannes, der Valdemar vor ein paar Tagen auf dem Flur begegnet war und ihn angestarrt hatte. Valdemar tat, als wäre nichts geschehen, und versuchte, sich ungezwungen zu bewegen, aber gleichzeitig ließ er die Tür nicht aus den Augen. Niemand war aus dem Zimmer herausgekommen, und er plante zu behaupten, dass er sich verlaufen habe, wenn es die Situation verlangen würde.

Auf der Tür stand »Spülraum«, und sie war geschlossen. Er öffnete sie und bemerkte, dass der Raum dahinter leer war. Er betrat das Zimmer, aber dort war niemand außer ihm. Merkwürdig, dachte Valdemar. Er hatte doch deutlich gesehen, wie die Person hineinging, und da sich im Raum weder Fenster noch andere Türen befanden, musste der Mann doch irgendwo sein. Er öffnete einige der Schränke, ohne jemanden zu entdecken. Wirklich merkwürdig, dachte Valdemar. Es war kaum Platz in den Schubladen, aber er konnte nicht sicher sein und wollte gerade die oberste öffnen, als Jeanette wie aus dem Nichts auftauchte, ihn am Arm zog und sagte,

Patienten sollten sich vom Spülraum fernhalten. Er entschuldigte sich und erklärte, er habe gehört, hier drinnen würde es ein Fest geben. Ihm war klar, dass dies eine furchtbar schlechte Entschuldigung war, er kam aber auf keine andere. Aber sie war sicher besser als viele andere Entschuldigungen, die die Leute Jeanette sonst auftischten; also ließ sie ihn gehen.

Das Gefühl, beobachtet zu werden, hatte sich verstärkt. Jetzt wurde Valdemar also von einem unsichtbaren Mann überwacht. War er zufällig in etwas Geheimnisvolles hineingeraten? Wer hatte etwas zu verbergen? Verdächtigte jemand Valdemar, hier aus anderen als aus medizinischen Gründen zu sein? Was war anders, als es sein sollte?

Das Gefühl, unbeobachtet sein zu wollen, wuchs. Valdemar beschloss, sich etwas öfter als sonst umzudrehen.

17

Es war Nacht, aber trotz der Schmerzstiller konnte Valdemar nicht schlafen. Er hörte Kristian leise in seiner Ecke schnarchen, Atle seufzte ab und an, als würde er träumen, und hinter dem Wandschirm war es komplett still. Der Lampenschirm hing wie ein verdunkelter Planet unter der Decke. Irgendwo da unten liege ich, dachte Valdemar und versuchte, die Firma und sich selbst vom Weltraum aus zu betrachten. Er hatte geglaubt, er und die Firma seien unzertrennlich, aber zum ersten Mal seit zwölfeinhalb Jahren lebte jeder sein eigenes Leben. Merkwürdig, dachte Valdemar. Eine Sache war, dass er ohne die Firma klarkam, eine andere, dass die Firma auch ohne ihn klarzukommen schien. Vielleicht bin ich nicht ganz so unentbehrlich, wie ich glaubte, überlegte Valdemar. Dann kam ihm der Gedanke, dass vielleicht niemand registriert hatte, dass er weg war. Das war nicht unwahrscheinlich, denn über die Jahre hinweg hatte er sich doch mehr und mehr in seinem Büro eingeschlossen. War er vielleicht zu einer grauen Eminenz geworden? Vielleicht hatte er schlichtweg keine Bedeutung mehr, die Welt gehörte den Dreißigjährigen, und er war beinahe doppelt so alt. Er setzte sich auf. Würde er nicht im Krankenhaus liegen, ginge er – wenn er mitten in der Nacht in dieser Weise aufwachte – normalerweise nach unten ins Büro. Aber er war noch immer nicht operiert und musste das Bett hüten. Damit verschwand auch der Tatendrang. Er spürte ein leichtes Kribbeln, aber das ließ sich einfach unterdrücken. Er war überrascht, dass er die Verlangsamung des Alltags lediglich mit einem Schulterzucken akzeptierte. Konnte das ausschließlich den Medikamenten geschuldet sein, fragte er sich. Oder steckte mehr dahinter? War es Sunniva? Birgitte? Lag es an der Fürsorge, die ihm zuteilwurde und die er zwölfeinhalb Jahre lang nicht gespürt hatte? War er schlicht und einfach dabei, sich zu verändern? Valdemar wurde unruhig, es passierte etwas, über das er keine Kontrolle hatte. Er legte sich wieder hin. Das ist nur, weil es Nacht ist, redete er sich ein, morgen früh würde alles wieder normal sein.

18

»Ich bin es, der Sie aufschnippeln wird«, sagte der Mann in dem grünen Kittel und lächelte. Er hätte ebenso gut sagen können, er sei es, der ihm das Leben nimmt, denn Valdemar hatte vor nicht allzu langer Zeit ein Dokument unterzeichnet, mit dem er dieses Risiko einer Operation akzeptierte. Der Mann stellte sich nicht weiter vor. Er teilte ihm lediglich mit, dass er der Chirurg sei. Vom Aussehen her erinnerte er nicht sonderlich an einen Chirurgen, aber da konnte Valdemar auch falsche Erwartungen gehabt haben. Er hatte sich vorgestellt, ein Chirurg wäre das Sinnbild perfekter Feinmotorik, aber dieser hier wirkte ungeschickt wie der Aushilfsfahrer eines LKWs, die Hände zittrig wie nach einer durchzechten Nacht. Persönlich akzeptierte Valdemar, dass Chirurgen Mangelware waren, und verstand auch, dass er gezwungen war, den Chirurgen zu nehmen, den man ihm zuteilte.

»Das wird wohl schmerzfrei ablaufen«, sagte der Chirurg, und Valdemar musste zugeben, dass er dankbar war, dass sie ihr Versprechen hinsichtlich der Vollnarkose einhalten würden. Er bemerkte indessen das winzige Wort »wohl« in dem Satz, hoffte aber, dies sei der Gewohnheit des Arztes geschuldet, ganz unbewusst Zweideutigkeiten einzuschieben.

»Das habe ich schon tausendmal gemacht«, sagte er, so als würden die Menschen in diesem Land nichts anderes tun, als sich Luxationen dritten Grades zuzuziehen. Entweder so, oder es war ein Ausdruck dafür, dass Schulteroperationen einen niedrigen Status hatten und er am liebsten in der Herztransplantation oder Gehirnchirurgie arbeiten würde.

»Das wird auch nicht lange dauern.« Er zog am Musketierbart, während er nachdachte. »Ich denke, es wird achtundfünfzig Minuten dauern«, schlussfolgerte er. Nicht siebenundfünfzig oder neunundfünfzig, sondern achtundfünfzig.

Valdemar war enttäuscht, dachte aber, das sei ihm nicht anzusehen. Waren achtundfünfzig Minuten wirklich alles, was sie benötigten? Valdemar war freilich kein Chirurg, dachte aber trotzdem, das sei äußerst niedrig angesetzt. Vielleicht pfuschten sie bei solchen Operationen nur. Operierten mit der linken Hand, während sie ihren Morgenkaffee tranken.

»Ich denke, wir machen eine zehn Zentimeter lange Inzision über der lateralen Clavicula, scharf hinein zum Clavicula-Ende, das deutlich disloziert im Acromioclaviculargelenk steht. Ja, das sehen Sie ja selbst. Die Gelenkkapsel ist wahrscheinlich beschädigt. Dann legen wir die vordere Begrenzung frei, finden das Ende des Ligamentum coracoclaviculare und setzen zwei Fadenanker ein. Das Acromioclaviculargelenk wird mithilfe einer vierlöchrigen Balser-Platte reponiert, wobei der Knochen hinter das Gelenk unter dem Acromion gesetzt wird. Dann Befestigung mit fünf Corticalisschrauben in der Clavicula. Das Ligamentum coracoclaviculare wird dann mit zweimal Vicryl eins suteriert. Der Pars clavicularis pectoralis wird dann mit zwei Osteosuturen an der Clavicula befestigt. Das Platysma wird mit Vicryl zwei-null adaptiert, Hautsutur mit unterbrochener Algöwe Monosof drei-null, dann schlingen wir eine Kompressionsbandage drum herum, und schwuppdiwupp sind Sie wie neu. Irgendwelche Fragen?«, fragte der Chirurg.

»Werde ich nach der Operation Klavier spielen können?«, fragte Valdemar.

»Selbstverständlich, das ist überhaupt kein Problem.«

»Super«, sagte Valdemar, »denn das kann ich bisher noch nicht.«

Der Chirurg verstand nicht, was Valdemar meinte. Humor stand offensichtlich nicht auf der Liste der Fächer, die sie im Medizinstudium unterrichteten. Es gab ein paar Repliken, die Valdemar immer einmal hatte verwenden wollen, und das war eine davon. Die Möglichkeit, dass der Chirurg sie bereits kannte, war ihm selbstverständlich bewusst gewesen. Vielleicht führten Chirurgen eine Statistik darüber, wie oft sie die verschiedenen Witze im Laufe einer Woche hörten, und wer den gleichen Witz am häufigsten hörte, gewann am Freitag eine Flasche Wein. Man konnte nie wissen. Das setzte freilich voraus, dass sie Sinn für Humor hatten, und das hatte Valdemar soeben abgeschrieben.

»Keine Fragen also«, fasste der Chirurg zusammen, erhob sich und ging. Sein grüner Kittel flatterte ähnlich wie der Umhang von Superman, wenn er durch die Wolkenschichten verschwand und verschwunden blieb.

Als er das Zimmer verlassen hatte, fragte Valdemar Sunniva, was der Chirurg gesagt hatte. Er hatte Norwegisch gesprochen, aber Valdemar hatte dennoch kein Wort verstanden. Er fühlte sich wie ein funktionaler Analphabet. Sie erklärte, der Chirurg würde eine Platte einsetzen, die das Schultergelenk wieder zusammenpressen würde.

»Ah. Warum hat er das dann nicht gesagt?«

»Das hat er, nur mit eigenen Worten. Chirurgen reden so.«

»Wenn er mir aber etwas sagen wollte, warum spricht er dann nicht eine Sprache, die ich verstehe? Ich hätte einen Dolmetscher gebrauchen können«, sagte er und versuchte zu übertreiben.

»Sie brauchen keinen Dolmetscher. Sie haben ja mich.«

Das stimmte. Valdemar hatte Sunniva. Er sollte glücklich sein. Was konnte er mehr verlangen?

»Spricht er mit Ihnen auch so?«

»Nein, die Chirurgen sprechen nicht mit uns Schwestern, sie sprechen zu uns.«

»Sprach er jetzt mit mir oder zu mir?«

»Da Sie die Erlaubnis bekamen, Fragen zu stellen, bedeutet das, er sprach mit Ihnen. Hätte er zu Ihnen gesprochen, hätten Sie es so erlebt, als hätte er nur Bescheid gegeben. Als wären Sie ein Anrufbeantworter.«

Valdemar verstand, dass er sich geehrt fühlen sollte, aber das tat er absolut nicht. Der Chirurg hatte wie jeder x-beliebige Verkäufer gesprochen und erklärt, was er für ihn tun konnte. Dass es das Beste für ihn war, dieses Produkt zu kaufen. Es hätte ein mit Drucker kombinierter Kopierer sein können, ein besonders weiches Toilettenpapier oder Webhosting. Aber es handelte sich um eine Operation, die ihm im schlimmsten Fall das Leben kosten könnte.

19

Als Valdemar aufwachte, befand er sich in einem Raumschiff. Das Erste, was er hörte, war eine Art tiefes Summen, das er den Ionenmotoren zuschrieb, die das Raumschiff zu einem fernen Reiseziel beförderten. Er hörte dem Geräusch eine Weile zu, versuchte, die Vibrationen im Rumpf zu spüren, und fühlte sich heimisch. Als wäre er viele Jahrhunderte lang unterwegs gewesen, teilweise im Dämmerzustand, in einer Art künstlichem Koma. Er begriff, dass er dabei war, aus dem Dämmerzustand zu erwachen, und dachte, sie näherten sich dem Zielplaneten. Valdemar meinte sich zu erinnern, dass sie auf dem Weg zu Alpha Centauri waren, dem nächstgelegenen Stern, der aber trotzdem unfassbar weit entfernt war. Oder war er vielleicht an der Reihe mit dem Wachdienst? Langsam öffnete er die Augen und sah, dass er in einem Raum mit vielen Betten lag. Der Aufwachsaal. Ein angenehmes rotes Licht erfüllte den Raum, sodass der Übergang vom Schlaf in den Wachzustand den Augen so angenehm wie möglich gemacht wurde. Er versuchte sich zu erinnern, wie das Raumschiff hieß. Nostromo? Alexei Leonow? Discovery One? In seiner Zeit bei der Flotte hatte er auf so vielen gedient. Der Raum erinnerte am ehesten an Nostromo. Er versuchte, den Kopf zu heben, aber der fühlte sich viel zu schwer an. Er stöhnte leise.

Im gleichen Augenblick materialisierte sich an der

Bettkante jemand aus der Mannschaft. Sie trug die bekannte weiße Uniform, mit dem oben auf der linken Seite aufgedruckten Logo des Raumschiffes. Valdemar war noch immer zu schläfrig, um deutlich lesen zu können, was dort stand, es sah nicht aus, als würde es mit »N« beginnen, aber für ihn blieb es Nostromo.

Sie fasste ihn vorsichtig an die Schulter und schaute ihm in die Augen. Ihre Augen waren dunkel, die Regenbogenhaut war eins mit der Pupille, und sie wirkte, als gehöre sie nicht der menschlichen Rasse an. Sie sprach zu ihm.

»Hallo, ich heiße Wenche. Die Operation ist gut verlaufen.«

Mit »Operation« meinte sie den Dämmerzustand. Dessen war sich Valdemar sicher.

Sie griff nach einem Instrument, das sie über ihn hielt, und sagte, er habe vier Deziliter Flüssigkeit in der Harnblase.

»Ich hole Ihnen einen Katheter«, sagte sie, und Valdemar wachte jäh aus seinem Traum auf. Der Aufwachraum auf Nostromo verschwand und wurde durch die postoperative Abteilung des Krankenhauses ersetzt. Die Enttäuschung war groß, als ihm die Wahrheit bewusst wurde. Er war nicht in einem Raumschiff erwacht. Er versuchte, Wenche zu antworten, brachte aber kein Wort heraus. Wäre er in Nostromo aufgewacht, hätte er zumindest fragen können, wo sie sich befanden. Wie weit sie gekommen waren. Wie viele Lichtminuten sie noch hatten und solche Sachen. Mit einem einfachen Satz hatte Wenche alles Notwendige gesagt, um die Situation zu erklären. Er war operiert worden, die Operation war gut verlaufen, er würde in Zimmer 404 zurückgeschoben werden, und es war nur eine Frage der Zeit, bis er wieder in das Berufsleben entlassen werden konnte. Er verspürte einen Stich im Herzen.

Valdemar musste eine Weile geschlafen haben, denn als er aufwachte, lag er in Zimmer 404. Er fühlte sich alles andere als fit, eher verkatert, und blieb leicht dösend liegen, bis ihm auch das zu langweilig wurde. Er setzte sich im Bett auf und wurde von den Zimmerkameraden willkommen geheißen. Sie sagten, er habe zwar wegen der langen Wartezeit verdammtes Pech gehabt, es sei aber gut, dass man ihn schließlich doch noch operiert habe. Erneut verspürte er einen kleinen Stich im Herzen. Valdemar war sich überhaupt nicht sicher, ob es gut war, schließlich doch operiert worden zu sein.

»Bald bist du wieder zurück im Hamsterrad«, sagte Kristian, »zusammen mit den anderen Hamstern.«

Der Gedanke war nicht verlockend.

Es gab auch nicht viel anderes Verlockendes, aber Birgitte versuchte es mit Essen. Sie erklärte, dass er seit sechzehn Stunden nichts gegessen habe und sie ihm eine Portion schwedische Fleischklößchen aufwärmen könne. Hatte sie die vielleicht bei ihrem letzten Heimatbesuch aus Schonen mitgebracht? Valdemar nahm das Angebot dankend an, sollte es aber bereuen. Die Kartoffeln ließen sich zwar schlucken, als er aber ein Stückchen mit Soße nahm, kam alles wieder hoch. Sowohl die Kartoffeln als auch das, was er in den letzten sechzehn Stunden nicht gegessen hatte. Ohne Vorankündigung. Vermutlich war die Reaktion bei Menschen, die nach einer Narkose aufwachten, vollkommen normal, denn Birgitte hielt den notwendigen nierenförmigen Pappbehälter schon bereit. Sie kamen überein, dass er ein bisschen warten sollte, und er meinte, kalte Fleischklößchen würden unterschätzt und gehörten zu den besten Dingen, die er je gegessen hätte. Direkt nach Bœuf Stroganoff. Sie lächelte und fragte, ob Kaffee verlockend klänge, oder ob vielleicht roter Saft besser sei? Merkwürdigerweise hörte sich Kaffee vielversprechend an.

»In zwei bis drei Tagen sind Sie auf dem Heimweg«, sagte Birgitte.

Das war es, wovor Valdemar plötzlich Angst hatte. Das war genau der Weg, den das Ganze seinem Wunsch nach nicht nehmen sollte. Er fühlte sich überraschend wohl im Krankenhaus, wo Entscheidungen vorgefasst waren, und verspürte keinen Drang, in den Direktorensessel zurückzukehren. Selbst wenn dieser mit schwarzem Leder bezogen war und in alle Richtungen gestellt werden konnte. Allein bei dem Gedanken, Direktor zu sein, ging es ihm schlechter, aber das konnte er natürlich niemandem im Krankenhaus erzählen. Er würde gezwungen sein, sich irgendetwas einfallen zu lassen, denn er war entschlossen, nicht zurückzukehren. Er musste zugeben, dass er die Abläufe eines Krankenhauses zu wenig kannte. Hätte er bessere Kenntnisse gehabt, hätte er die Situation vielleicht in einer anderen Weise ausnutzen können, aber jetzt war er gezwungen zu improvisieren. Aber auch das hatte keine Eile. Er sollte erst in zwei bis drei Tagen entlassen werden. Vorher musste er erst einmal den Narkoserausch ausschlafen. Valdemar sank in die Kissen zurück und überließ das Denken dem Unterbewusstsein.

20

Nachdem sich das flaue Gefühl nach der Narkose endlich gegeben hatte, lag Valdemar im Bett und döste. In einem wachen Moment entdeckte er, dass er an einen Pulsmesser angeschlossen war, einem Dings an seinem Zeigefinger, das mit einem irgendwo an der Wand angeschlossenen Apparat verbunden war. Der Apparat hatte einen Bildschirm, der den Puls in einer hellblauen Zahl wiedergab. 65 stand da. Er fragte sich, wie weit er seinen Puls wohl senken könnte, und begann mit ein paar Entspannungsübungen. Erst tat er so, als würde der eine Arm schlafen, dann der andere, anschließend die Beine. Bevor er sich aber den Kopf vornahm, hörte er auf, sonst würde er ganz sicher das ganze Experiment verschlafen. Jetzt stand da 55. Ganz gut für einen Ruhepuls. Aber würde es ihm gelingen, den Puls noch weiter herunterzubekommen? Valdemar begann mit Atemübungen, er atmete tief und langsam, während die äußeren Extremitäten schliefen. 53 stand da. Dann 49 und gleich darauf 46. Er war so vergnügt, dass der Puls wieder auf 52 hochschnellte, bevor er ihn bei 49 stabilisieren konnte. Er hatte nicht lange so dagelegen, als Sunniva ins Zimmer gerannt kam.

»Hallo«, sagte Valdemar.

Sie schaute ihn misstrauisch an, nahm den Pulsmesser ab und setzte ihn wieder auf den Finger, drückte auf ein paar Knöpfe des Apparates oben und sagte:

»So.«

Dann verschwand sie. Ohne Erklärung. Was war los? Er sah nach oben auf die hellblauen Zahlen, die jetzt die 70 überschritten hatten. Nun stand da 72. Das war Sunnivas Schuld. Sie brachte sein Herz dazu, schneller zu schlagen. Er nahm seine Entspannungsübungen wieder auf, und dieses Mal kam er schneller auf 55 runter. Die anschließenden Atemübungen zeigten erneut Wirkung, und bald zeigte das Display 44. Neuer persönlicher Rekord. Er wollte gerade den nicht operierten Arm in einer Geste des Sieges in die Höhe reißen, als Sunniva erneut ins Zimmer stürzte.

»Hallo«, sagte er noch einmal.

Sie schaute ihn wieder misstrauisch an, nahm noch einmal den Pulsmesser ab und wiederholte das Ritual mit den Knöpfen wie zuvor. Weil sie scheinbar nichts sagen wollte, entschied er sich, die Stimmung aufzulockern.

»Sie müssen aufhören, so hier hereinzustürmen, das ist ein Herrenzimmer, vergessen Sie das nicht«, sagte er.

Auch wenn Sunniva eine der lustigsten Krankenschwestern war, denen er je begegnet war, fand sie ihn dieses Mal offenbar nicht eine Spur komisch. Sie schaute ihn ein weiteres Mal misstrauisch an und fragte, ob er den Pulsmesser angefasst hatte.

»Nein«, sagte Valdemar, was ja auch der Wahrheit entsprach. Er hatte überhaupt nichts angefasst.

Sie legte ihre junge Stirn in Falten, und Valdemar bekam einen Vorgeschmack auf eine hübsche, alte Dame. Dann nahm sie ihm den Pulsmesser ab und zog mit der gesamten Apparatur von dannen, nur um wenige

Augenblicke später mit einer neuen, aber dennoch vollkommen identischen wieder aufzutauchen. Sie platzierte den Apparat am Stativ, verband einige Kabel mit der Box in der Wand und befestigte das Messgerät an seinem Zeigefinger.

»So«, sagte sie. Und war verschwunden. Das war Sunniva: in einem Augenblick noch hier, im nächsten schon unsichtbar. Vor allem erinnerte sie ihn an einen gutartigen Tornado.

Es wurde still, und Valdemar dachte, er habe tatsächlich einen Moment geschlafen. Als er zu Bewusstsein kam, blickte er auf den Pulsmesser, der auf einer soliden 55 stand. Das war nahezu eine Bestätigung dafür, dass er es geschafft hatte, den Körper auf den Ruhepuls hinunterzufahren, allerdings in wachem Zustand. Er beschloss, den Puls noch unter 44 zu senken. Jetzt hatte er ja eine Weile geschlafen und war tiefenentspannt. Die Atemübungen beförderten den Puls bald auf 42. Im selben Moment aber knallte die Tür auf, und Sunniva kam herein. Sie hatte sich die Unsitte, auf diese Weise hereinzuplatzen, ein bisschen angewöhnt. Sie ging direkt zu seinem Bett, schaute ihn mit festem Blick an und sagte:

»Sie!«

»Ich?«, erwiderte Valdemar.

»Ja, Sie!«, wiederholte Sunniva. Sie meinte ihn.

»Was ist los?«, fragte er.

»Ich hatte Sie gefragt, ob Sie an dem Pulsmesser herumgefummelt haben?«

»Ja?«

»Und ich hatte Sie gefragt, ob Sie daran herumgefummelt haben, oder nicht?«

»Ja, und das habe ich nicht.«

»Nicht?«

»Nein, alles, was ich gemacht habe, ist langsam atmen, um zu sehen, wie niedrig ich den Puls kriege, und ich habe ihn bis auf 42 gekriegt«, sagte Valdemar stolz. Er kam sich plötzlich ein bisschen kindisch vor, aber es passierte nicht so viel im Krankenhaus.

Sunniva verdrehte die Augen, kämpfte eine Weile mit sich, bevor sie langsam und pädagogisch sagte:

»Jetzt hören Sie mal her. Sie sollten wissen: Wenn Ihr Puls unter 50 sinkt, geht im Schwesternzimmer der Alarm los.«

»Warum?«

»Warum? Kümmern Sie sich nicht um das Warum! Wenn ich sage, dass der Alarm losgeht, dann heißt das auch, dass der Alarm losgeht. Und das bedeutet wiederum, dass Sie vielleicht einen Herzstillstand erlitten haben, und dann muss ich natürlich schnellstens kommen, um zu schauen, ob Sie tatsächlich einen Herzstillstand erlitten haben. Wir wollen möglichst keinen Herzstillstand bei unseren Patienten. Verstanden?«

Valdemar teilte ihr mit, dass er immer dann einen Herzstillstand erlitt, wenn sie ins Zimmer hineingestürmt kam. Hätte sie ein Kissen gehabt, um ihm damit ins Gesicht zu schlagen, sie hätte es getan. Daraufhin musste er ihr versprechen, keinen allzu niedrigen Puls zu haben, garantierte aber nicht, dass das nicht im Schlaf eintreten könne. Wie gesagt, es gab in einem Krankenhaus nicht so viel Unterhaltung, und als er nun endlich etwas gefunden hatte, das beim Zeittotschlagen helfen konnte, war es verboten. Typisch norwegisch. Valdemar war dabei, wieder er selbst zu werden.

Die linke Schulter war also fertig operiert. Eine Schiene drückte das Schulterblatt nach unten und verband die Skeletteile so, dass er die Bewegung an anderen Körperstellen spürte, wenn er die Fingerspitzen auf die Tischplatte aufsetzte. Er konnte in der Kniescheibe spüren, dass er die Kaffeetasse abstellte. Bis die Schiene entfernt werden könnte, musste er mit diesem merkwürdigen Gefühl mindestens drei Monate leben. Um wieder auf die Beine zu kommen, durfte er nach der Operation noch ein paar Tage im Krankenhaus verbringen, aber dann sollte er aus dem Nest geworfen werden. Drei Wochen waren alles, was sie ihm nach dem Autounfall gönnten. Er spürte, wie sich in seiner Brust Panik breitmachte.

Warum müssen wir eigentlich krank sein, um ins Krankenhaus eingewiesen zu werden, fragte sich Valdemar. Er begriff, dass das der Name schon irgendwie ausdrückte, aber müsste es nicht ausreichen, ein Bedürfnis nach Fürsorge und liebevoller Pflege zu verspüren? Besonders sollte dies für die treibenden Kräfte eines Unternehmens oder einer Organisation gelten, die nie jemanden hatten, an den sie sich wenden konnten. Diejenigen, die immer allein dastanden, diejenigen, die nie von jemandem mit guten Worten oder Lob bedacht wurden, die aber im Großen und Ganzen die Undankbarkeit und Beschimpfungen von Menschen zu spüren kriegten, die es sich mit ihrer Unzufriedenheit bequem machten. Auch die brauchten ab und an eine Generalüberholung, ebenso wie ein Auto alle zwei Jahre oder alle dreißigtausend Kilometer zur Inspektion musste. Für sie sollte die Gesellschaft einen Ort zur Verfügung stellen, an den sie sich nach Bedarf zurückziehen könnten. Diesen Ort würde man dann als »Auffrischungshaus« oder so ähnlich bezeichnen. Norwegen hatte eine Ministerpräsidentin, die genau das tat. Wenn sie von allem eine Pause brauchte, zog sie sich für kurze Zeit zurück. Da sollten doch im Namen der Gerechtigkeit den gemeinen Bürgern, die doch die Gesellschaft auf ihren Schultern trugen, die gleichen Rückzugsmöglichkeiten angeboten werden! Valdemar wurde immer mehr bewusst, dass seine Sehnsucht nach Fürsorge deutlich gestiegen war. Global Village sollte Global Village bleiben. Nun galt es, an sich selbst zu denken.

21

Es war eines der Mädchen aus der Verwaltung, das auf die Idee kam, einen Wettbewerb zu arrangieren, um im Büro für Weihnachtsstimmung zu sorgen. Der Dezember war für gewöhnlich der hektischste Monat, da sollten die Kunden die Überschüsse auf ein Minimum reduzieren, sodass die Gelder nicht für unnötige Sachen wie Steuern und Abgaben verschwendet wurden. Alle verantwortungsbewussten Firmenbesitzer wussten doch, wie schlecht viele Politiker darin waren, finanzielle Mittel zu disponieren. Also war dafür Sorge zu tragen, dass sie so wenig Geld wie möglich zur Verfügung hatten. Folglich war der Dezember von großem Arbeitsdruck, kurzen Fristen und vielen Überstunden geprägt. Daher war das Mädchen der Ansicht, sie hätten Bedarf an einem stillen Kontrast zu all der hektischen Geschäftigkeit, die den Alltag sonst bestimmte. Damit die Angestellten etwas anderes als Arbeit hatten, worüber sie sprechen konnten. Als hätten sie jemals irgendwelche Probleme damit gehabt, Gesprächsthemen zu finden! Der Lärmpegel in der Kantine war einem Hühnerhof würdig. Sie bekam freie Bahn vom Vorstandsvorsitzenden des Unternehmens und dem Arbeitsschutzbeauftragten, der das Ganze für einen konstruktiven und Gemeinschaft schaffenden Vorschlag hielt. Davon, dass Valdemar Vågen damit nicht einverstanden war, nahm ausschließlich er selbst Notiz.

Und von jeder Hölle auf Erden, die diese Frau hätte anrichten können, war der Amaryllis-Wettbewerb eine der ausgeklügeltsten. Sie hatte es sicher gut gemeint, oder sie wusste es nicht besser. Der Wettbewerb lief kurz gesagt darauf hinaus, dass jeder Angestellte am ersten Arbeitstag nach dem ersten Advent eine Amaryllis bekam, mit goldfarbener Schleife, in einem roten Topf. Das Büro quoll förmlich über vor kleinen Amarylliskeimlingen in roten Töpfen. Danach lag es an jedem Angestellten, auf seine Amaryllis aufzupassen, als wäre sie ein verdammtes Tamagotchi, und am letzten Arbeitstag vor den Weihnachtsferien sollten die verschiedenen Pflanzen im Rahmen einer großen Veranstaltung in einem Saal, der extra für diesen Anlass gemietet wurde, feierlich prämiert werden. Die größte Amaryllis sollte prämiert werden, die Amaryllis mit den meisten Blüten sollte prämiert werden, die Amaryllis, die als erste blühte, sollte prämiert werden, die Amaryllis, die als letzte blühte, sollte prämiert werden, die Amaryllis mit den meisten Blättern sollte prämiert werden, und so ging es weiter. Die Preisverleihung dauerte ein paar Stunden und wurde so arrangiert, dass alle Angestellten dabei sein konnten und der Verlust an Arbeitszeit maximiert werden konnte. Der Wettbewerb war natürlich auch öffentlich über das Intranet einsehbar, damit alle den unterschiedlichen Entwicklungsstufen der Pflanzen folgen konnten. Woran niemand gedacht hatte, war, dass der Einzug von fünfhundert Töpfen mit Blumenerde auch den Einzug von fünfhundert Tummelplätzen für Blumenfliegen beinhaltete. Valdemar Vågen war der Einzige, der die Verbindung zu den biblischen Heuschreckenschwärmen sah. Zeitweise beherrschten große Wolken von Blumenfliegen die Räume, aber er war offensichtlich auch der Einzige, der sich von dem Insektenleben im Büro irritieren ließ. Einige riefen natürlich einen Wettbewerb ins Leben, in dem es darum ging, die meisten Blumenfliegen ins Jenseits zu befördern, und verwendeten einen Großteil des Arbeitstages darauf. Das Problem war, wie sich zeigte, dass Blumenfliegenleichen von einem Arbeitstag auf den nächsten verdampften, daher mussten sie Zeit darauf verwenden, eine brauchbare Balsamierungstechnik zu erfinden. Ganz gewöhnliches Klebeband erwies sich als das beste Mittel und machte es einfach, die Fliegen an der Pinnwand aufzuhängen. Jedoch waren nicht alle mit einem Klebeband-Abroller ausgestattet, sodass eine solide Anzahl davon eingekauft wurde. Alles für die gute Sache. Nach und nach beteiligten sich immer mehr an diesem blutigen Teil des Amaryllis-Wettbewerbs. Zeitgleich protestierte ein Tierschützer und führte einen Wettbewerb ein, in dem es darum ging, jeden Tag die meisten lebenden Fliegen zu haben. Diese wurden dann in die Freiheit entlassen, wo sie nach kurzer Zeit erfroren.

Neben enormem Verkehrsaufkommen im Intranet wurde auch eine Facebook-Gruppe eingerichtet. Dort konnten alle Mitarbeiter Bilder einstellen und Kommentare abgeben. Die fortschrittlichsten schworen freilich auf Instagram und Twitter, blieben aber in der Minderheit.

Nach Weihnachten gab es einen eigenen Wettbewerb für die Amaryllen, die Weihnachten im Büro verbracht hatten. Eine Klasse für die Pflanzen, die tatsächlich überlebt hatten, eine andere für den spektakulärsten Selbstmord und zum Schluss eine für die toteste Pflanze. Es sollte kein Ende nehmen.

Valdemar Vågen wusste nicht, was diese jährlichen

Wettbewerbe das Unternehmen kosteten, aber Amaryllen und Blumentöpfe waren die kleinsten Ausgabeposten. Dafür interessierte sich im Übrigen niemand, niemand anders als Valdemar Vågen. Jedes Jahr mahnte er, dies müsse das letzte Mal sein, aber seine Argumente trafen nicht auf offene Ohren. Er war ganz allein auf dem Planeten. Es gibt anderes als Geld, sagten sie. Nicht verwunderlich, dass Valdemar Vågen Amaryllen hasste, auch wenn das bedeutete, den Bäcker für die Arbeit des Schmiedes zu bestrafen. Die Amaryllen waren vollkommen unschuldig. Die Fliegen auch. Das Schlimmste war dennoch, dass die Amaryllen keine Amaryllen, sondern Rittersterne waren. Die Welt zog es vor, ungenau zu sein. Als Valdemar Vågen darauf hinwies, wurde er lediglich als Pedant abgetan, also ließ er sie diese Schlacht gewinnen. Es spielte keine Rolle, er hatte vor, den Krieg zu gewinnen.

22

Valdemar las in einer alten Zeitung, die er auf einem Tisch im Flur gefunden hatte. In einem Interview plauderte der Direktor des Krankenhauses über Effektivität, durchschnittliche Liegezeiten und andere Themen, die an Wirtschaftshochschulen gehörten. Er sprach über den Bedarf an Modernisierung, medizinische Fachbereiche und Spezialisierung. Valdemar fiel auf, dass der Direktor den Begriff »Behaglichkeit« mit keinem einzigen Wort erwähnte, obwohl das ebenso wichtig sein sollte wie all das andere, von dem er sprach. Wie konnte er zu dem Irrtum gelangt sein, dass nicht die Behandlung von Menschen die Kerntätigkeit ausmachte? Und nicht die Montage von Waffeleisen an einem Fließband? Valdemar glaubte, es war das Geschwafel des einäugigen Direktors, das dazu führte, dass er nicht hörte, was Kristian sagte.

»Das Licht ist nicht am schnellsten«, wiederholte Kristian.

Valdemar hegte unmittelbar den Verdacht, er sagte das nur, um Aufmerksamkeit zu bekommen. Kristian hatte mehrere Wochen auf der Orthopädie verbracht, weil sich sein Beinbruch und die Chirurgen in der Art des Zusammenwachsens nicht einig waren. Kristian hatte mehrfach erfolglos versucht, Valdemar die medizinischen Ausdrücke zu erklären. Sein rechtes Bein hatte bereits mehrere Operationen hinter sich, aber noch immer war keiner der Ärzte mit dem Ergebnis zufrieden.

Kristian schien das mit Fassung zu tragen. In seiner Jugend war er Marinejäger gewesen und war mehrere Höllenwochen im Monat gewohnt. Auf jeden Fall hatte Valdemar den Eindruck, Marinejäger mochten Schmerzen, folglich bekam er kein Mitleid. Außerdem waren Marinejäger generell rauer als Valdemar. Was physische Anstrengungen betraf, war er immer ein Schwächling gewesen. Er pflegte zu sagen, Sport sei das Schulfach, in dem er am steifesten gewesen war, aber nur wenige verstanden den Humor.

Valdemar wusste indes nicht, wie gut der durchschnittliche Marinejäger im Denken war, denn seiner Auffassung nach konnte ein Marinejäger unmöglich genau nachgedacht haben, bevor er sich dem aussetzte, dem er sich aussetzte. Aber jetzt, als Kristian eine Weile keinen Bedarf hatte, die Muskeln zu gebrauchen, hatte das Gehirn die dominierende Rolle übernommen. Valdemar spürte selbst, dass er begonnen hatte, über Dinge nachzudenken, denen er für gewöhnlich keinen Gedanken opferte. Zum Beispiel hatte er mehrere Minuten lang aus dem Fenster geschaut und lediglich eine kleine Wolke angestarrt, die vorbeitrieb. Vielleicht war es so, wenn die Umdrehungszahl sank und sich Möglichkeiten auftaten, frei zu assoziieren und den Fokus auf Abschweifungen zu richten. Der Gedanke war wie der Hase, niemand wusste, wohin er sprang.

»Hä?«, antwortete Valdemar. »Glaubst du das? Meinst du, Einstein lag falsch?«

»Einstein? Nein, das glaube ich kaum. Die Relativitätstheorie ist wahrscheinlich schön. Daran zweifle ich nicht. Wenn ich ganz ehrlich bin, bin ich nicht in der Lage, die Relativitätstheorie überhaupt zu beurteilen.

Die ist viel zu kompliziert für mich. Verstehe nicht das Geringste. Ich habe einmal versucht, sie zu lesen. Habe das Buch in der Bibliothek ausgeliehen und musste bereits beim ersten Abschnitt des ersten Kapitels aufgeben. Sollte mich nicht wundern, wenn die Formel stimmt. Aber ich spreche nicht von Energie, auf jeden Fall nicht in diesem Sinne.«

»Nein?«

Valdemar glaubte, Geschwindigkeiten höher als die des Lichts müssten notwendigerweise etwas mit der Relativitätstheorie zu tun haben, war aber bereit, das Vorurteil fallen zu lassen.

»Lass uns zum Beispiel den Planeten Mars nehmen. Kennst du den?«

Valdemars Berufsleben war handfester gewesen, aber natürlich kannte er den Planeten von diversen Science-Fiction-Streifen und Fotos der NASA. Außerdem erinnerte er sich an einen Zeitungsartikel, den er mal gelesen hatte. Darin war es um die Kanäle auf dem Mars gegangen, und dass diese wahrscheinlich von den Marsbewohnern gebaut worden waren.

»Mars, das ist der mit den Kanälen, oder nicht?«

»Nein, dort gibt es keine Kanäle, das haben sie nur in alten Zeiten geglaubt. In den Sechzigern.«

»Dann ist es der Rote Planet? Mehr weiß ich nicht.«

»Das ist mehr als ausreichend. Das ist keine Hausaufgabenkontrolle. Ich hätte gut etwas anderes wählen können, aber ein Planet ist pädagogisch.«

»Also gut.«

»Das Licht hat eine Geschwindigkeit von dreihunderttausend Kilometern pro Sekunde, nicht wahr?«

»Ja, ist das nicht ein bisschen aufgerundet? Auf jeden Fall ist es schnell.«

»Dreihunderttausend Kilometer in der Sekunde ist verdammt schnell, dennoch braucht das Licht vier Minuten und einundzwanzig Sekunden, um von der Erde zum Mars zu reisen. Vier einundzwanzig. Es sind fast achtzig Millionen Kilometer dorthin. Also ist das eine gute Zeit, auf jeden Fall im Vergleich zu dem alten Volkswagen, den ich hatte. Manueller Choke. Doppelkupplungsgetriebe. Der brauchte ebenso lange zum Starten, wie das Licht zum Mars benötigt. Sollte ich mit diesem Auto zum Mars fahren, würde ich eine Million Jahre brauchen.«

»So ein Auto hatte ich auch«, antwortete Valdemar, aber Kristian ließ sich nicht ablenken. Schade, denn Valdemar konnte sich eigentlich gut vorstellen, ein bisschen über Autos zu reden. Jeder kennt mindestens eine gute Geschichte über ein Auto, das er mal hatte.

»Dennoch gibt es etwas, das das Licht mit vier Minuten und zwanzig Sekunden schlägt«, fuhr Kristian fort. »Mindestens. Das Licht ist schlicht und einfach ein Versager. Der Reiskocher des Universums.«

»Du meinst, es gibt etwas, das in einer armseligen Sekunde von hier zum Mars gelangt?«

»Ja, oder noch schneller. Vielleicht ganz gegen null gehend.«

»Nichts kann gegen null gehen«, sagte Valdemar, »das sagte Hjallis.«

Kristians Augen strahlten wie die eines Kindes am Weihnachtsabend. Valdemar spürte, dass das Gespräch in außerirdische Dimensionen abglitt und bekam auf eine Weise recht. Aber nicht so, wie er gedacht hatte. Kristian sprach nicht von Kornkreisen, schwarzen Löchern oder fliegenden Untertassen.

»Solltest du mich nicht bald fragen, was so rasend

schnell ist?«, fragte Kristian, und die Ungeduld lastete schwer auf ihm. Valdemar hätte ihn sicher eine Weile auf die Folter spannen können, aber Valdemars Drang, andere Menschen zu unterjochen, hatte sich vollkommen verflüchtigt. Er fühlte sich voller Freundlichkeit.

»Und was ist so rasend schnell?«, fragte er. »Was verweist das Licht derart in die Schranken?« Valdemar traute ihm nicht zu, etwas herausgefunden zu haben, das alle Wissenschaftler der Welt übersehen hatten. Dennoch gab es den einen oder anderen scharfen Verstand, der sich vor ihm exakt an dieser Problemstellung versucht hatte. Einstein hatten sie bereits erwähnt, aber auch dieser Brite war nicht ganz abwegig. Er hatte den Anflugradar und den geostationären Satelliten erfunden.

»Der Gedanke«, antwortete Kristian triumphierend und lächelte erwartungsvoll.

»Der Gedanke?«, fragte Valdemar und verstand, dass Kristian glücklich war, endlich jemanden gefunden zu haben, der ihm zuhörte. Valdemar war möglicherweise direkt in die Falle getappt, aber das machte ihm nichts aus. Er war so nachsichtig geworden, dass es ihn selbst überraschte. Er hatte genug Zeit, sich den Quatsch der ganzen Welt anzuhören. Er hatte nie mehr Zeit gehabt, sollte er ehrlich sein.

»Ja«, bestätigte Kristian. »Der Gedanke. Der Gedanke ist so schnell, dass es quietscht. Du denkst an den Planeten Mars, und exakt im selben Augenblick ist dein Gedanke auf dem Planeten Mars, nicht wahr? Oder in der Bahn drum herum, wenn man sich den Planeten auf Abstand denkt. Denkst du an das komische Auto, so ist dein Gedanke da, neben dem Roboter. Oder dahinter oder darüber. Das hängt davon ab, ob es dir gelingt, präzise genug zu denken. Spot on, wenn du verstehst?«

Davon verstand Valdemar überhaupt nichts, also sagte er, wie es war. Er wollte ein bisschen damit warten, Kristian mitzuteilen, dass er zu hohe Dosen verschreibungspflichtiger Medikamente bekommen hatte.

»Nein, das verstehe ich nicht. Meinst du, mein Gedanke versetzt sich physisch von meinem Gehirn hier in Zimmer 404 im Krankenhaus komplett bis zum Planeten Mars? Just like that?«

»Genau.«

»Und wieder zurück, genauso schnell?«

»Exakt.«

»Aber wie schafft es der Gedanke, sich in eine andere Galaxie zu versetzen, wenn ich überhaupt nichts über diese Galaxie weiß? Sind die Sterne dort vielleicht blau?«

»Das schafft er nicht.«

»Nicht? Warum nicht?«

»Logisch«, fuhr Kristian unverdrossen fort. »Hast du keine Vorstellung von dem Ort, an den du denkst, gelingt es deinem Gedanken auch nicht, dort hinzureisen. Das ist genau wie beim Malen. Das ganze Geheimnis dahinter, malen zu können, ist zu wissen, wie die Dinge aussehen. Lass mich ein Beispiel erzählen: Wenn die Leute Augen zeichnen, zeichnen die meisten die ganze Pupille, sodass die Augen starren und zombieartig wirken. In Wirklichkeit aber überdecken die Augenlider die Pupille oben und unten, ein bisschen mehr, als sie nur zu tangieren. Deshalb können einige zeichnen und andere nicht. In der gleichen Weise kann der Gedanke an bestimmte Orte reisen und an andere nicht. Weil sich die Orte in der Tat nicht finden, bevor du sie dir vorstellen kannst.«

»Das verstehe ich nicht«, sagte Valdemar.

Er verstand es schon, hatte aber Lust, Kristian auf ein wenig dünneres Eis zu führen. Außerdem waren es noch ein paar Stunden bis zur nächsten Mahlzeit, und mit irgendetwas mussten sie sich die Zeit vertreiben.

Kristian seufzte.

»Muss man es dir mit der Pipette einträufeln?«, fragte er.

»Wenn die Tropfen nicht so groß sind«, parierte Valdemar.

»Stell dir ein Radio vor.«

»Ja?«

»Tust du das?«

»Ja, jetzt denke ich an ein Radio. Muss es ein DAB sein, oder ist UKW okay?«

»Mach keine Witze. Sagen wir UKW.«

»Okay, ich denke an ein UKW-Radio.«

»Ist der Sender richtig eingestellt, hörst du das Programm, nicht wahr?«

»Ja, das ist klar.«

»Und wenn du den Sendersuchlauf so einstellst, dass es nur rauscht, was dann?«

»Dann höre ich kein Programm.«

»Genau. So ist es auch mit dem Gedanken.«

»Okay«, sagte Valdemar.

Kristian hatte sich selbst vor langer Zeit überzeugt.

»So, nur um der Überlegung zu folgen: Denkst du an die Brüste dieses Filmstars, wie heißt sie doch gleich, dann befinden sich deine Gedanken, rein physisch, in der Nähe ihrer Brüste.«

»Meinst du?«

Er übertrieb es freilich ein wenig, aber er hatte längst A gesagt, also musste er auch B in Kauf nehmen. Valdemar bekam Lust, ihm zu glauben. Auf jeden Fall war es verlockend, so wie sich das Gespräch entwickelte.

»Aber ist es nicht ein Problem, wenn du an die Brüste der Schauspielerin denkst, an deren Namen du dich nicht erinnerst? Denkst du da nicht vielleicht an die Brüste, die sie in dem Film hatte, dessen Titel dir nicht einfällt? Und nicht an jene, die sie vielleicht heute hat, fünf, zehn oder fünfzehn Jahre später?«, wendete Valdemar ein.

»Problem? Warum sollte das ein Problem sein?«

Valdemar versuchte zu erklären, dass die Brüste, auf die er sich bezog, wohl kaum noch in dieser Form existierten. Über die Jahre hinweg hatte die Schwerkraft wahrscheinlich ihren Tribut gefordert, es sei denn, die kosmetische Chirurgie war zum Einsatz gekommen, um diese aufzuheben. Silikon. Womit er sich jedoch nicht auskannte. Nichtsdestotrotz würden sie vielleicht nicht mehr die sein, die sie einst gewesen sind.

»Der Gedanke kann ebenso einfach durch die Zeit wie durch den Raum reisen«, erklärte er und bestätigte damit die Frage, die Valdemar auf der Zunge lag; nämlich ob Zeitreisen somit möglich waren.

»Aber hat es einen Sinn, in der Zeit zurückzureisen, nur um etwas zu sehen oder zu erleben, was du bereits weißt? Wäre es nicht besser, in der Zeit zurückzureisen, um die Wahrheit über das eine oder andere herauszufinden? Über Fragen, die du dir gestellt hast? Wer erschoss Kennedy? Landeten die Amerikaner wirklich auf dem Mond?«

»Das würde nichts nützen, der Gedanke muss ein Ziel oder einen Ansatzpunkt haben.«

»Aber der Gedanke ist doch kein physischer Gegenstand, oder?«

»Ist er nicht? Woher weißt du das?«

Valdemar setzte zu einer ausführlichen Antwort über Körper und Seele an, wurde aber unterbrochen.

»Soll ich dir sagen, was ich glaube?«, fragte Kristian, und Valdemar war überzeugt, er würde es erzählen, unabhängig von Valdemars Antwort. Eigentlich hatte er kein Interesse daran, aber gleichzeitig wirkte Kristian so unglaublich engagiert, dass Valdemar trotzdem in gespannter Erwartung der Fortsetzung sitzen blieb. Kristian genoss die Kunstpause.

»Ich glaube, der Gedanke ist zu Besuch in deinem Körper, um sich eine Erfahrung oder ein Erlebnis des Menschseins zu verschaffen. Dass dein Körper nur eine Art Dings ist, in das du vor einer gewissen Anzahl von Jahren herabgestiegen bist. Nenn es eine biologische Maschine. Oder einen Roboter. Oder ein Fahrzeug. Eine Art Berg- und Talbahn, wenn du willst. Dass es nicht dein Körper ist, der eine Seele hat, sondern dass deine Seele einen Körper hat.«

»Das würde in dem Fall die meisten religiösen Behauptungen auf den Kopf stellen«, sagte Valdemar.

»Selbstverständlich. Religion ist nur ein Machtmittel, entwickelt von alten, reichen Männern, damit die existierende, patriarchalische Gesellschaftsstruktur erhalten bleibt.«

»Das können wir sicher diskutieren, aber du meinst also, dass ›das Ich‹ meine eigene Seele ist?«

»In der Richtung.«

»Eine Art Seelenwanderung, meinst du?«

»Nein, eigentlich nicht. Seelenwanderung haftet etwas Fatalistisches an. Da bist du in einem ewigen Kreislauf hier auf dem Planeten gefangen. Warum sollten wir das, wenn es da draußen unendlich viele Galaxien gibt?«

»Was ist die Seele deiner Ansicht nach dann?«

»Eine Art mentale Schöpfung, die durch Zeit und Raum reisen kann, genau wie der Gedanke.«

»Und dann ...?«

»Und dass deine Seele eine körperliche Erfahrung machen will. Verstehst du? Vielleicht ist die Erdkugel eine von unzähligen Attraktionen in einem universellen Tivoli? Dass deine Seele oder dein Gedanke, wenn dir das Wort besser gefällt, in einem für uns heute unvorstellbaren Tivoli in der Warteschlange gestanden hat, nur um dieses Menschending, das eine der neuesten Attraktionen ist, zu fahren. Vielleicht sind es die Seelen leid, immaterielle Wesen zu sein? Vielleicht wollen sie Geschöpfe mit Armen, Beinen, Flügeln und was weiß ich sein? Und, dass sie verschiedene Spazierfahrten kaufen können. Hast du viel Geld oder das, womit man in diesem Tivoli des Universums bezahlt, dann kannst du dir eine Tour als Krösus oder Diktator kaufen. Präsident Amerikas, vielleicht. Oder eine berühmte Persönlichkeit der Geschichte. Oder ein russischer Oligarch. Bist du arm, musst du dich mit einer Tour als rumänischer Bettler oder norwegischer Sklave begnügen.«

»Du hast darüber eine Weile nachgedacht, wie ich merke.«

Die Ironie ging an Kristian komplett vorüber, das Schlimmste aber war, dass sich das vollkommen logisch anhörte.

Warum sollte das nicht ebenso wahrscheinlich wie einige der anderen Erklärungen der großen Zusammenhänge sein?

»Allerdings. Und mit diesem Ausgangspunkt ist es auf einmal einfacher zu erklären, warum die Dinosaurier so plötzlich verschwanden. Ja, die Erklärung beginnt schlichtweg einleuchtend zu werden, nahezu logisch.«

Kristian war ein netter Kerl, aber manchmal fiel es Valdemar schwer, seinen Gedankengängen zu folgen. Er sprang von einem Thema zum nächsten, ohne Vorankündigung. Das Einzige, was noch fehlte, war, dass er anfing, gleichzeitig zu singen und zu steppen.

»Die Dinosaurier? Was hat das mit den Dinosauriern zu tun?«

»Ja, hast du dich nicht gefragt, wie eine Rasse, die über viele Hundert Jahre über die Erdkugel geherrscht hat, verschwinden konnte, praktisch über Nacht?«

Nein, das hatte sich Valdemar nicht gefragt. Er hatte nie besonders großes Interesse an Geologie, Geschichte, Archäologie oder anderen Fächern gehabt, die sich mit der Vergangenheit befassten. Er war immer an der Zukunft interessiert gewesen, denn in dieser sollte er die meiste Zeit verbringen.

»Hatte das nicht etwas mit einem unheilvollen Kometen …?«, begann Valdemar, wurde aber erneut unterbrochen.

»Ich werde dir erzählen, was ich glaube«, erwiderte Kristian. »Ich glaube, die Besucher waren es überdrüssig, Dinosaurier zu fahren. Alle im ganzen Universum waren irgendwann die eine oder andere Form von Dinosaurier gefahren, so oft, dass es langweilig wurde. Die Show war hundert Millionen Jahre gelaufen, und in der Zeit war es den meisten gelungen, mindestens einmal Dinosaurier zu fahren. Und bist du einen Tyrannosaurus Rex gefahren, dann bist du sie alle gefahren. Es wurde ein bisschen so wie der alte Tierpark, wo das einzig Amüsante darin bestand, mit dem kleinen Zug zu fahren, Runde um Runde im gleichen Kreis. Wie viele Male hatten wir Lust dazu? Zweimal? Dreimal? Das gleiche Phänomen entstand bei den Dinosauriern. Die Seelen waren es verdammt leid geworden. Und die Kunden hatten immer recht, auch im universellen Verständnis. Ergo musste der Vergnügungspark renoviert werden. Sie mussten etwas Neues erfinden, daher radierten sie die Dinosaurier aus und begannen stattdessen mit den Menschen. Einfacher Marktmechanismus.«

»Was ist mit dem Lebenszyklus des Produktes und all dem?«

»Und all dem?«

»Wie erklärst du da die Vögel?«

»Die Vögel?«

»Ja, die stammen doch von den Dinosauriern ab, um es so auszudrücken. Oder auf jeden Fall aus der gleichen Zeit der Geschichte des Planeten. Jura oder Kreide oder irgendetwas. Du weißt schon.«

Valdemar versuchte, überzeugend zu wirken, meinte aber auch, sich tatsächlich richtig zu erinnern.

»Die Vögel sind eindeutig eines der Zugpferde. Wahrscheinlich sind die Seelen eine mit dem Boden verbundene Rasse, wie Schnecken. Stell dir vor, sie sind Schnecken mit Armen.«

»Schnecken mit Armen?«

»Ja? Ist das so komisch? Hast du noch nie eine Naturdokumentation über Afrika gesehen? Dann wirst du einsehen, dass Schnecken mit Armen nicht im Geringsten etwas mit Fantasie zu tun haben.«

»Doch, doch.«

»Dann wären die Vogel-Avatare ihre einzige Möglichkeit, in der Wirklichkeit zu fliegen. Vögel sind das Symbol der Freiheit, in einem Leben, in dem die Schwerkraft, auch in übertragener Bedeutung, aufgehoben ist. Die Vögel sind mit anderen Worten so populär, dass sie nicht aus dem Tivoli entfernt werden können. Auch nicht ein einziger Sperling oder eine einzige Meise. Never change a winning team.«

Kristian hatte einen Punkt gewonnen. Valdemars Gehirn fing an, darüber nachzudenken, wie diese Gemeinde heißen könnte, auch wenn das dazu führen würde, dass Scientologen wie vollkommen normale Menschen wirkten.

»Und was passiert, wenn es diese Seelen überdrüssig sind, Menschen zu fahren?«

»Dann werden die Menschen gezwungen sein zu verschwinden, nur um durch etwas Amüsanteres ersetzt zu werden. Oder etwas Zeitgemäßeres. Ich glaube, dieser Prozess ist vielleicht bereits im Gange. Die Budenbesitzer haben vielleicht schon damit begonnen, einander in Stücke zu reißen. Vielleicht ist der Treibhauseffekt eine Möglichkeit der Reinigung? Putzen? Menschen zu fahren war nicht so populär, wie sie gedacht hatten, und nach knapp zehntausend Jahren ist es das Publikum leid. Die Menschen sind überholt. Die Menschen liegen nicht im Trend. Ein Fehltritt in der Evolution des Universums. Vielleicht haben sie Räumungsverkauf, nachdem es so viele von uns gibt? Versuchen, die letzten Tropfen aus der Kuh zu melken? Aber das spielt keine Rolle für dich und mich, denn wir sind trotz allem nur eine kurze Zeit auf dem Planeten, um Mensch zu fahren. In hundert Millionen Jahren können wir zurückkommen und etwas komplett anderes fahren. Ich weiß nicht, was das sein wird, aber es wird etwas sehr viel Fortschrittlicheres sein als der Mensch. Vielleicht nicht einmal auf Karbon basierend. Vielleicht die Entwicklung von etwas, das derzeit im Meer lebt? Fliegende Krabben?«

»Du hast einen Knall«, sagte Valdemar.

»Nein, du bist es, der einen Knall hat. Du bist nicht offen für alternative Möglichkeiten. Das Problem ist, dass wir die Antwort nicht bekommen, bevor sich der Gedanke oder die Seele aus dem Avatar zurückgezogen hat. Das heißt, nachdem wir tot sind. Ich bin der Antwort vielleicht etwas näher als du, das ist der Unterschied zwischen uns. Rein statistisch auf jeden Fall. Ich hatte länger Zeit als du, darüber nachzudenken. Es ist unglaublich, wie gut es ist zu denken, wenn man in einem Krankenhaus liegt. Die Dinge wirken von hier aus viel klarer.«

Kristian hatte recht. Es war gut, im Krankenhaus zu denken. Avatar-Ecclesia könnte man die Gemeinde nennen. Avatarismus. Avataristen. Das waren freundliche Wörter, die gut im Mund lagen. Valdemar war dabei, überzeugt zu werden. Das räumte er ein. Er war dabei, Avatarist zu werden.

»Du hast einen Knall«, wiederholte er dennoch. Ernst dieses Mal und mit Überzeugung. Kristian war ein netter Kerl, aber er hatte einen Knall.

»Lass uns eine Abmachung treffen«, sagte Kristian. »Wenn wir fertig sind, Mensch zu fahren, treffen wir uns vor der Bude oder wie das heißen mag. Also, wenn wir sterben. Ich warte auf dich an der Würstchenbude oder wie das heißen mag, rechts neben dem Ausgang oder wie das heißen mag. Dann können wir ein Würstchen essen oder wie das heißen mag, und ein Bier trinken, oder wie das heißen mag, und darüber sprechen, wie wir es fanden. Haben die Menschen den Erwartungen entsprochen oder nicht? Waren sie besser zu fahren als die Dinosaurier? Waren sie amüsanter als die Vogonen? War die Erdkugel exotischer als andere Exoplaneten? Hört sich das gut an?«

Auf eine absurde Weise tat es das.

»Prima«, sagte Kristian, »dann kann ich derjenige sein, der zuletzt lacht.« Als Kristian schließlich aus dem Krankenhaus entlassen wurde und sich mit den Worten »Wir sehen uns« verabschiedete, hatten diese somit eine komplett andere Bedeutung bekommen.

23

Die Kaltblüter blieben in ihren Ställen. Sie weigerten sich herauszukommen, ausgenommen, sie brauchten Geld für neue Beschläge, die sie bestellt hatten. Die Jungs hatten immer das Neueste in den Bereichen tragbarer und stationärer Computer, Bildschirme, Handys, Tablets und Digitalkameras. Und natürlich Autos, Boote, Motorräder, schmiedeeiserne Türen, Wattstiefel, Champagnerquirle, Spargelschäler oder was auch immer man für Geld kaufen konnte. Als echte Gründer sparten sie nie an Geld, wenn es um sie selbst und ihre Wünsche ging. Sobald es aber um ihre Angestellten ging, zeigte sich, dass die Jungs schottische Vorfahren hatten. Nach ebenbürtigen Geizhälsen hätte Valdemar Vågen lange suchen müssen. Dass die primären, sekundären und tertiären Bedürfnisse der Eigentümer gestillt werden mussten, war eine Selbstverständlichkeit, die Valdemar Vågens Aufgabe als geschäftsführender Direktor zeitweise recht anstrengend machte. Es war leicht, seiner Firma gegenüber illoyal zu werden, wenn verwöhnte Eigentümer fette Einnahmen zum Fenster hinauswarfen, während er als Direktor über Mäßigung und Kostenkontrolle reden sollte. So wurden die Eigentümer des Unternehmens zu dessen schlimmsten Feinden.

Es war wenig befriedigend, ein Viergespann auf der Eigentümerseite zu haben, das nicht verstand, was es hieß, Eigentümer zu sein. Damals, als Global Village noch eine kleine Firma von Nerds war, war das so weit in Ordnung gewesen, nicht aber, wenn auf jeden Eigentümer hundert Angestellte kamen. Die Jungs führten sich auf, als sei es Valdemar Vågens Aufgabe, ihnen so schnell wie möglich so viel wie möglich Taschengeld zu beschaffen, und er musste mit jedem Einzelnen von ihnen unzählige Gespräche zum Thema Verantwortung führen. Dass sie von dem Augenblick an, als sie ihren ersten Angestellten bekamen, gezwungen waren, Vorbilder zu sein. Dass es dringend notwendig war, dass die Jungs Verantwortung übernahmen. Dass sie im Tagesgeschäft eigentlich Angestellte waren und lediglich in Vorstandssitzungen und auf Generalversammlungen den Chef spielen konnten. Dass es ein paar Richtlinien gab, an die sie sich halten mussten. Waren sie der Ansicht, den Chef nicht ausreichend heraushängen lassen zu können, sollten sie eine außerordentliche Generalversammlung einberufen.

In der Zwischenzeit war Valdemar Vågen geschäftsführender Direktor, und sie hatten sich nach ihm und seinen Anweisungen zu richten. Valdemar Vågen war für den Vorstand da und nicht für den einzelnen Partner, der den einen oder anderen Rappel kriegte. Keine Chance. Jede Generalversammlung lief nach dem gleichen festen Muster ab. Der Rechnungsprüfer musste die kleinsten Legosteinchen hervorholen und die Prinzipien der Buchführung erklären: dass die Ausgaben nicht die Einnahmen übersteigen durften, und dass das Unternehmen gut daran täte, einen soliden Puffer zu haben, solange es keine externen Investoren im Rücken hatte. Dass kein Baum in den Himmel wuchs, auch wenn es manchmal so wirken konnte. Das fiel ihnen schwer zu verstehen. Ziemlich schwer sogar. Was sollten sie mit

Geld auf der Bank, solange die Firma eine unerschöpfliche Quelle war? Valdemar Vågen bekam ständig zu hören, dass es doch keine Rolle spielte, solange sie Kassenkredit hatten. Keiner von ihnen verstand, dass ein Kassenkredit das Gleiche war wie ein Bankdarlehen. Mit Zinsen und Raten, die gezahlt werden mussten.

Als Valdemar Vågen ein Entwicklungsseminar organisierte, sorgte er dafür, es an einem abgelegenen Ort jenseits jeglicher Zivilisation zu veranstalten. Dennoch brachten sie es fertig, Zehntausende beim Shoppen zu verprassen. Wie sie es schafften, so viele Scheine zu verbraten, ohne einen Traktor zu kaufen, überstieg Valdemar Vågens Verstand. Keiner von ihnen sparte nach dem Abendessen am Kognak, und es gab keine Grenzen dafür, wie edel die Tropfen sein durften. Mit den Jahren lernte auch Valdemar Vågen den einen oder anderen Trick: Die Kellner wurden darüber informiert, dass das Unternehmen nur den billigsten Kognak bezahlen würde, sie diesen aber gern in Flaschen teurer Marken umfüllen dürften. Mit Voranschreiten des Abends erkannten sie den Unterschied sowieso nicht mehr. Es funktionierte jedes Mal. Bei den Zigarren konnte er nicht so viel machen, aber glücklicherweise bekam er Unterstützung vom Rauchverbot.

Das Schlimmste war jedoch nicht, dass das Verhalten von einem intensiven Wunsch gesteuert wurde, so schnell wie möglich so viel wie möglich vom Überschuss des Unternehmens zu verbrauchen. Das Schlimmste war, dass diese Einstellung sowohl ansteckend als auch erblich war. Auch die Ehefrauen und Kinder der Gründer hatten sie mittlerweile übernommen. Mit den Jahren musste Valdemar Vågen eine ständig größer werdende Schar unersättlicher Kuckuckskinder durchfüttern. Das konnte natürlich langfristig nicht so weitergehen, und es gab nur einen, der die Konsequenzen daraus verstand. Valdemar Vågen.

24

Auf einer seiner ziellosen Wanderungen entlang der Krankenhausflure kam Valdemar zu einem Atrium, das dort entstanden war, wo vier Gebäudekomplexe aufeinandertrafen. Der Architekt hatte eine kleine Rasenfläche mit einem gepflasterten Platz und einer Bank angelegt. Aber soweit Valdemar erkennen konnte, gab es niemanden, der diesen Ort nutzte. Das Atrium maß ungefähr vier mal vier Meter und bot Schutz, egal aus welcher Richtung der Wind kommen mochte. Er setzte sich auf die Bank und hatte nicht lange dort gesessen, als eine weiße Taube angeflattert kam und sich vor seine Füße setzte. Valdemar erkannte den Vogel sofort wieder. Das musste die gleiche Taube sein, die ihn kurz vor dem Unfall aufgehalten hatte. Oder waren sich alle Tauben so ähnlich, dass es unmöglich war, einen Unterschied zu erkennen? Er schaute sich prüfend um, ob ihn jemand hören konnte, bevor er das Tier ansprach.

»Bist du das?«, fragte er.

Die Taube legte den Kopf schief, als wollte sie Valdemar fragen, ob er stockdumm sei. Selbstverständlich war sie es. Welcher Vogel sollte es sonst sein?

Sie erwartete augenscheinlich, dass Valdemar ein paar Brotkrümel servierte, aber er hatte nichts dabei, was den Hunger des Vogels stillen konnte. Sie neigte den Kopf erneut zur Seite und sah ein wenig enttäuscht aus, deshalb versprach er, das nächste Mal eine Scheibe Brot mitzubringen. Er hatte nicht das Gefühl, sie würde ihm vertrauen, also fügte er hinzu, es sei ein Versprechen, und er halte immer, was er verspräche. Da erhob sie sich vom Boden und verschwand gen Himmel. Valdemar schlug sich vor die Stirn. Hatte er versucht, mit einer Taube zu sprechen? Tauben sprechen nicht, sagte er zu sich selbst.

Als er das nächste Mal in das Atrium kam, hatte er natürlich vergessen, dass er der Taube versprochen hatte, ihr Futter mitzubringen. Glücklicherweise regnete es, sodass er drinnen stehen blieb und aus dem Fenster schaute. Aus jeder Ecke stach eine Dachrinne hervor, und aus jeder rann ein ansehnlicher kleiner Bach Regenwasser. Unter einem von ihnen stand die Taube und duschte. Sie spazierte in den Wasserstrom hinein und wieder hinaus und schüttelte sich das Wasser vom Gefieder. Dann spazierte sie wieder hinein, hob die Flügel, um sich darunter zu waschen, bevor sie das Wasser erneut abschüttelte. So ging es viele Minuten weiter, während Valdemar schweigend dastand und fasziniert zuschaute. Man stelle sich nur vor, dass Tauben reinlicher als manche Menschen sind, dachte er. Valdemar zog den Schluss, dass Tauben klüger waren, als viele annahmen. Er wusste wenig darüber, was das jeweilige Geschlecht einer Taube ausmachte. War das eine männliche Taube oder eine weibliche? Er war versucht, ihr den Namen Hawking zu geben, aber die Bewegungen des Vogels hatten etwas Weibliches an sich, also entschied er sich, sie Palomma zu taufen. Italienisch, nicht spanisch.

Als Valdemar das Atrium zum dritten Mal aufsuchte, hatte er ein paar Brotscheiben dabei. Die zerkrümelte er, und schon bald kam Palomma aus den Wolken angeflogen und landete vor seinen Füßen.

»Siehst du?«, sagte er. »Ich habe Brot für dich mitgebracht, genau wie ich es versprochen habe.«

Die Taube legte den Kopf schief, bestimmt war das eine ihrer Angewohnheiten, und Valdemar meinte, bei dem Vogel eine gewisse Ungeduld auszumachen. Er warf ihr vier, fünf Bissen hin, die sie mit großem Appetit verspeiste.

»War das gut?«, fragte Valdemar.

Er bekam natürlich keine Antwort, aber zu dem Vogel zu sprechen gab ihm eine innere Ruhe, einen Eindruck, Teil von etwas Größerem zu sein. Die Taube konnte ihres Weges fliegen, wenn sie wollte, aber dennoch blieb sie bei ihm. Er dachte, sie wolle sicher mehr Brotkrümel haben, entschied aber, dann müsse sie diese selbst holen. Er legte ein paar Stückchen auf seine ausgestreckte Hand. Die Taube zögerte nicht einen Augenblick, sondern flog direkt auf seine Hand, nutzte seinen Daumen als Sitzstange und fraß gierig weiter. Sie hatte keinerlei Angst, aber Valdemar hatte auch nicht vor, ihr in irgendeiner Weise Schaden zuzufügen. Er war nur überrascht, dass er das Vertrauen des Vogels so einfach, so schnell gewonnen hatte. Es war gerade so, als würde ihn der Vogel von früher kennen, nicht von der Episode auf dem Fahrradweg, sondern von weitaus früher.

Valdemar holte die zweite Brotscheibe hervor, und die Taube kroch beinahe in seine Tasche.

»Mach ein bisschen langsam«, kommandierte er.

Der Vogel antwortete nicht, sondern blickte ihn anklagend an. Als hätte gerade sie alle Zeit der Welt! Wusste Valdemar nicht, was eine Taube im Laufe eines Tages alles zu erledigen hatte? Etwa nicht? Er ließ sie fressen und hoffte, sie würde satt werden.

»Ich komme morgen wieder«, sagte Valdemar, »und will sehen, ob ich dann etwas anderes als nur Vollkornbrot mitbringen kann. Magst du vielleicht Kuchen?«

Die Taube antwortete nicht, sondern starrte ihn an. Valdemar wünschte, er wäre Gedankenleser, dass er in das kleine Vogelgehirn hineinsehen und herausfinden könnte, was sich dort drinnen abspielte. Eine Zimtschnecke, dachte er, natürlich, das nächste Mal musste er eine Zimtschnecke mitnehmen. Das hatten seine Mädchen am liebsten gemocht. Dann spannte Palomma die Flügel, und Valdemar blieb mit einem intensiven Gefühl zurück, einen neuen Freund gefunden zu haben, eine vertraute Seele. Aber egal wie nett die Krankenschwestern auch waren, über Palomma konnte er nicht mit ihnen reden. Was würden sie denken, wenn er ihnen erzählte, dass er sich mit einer weißen Taube angefreundet hatte? Würden sie ihn nicht gleich auf die Neurologie verlegen?

25

Die Fahrstuhltüren öffneten sich, und heraus kam ein Mann in grauem Kittel. Valdemar stand ungefähr zehn Meter entfernt und trank Kaffee, als er ihn bemerkte. Sein Gesicht war schmutzig, als wäre er Heizer einer Dampflokomotive, und seine roten Haare befanden sich in einem wilden Durcheinander. Als er seine grünen Augen auf Valdemar richtete, erkannte ihn dieser augenblicklich wieder. Das war die Person vom Türspalt und dem Spülraum, und im selben Moment, wie er Valdemar entdeckte, machte er kehrt und ging zurück in den Aufzug. Valdemar stellte die Kaffeetasse ab und beeilte sich, zum Fahrstuhl zu gelangen, kam aber zu spät. Er sah einen Schimmer des Gesichts, bevor die Türen zuschlugen und sich der Fahrstuhl nach unten bewegte. Er hielt zwei Stockwerke unter der Erde, und Valdemar war überrascht, dass dieses alte Gebäude mehr als ein Kellergeschoss hatte.

Valdemar drehte sich um und entdeckte Sunniva, die direkt hinter ihm stand.

»Wer war das?«, fragte Valdemar.

»Wer war wer?«, entgegnete Sunniva.

»Er«, sagte Valdemar und zeigte auf die Fahrstuhltüren.

»Er?«

»Ja, er.« Valdemar hatte das Gefühl, das Gespräch entwickelte sich in eine komplett unintelligente Richtung.

»Ich habe niemanden gesehen«, sagte Sunniva.

»Doch! Er, der aus dem Aufzug kam und wieder hineinging.«

»Dann ist er vermutlich in der falschen Etage ausgestiegen«, sagte sie und fuhr mit ihrer Arbeit fort.

Konnte das die Erklärung sein? Er wollte ins zweite Untergeschoss, stieg aber im dritten Obergeschoss aus? Valdemar hatte seine Zweifel. Er war sicher, dass es eine andere Erklärung geben musste, aber er ahnte nicht, welche das sein sollte. Der einzige Anhaltspunkt, den er hatte, war der Anschein, dass diese Person versuchte, Valdemar aus dem Weg zu gehen. Aber warum? War es ein ehemaliger Angestellter, dem Valdemar die Kündigung auf grauem Papier serviert hatte? War es ein ehemaliger Mitschüler, der sein Gesicht nicht ausstehen konnte? Einer, der ihm seinen beruflichen Erfolg nicht gönnte? Jemand, der sich an ihm rächen wollte? Einer, der ihn endlich in einer Situation vorfand, in der er nicht die Oberhand hatte? Trotz aller Grübelei fiel Valdemar jedoch niemand ein, auf den all das zutreffen konnte. Oder war er vielleicht nur ein Spaßvogel? Spielte er vielleicht mit Valdemar nur eine Art Verstecken? War er vielleicht Patient in einer anderen Abteilung? Psychiatrie? Der Möglichkeiten gab es viele.

Aber warum hielt ihn keine der Krankenschwestern an, nicht so schmutzig in einem Krankenhaus herumzulaufen? Sollte nicht alles möglichst sauber und steril sein? Bedeutete das, dass dieser Verrückte oder was auch immer er war, trotz allem akzeptiert wurde? Und wenn ja, warum? Oder war Valdemars Fantasie dank der Medikamente mit ihm durchgegangen?

26

»Sie haben Besuch«, sagte Sunniva, und Valdemar fragte, ob es der Postbote war. Er war es nicht.

Es war Boffen.

Boffen war Direktor seiner eigenen Firma, die er aus Gründen des Humors »Baseballschläger AS« genannt hatte. Den Slogan »Ein Ballschläger sagt mehr als tausend Worte« hatte er selbst kreiert, und Valdemar bezweifelte, dass es in der Stadt eine einzige Werbeagentur gab, die es hätte besser machen können. »Baseballschläger« war im Übrigen ein treffender Name für die Firma und drückte die Geschäftsidee auf eine elegante Weise aus.

Boffen war einer der Lieferanten, die Valdemar für spezielle Anlässe nutzte. Er bot eine Art von Dienstleistungen an, über die Valdemar für gewöhnlich nicht laut sprach. Boffen mochte es, sich als Vermittler zu bezeichnen, und zog es vor, seine Aktivitäten als pädagogische Gespräche auszugeben. Valdemar bediente sich seiner Dienstleistungen, wenn vereinzelte Kunden ihre Rechnungen nicht zahlten und weder Mahnungen noch Inkassodrohungen den gewünschten Effekt erzielten. Er hatte nie einen Grund gesehen, den Umweg über die Schiedsstelle zu nehmen, wenn das doch zu nichts führen würde. Das Gesetz beschützte die Schuldigen.

Boffen war groß, stark und kalt wie ein Eisbär und ließ sich seine Dienste gut bezahlen. Auch wenn seine

Provision nie allzu hoch war, war es ein einträgliches Geschäft. Einträglich in mehrfacher Hinsicht. Valdemar erhielt stets alle ausstehenden Beträge, und den Kunden wurde mitgeteilt, dass es dem gewöhnlichen Anstand entspreche, ihre Rechnungen zu begleichen. Rein formal betrachtet übertrug er die Forderungen auf Boffen, und von da an übernahm dieser alles Weitere. Boffen war selten gewalttätig, erreichte aber trotzdem immer sein Ziel.

Einmal klingelte er an der Haustür des geschäftsführenden Direktors eines der größten Unternehmen des Landes und lud sich selbst zum Abendessen ein. Er sprach jovial über die Firma und die Branche, sodass die Ehefrau des Direktors vermutete, Boffen sei eine Art unbekannter Kollege. Der Direktor konnte nichts anderes tun, als mitzuspielen und herzlich über die Witze zu lachen. Und als Boffen nach einem Kognak zum Kaffee fragte, brachte der Direktor kein Nein über die Lippen. Natürlich sollte Boffen Kognak bekommen, und auch der Direktor genehmigte sich ein paar Gläser. Das konnte er gebrauchen, um die Nerven zu beruhigen. Am Tag darauf kam das Geld, und die Rechnung von Boffen lautete auf eine Anzahl Stunden nicht spezifizierten Beraterhonorars nach Absprache.

Es passierte, dass er vehementer vorgehen musste. Aber selten musste er mehr tun, als zu fragen, wohin er seine Jacke hängen konnte. Und von den paar Malen, bei denen er zu anderen Mitteln greifen musste, wollte Valdemar nichts Genaueres wissen. Für Boffen war es eine Frage der Ehre, die Forderungen nicht zweimal auf die gleiche Weise einzutreiben, und er hatte ausreichend Fantasie, das umzusetzen. Mehrfach hatte er davon gesprochen, ein Handbuch über das Geldeintreiben zu schreiben, aber Valdemar warnte ihn davor, Geschäftsgeheimnisse zu verraten.

Boffen war der erste Mensch, der zum Krankenbesuch kam, und der einzige, der wissen wollte, wie es Valdemar ging. Der Mensch, der sich genuin mit Geld und Prügel beschäftigte, war der einzige, der Interesse an seinem Gesundheitszustand zeigte. Drollig, dass der rücksichtsvollste von allen ein Torpedo sein sollte. Das sagt wohl so einiges über das Leben in der Wirtschaft aus, dachte Valdemar. Viele nutzten seinen Krankenhausaufenthalt vermutlich als Gelegenheit, um sich zu positionieren und herauszufinden, ob er irgendwie ins Aus geschossen werden konnte. Diese Geier.

»Boffen«, sagte Valdemar freudestrahlend und meinte es auch so. Unmittelbar begann in seinem Kopf ein Plan zu keimen. Merkwürdig, dass er nicht früher darauf gekommen war. Valdemar wollte ihn vor der niedrigen Tür warnen, aber er beugte den Kopf rechtzeitig. Hängte seine Lederjacke auf einen Bettpfosten, zog einen Stuhl heran und setzte sich.

»Wie geht's, hä?«, fragte Boffen in seinem charakteristischen Dialekt des Osloer Ostens.

»Nun«, sagte Valdemar. Es nutzte nichts, Boffen zu täuschen. Trotz des primitiven Äußeren funktionierte sein Gehirn sehr gut. In der Regel wusste Boffen, was Valdemar sagen wollte, bevor dieser es ausgesprochen hatte, nahm ihm aus diesem Grund aber nicht die Worte aus dem Mund.

»Was ist passiert?«

Valdemar berichtete von dem Autofahrer im Reiskocher.

»Schwarze Buntstifte«, sagte Boffen. Er hatte einen eigenen Sinn für Humor, einen Humor, den keiner zu schätzen wusste, wenn er kam, um Geld einzutreiben. Im Gegenzug war er äußert amüsant für denjenigen, der auf der richtigen Seite stand. Alle glaubten, er würde »schwarzer Teufel« sagen, aber das tat er nicht.

»Soll ich den Baseballschläger mitnehmen und ihm einen Besuch abstatten?«

Boffen hatte eine Art an sich, mit den Leuten zu sprechen, die dazu führte, dass er seinen Willen bekam. Er konnte zum Beispiel fragen »Wie geht es Ihren Knien?«, worauf der Betreffende sicher antworten würde: »Gut, sie tun nicht weh.« Darauf würde Boffen mit etwas wie »Nein, noch nicht« antworten, und so war die Botschaft überbracht. Niemand wollte schmerzende Kniescheiben, wenn es sich vermeiden ließ. Es gab auch keinen Grund, Zuflucht in Gewalt zu suchen, wenn ein freundliches Gespräch den gleichen Effekt erzielen konnte.

»Nein, wegen mir musst du ihm keinen Besuch abstatten«, sagte Valdemar.

»Entspann dich. Du musst nichts löhnen, das geht aufs Haus.«

»Spielt keine Rolle, Boffen. Ich liege hier, bin aber auf dem Weg der Besserung. Dem Kerl wird der Führerschein abgenommen, und später wird es sicher zu einer Gerichtsverhandlung kommen. Wenn die Sache wegen der Beweislage nicht zu den Akten gelegt wird.«

Bei der Polizei konnte man nie wissen.

»Bist du sicher?«

»Ja, Boffen, ich bin sicher. Ganz sicher.«

»Ich kann gut …«, sagte Boffen und schnipste so heftig mit den Fingern, dass Valdemar überzeugt war, jeden Augenblick würde ein Kellner auftauchen.

»Du musst nicht. Mir geht es gut. Wurde kürzlich operiert.«

Es entstand eine kleine Pause, gerade so als wäre es Boffen leid, keine Erlaubnis zu bekommen, einen Gratisbesuch abzustatten. Valdemar war offensichtlich milder ums Gemüt geworden in den Tagen, in denen er im Krankenhaus lag, denn er fand, er konnte nicht zulassen, die Knie des Autofahrers zu zerstören, nur damit Boffen glücklich war. Vielmehr musste er die Enttäuschung schlucken. Schließlich hatte er in seinem Leben, aus einleuchtenden Gründen, nicht so viel Widerstand erfahren, und ein wenig Reibung musste er aushalten. In Valdemars Hinterkopf keimte eine Idee, aber in einem Viermannzimmer gab es zu viele Ohren.

»Wollen wir in den Fernsehraum gehen und einen Kaffee trinken? Es ist nicht der beste der Welt, aber ich bin überzeugt, das Krankenhaus spendiert«, sagte Valdemar.

»Danke für das Angebot«, antwortete Boffen. »Ich nehme gern einen Cortado.«

Valdemar hatte schon immer einen Sinn für kollidierende Kulturen. Großstädter trifft Krankenhausökonom.

»Der Mond ist ein gelber Käse«, sagte er.

»Kann ich dann ein bisschen Milch haben?«

Valdemar überließ es Boffen, Kaffee in die schweren Tassen des Krankenhauses zu gießen. Blaue, teilweise verblichene Logos zeigten, in welchem Krankenhaus sie sich befanden, falls sie mal daran zweifeln sollten. Die Logos konnten dort platziert sein, um Patienten daran zu hindern, Teile des Service zu stehlen. Valdemar war aber eher der Ansicht, sie würden eher die Wahrscheinlichkeit erhöhen, dass sich jemand ein oder zwei Souvenirs mitnahm. Hätte jemand im Krankenhaus Geschäftssinn, würden sie Tassen und Untertassen über die Ladentheke verkaufen.

Sie setzten sich an den einzigen Tisch am Fenster, und Valdemar beförderte die braune Decke auf den Nachbartisch, bevor er Boffen in den Plan einweihte.

»Wenn ich ehrlich bin, geht es mir im Krankenhaus gut. Ich kann mich in der Tat nicht erinnern, dass es mir irgendwo irgendwann einmal so gut ging. Es ist schlichtweg fantastisch, im Krankenhaus zu liegen. Abenteuerlicher Service, jede Menge Fürsorge und verständnisvolle Krankenschwestern. Das ist der Himmel auf Erden, Boffen. Nein, du musst mich nicht ansehen, als wäre mein Kopf voller lockerer Schrauben. Hier sind die Schrauben mit Sicherungsmuttern festgezogen.«

»Sicher?«

»Sicher. Ich habe kein Bedürfnis, nach Hause zu kommen, und ich habe nicht einmal Lust, in die Firma zurückzukehren. Jetzt bin ich operiert, und in ein paar Tagen werde ich entlassen.«

»Hast du keine Lust, zur Arbeit zurückzukehren?«

»Nein«, antwortete Valdemar.

»Hast du keine Lust, zur Arbeit zurückzukehren?«, wiederholte er. Es war unnötig, die Frage zu wiederholen, denn er konnte Valdemar ansehen, dass er die Wahrheit sagte und dass er im Begriff war, den Direktorensessel für immer zu verlassen. Boffen gefiel das nicht.

»Verfluchte Scheiße, du warst einer meiner besten Kunden«, sagte Boffen. Er hatte selbstverständlich recht, das war eine verfluchte Scheiße. Er würde einen guten Kunden verlieren, und gute Kunden wuchsen nicht auf Bäumen. Das Beste und Billigste war, dafür zu sorgen, dass kein Kunde verschwand, aber in der Praxis war das nicht möglich. In der Praxis wechselten Menschen ihren Arbeitsplatz, und es kamen neue Besen ins Unternehmen, die zeigen wollten, dass sie am besten kehrten. Da blieben viele Lieferanten auf der Strecke, und auch wenn es das letzte Hemd kostete, würde der Neue der Firma seinen Stempel aufdrücken. Nachdem er alle Lieferanten mit wertvoller Kompetenz entfernt hatte, würde sich der neue Besen an den Austausch von Logo und grafischem Design machen. Das Rad drehte und drehte sich, so wie es für Boffen genau an diesem Tag der Fall war. Aber er trug es mit Fassung.

»Ja, ja«, sagte Boffen. »Kann wohl nichts mehr machen, als für all die Aufträge in den Jahren zu danken.«

Valdemars Plan begann, Formen anzunehmen. Was ein kleiner Keim gewesen war, konkretisierte sich in einleuchtenden Handlungen.

»Es muss noch nicht vorbei sein«, sagte Valdemar. »Nicht ganz.«

»Hä?«, entgegnete Boffen.

»Ich brauche Hilfe, um im Krankenhaus bleiben zu können.«

»Hä? Du willst im Krankenhaus bleiben?«

»Ja.«

»Ist es nicht toll, nach Hause zu kommen?«

»Nein, das ist nicht toll, denn ich will nicht nach Hause«, sagte Valdemar.

»Willst du nicht nach Hause?«, fragte Boffen. »Piept's bei dir?«

»Nein, das tut es nicht. Denk nicht daran. Ich habe alle fünf Sinne beisammen.«

»Es ist okay, den Job zu kippen, aber du willst doch nach Hause. Willst du nicht?«

»Nein. Absolut nicht.«

Valdemar kam direkt zur Sache.

»Ich habe einen Vorschlag für dich.«

»Hm? Welchen?«

»Ich will, dass du mir den Arm brichst. Oder den Daumen oder irgendwas. So, dass ich noch einmal operiert werden muss und noch ein paar Wochen lang nicht nach Hause geschickt werden kann.«

Er sah Valdemar mit einem Blick an, der jeden Goldfisch hätte neidisch werden lassen können.

»Ich soll dir den Arm brechen?« Boffen traute seinen Ohren nicht.

»Ja, den Arm. Oder irgendetwas anderes, das meinen Aufenthalt im Krankenhaus verlängert.«

»Bist du bescheuert?«

»Nein, ich bin nicht verrückt. Ich bin nie klarer im Kopf gewesen als in diesem Moment. Du kriegst es natürlich bezahlt, aber ich kann mir vorstellen, es dieses Mal schwarzzumachen. Ich finde, der Finanzminister muss dafür keine Mehrwertsteuer bekommen.«

Valdemar hatte natürlich nicht gedacht, dass Boffen das gratis machen sollte. Natürlich würde Valdemar bezahlen. Um das Geld machte er sich keine Sorgen, das Einzige, worüber er sich Sorgen machte, war, ob es wehtun würde.

»Kann deinen Arm nicht brechen.«

»Klar kannst du.«

»Mach keine Scherze.«

»Du bekommst Geld dafür«, versuchte es Valdemar.

»Geht nicht um den Zaster, ich breche meinem besten Kunden nicht den Arm. Müsste doch bescheuert sein, das zu tun.«

Boffen verstand offenbar nicht den Ernst der Lage.

Valdemar war gezwungen, einen härteren Ton anzuschlagen und die Rollenverteilung klarzustellen.

»Boffen, wer ist der Kunde, du oder ich?«

»Das bist du.«

»Okay, ich bestelle hiermit eine Ware, nämlich einen gebrochenen Arm, und da erwarte ich, dass du lieferst.«

Boffen sah ihn an, danach fragte er mit so leiser Stimme, dass sich Valdemar konzentrieren musste, um zu verstehen, was er sagte:

»Wer ist der Lieferant, du oder ich?«

»Das bist du.«

»Nämlich. Ein Boffen entscheidet selbst, an wen Boffen liefert. Und an dich nicht, um es so auszudrücken. Selbst Boffen hat Grenzen.«

Wenn Boffen etwas unterstreichen wollte, sprach er von sich immer in der dritten Person. Für gewöhnlich hatte das einen positiven Effekt auf die Botschaft.

»Und warum willst du nicht an mich liefern, wenn du es viele Jahre lang getan hast?«

»Du hast es nicht verdient. Boffens Geschäftsidee ist es, die zu fassen, die es verdienen, aber über formelle Kanäle nicht das kriegen, was sie verdienen.«

»Kannst du nicht eine Ausnahme machen? Nur eine kleine?«

»Sei nicht frech.«

»Aber im Ernst: Wenn ich als Kunde sage, dass ich einen gebrochenen Arm haben will, und dafür bezahlen will, dann erwarte ich eine Lieferung gemäß der Bestellung. Besteht darin nicht das ganze Prinzip von Kaufen und Verkaufen?«

Boffen blieb stur. Es war unmöglich, ihn zu überreden, aber das wusste Valdemar vorher. Das war genau der Grund, warum er ihm die speziellen Aufträge überlassen hatte. Es bestand keine Gefahr, dass Boffen ihn im Stich ließ. Hatte er gesagt, er würde liefern, dann lieferte er. Er verfügte trotz allem über einen gewissen Ehrenkodex.

»Ich habe meinen Kunden immer das gegeben, was sie brauchten, und nicht das, was sie wollten.«

Boffen war seiner Geschäftsidee und seiner Maxime auf ewig treu. Das war der Grund, warum er immer Resultate erzielte, und das war der Grund, warum Valdemar ihn immer dann anstellte, wenn die Inkassounternehmen passten und es den Anschein hatte, die Auseinandersetzung würde sich in die Länge ziehen. Außerdem verfügte er über eine Diskretion, die bewundernswert war, und ein Temperament wie eine Falltür. Valdemar verstand, dass die Eigenschaften, die er an Boffen als Lieferant schätzte, sich jetzt gegen ihn richteten. Es gab nichts, was er sagen, geschweige denn tun konnte, das Boffens Haltung geändert hätte.

»Nun gut«, sagte Valdemar.

»Willst du deinen Arm brechen, musst du es selber machen.«

Dann lachte er. Valdemar glaubte, Boffen versuchte, das Geschehen vor sich zu sehen. Auch Valdemar versuchte das, aber es war ein jämmerlicher Anblick.

Anschließend blieben sie eine Weile sitzen und sprachen über Gott und die Welt und über einige der Aufträge, die Boffen für die Firma übernommen hatte. Sie waren sich einig, dass die Zahlungsmoral generell abnahm und dies eine Herausforderung darstellte. Während dieses Gespräches nahm in Valdemars Kopf ein ganz neuer Plan Formen an, und nachdem Boffen in die Welt außerhalb des Krankenhauses zurückgekehrt war, war dieser Plan alles, an was er denken konnte.

27

Valdemar sah aus dem Fenster. Meistens konnte er am besten nachdenken, wenn er in den Himmel schaute. Es war, als würden die Gedanken von allein nach oben in die Wolken fliegen, und wenn sie zurückkamen, hatten sie neue Gedanken gefunden, mit denen sie spielten. Die Absage von Boffen enttäuschte ihn, aber sie kam nicht überraschend. Das zwang ihn weiterzudenken und hatte den Grundstein für eine neue Idee gelegt, um den Aufenthalt zu verlängern. Die Aversion dagegen, zur Arbeit zurückzukehren, hatte sich im Gespräch mit Boffen noch verstärkt. Die Unterhaltung hatte ihm noch bewusster gemacht, was er wollte und was nicht. Valdemar wollte nicht nach Hause. Er traute sich nicht, das laut auszusprechen, als er es aber still zu sich selbst sagte, spürte er, dass es der Wahrheit entsprach. So war es. Er wollte nicht nach Hause. Es gefiel ihm im Krankenhaus. Er mochte die Fürsorge. Er mochte die Langsamkeit. Die Abwesenheit von Verpflichtungen. Den Mangel an Wahlmöglichkeiten.

Als er da stand und aus dem Fenster schaute, fiel sein Blick auf ein rotes Cabrio deutschen Fabrikats. Das Preisschild begann bei sieben Ziffern vor dem Komma, und das war sicher der Grund, warum sich der Parkplatzwächter entschieden hatte, genau diesem Auto eine Zusatzgebühr aufzuerlegen. Ungefähr in dem Augenblick, als der Parkplatzwächter nach dem Scheibenwischer griff, um den gelben Papierstreifen darunter zu befestigen, kam Boffen von links anspaziert. Oh nein, dachte Valdemar, der Parkplatzwächter beging einen grundlegenden Fehler, er berührte Boffens Auto. Er berührte tatsächlich den Scheibenwischer. Der Gewissenhafte konnte natürlich nicht ahnen, welch schwerwiegenden Fehler er begangen hatte. Aber er erfuhr es nur einen kurzen Augenblick später, als er gezwungen wurde, den Papierstreifen aufzuessen. Ohne Soße. Nachdem die Mahlzeit gut überstanden war, setzte sich Boffen in sein Auto und verschwand fein und ordentlich innerhalb der erlaubten Höchstgeschwindigkeit vom Krankenhausgelände.

Valdemar rechnete damit, dass sich der Parkplatzwächter das Kennzeichen notiert hatte. Das würde nichts nützen, denn in Boffens Branche verwendete niemand korrekte Nummernschilder.

28

Palomma wartete bereits auf Valdemar, der diesmal eine Tüte mit zwei Zimtschnecken dabeihatte. Die Schlange vor dem Kiosk im Eingangsbereich war überraschend lang gewesen. Das Tagesangebot, drei Schinkenwürstchen zum Preis von zweien, war für viele einfach zu verlockend gewesen. Valdemar war zwar der Meinung, sich gegenüber einer Taube nicht entschuldigen zu müssen, tat es aber trotzdem.

»Sorry«, sagte er, »ich war leider nicht der Einzige, der zum Kiosk wollte.«

Die Taube legte den Kopf schief, starrte ihn an. Sie gurrte und lief auf der Bank hin und her. Valdemar nahm dies als Zeichen, dass sie ungeduldig war.

»Ja, ja. Hetz mich nicht so, du bekommst sie ja.«

Valdemar öffnete die Tüte mit den Zimtschnecken, steckte sich eine in den Mund und riss von der anderen ein Stück ab. Dieses gab er dem Vogel, der sofort gierig hineinpickte.

»Man könnte glauben, du hast noch nie etwas zu fressen bekommen«, sagte er.

Der erste Bissen verschwand in Windeseile, also riss er ein größeres Stück ab.

»Du und ich, wir sind anscheinend die Einzigen, die dieses kleine Atrium gefunden haben«, sagte Valdemar. Ihm gefiel der Gedanke an das kleine Geheimnis, das sie teilten. Das bedeutete, er konnte mit dem Vogel sprechen, ohne sich darum zu kümmern, was andere darüber meinten. Palomma war eine gute Zuhörerin, aber es konnte gut sein, dass die Loyalität mit einer Zimtschnecke erkauft war und nicht weit reichte.

»Du weißt, ich habe keine Lust, von hier wegzukommen«, sagte Valdemar. »Ich habe nie geglaubt, etwas anderes zu wollen als arbeiten, aber der Unfall hat dazu geführt, dass ich anders denke. Hier ist jemand, der sich darum sorgt, wie es mir geht, so etwas ist draußen im Berufsleben nie vorgekommen. Ich hätte da draußen sterben können, ohne dass mir jemand dafür gedankt hätte. Ich bin nicht einmal sicher, ob sie bemerkt hätten, dass ich tot am Schreibtisch sitze, so selbstverständlich bin ich geworden. Ich bin so unersetzlich geworden, dass niemand bemerkte, als ich verschwand. Wie auch immer das möglich sein kann.«

Valdemar seufzte und riss noch ein Stück von der Zimtschnecke ab, gleichzeitig nahm er einen großen Bissen von seiner eigenen. Dann fuhr er fort, mit der Zimtschnecke im Mund zu reden.

»Aber vielleicht kann ich mir selbst die Schuld geben. Ich habe versucht, mich in Arbeit zu ertränken, und wenn ich ganz ehrlich sein soll, glaube ich, das ist mir recht gut gelungen. Vom Krankenbett aus betrachtet wirkt die Idee nicht mehr so gut. Ich habe angefangen, mich zu fragen, was mir im Laufe von zwölfeinhalb Jahren entgangen ist, ohne dass ich irgendeine Antwort darauf bekommen habe. Es ist vielmehr ein brennendes Gefühl. Ungefähr wie bei einer Schürfwunde. In ein paar Tagen werden sie mich nach Hause schicken, aber ich will nicht. Jetzt geht es mir gut, das erste Mal in zwölfeinhalb Jahren.«

Dann erzählte er Palomma von dem Autounfall und

gab ihr ebenso gern den Rest der Zimtschnecke. Der Vogel schaffte es ausgezeichnet, das Gebäck auch ohne Valdemars Hilfe auseinanderzureißen.

»Kennst du Boffen?«, fragte er den Vogel, aber der antwortete nicht.

»Natürlich tust du das nicht. Boffen verdient sein Geld damit, seine Muskeln spielen zu lassen, und er hat ab und an den Auftrag von mir bekommen, mit säumigen Zahlern zu reden. Manchmal bin ich da vielleicht zu weit gegangen, aber es ist ein hartes und gnadenloses Leben draußen im Dschungel. Egal, Boffen war bisher der Einzige, der zum Krankenbesuch gekommen ist. Alle anderen haben sich ferngehalten, und das hat nicht zu dem Wunsch beigetragen zurückzukehren. Dass ich keine Familie habe, ist eine Sache, aber es gibt über fünfhundert Angestellte in dieser Firma, und einer von ihnen hätte mir zumindest eine Blume oder so etwas schicken können. Aber nein, nichts.«

Valdemar fragte sich, ob sein Selbstmitleid zu weit ging.

»Daher habe ich Boffen gefragt, ob er mir den Arm brechen kann, sodass sie gezwungen wären, mich noch ein bisschen hierzubehalten. Ich hätte nie geglaubt, dass ich so verrückt werden würde. Vielleicht liegt es an den Medikamenten, denn ich bin selbst überrascht, dass ich zu derart drastischen Mitteln greifen würde. Aber glaubst du etwa, er wollte meinen Arm brechen? Nein.«

Er rechnete nicht damit, dass Palomma eine Meinung zu der Sache hatte, aber es tat gut, seinem Frust Luft zu machen. Er konnte darüber nicht mit den Krankenschwestern sprechen, dann hätten sie ihn sicher ans Bett gekettet oder so was in der Art. Die Taube war der perfekte Gesprächspartner, auf jeden Fall solange er Hefegebäck im Angebot hatte.

»Schön, dass du Zeit zum Reden hast«, sagte Valdemar.

Palomma ließ von der Zimtschnecke ab.

»Sollen wir sagen, morgen ungefähr die gleiche Zeit?«, fragte Valdemar, aber Palomma konnte nicht antworten, denn sie hatte den Schnabel voller Zimtschnecke, was Valdemar als einen Vorteil für sich deutete.

»Wir sehen uns«, sagte er.

29

»Ist das jetzt sauber genug?«, fragte die Reinigungskraft, die den Boden unter dem Bett wischte. Er stellte sich als Hrundi vor. Valdemar war unsicher, aus welchem Land er kommen mochte, tippte aber auf Indien. Seine Rs trugen eine deutliche Prägung von Ls. Hlundi. Er hatte fast fünf Minuten gewischt, und sauberer war der Boden nie gewesen. Die Frage war fehl am Platze, um es milde auszudrücken.

Valdemar lehnte sich vorsichtig aus dem Bett und schaute nach unten. Sein Spiegelbild lächelte ihm entgegen.

»Ja, das sieht prima aus«, sagte er.

Der Mann blieb stehen. Musste er nicht weiter? Es gab doch sicher genug Böden, die Bedarf an einer Runde mit dem Schrubber hatte.

»Ich sollte viel-vielleicht noch einmal drüber wischen?«

Das war unnütz viel Aufwand, dachte Valdemar und bekam den Eindruck, dass er etwas komplett anderes von ihm wollte.

»Nein, das brauchen Sie nicht«, sagte er.

»Das ka-kann ich gern machen.«

»Nein.«

»Doch.«

Und dann entschied er als Chef, dass der Boden eine neue Runde mit Spülmittel und Wasser brauchte. Als sie kurz darauf aber allein im Zimmer waren, unterbrach er seine Arbeit und kam zu Valdemar an die Bettkante.

»Wie ich sehe, bekommen Sie Schmerzmittel«, sagte er.

»Ja, ich wurde von einem Auto angefahren und an der Schulter verletzt. Ich wurde gerade operiert, und nun bekomme ich ein paar Schmerzstiller und warte darauf, dass die schlimmsten Schmerzen vorübergehen.«

Er schaute sich um.

»Sie kö-können nicht ein paar davon verkaufen?«, fragte er leise. Er brauchte nicht zu flüstern, denn keiner der anderen Patienten war im Zimmer. Was für eine Abwechslung.

»Sie verkaufen?«

Valdemar glaubte, nicht richtig zu hören.

»Ja, ich ka-kann hundert Kronen bezahlen.«

»Hundert Kronen?«, fragte Valdemar ungläubig.

»Pro Stück.«

»Hundert Kronen pro Stück?«

»Ja.«

Valdemar brauchte das Geld nicht, wurde aber äußerst neugierig. Wer würde hundert Kronen das Stück für schmerzstillende Tabletten zahlen, wenn eine ganze Packung das Gleiche kostete?

»Was wollen Sie damit?«, fragte er.

»Ich verkaufe sie«, antwortete er.

»Sie verkaufen?«

»Ja, an alte Damen und andere, die Schmerzmittel brauchen und keine Lust haben, ihren Arzt zu belästigen. Oder die nicht rausgehen kö-können, wenn die Gehwege glatt sind. Oder so.«

»Begeben Sie sich nicht gerade auf ein wenig dünnes Eis?«

»Ja-ja. Auf eine Weise ja-ja, aber auf eine andere Weise nein. Ich bin ausgebildeter Pharmazeut aus Ka-Karnataka, aber mein Zeugnis wird hier nicht anerkannt. Daher wische ich stattdessen den Boden.«

Das war ja mal eine gute Ressourcennutzung. Sieben Jahre Ausbildung, und dann wird sie darauf verwendet, den Boden zu wischen. Valdemar war nicht sicher, wer es war, aber irgendjemand sollte sich schämen.

»Sie meinen also, Ihr Umsatz ist pharmazeutisch vertretbar?«

»Ja-ja, meine Güte.«

»Und die alten Damen kaufen die Pillen für hundert Kronen?«

»Zweihundert, ein bisschen Gewinn muss ich ja auch machen.«

»Sie verdienen nicht ein bisschen, Sie verdienen einhundert Kronen.«

»Hundert für mich, hundert für Sie. Wir teilen fünfzig-fünfzig.«

»Eine Win-win-Situation also?«

»Genau.«

»Verdienen Sie gut mit diesem Geschäft?«

»Ich wische viele Böden«, antwortete er und überließ es Valdemar, die Schlussfolgerung daraus zu ziehen. Das war nicht besonders schwer.

»Was werden Sie mit dem Geld machen, das Sie verdienen?«, fragte Valdemar.

»Ich werde ein Imperium aufbauen.«

Das war insoweit eine gute Idee, als dass heutzutage viel zu wenige Imperien aufgebaut werden, dachte Valdemar. Er traute sich nicht zu fragen, an welche Art von Imperium er dachte, bildete sich aber ein, es könnte etwas im Bereich »Waren des täglichen Bedarfs« sein.

»Und was haben Sie gedacht, soll ich tun, wenn die Schmerzen einsetzen?«

»Ganz einfach. Sie brauchen nur zu Schwester Birgitte sagen, dass Sie plötzlich stärkere Schmerzen haben, und dann kommt Schwester Birgitte mit mehr Ta-Ta-Tabletten. Und dann haben Sie keine Schmerzen mehr. Ganz, ganz einfach.«

Würde sein Bankkonto nicht einen Betrag mit unverschämt vielen Nullen hinten aufweisen, hätte Valdemar vielleicht darüber nachgedacht. Hundert Kronen waren trotz allem hundert Kronen. Auf der anderen Seite, was bekommt man heute für hundert Kronen? Ein paar Tafeln Schokolade?

»Ich glaube nicht«, sagte er.

»Nun gut«, sagte Hrundi.

Dann steckte er den Lappen in den Wischeimer, stellte ihn auf den Reinigungswagen und bewegte sich Richtung Tür. Als er dort angekommen war, drehte er sich um und fragte:

»Sind Sie sicher?«

»Ja.«

»Dann einhundertfünfzig?«

Es fing an, interessant zu werden, eine Art umgekehrtes Feilschen.

»Zweihundert«, sagte Valdemar, nur um zu sehen, was passierte.

»Dann verdiene ich na-na-nada. Einhundertfünfundsiebzig. Letztes Angebot.«

»Einhundertneunundneunzig«, sagte Valdemar aus Scherz.

»Abgemacht, dann verdiene ich ei-eine Krone.«

»Wie soll sich Ihr Imperium entwickeln, wenn Sie so schlecht verdienen?«

»Es muss ein etwas klei-kleineres Imperium bleiben«, sagte er und legte zwei Hundert-Kronen-Scheine auf seinen Nachttisch. Valdemar musste bedauernd den Kopf schütteln.

»Ich kann nicht rausgeben«, sagte er.

»Das Kronenstück kö-können Sie mir an einem anderen Tag zurückgeben.«

Eine schmerzstillende Tablette tauschte den Platz mit einem Geldschein. Valdemar legte ihn in die Nachttischschublade. Als er Hrundi gerade in ironischer Weise für das Geschäft danken wollte, kehrte einer der Zimmerkameraden zurück, und Valdemar bedankte sich stattdessen für den sauberen Boden.

»Ich kann mich regelrecht darin spiegeln«, sagte Valdemar.

30

Sunniva teilte mit, dass Besuch für ihn da sei. Erneut. Das Krankenhaus muss Drehtüren in das Zimmer einbauen, wenn das so weitergeht, dachte er. Schließlich machte es den Anschein, als habe jemand herausgefunden, dass er im Krankenhaus lag. Dieser »jemand« erwies sich als der Vorstandsvorsitzende der Firma. Rauen höchstpersönlich war gekommen. Er hatte eine Tüte Weintrauben dabei, aus der er sich zu bedienen begann, während er sich hinsetzte. Eigentlich hatte Valdemar angenommen, dass die Trauben für ihn sein sollten. Schließlich war es normal, irgendetwas zum Krankenbesuch mitzubringen. Aber egal, Valdemar bevorzugte Trauben sowieso, wenn sie erst einmal in Flaschen abgefüllt waren. Der Vorstandsvorsitzende schob sich eine Weintraube nach der anderen zwischen die Zähne und saugte fest daran, bis die Traube mit einem Plopp nachgab, als wäre sie ein Sektkorken. Valdemar ertappte sich bei dem Wunsch, eine Traube solle in seinem Hals stecken bleiben.

Rauen kam direkt zur Sache.

»Dieser Unfall kam äußerst ungelegen«, sagte er, »zuletzt war ich gezwungen, einen Teil von Aufgaben zu übernehmen, die eigentlich nicht in meinen Bereich fallen. Ich musste schlicht und einfach ein wenig von dem Papierkram abarbeiten.«

Valdemar lauschte andächtig.

»Allen voran hatten wir die Generalversammlung,

um die Dividende festzusetzen, und die musste natürlich unmittelbar ausgezahlt werden. So forderten es die Aktionäre. Wir wissen ja noch nicht genau, wie lange du weg sein wirst. Aber es sieht ja so aus, als seist du gerade erst operiert worden.«

Rauen unterstrich das mit einem Plopp.

Die Mäuse hatten offenbar nicht nur auf dem Tisch getanzt, sondern ein Fest darauf gefeiert. Laut Aktiengesetz musste eine Generalversammlung mit einem Minimum von vierzehn Tagen Vorlauf einberufen werden, und Valdemar war einer der Aktionäre, der eine Einberufung hätte bekommen müssen. Er verstand selbstverständlich, was geschehen war. Die Jungs hatten die Chance ergriffen, sich Taschengeld zu beschaffen. Sie hatten immer gut entwickelte Fähigkeiten gezeigt, wenn es galt, sich auf Kosten der Firma zu bereichern. Normalerweise hätte Valdemar laut geschrien, aber alles, was er antwortete, war lediglich:

»Nun gut.«

Valdemar kümmerte es nicht. Er versuchte es nicht einmal und stellte die für ihn ungewöhnliche Abwesenheit von Engagement in Zusammenhang mit seinem fehlenden Willen, nach Hause zu kommen. Er wusste, dass er sich hätte kümmern sollen, aber es gelang ihm nicht, sich aufzuregen. Das war ein merkwürdiges Gefühl, denn Valdemar war es gewohnt, sich immer zu kümmern. Er pflegte sogar zu den Farben der Büroklammern eine klare und eindeutige Meinung zu haben. Jetzt war es, als sei das Feuer erloschen, und Valdemar verspürte keinen Drang, in die Glut zu pusten.

»Die Generalversammlung beschloss eine maximale Dividende mit der notwendigen Zweidrittelmehrheit.«

Selbstverständlich tat sie das. Das Drittel der Aktionäre, das hätte protestieren können, lag im Krankenhaus und war operiert. Die Einberufung war ganz sicher an Valdemars Privatadresse geschickt worden, wohl wissend, dass er nicht zu Hause war. So gesehen hatten sie ihre Schäfchen im Trockenen, auch wenn sie es besser wussten. Valdemar wäre in der Position, jegliche Entscheidung zu blockieren, zog den Gedanken aber nicht in Betracht. Er ertappte sich bei der Frage, was passiert war. Das heißt, er war sich im Klaren darüber, was passiert war, aber warum war es passiert? Warum wollte er nicht nach Hause? Was war mit dem glühenden Engagement geschehen, das er zwölfeinhalb Jahre lang rund um die Uhr an den Tag gelegt hatte? Wie konnten eine Portion Bœuf Stroganoff und eine Tasse schwarzer Kaffee alles zum Einsturz bringen?

»Nun gut«, sagte Valdemar erneut.

»Daher haben wir das Bankdarlehen erweitert, um die Beträge unmittelbar auszahlen zu können.«

»Nun gut«, entgegnete Valdemar.

Der Vorstandsvorsitzende ploppte Trauben, als wären sie Punkte hinter jedem Satz. Der Mann war zwar nicht in der Lage, das Wort Liquidität zu buchstabieren, aber es waren die übrigen Aktionäre, die ihn eingesetzt hatten. Das Unternehmen hatte fünfhundert Angestellte, die Lohn bekommen mussten, Arbeitgeberabgabe und Mehrwertsteuer mussten eingezahlt werden, Miete, Strom und ein ganzer Berg mehr oder weniger fester Kosten mussten beglichen werden. Die Reihenfolge der Dinge hatte sich in die falsche Richtung gekehrt, und die Konsequenzen konnten enorm sein. Es waren selten die Bilanzen, die ein Unternehmen letztendlich zu Fall brachten. Für gewöhnlich war es die Liquidität, und der Vorstandsvorsitzende war dabei, mit beiden Füßen ins

Fettnäpfchen zu treten. Schlechte Liquidität war so, als würde ein großer Schneeball hinter einem herrollen, und je schlechter die Liquidität wurde, desto bedrohlicher wurde der Schneeball. Das Einzige, was einen retten konnte, war ein Talent für das Ausstellen von Rechnungen. Erfasste einen der Schneeball, war man erledigt. Dann füllte sich der analoge wie der digitale Briefkasten mit Inkassodrohungen und Konkursbegehren. Daher würde es so kommen müssen. Valdemar war nicht überrascht, denn er war sich im Klaren darüber, dass er den Schlüssel zu allen vitalen Funktionen besaß. Das spielte keine Rolle mehr. Er war krankgeschrieben, und der Vorstandsvorsitzende hatte die Verantwortung übernommen. Das Ruder fest in der Hand, steuerte er dem sicheren Untergang entgegen.

»Nun gut«, wiederholte Valdemar.

»Wollte dich nur informieren«, sagte Rauen und erhob sich, um zu gehen.

»Nun gut.«

In der Türöffnung drehte er sich um.

»Ja, außerdem habe ich die Firmenpost umadressiert. Du bekommst sie von nun an hierher geliefert. Jemand muss die Verantwortung übernehmen, nicht wahr?«

Es fehlte ihm nur eine rote Nase, um als kompletter Clown zu erscheinen. Bei den Angestellten war Rauen allen voran für seine persönlich choreografierten Hula-Hula-Tänze bekannt, die er nach jedem gewonnenen Vertrag in der Bürolandschaft vollführte. Man war jedes Mal in derselben Weise peinlich berührt, er selbst aber fand sich zweifelsfrei amüsant. Er glaubte sicher, das reduziere den Abstand zwischen der Leitung und den Angestellten und mache ihn volksnaher. Nichts könnte weiter von der Wahrheit entfernt sein.

Valdemar schaffte es nicht zu protestieren. Er bekam das Gefühl, der Postbote hatte vor der Tür gestanden und auf das Signal des Vorstandsvorsitzenden gewartet, damit er mit einer Sackkarre mit vier großen roten Plastikboxen voller Post hereinkommen konnte. Der Postbote entschuldigte sich so gut er konnte, trug natürlich aber keinerlei Verantwortung für den Überfall. Er konnte auch nichts dafür, dass der Vorstandsvorsitzende Valdemar nicht einmal gute Besserung gewünscht und gefragt hatte, wie es ihm ging. Der Postbote tat nur, wie ihm geheißen, und so befanden sich auf beiden Seiten des Bettes jeweils zwei Plastikboxen mit Post, als Sunniva hereinkam, um Kaffee zu bringen.

Sie kam nicht einmal so weit, Valdemar Kaffee anzubieten. Denn das Erste, worauf ihr Blick fiel, waren die Plastikboxen, und natürlich wollte sie unbedingt wissen, was die in Zimmer 404 zu suchen hatten. Es gab keinen Grund, der Wahrheit auszuweichen, aber Valdemar versuchte es dennoch.

»Fanbriefe«, sagte er.

Er hatte nicht geglaubt, dass sie ihm das abkaufen würde, und das tat sie auch nicht. Sie ging zu der am nächsten stehenden Box und stellte fest, dass diese voller Firmenpost war. Daraus zog sie den logischen Schluss, dass die anderen Boxen wahrscheinlich das Gleiche beinhalteten. Was sie sah, gefiel ihr nicht, und das war ihr deutlich anzumerken.

»Ist das alles Post an die Firma?«, fragte sie.

»Das muss wohl so sein«, antwortete Valdemar.

»Das ist ein *Krankenhaus*«, fuhr Sunniva fort.

»Das ist ein *Krankenhaus*«, äffte Valdemar sie nach.

»Und Sie sind *krankgeschrieben*«, stellte sie empört fest.

»Und ich bin *krankgeschrieben*«, wiederholte das Echo.

»Welchen Teil des Wortes ›krankgeschrieben‹ haben Sie nicht verstanden?«

Sunniva schaute Valdemar einen Augenblick lang an, als wäre er Unkraut oder eine spanische Wegschnecke, fand aber schnell wieder zu ihrem sanften Selbst. Sie war eine Frau der Tat, und Valdemar rechnete damit, dass es sich nur noch um Minuten handeln konnte, bis sich diese Plastikboxen auf dem Rückweg zu Global Village befanden. Aber er kannte den Vorstandsvorsitzenden besser und war sich sicher, dass Rauen sie mit Zugabe der zuletzt eingetroffenen Post ebenso schnell zurückschicken würde. Die größte Kompetenz des Vorstandsvorsitzenden bestand nämlich darin, den Kopf in den Sand zu stecken. Valdemar kam Sunniva zuvor: »Ich weiß, was Sie vorhaben, aber das hat keinen Sinn. Das ist wie im Märchen, man hackt einen Ast vom Baum ab, und schon wächst ein neuer heraus. Schicken Sie die Post lieber zum Wertstoffhof, ungeöffnet. Niemand wird sie vermissen.«

Sie glaubte ihm nicht.

»Wir können doch all das nicht einfach wegwerfen.«

»Doch, das können wir.«

»Aber das sind sicher viele Rechnungen, die bezahlt werden müssen?«

»Entspannen Sie sich, es kommen Mahnungen. Mahnungen und Inkassodrohungen. Das wird sich klären. Lassen Sie uns nur die Papierberge loswerden. Welches ist die einfachste Variante? Ich weiß nicht, ob ich es mit der Schulter schaffe, diese Boxen besonders weit zu tragen.«

Sunniva verstand, dass er es ernst meinte. Sie dachte

nach. Rieb sich eines ihrer Ohrläppchen. Sie hatte niedliche Ohrläppchen. Valdemar hatte sie zuvor nie bemerkt.

»Wir haben ja immer noch Tundal«, sagte sie.

»Tundal?«, fragte Valdemar.

»Tundal ist Betriebsleiter des Krankenhauses. Ich nenne ihn ›Heizer‹, denn ich habe den Eindruck, er ist vor allem damit beschäftigt, die alte Zentralheizung am Laufen zu halten. Ich glaube, das hat nostalgische Gründe, denn die beheizt nur den ältesten Teil des Krankenhauses, und dort ist ja sowieso nie jemand.«

Teile des Krankenhauses waren offenbar noch von Jules Vernes erdacht worden und wurden mit Dampf betrieben. Aber anscheinend gab es noch andere Ursachen, warum die Krankenhausleitung keine großen Investitionen vornehmen wollte. Sie planten, wie Valdemar vermutete, die Abwicklung des Krankenhauses und wollten eine alte Anlage loswerden und ein modernes und effektiveres Krankenhaus errichten.

»Heizer Tundal«, sagte Valdemar, »ja, können Sie denn nicht einen Boten zu Heizer Tundal schicken?«

»Wenn ich ihn reinlassen will. Oftmals sieht er nämlich auch aus wie ein Heizer.«

Damit ging Sunniva mitsamt ihren Ohrläppchen, um nach Heizer Tundal zu rufen.

31

Valdemar brauchte nicht lange auf Tundal zu warten. Die Zimmertür öffnete sich, und ein dünner Mann mit Adlernase schaute herein. Im Gegensatz zu den weißen Uniformen der Krankenschwestern war Tundal in einen dunkelgrauen, beinahe schwarzen Kittel gehüllt. Er hatte vermutlich an der Zentralheizung gearbeitet, denn er war alles andere als steril. Seine roten Haare waren zerzaust, und mitten auf dem Kopf hatte er eine kahle Stelle, während auf beiden Seiten die Haare wie Hörner nach oben standen. Im Gegenlicht konnte er wie der Teufel persönlich wirken. Würde man dem Mann eine Heugabel geben, wäre das Bild perfekt. Es gab keinen Zweifel daran, dass es sich um die Person handelte, die Valdemar zu einem früheren Zeitpunkt durch den Türspalt argwöhnisch beäugt hatte.

»Du?«, sagte Tundal in einer Weise, die an Sunniva erinnern konnte, als Valdemar versucht hatte, einen persönlichen Ruhepuls-Rekord aufzustellen. Gleichzeitig schien es Valdemar, als würde er in die Höhe wachsen. Einen halben Meter, mindestens.

»Du?«, sagte Valdemar. Was sollte er anderes sagen? Das war der Mann, der im Spülraum verdunstet war. Der Mann, der nicht aus dem Fahrstuhl ausgestiegen war. Der Mann, der offensichtlich irgendetwas gegen Valdemar hatte.

»Ja, du.« Tundal starrte ihn fest an.

»Was ist mit dir?« Ihm fiel es schwer, seinem Blick zu begegnen, es war, als würde Tundal direkt durch ihn hindurchsehen, in seine innersten Gedanken hinein. Valdemar wurde unruhig. War das nur ein ganz gewöhnlicher Hausmeister?

»Habe ich dich nicht schon mal gesehen?«, fragte Tundal.

Valdemar war nicht sicher, was er antworten sollte, also entschied er so zu tun, als wäre ihm Tundal vollkommen fremd.

»Nein, das glaube ich nicht. Wo soll das gewesen sein?«

Tundal dachte nach.

»Nein«, sagte er, »ich glaube, ich habe dich vielleicht doch noch nie zuvor gesehen.«

Und so schrumpfte er den halben Meter, den er gerade erst gewachsen war. Beide waren sich vollkommen im Klaren darüber, dass der andere log. Valdemar hatte nichts zu verbergen, aber er war sicher, dass dies bei Tundal der Fall war. Die Frage war nur, was.

»Bist du das mit den Papieren, die beseitigt werden sollen?«, fragte Tundal und entdeckte im gleichen Augenblick die Plastikboxen.

Valdemar schaffte es nicht zu antworten, machte aber Anstalten, darauf zu zeigen.

»Diese, ja. Wo hast du die her?«

Valdemar wollte es erklären, kam aber nicht in Gang.

»Das brennt gut, weißt du. Nichts ist schöner als ein bisschen angenehme Wärme.«

Dann lachte er ein heiseres, rasselndes Lachen.

In dem Moment steckte Kasus seinen Kopf durch den Wandschirm und entdeckte Tundal im Gegenlicht des Fensters. Seine Augen wurden groß wie Murmeln und fingen an, sich zu drehen. Es konnte den Anschein haben, dass er Tundal von früher kannte, und Valdemar glaubte einen Augenblick lang, er würde anfangen zu schreien. Stattdessen ergriff Tundal das Wort.

»Ganz ruhig, du. Ich habe nicht vor, dich dieses Mal mitzunehmen, verstehst du. Du kommst schon rechtzeitig an die Reihe.«

Es sah nicht so aus, als würde Kasus hinter dem Wandschirm das verstehen.

Dann lachte Tundal erneut. Er war offenbar ein Mann mit Sinn für Humor, aber vielleicht nicht ganz dem Standardrezept entsprechend.

»Ich nehme erst die Post mit und komme anschließend zu dir zurück.«

Tundal zeigte mit einem gekrümmten Finger auf Kasus und lachte noch einmal das rasselnde Lachen. Seine Augen waren messerscharf und ließen Zweifel aufkommen, ob er scherzte oder es ernst meinte. Persönlich rechnete Valdemar damit, dass es sich um einen Witz handelte, vielleicht nicht ganz passend für ein Krankenhaus, aber dennoch ein Witz. Kasus gurgelte und verschwand zitternd unter der Decke.

Tundal schüttelte den Kopf, so als würde er die Reaktion kommentieren, griff nach den Plastikboxen, als wären sie mit Federn gefüllt, und verschwand. Bald würde die Post der Firma das Krankenhaus heizen. Hunderte von Rechnungen müssten neu ausgedruckt und zusammen mit Mahnungen und Inkassodrohungen verschickt werden. Valdemar hatte dem Postwesen und den Steuerberatern einen Dienst erwiesen. Was konnte besser sein?

32

In dieser Nacht wachte Valdemar auf, weil sich jemand an der Zimmertür zu schaffen machte. Ein Auge leicht geöffnet sah er, wie sich Tundal im Zimmer umschaute, während er sich mit dem krummen Finger nachdenklich am Kinn kratzte. Die Haare waren nicht weniger unordentlich als zuvor, dennoch war etwas an ihm anders, etwas, das zuvor nicht da gewesen war. Valdemar wollte nicht verraten, dass er wach war, und blinzelte in der Dunkelheit mehr, als dass er etwas sah. Dann kam es ihm in den Sinn, dass Tundal viel größer wirkte. Konnte das an der Dunkelheit liegen? Er ragte beinahe empor, aber das musste eine optische Täuschung sein.

Es wirkte, als würde Tundal etwas abwägen, aber Valdemar verstand nicht, worum es sich dabei handeln könnte. Er glaubte, Tundal würde vielleicht schlecht sehen, und versuchte herauszufinden, ob sie alle noch immer am gleichen Platz lagen oder ob es zu irgendwelchen Veränderungen gekommen war. Das Zimmer befand sich in einem guten Zustand, wenn man von vereinzelten Problemen mit den Fernsehapparaten absah. Dann ging er zu dem Bett, in dem Kasus schlief, und beugte sich darüber. Für eine Weile fragte er sich, ob Tundal ernsthaft gekommen war, um ihn zu holen, oder ob er plante, dort stehen zu bleiben, bis dieser aufwachte – nur um ihn zu Tode zu erschrecken. Vielleicht betrieb Tundal unten im Keller ein Krematorium? Auf freiberuflicher Basis? Vielleicht arbeitete er ein wenig auf eigene Rechnung? Denn nach allem, was Valdemar wusste, konnte es sein, dass das Einäschern privatisiert und ausschreibungspflichtig war. Politiker kamen auf die unglaublichsten Ideen, und das hätte gut eine davon sein können. Valdemar fühlte sich benebelt.

Als er am Morgen geweckt wurde, fühlte sich der Besuch von Tundal mehr wie ein Traum als die Wirklichkeit an. Vielleicht hatte der Morphinrausch dafür gesorgt, dass er sich Ereignisse einbildete, die nicht stattgefunden hatten? Denn warum sollte Tundal mitten in der tiefen Nacht hereinkommen, ohne irgendeinen triftigen Grund zu haben? Für Überstunden gab es Grenzen, selbst für Hausmeister. Valdemar entschied sich, dass es ein Traum gewesen sein musste. Das war das einzig Logische.

Das war es bis zu dem Zeitpunkt, an dem er entdeckte, dass das Bett zwischen ihm und der Wand fehlte. Es war im Laufe der Nacht verschwunden, und da war sich Valdemar plötzlich nicht mehr so sicher, dass er geträumt hatte.

33

Der Platz hinter der Tür hatte für ein paar Stunden leer gestanden, aber kurz vor dem, was man allgemein als Schlafenszeit bezeichnet, bekamen sie einen neuen Zimmerkameraden. Sie erhielten keine Informationen über den Neuankömmling, er wurde nur schweigend hineingeschoben und zurückgelassen, ohne dass ihn jemand vorstellte oder erklärte, warum er dort lag. Das Dreierzimmer war wieder zu einem Viererzimmer geworden.

Die Tür war kaum ins Schloss gefallen, als der Neue begann zu schnarchen. Am Anfang war es nicht so schlimm, aber nach und nach nahm es an Lautstärke zu, und zum Schluss befürchtete Valdemar, die Fensterscheiben würden aufgrund der Schallwellen zerbersten. Es hörte sich weder wie eine Bogensäge noch wie eine benzinbetriebene Motorsäge an. Es war vielmehr wie eine Motorradgang, die mit offenem Auspuff im Zimmer umherfuhr. Valdemar konnte nicht verstehen, wie es ihm gelingen sollte, bei diesem Lärm zu schlafen. Die anderen versuchten miteinander zu reden, aber es war unmöglich zu hören, was sie sagten. Schreien war eine vorübergehende Lösung, auf Dauer aber zu anstrengend. Da die Nacht trotz allem näher rückte, wurde ihnen bewusst, dass bei diesem Lärm keiner von ihnen ein Auge zumachen würde. Der Gedanke, wach zu liegen und dem Radau zuzuhören, weckte in Valdemar die Unternehmungslust. Es war ein erschreckendes Gefühl, wieder den Antrieb zu spüren und zur Erkenntnis zu gelangen, dass, wenn etwas getan werden sollte, er es selbst tun müsse. Er sträubte sich dagegen, denn es war genau dieser Umstand, dem er seine unglaubliche Müdigkeit zu verdanken hatte: Alle blieben passiv, schauten zu und überließen alles ihm. Valdemar dachte, es könne ihm gelingen zu schlafen, wenn er nur müde genug wäre. Bewohner sehr verkehrsreicher Gegenden schafften es auch zu schlafen, dachte er. Als das Motorradschnarchen aber in ein Maschinengewehr überging, konnte er nicht mehr ruhig liegen bleiben. Valdemar entschied sich, etwas zu unternehmen. Er zog an der Schnur, die die Krankenschwestern herbeirief. Es war an der Zeit, ihnen eine unangenehme, aber höchst notwendige Aufgabe aufzutragen.

Nach ein paar Sekunden schwang sich Eva durch die Tür, frisch wie der Morgen. Sie musste gerade erst die Nachtschicht angetreten haben, dachte Valdemar. Er konnte sehen, dass sie etwas sagte, hörte aber kein Wort, also zeigte er auf die Geräuschquelle. Sie nickte verständnisvoll und verschwand ebenso schnell, wie sie gekommen war. Sie verstand, was er meinte, und würde etwas dagegen tun. Valdemar war überzeugt, dass sich die Angelegenheit in den besten Händen befand. All seine Erfahrungen mit Krankenschwestern bewiesen das.

Eva war kaum länger als eine Minute weg gewesen, als sie wieder ins Zimmer kam, noch immer genauso frisch wie der Morgen. Im Gepäck hatte sie drei kleine, runde Schachteln und gab jedem der wachen Zimmerbewohner eine davon. Dann sagte sie etwas, das keiner von ihnen hörte, bevor sie weiter zu den Taten ihres Lebens stürmte.

Valdemar schaute auf die Schachtel. Sie enthielt ein Paar gelbe Ohrenstöpsel. Das hatten Kristian und Atle soeben auch entdeckt und zogen die gleiche Schlussfolgerung wie Valdemar. Was sollten sie mit Ohrenstöpseln? Es gab keine Ohrenstöpsel, die diesem Schnarchen gewachsen waren. Valdemar spürte, wie er das erste Mal von einer Krankenschwester enttäuscht war. Ohrenstöpsel? Sollte er noch einmal nach ihr klingeln und erklären, dass sie eine bessere Lösung finden müsse? Nämlich den Typen aus der Nähe jedes anderen Patienten entfernen. Er glaubte nicht, dass Eva es verstehen würde. Er kannte diesen Menschenschlag aus seinem aktiven Berufsleben. Unter den Angestellten hatte es Frauen gegeben, die es kaum schafften, zum Konferenzraum zu gehen, nur weil das Laufen mit ihren Schuhen wehtat. Die Schuhe waren sicher in Mode und ließen die Frauen möglicherweise anziehend erscheinen, aber sie konnten sich nicht bewegen, ohne den Füßen Blasen und Schlimmeres zuzufügen. Evas Problem war, dass sie den Kern des eigentlichen Problems nicht angehen wollte, sondern entschied, die Symptome zu kurieren. Bald kam sie sicher mit einer Tafel Schokolade. Wieder übermannte dieser entsetzliche Drang des Engagements Valdemar. Er konnte ihr das ein oder andere darüber beibringen, wie die Wirklichkeit funktionierte, war sich aber äußerst unsicher, ob sie etwas davon verstehen würde. Bis jetzt hatte er Krankenschwestern nicht für dumm gehalten, war aber bereit, in Evas Fall eine Ausnahme zu machen. Das bedurfte einer ganz anderen Maßnahme.

Valdemar stöhnte und erhob sich schwerfällig aus dem Bett.

»Was tust du?«, rief Atle.

»Dem Spektakel ein Ende bereiten«, schrie er zurück.

»Spaghetti?«

Valdemar wiederholte seine Absicht.

»Nein, du kannst ihn nicht erwürgen«, brüllte Atle bestürzt.

Es konnte gut sein, dass Atle Lust hatte, ihren neu angekommenen Zimmerkameraden zu erwürgen, aber Valdemar hatte einfachere und effektivere Maßnahmen im Sinn.

»Nein, ich werde ihn nicht erwürgen.«

Er suchte ein wenig im Zimmer herum und fand oben auf Schrank eine Metallschüssel. Sie hatte genau die richtige Größe für sein Vorhaben. Er ging hinüber zum Wachbecken und ließ das Wasser laufen. Als es angemessen warm war, ungefähr Körpertemperatur, füllte er die Schüssel drei viertel voll und ging damit zu dem Schnarcher. Dort war der Lärm noch stärker, und einen Augenblick hatte er Angst, einen Gehörschaden zu erleiden.

»Willst du ihn ertränken?«, johlte Atle.

Valdemar schüttelte den Kopf.

Anschließend nahm Valdemar einen Arm des Schnarchers und zog ihn über die Bettkante, sodass die Hand schlaff nach unten hing. Dann schob er die Schüssel darunter, sodass die Hand so weit wie möglich mit Wasser bedeckt war. Er musste nicht lange auf das Ergebnis warten. Ein paar Sekunden später stoppte das Schnarchen, genau wie erwartet. Würde die nächste Reaktion auch wie erwartet eintreten, würde Valdemar knapp fünf Minuten haben, um zurück in sein Bett zu kommen und unschuldig auszusehen. Er schaffte es in vier.

Der Schnarcher erhob sich jäh, so als hätte er einen elektrischen Stoß bekommen, griff nach dem wenigen, was er an irdischen Besitztümern bei sich hatte, und verschwand krumm gebeugt aus dem Zimmer. Ohrenbetäubende Stille senkte sich herab. Kristian und Atle starrten Valdemar von der anderen Seite mit weit aufgerissenen Augen an, und er konnte sehen, dass sie vor Neugierde platzten.

»Ein alter Trick, den ich bei den Pfadfindern gelernt habe«, sagte Valdemar.

»Was für ein Trick?«, fragte Kristian.

»Wir haben nicht nur gelernt, den Türkenbund zu knoten, weißt du.«

»Das habe ich verstanden. Konzentrier dich, erklär.«

»Ganz einfach«, erläuterte Valdemar pädagogisch. »Gibt man die Hand eines schlafenden Menschen in lauwarmes Wasser, reagiert die Harnblase mit Miktion.«

Er fühlte einen Augenblick, dass er den himmlischen Thron erklommen hatte und auf die gewöhnlichen, sterblichen Menschen hinabsah, und verstand unmittelbar, warum sich die Ärzte so aufführen konnten, wie sie es taten. Sie hatten dieses Gefühl den ganzen Tag, jeden Tag. Valdemar war dennoch gezwungen, vom Thron herabzusteigen und das Geheimnis zu lüften.

»Er hat sich eingepinkelt«, sagte er. »Das passiert, wenn die Hand während des Schlafs in lauwarmes Wasser kommt. Auf jeden Fall passiert das bei neun von zehn Menschen. Ich ergriff die Chance, dass er nicht der Zehnte war, und es hat funktioniert.«

Kristian und Atle sahen einander an und fingen an zu lachen. Erst leise, bald aber lachten sie schallend aus vollem Hals. Sie hatten sich nicht besonders lange amüsiert, als Eva erneut auftauchte, nicht mehr ganz so taufrisch und mit einer mürrischen Falte auf der Stirn.

»Schluss mit dem Lärm«, sagte sie. »Es gibt Patienten, die schlafen müssen.«

»Hier«, sagte Valdemar und warf ihr die kleine Schachtel mit Ohrenstöpseln entgegen, »geben Sie ihnen die.«

34

Palomma wartete bereits, als Valdemar im Atrium ankam, möglicherweise war das der Aussicht auf eine Zimtschnecke geschuldet. Valdemar enttäuschte sie nicht, er setzte sich auf die Bank und holte zwei hervor. Die kleinere davon steckte er sich selbst in den Mund, bevor er von der anderen ein Stück für Palomma abriss. Die Taube sah ihn an, als würde sie warten, dass er »bitte schön« sagte, überlegte es sich dann aber anders.

»Du weißt, es ist ganz nett hier«, sagte Valdemar und verstand plötzlich all die Rentner, die in den verschiedenen Parks der Stadt herumsaßen und die Vögel fütterten. Er war einer von ihnen geworden, aber mit dem Unterschied, dass ihn keiner beobachtete. Jemand hatte mit dem Atrium sicher einmal eine Absicht verfolgt, aber die war längst vergessen worden.

»Aber alles hat ein Ende. In zwei Tagen werde ich entlassen, und dann kann ich nicht mehr herkommen und dich füttern. Ich versuche, eine Möglichkeit zu finden, länger hierzubleiben, aber mir ist noch nichts eingefallen. Ich fühle mich äußerst fantasielos, und das ist enttäuschend, denn bisher ist es mir nie schwergefallen, Probleme zu lösen. Das war mein Job. Eine Firma zu betreiben, verstehst du, handelt davon, Probleme zu lösen. Eins nach dem anderen, in einem unendlichen Strom.«

Valdemar nahm einen großen Bissen von der Zimtschnecke. Sie aßen eine Weile schweigend, bis sich Valdemar entschloss, Palomma dazu zu bewegen, sich auf seine Hand zu setzen. Das war nicht schwer. Der Vogel war Menschen offenbar gewohnt und zeigte großes Vertrauen. Als er auf seinem Zeigefinger saß, glaubte Valdemar für einen Augenblick, er erinnerte ihn an jemanden, den er kannte. Es war beinahe wie ein Zwinkern, dann war das Gefühl verschwunden.

»Du findest wohl auch ohne mich Futter«, sagte er, vor allem um den Verrat zu rechtfertigen, den er selbst empfand. Es war nicht sicher, ob die Taube das in der gleichen Weise erlebte, da Tauben von einem Tag auf den anderen lebten, dachte Valdemar.

»Ich kann ja auch nicht einfach aus dem Bett fallen«, sagte er.

Im selben Moment verstand er, dass er genau das konnte.

35

Valdemar hatte begriffen, dass etwas im Busch war, als Sunniva sagte, sie würde ihn vermissen, und es sei amüsant gewesen, ihn als Patienten gehabt zu haben, auch wenn sie freilich nie über seine Witze gelacht hatte. Das konnte nur bedeuten, dass die Entlassung nahe bevorstand, und das passte Valdemar überhaupt nicht. Er war fest entschlossen, im Krankenhaus zu bleiben. Er war gezwungen, erneut verletzt zu werden, ohne dieses Mal Hilfe von einem Autofahrer zu bekommen. Er musste allein klarkommen. Er war kürzlich operiert worden, und die Operationswunde war garantiert der schwächste Punkt seines Körpers. Aber wie sollte er es anstellen? Im Laufschritt über den Korridor und dann gegen eine der Wände krachen war ausgeschlossen. Das würde aufgesetzt wirken.

Valdemar wartete, bis die anderen im Zimmer eingeschlafen waren, und stellte das Bett so hoch es ging. Er bekam nicht gerade Höhenangst, aber es sollte reichen. Er legte sich auf die Kante und sah nach unten. Das könnte gehen, wenn die Landung erfolgreich war. Er schaukelte vor und zurück, schwang sich über die Bettkante und landete auf dem Rücken. Missglückt. Es hatte sich wie eine Dachlawine angehört, und auch wenn es schrecklich wehtat, blieb er stumm auf dem Boden liegen. Er hörte auf das Atmen der Zimmerkameraden, aber niemand schien von dem Sturz etwas mitbekommen zu haben. Er überlegte, was schiefgelaufen sein konnte, und kam darauf, dass er sich gedreht hatte. Er hatte wahrscheinlich seitwärts geschaukelt und eine viertel Umdrehung zu viel gemacht. Es gab keine andere Möglichkeit, als es erneut zu versuchen.

Valdemar kletterte wieder ins Bett und legte sich auf dem frisch operierten Arm zurecht, dieses Mal direkt auf der Bettkante. Er schaukelte vorsichtig, und plötzlich fiel er. Im selben Moment begriff er, dass er zu wenig geschaukelt hatte und im Begriff war, auf die gesunde Schulter zu fallen, daher drehte er sich im Fall zurück und landete ein zweites Mal auf dem Rücken. Sein Hinterkopf traf den Boden, und von der Innenseite hörte es sich an wie eine Kokosnuss, die von einer Palme purzelte. Konnte es so kompliziert sein, aus dem Bett zu fallen?

Aller guten Dinge waren drei, dachte Valdemar und kletterte wieder nach oben. Die Ausgangsposition vom letzten Mal war gut gewesen, und dieses Mal schaffte er es, perfekt zu schaukeln, und auf dem Weg zum Boden vollzog der Körper eine reizende halbe Rotation, und er krachte mit der Schulter voran auf den Boden. Er hörte das Geräusch von brechenden Knochen, bevor er den Schmerz spürte. Als der Schmerz kam, war er überwältigend. Er schrie nicht laut genug, um seine schlafenden Zimmerkameraden zu wecken, dennoch war es mehr als ausreichend, damit ihn die Krankenschwestern hörten. Birgitte war die erste Frau am Tatort und fand ihn zwischen Bett und Fenster liegend. Innerhalb einer Zehntelsekunde stellte sie die korrekte Diagnose. Danach kam Caterina, der eine Schicht an diesem Tag offensichtlich nicht genügte. Vielleicht schob sie eine Extraschicht, um Schulden abzuzahlen? Oder sie war mit einem Kerl in eine etwas zu teure Wohnung in einem neuen und angesagten Viertel gezogen? Was wusste Valdemar schon? Birgitte und Caterina halfen ihm wieder nach oben ins Bett, und er musste erklären, dass er nicht wusste, was geschehen war, ganz abgesehen davon, dass er aus dem Bett gefallen war. Valdemar sagte, er habe geschlafen und sei im nächsten Moment auf dem Boden zappelnd aufgewacht. Caterina meinte noch, derartiges Pech habe sie noch nie gesehen, während Birgitte einen Arzt zu fassen bekam, der in Rekordzeit feststellte, dass sich in der frisch operierten Schulter ein paar Schrauben gelockert hatten. Er hatte nicht das Geräusch von brechenden Knochen, sondern von Schrauben gehört, die aus dem Schulterblatt gerutscht waren. Schlimm genug. Er erklärte, dass sie ihn leider nicht sofort operieren konnten, unter anderem, weil sie einen Motorradfahrer reingekriegt hatten, der in einen Eierschneider geraten war. Also auch wenn die Verletzung akut behandelt werden müsste, hieß es warten. Leider. Valdemar verstand. Was war schon eine aufgeschlagene Schulter im Verhältnis zu einem Motorradfahrer, der von der Leitplanke in Scheiben zerteilt worden war? Außerdem hatte er schon einmal gewartet. Also würde es auch verkraften, erneut zu warten.

Valdemar hatte freien Zugang zu Schmerzmitteln, hauptsächlich hielt er sich an eine Mischung aus weißen und rosafarbenen Tabletten. Vier von der einen Sorte, fünf von der anderen. Er befand sich in einem herrlichen Dämmerzustand und spürte seine Schulter überhaupt nicht. Aber der Medikamentencocktail hatte auch seine Nachteile, er bekam trockene Haut an den Füßen und Verstopfung. Einfach gesagt war es unmöglich zu kacken, egal was er auch aß. Aber: Das war es wert. Die Gerüchte über sein Unglück verbreiteten sich wie ein Lauffeuer im ganzen Krankenhaus, und Patienten aus anderen Abteilungen kamen, um nach ihm zu sehen und ihr Mitgefühl auszudrücken. Einige kauften Blumen, andere hatten Konfekt dabei, und schließlich sah es so aus, als würde in Zimmer 404 ein Begräbnis stattfinden. Zum Glück gab es keine weißen Lilien. Valdemar war im Begriff, eine Art Berühmtheit zu werden, und musste sogar Autogramme auf gegipste Extremitäten geben. Der Promistatus erschwerte es ihm, die nächste Operation zu umgehen, aber es war natürlich nicht unmöglich.

Er sollte ein paar Tage später nach dem Mittagessen operiert werden, was ihm noch immer ein wenig Zeit gab, um sich etwas einfallen zu lassen. Es zeigte sich, dass es schwerer und schwerer wurde, je näher der Termin rückte. Er behauptete immer, dass er unter Druck am besten denken konnte, aber das war an diesem Tag nicht der Fall. Die Lösung kam von ganz allein, und er war vollkommen unschuldig an dem Geschehen. Er war auf der Dachterrasse gewesen, um die Sonne und die frische Morgenluft zu genießen, als der Fahrstuhl auf dem Weg nach unten zwischen zwei Etagen stoppte. Wäre er dort allein gewesen, hätte er natürlich überhaupt nichts unternommen. Aber der Aufzug war voller Menschen, unter ihnen zwei Fälle von akuter Klaustrophobie. Valdemar verstand eigentlich nicht, warum sie den Fahrstuhl genommen hatten, wenn sie solche Angst vor kleinen, engen Räumen hatten, aber nun war es zu spät. Sie gerieten ungefähr gleichzeitig in Panik und fingen an, lauthals zu schreien. Einer der anderen Passagiere hatte bereits den Alarmknopf gedrückt, aber es tat sich nichts. Zwei Leute, die in einem engen Aufzug aus vollem Halse grölten, waren akustisch nicht gerade angenehm, und es half auch nicht, dass deren Angst bei anderen Panik auslöste, die daraufhin gegen die Wände hämmerten. Valdemar versuchte zu beruhigen und amüsant zu sein und sagte etwas in der Richtung, dass alle sicher gespannt darauf waren zu erfahren, warum er zum Meeting einberufen hatte, aber es war kein Platz für Humor. Zu seiner Freude bemerkte er, dass der Uhrzeiger den Zeitpunkt der Operation im Sturmschritt passierte, und als sie ein paar Stunden später aus dem Aufzug entlassen wurden, waren die Chirurgen dabei, einen Bergsteiger zu restaurieren, der bei der Sicherung ein wenig fahrlässig vorgegangen war und eine Aussicht erhalten hatte, die er vielleicht nie wieder bekommen würde.

Es war Sunnivas Los, ihn auch dieses Mal in Empfang zu nehmen. Es konnte den Anschein erwecken, dass er sie verfolgte. Sie war das Ganze aufrichtig leid und konnte nichts anderes tun, als zu bedauern, dass er sich bis nach dem Wochenende gedulden musste. Die Chirurgen hatten so viele Überstunden gemacht, dass sie gezwungen waren, frei zu nehmen, und so konnte in der Zwischenzeit die Warteschlange der Patienten anwachsen, sodass die Chirurgen genötigt waren, erneut Überstunden zu machen, um die Schlange zu bearbeiten und folglich gezwungen waren, frei zu nehmen, weil sie so viele Überstunden gemacht hatten.

36

»Ich weiß nicht, wie es dir geht«, sagte Valdemar zu Palomma, »aber ich kann Marzipankuchen nicht ausstehen. Das hat natürlich Gründe, aber die Abneigung ist noch stärker geworden, seit ich hier im Krankenhaus liege.«

Er schaute den Vogel an, aber der schien nicht sonderlich interessiert. Er konzentrierte sich voll und ganz auf die Zimtschnecke. Valdemar kümmerte sich nicht um die mangelnde Aufmerksamkeit und fuhr fort:

»Die Kuchenmonster in der Firma führten alsbald eine Tradition ein, die nach und nach immer ärgerlicher wurde. Zumindest für mich, der für die Kostenkontrolle verantwortlich war. Die Tradition besagte, dass das Geburtstagskind Kuchen für die anderen kaufen musste. Das mussten wir ändern, als wir fünfzig Angestellte überschritten. Da war der Vorstand der Ansicht, es sei zu teuer für den Einzelnen, Kuchen für fünfzig Kollegen zu kaufen, und beschloss, die Firma solle die Kosten decken. Mit einer Gegenstimme. Meiner.«

Valdemar seufzte.

»Das gefiel den Angestellten natürlich. Und wenn ich ehrlich sein soll, spielen ein oder zwei Marzipankuchen in der Gesamtrechnung eine kleine Rolle. Wenn aber fünfzig Personen eine halbe Stunde lang Kuchen essen, ist es ein Leichtes auszurechnen, was jeder einzelne Kuchen die Firma an verlorener Arbeitszeit kostet. Und mit fünfzig Kuchen, die jährlich verspeist wurden, verloren wir einen Millionenbetrag an potenziellem Umsatz. Durch Kuchenessen.«

Valdemar seufzte erneut.

»Diese Zahl konnte mit zehn multipliziert werden, als wir die Fünfhundert bei den Angestellten überschritten. Dazu kam der Preis für die Kuchen an sich. Irgendwann mussten wir zu Etagenkuchen übergehen und wurden zum besten Kunden der Konditorei. Warum soll eigentlich die Firma darunter leiden, dass die Leute Geburtstag haben? Das ist doch trotz allem eine Privatangelegenheit. Aber mit den Jahren wurde es schlimmer. Zum Schluss gab es jeden Tag zu einer festen Uhrzeit Kuchen, nämlich um zwei, den sogenannten ›Zwei-Uhr-Kuchen‹. Die meisten bemühten sich, immer dabei zu sein. Nicht allen gelang das, aber vielen.«

Er sah die Taube an und bekam das Gefühl, dass sie nichts gegen eine tägliche Portion Kuchen einzuwenden hätte.

»Mir fehlt es an nichts, seit ich hier bin, und jetzt kann ich den Gedanken nicht ertragen, in die Kuchenhölle zurückzukehren. Innerhalb von ein paar Wochen habe ich angefangen, alles zu hassen, was mich den ganzen Tag lang beschäftigt hat. Und das sind nicht nur die Kuchen, sondern mein ganzes Leben.«

Palomma gurrte.

»Was meinst du? Glaubst du, dass sich eine andere Tür öffnet, wenn sich eine Tür schließt? Oder ist das nur eine Redensart?«

Palomma antwortete nicht.

»Na ja, du hast wohl keinerlei Beziehung zu Türen. Du bist frei. Du kannst machen, was du willst. Ich beneide dich in vielerlei Hinsicht.«

Beinahe um Valdemars Behauptung zu unterstreichen, flog Palomma nach oben aufs Dach und ließ Valdemar allein auf der Bank sitzen, von der Schwerkraft an den Boden gefesselt.

37

Valdemar saß am Empfang, vor allem, um ein bisschen Abwechslung zu haben und weil es dem Kreislauf guttat, ein bisschen umherzuschlendern. Mit dem Arm in der Schlinge herumzuspazieren, wollte er zwar nicht als Training bezeichnen, fand aber, das sei besser als Nichtstun.

»Wollen Sie weit weg?«, hatte Sunniva gefragt, als er aufgebrochen war, und Valdemar hatte geantwortet, dies sei allen voran eine Frage der Definition. Verglichen mit der Unendlichkeit des Universums wollte er nicht weitweg.

»Die Regeln des richtigen Verhaltens im Gebirge gelten auch innerhalb des Krankenhauses«, hatte sie weiter gesagt und ihn daran erinnert, dass er nur in guter körperlicher Verfassung längere Touren antreten und Bekannte informieren sollte, bevor er fremde Korridore erforschte. Er sollte einfach immer sagen, wohin er ging. All das musste Valdemar hoch und heilig versprechen, gleichzeitig belohnte er sie mit einer Information. Er verriet, dass die Rezeption Ziel des Ausflugs war, und sollte er unterwegs gezwungen sein, sich einzugraben, würde er versuchen, Bescheid zu geben.

Hier gab es einen Überfluss an zurückgelassenen Zeitungen, und eines der Boulevardblättchen weckte Valdemars Interesse. Auf der ersten Seite war der Direktor des

Krankenhauses, Sigurd Rosenvinge, in Verbindung mit einer Überschrift abgebildet, die vom »Neu Denken« handelte. Den Artikel musste er natürlich lesen, um zu sehen, was der Direktor mit »Neu Denken« meinte, fand aber wenig anderes als eine Diskreditierung des Krankenhauses. Es sei nicht effektiv genug. Es sei nicht wirtschaftlich genug geführt. Es sei nicht modern genug. Er zog die fachliche Integrität in Zweifel. Er bekam den Eindruck, der Mann sei nie zufrieden. Einer Sache war sich Valdemar sicher: Das Krankenhaus war mehr als angenehm genug. Nie war es ihm irgendwo so gut gegangen, und da konnte nicht alles so verkehrt sein, wie es dieser Direktor behauptete. Vielleicht war er nie Patient des Krankenhauses gewesen? Vielleicht war es genau das, was er brauchte? Einige Wochen in der orthopädischen Abteilung mit gebrochenem Bein? Für den Direktor würde es natürlich das Beste sein, ein Krankenhaus ohne Patienten zu betreiben. Das wäre vielleicht nicht so angenehm, aber es wäre sowohl effektiv als auch wirtschaftlich. Valdemar blätterte zu einer Seite weiter, deren Inhalt von größerer Klugheit und tieferer Einsicht geprägt war, den Comics.

Auf der entgegengesetzten Seite der Rezeption saß ein anderer Patient, ein älterer Mann. Er konnte um die achtzig Jahre alt sein, und Valdemar bemerkte ihn, weil er sich nervös umschaute, so als wolle er nicht entdeckt werden. Keine kurzen, nervösen Bewegungen, vielmehr bewegte er den Kopf langsam von der einen Seite zur anderen, ohne Unterlass. Warum sollte er Angst haben, ertappt zu werden? Valdemar würde doch glauben, er wollte eigentlich das Entgegengesetzte, nämlich Aufmerksamkeit bekommen, wie es viele andere ältere

Patienten taten. Das war so interessant, dass Valdemar alles andere vergaß. Damit der ältere Herr nicht merkte, dass Valdemar ihn beobachtete, versteckte er sich hinter einer Pflanze, die nach Wasser lechzte. Der Mann hob eine Zeitung auf, die jemand hatte liegenlassen, und hielt sie vor sein Gesicht. Hätte er die Zeitung nicht falsch herum gehalten, hätte es so aussehen können, als würde er tatsächlich lesen.

Als vor der Rezeption ein kleiner gelber Lieferwagen mit dem Aufdruck einer roten Brezel hielt, ließ der alte Mann die Zeitung fallen und ging dem Boten entgegen. Dafür, dass er die Achtzig überschritten zu haben schien, wirkte er überraschend rüstig. Geld und ein weißer Pappkarton wechselten ihre Besitzer. Es war ein Pappkarton, in dem Konditoreiwaren geliefert werden. War das alles? Hatte er nur auf einen Kuchen gewartet? War das etwas, weswegen man nervös sein musste? Wollte er nicht, dass jemand anders erfuhr, dass er einen Kuchen bestellt hatte? Sollte er eine Überraschung für die anderen im Zimmer sein? Das Mysterium baute sich auf, und Valdemar verstand, dass er auf einige der Fragen keine Antworten hatte. Und auch wenn es ihm im Krankenhaus ganz vortrefflich ging, konnte er trotzdem nicht behaupten, dass hier viel passierte. Die Patienten wurden freilich gesund, aber unbedingt spannend war das nicht. Daher entschied sich Valdemar herauszufinden, worin der Zusammenhang zwischen dem alten Herrn und dem Pappkarton bestand, während er sich gleichzeitig dafür rügte, am helllichten Tag Konspirationstheorien zu entwickeln.

Der Bote öffnete den Karton und präsentierte den Inhalt. Im Spiegelbild der Glastür konnte Valdemar sehen, dass es sich um eine Sahnetorte mit einer großen »25« darauf handelte. Offenbar irgendein 25-jähriges Jubiläum. Der ältere Mann nickte bestätigend mit dem Kopf, und der Bote schloss vorsichtig den Karton. Als der Handel vollzogen war, ging der Bote zurück zu seinem Auto, und der ältere Herr verschwand in einem Korridor, der zu dem ältesten Flügel des Krankenhauses führte. Glücklicherweise war er relativ langsam unterwegs, sodass Valdemar ihm in gebührendem Abstand folgen konnte. Nachdem er einige Hundert Meter in verschiedene Richtungen gelaufen war, ging er hinunter ins Kellergeschoss. Er hatte ungefähr dreißig Meter Vorsprung vor Valdemar, als ein leicht schmutziger Kerl mit Adlernase und buschigen Haaren aus einem quer verlaufenden Flur auftauchte. Es war Tundal. Kein Zweifel. Zusammen verschwanden sie in den Seitenkorridor, und als Valdemar vorsichtig um die Ecke schaute, waren sie verschwunden. Wie verdunstet. In dem Seitenkorridor gab es lediglich eine einzige Tür, und durch diese mussten sie verschwunden sein. »Zutritt verboten« stand da in schwarzen Buchstaben auf einem großen gelben Schild. Darüber war ein etwas kleineres Schild mit der Aufschrift »Heizkeller« angebracht. Valdemar ging hin und drückte die Türklinke vorsichtig nach unten. Die Tür war von innen verschlossen. Das war sonderbar, dachte er. Hier waren zwei Kerle, die mit irgendetwas beschäftigt waren, von dem kein anderer wissen sollte. Welche Art von lichtscheuer Aktivität konnten diese zwei miteinander teilen? Valdemar hatte vor, noch eine Weile im Krankenhaus zu bleiben, und machte es sich jetzt zur Aufgabe herauszufinden, was diese beiden trieben. Der plötzliche Tatendrang machte ihm zwar Sorgen, aber die schob er beiseite. Das hatte nichts mit einer Rückkehr ins Berufsleben zu tun. Das drehte sich darum, die Neugierde zu befriedigen. Das musste doch wohl erlaubt sein, ohne dass er aus diesem Grund entlassen werden brauchte.

Sein erster Gang führte ihn zum Etagenplan, in den die Fluchtwege eingezeichnet waren. Valdemar war sicher, diese Übersicht würde ihm die Antwort darauf geben, was sich hinter der Tür verbarg, aber er wurde enttäuscht. Laut Etagenplan gab es dort keine Tür und auch nichts, was sich auf der anderen Seite verbarg. Das war sonderbar. Solche Fluchtwegpläne sollten den Leuten drinnen helfen, nach draußen zu kommen, aber sie sollten auch der Feuerwehr helfen, sich im Gebäude zu orientieren. Und wenn die Tür und das, was sich hinter ihr verbarg, nicht in die Übersicht eingezeichnet waren, so musste es dafür einen anderen Grund geben als den, dass es jemand vergessen hatte. Es musste von jemandem wissentlich und willentlich weggelassen worden sein. Dieser jemand konnte natürlich Tundal sein. Niemand würde Fragen stellen, wenn ein Hausmeister einen Etagenplan abschraubte, um diesen durch einen anderen zu ersetzen, ebenso wie niemand darüber stutzen würde, wenn er eine Glühbirne austauschte. Das gehörte zu den alltäglichen, aber notwendigen Aufgaben, für deren Erledigung ein Hausmeister angestellt war.

Später am Abend bekam Valdemar zufällig die Möglichkeit, Tundal mit seiner Hypothese zu konfrontieren. Die Zufälle, die gerade an diesem Nachmittag gut Freund mit Valdemar waren, sorgten dafür, dass sich Tundal und Valdemar an einer Stelle begegneten, an der zwei

Flure einander kreuzten. Keiner von ihnen hatte die Möglichkeit, dem anderen auszuweichen. Valdemar gab selbstverständlich der Verlockung nach zu fragen, ob ein Stück Kuchen übrig sei. Tundal zuckte zusammen, wodurch Valdemar verstand, dass er ins Schwarze getroffen hatte, aber Tundal wollte nichts gestehen.

»Stück Kuchen, was meinst du mit Stück Kuchen?«

Valdemar erklärte ihm, was ein Stück Kuchen sei. Dass man einen Kuchen in mehrere Stücke teilte, ausgehend von der Mitte, sodass jedes Stück eine Art Dreieck bildete. Dass einige Menschen in der Mitte des Kuchens einen Ring schnitten, selbiges aber nicht mehr so üblich war. Tundal verstand keine Ironie und war sichtlich irritiert.

»Ich weiß von keinem Kuchen«, gab er vor.

»Auch nicht von einem kleinen Jubiläumskuchen?«, fragte Valdemar.

»Besonders von keinem Jubiläumskuchen«, sagte Tundal.

Valdemar geriet ins Zweifeln. Das heißt, er hatte keinerlei Zweifel an dem, was er gesehen hatte, fing aber an, sich zu fragen, ob der ältere Patient und Tundal zusammen hinter der nicht-existierenden Tür verschwunden waren. Konnte es sein, dass der Herr den Gang weitergelaufen war und um die nächste Ecke gebogen war, während Tundal durch die Tür gegangen war? In diesem Fall musste etwas mit Valdemars Fähigkeit, Abstände einzuschätzen, nicht stimmen, oder der Patient war vitaler, als er aussah. Vielleicht hatte er Valdemar entdeckt und sich verfolgt gefühlt? Vielleicht war dieses ganze Mysterium überhaupt kein Mysterium, sondern alles hatte seine natürliche und logische Erklärung? Konnte das sein? Unterdessen hatte Valdemar schon in früheren Verhandlungen gepokert, sodass er mit selbstsicherer Miene fortfuhr:

»Ich hatte gehofft, vielleicht die 25 bekommen zu können. Wenn sie nicht bereits jemand aufgegessen hat. Außerdem frage ich mich, ob Erdbeeren oder Himbeeren in dem Kuchen waren. Himbeeren gehören zu den besten Dingen, die ich kenne.«

Es zuckte noch einmal durch Tundals Körper, dieses Mal kräftiger. Als hätte sein Zahnarzt einen Nerv getroffen. Volltreffer. Er ging langsam auf Valdemar zu, während er die Stimme senkte.

»Soll ich dir etwas sagen? Du solltest die Leute in Ruhe ihre Kuchen essen lassen und deine Nase nicht in Dinge stecken, in denen sie nichts zu suchen hat.«

Dann trat er ein Stück in Valdemars Komfortzone und stupste ihm mit dem krummen Finger gegen die Nase, um zu unterstreichen, dass er sich um seine eigenen Angelegenheiten kümmern sollte.

»Du solltest dich vom Heizungskeller fernhalten, wenn du keine Wärme verträgst. Verstanden?«

Natürlich verstand Valdemar. Valdemar verstand alles. Aber vor allem verstand er, dass Tundal etwas zu verbergen hatte, und Valdemar war noch entschlossener als zuvor herauszufinden, um was es sich dabei handelte. Er tat so, als sei er verschreckt worden, und sagte, er habe nur gescherzt und stattdessen fragen wollen, ob etwas Kaffee da sei. Das hielt Tundal für eine gute Idee, woraufhin Valdemar zu Birgitte schlurfte, die er soeben entdeckt hatte. Er erklärte, dass er sich dieses Mal nicht verlaufen und deshalb zurückgefunden habe, weil er mit Kreide jede Ecke mit einem weißen Kreuz markiert hatte. Birgitte meinte, er sei so vorausschauend, wusste aber nicht, wie recht sie damit hatte.

Valdemar entschied sich, Birgitte nach Tundal zu fragen.

»Birgitte«, sagte Valdemar.

»Ja?«

»Ist Tundal Hausmeister?«

»Selbstverständlich. Was sollte er sonst sein?«

»Ich weiß nicht. Ich habe nur den Eindruck, dass er das nicht ist.«

»Dummkopf. Tundal ist Hausmeister. Oder Betriebsleiter. Er ist schon immer Hausmeister gewesen.«

»Immer?«

»Solange sich jemand erinnern kann.«

»Wie lange ist das?«

»Hundert Jahre.«

»Hundert Jahre?«

»Mindestens.«

Dann verschwand Birgitte. Sie war offensichtlich fertig damit, über Tundal zu sprechen, und Valdemar blieb allein zurück. In einem Vakuum, hatte er das Gefühl. Er war kein bisschen schlauer. Vorausgesetzt aber, dass Tundal seit einhundert Jahren in dem Krankenhaus arbeitete oder vielleicht sogar seitdem dieses gebaut wurde, bekam das Mysterium eine neue Dimension. Damit stand Valdemar zwei Mysterien gegenüber: Was hatte dieser Kuchen zu bedeuten, und wer war eigentlich Tundal? Es war eindeutig, dass Valdemar das Krankenhaus nicht verlassen konnte, aber jetzt aus mehr Gründen als nur seinen persönlichen. Aber es eilte, eine Lösung zu finden, denn Sunniva hatte angedeutet, dass eine neue Operation mit anschließender Entlassung in unbehaglich naher Zukunft bevorstand.

38

Doktor Havrenakke, so glaubte Valdemar zumindest, habe er sich vorgestellt, ließ sich eine von Valdemars beiden Zimtschnecken schmecken. Ohne zu fragen, versteht sich.

»Zimtschnecken sind gut«, sagte Valdemar und hoffte, der Arzt würde den Wink begreifen.

»Zimt hat fantastische Eigenschaften«, sagte dieser.

»Was Sie nicht sagen?«

»Ja, er enthält das Polyphenol MHCP, das zur Senkung des Blutzuckerspiegels beiträgt, und Triglyceride, wirkt gegen E. coli-Bakterien, Listerien, gelbe Staphylokokken und Salmonellen.«

»Was Sie nicht sagen.«, wiederholte Valdemar.

»Ja, wenn Sie nur ausreichend viele Zimtschnecken essen, bleiben Sie gesund.«

»Hilft das auch gegen Luxationen?«, fragte Valdemar.

»Luxationen sind einige der wenigen Dinge, gegen die Zimtschnecken nicht helfen.«

Nachdem er die erste Zimtschnecke aufgegessen hatte, nahm er ebenso gern auch die zweite.

»Danke für das Angebot«, sagte er und fuhr fort: »Dort wo Sie hinmüssen, brauchen Sie sowieso keine Zimtschnecken. Wir werden Ihre Schulter reparieren, bevor Sie das Wort ›Schulter‹ überhaupt ausgesprochen haben. Und bis Sie zurück sind, wären diese Zimtschnecken vollständig vertrocknet.«

Valdemar leuchtete das ein. Der Arzt hatte ihm eigentlich einen Dienst erwiesen, auch wenn eine der Schnecken für Palomma gedacht war. Er würde den Vogel nicht füttern können, und Schuldgefühle machten sich jäh in ihm breit. Er schaffte es nicht, dafür zu sorgen, dass die Taube die versprochene Zimtschnecke bekam.

39

»Morgen früh haben Sie einen Termin«, sagte Evelyn.

»Termin? Wofür?«, fragte Valdemar.

»Sie werden die Platte richten, die sich bei Ihrem Sturz aus dem Bett gelöst hat.«

Das ist nicht gut, dachte Valdemar.

»Das ist schön«, sagte er, »werde ich dann vielleicht bald entlassen?«

Evelyn lächelte.

»Wir haben Sie doch gern hier.«

Aber das meinte sie natürlich nicht so.

»Ich werde sehen, was ich machen kann«, antwortete Valdemar. Evelyn lachte und glaubte, er mache Scherze. Evelyn war Oberschwester und eine weitere Frau in seinem Leben. Valdemar spürte, dass es so langsam mehr von ihnen wurden, aber es war nicht er, der sie gerufen hatte. Das war das Krankenhaus. Vollkommen unnötig war das, denn er war mehr als zufrieden mit Sunniva und Birgitte. Er konnte kein böses Wort über Evelyn sagen, sie war wie der einzige Sonnentag eines verregneten Sommers. Dennoch spürte er ein leichtes Unbehagen, jedes Mal wenn er ihr begegnete, ein Unbehagen, das sich aufbaute, ohne dass er verstand warum. Möglicherweise lag es daran, dass sie den Überblick hatte und die Dinge in der Hand hatte. Evelyn konnte ganz offensichtlich dafür sorgen, dass er in der Schlange nach vorn rückte, oder sie wusste, wann er dran war. Dass sie, und nicht Valdemar, über das Wissen und diese Kontakte verfügte, machte ihn unruhig. Er hätte es dennoch nicht gegen sie verwenden können.

»Ist es nicht gut, operiert zu werden?«

»Vielleicht ist es gut, im Leben weiterzukommen«, entgegnete Valdemar.

Sie brach zu neuen Aufgaben auf, und Valdemar spürte plötzlich einen gewissen Entscheidungsdruck. Ihm musste etwas einfallen. Etwas Neues. Schnell. Dieser Abend verging langsam, viel langsamer, als er es sich vorgestellt hatte. Er hatte keine Angst, operiert zu werden, aber er verspürte eine heftige Aversion dagegen, gesund zu werden. Er wollte schlicht und einfach nicht gesund werden. Er wollte im Krankenhaus bleiben. Er wollte ewige Fürsorge haben. Es war nicht so, dass er unter Druck am besten arbeitete, auch wenn er das gern behauptete. Aber wenn der Termin noch schneller näher rückte, als ihm lieb war, kam ihm doch der eine oder andere Geistesblitz zu Hilfe. So auch an diesem Abend. Die Idee war so genial, dass es ihm schwerfiel zu begreifen, warum er nicht schon früher darauf gekommen war. Valdemar beschloss, dass er am nächsten Morgen nicht operiert werden sollte, und die beste Lösung war, einfach nicht da zu sein, wenn sie ihn holen kamen. Er musste im Laufe der Nacht verschwinden, aber so, dass sie annahmen, er hätte es nicht freiwillig getan.

Das war nicht schwer.

Valdemar wartete, bis die Nachtschicht übernommen hatte und sich die Nachtruhe über die Station gelegt hatte. Es war nicht vollkommen still. Er hörte, dass eine der Krankenschwestern etwas am Computer schrieb, vermutlich bereitete sie den Bericht für die Frühschicht vor. Er konnte auch das Ticken der Uhr draußen auf dem Gang hören, einer großen Uhr mit markanten Zeigern. Das Einzige, was ihr zu einer Bahnhofsuhr fehlte, war der rote Sekundenzeiger mit dem großen Kreis an der Spitze. Er schlich sich leise aus dem Bett und öffnete vorsichtig die Tür. Er schaute nach draußen, aber der Korridor war menschenleer, nicht einmal ein kleiner Flurpatient befand sich hinter irgendeinem Wandschirm. Er schlich sich aus der Abteilung in Richtung Rezeption und begegnete keiner Menschenseele. Es war vollkommen unglaublich, dass ein Krankenhaus mit so vielen Patienten und Angestellten so menschenleer sein konnte – aber das kam ihm gelegen. Der Empfang war nachts unbesetzt, sodass Valdemar ausreichend Zeit hatte, die Karte mit den verschiedenen Abteilungen zu studieren. Wo war die größtmögliche Chance, nicht gefunden zu werden? Er konnte nichts anderes verstehen, als dass die Abteilung für Oto-Rhino-Laryngologie am weitesten von der Orthopädie entfernt war, und entschied sich daher, dorthin zu gehen. Das Problem mit der Karte war, dass sie über keinen Maßstab verfügte. Auch wenn die Distanz recht überschaubar wirkte, war er bei der Ankunft sicher, mehrere Kilometer zurückgelegt zu haben. Er war viele Male nach rechts gegangen, dann einige Male nach links und ab und an geradeaus. Hinter jeder Ecke war er darauf vorbereitet gewesen, einem Menschen in weißem Kittel zu begegnen. Er hatte angefangen, eine Art Erklärung einzuüben, war aber nie auf einen guten Grund gekommen, warum er sich in einem Korridor fern seines Zuhauses befand.

Valdemar war schier unendlich weit gelaufen, als er mit einer gewissen Spannung in die Abteilung für Oto-Rhino-Laryngologie hineinspazierte. Dort war es genauso still, wie es unterwegs gewesen war. Er fand einen menschenleeren Aufenthaltsraum, entdeckte darin ein kleines Sofa, das vom Flur her nicht einsehbar war und versteckt hinter etwas war, das früher mal eine Pflanze gewesen sein musste. Dort kann ich schlafen, dachte Valdemar, auf jeden Fall so lange, bis er zu spät zur Operation kommen würde. Er schaltete das Licht aus, um Vorbeigehenden zu signalisieren, dass der Raum leer sei.

Er war ziemlich gespannt, ob man ihn entdecken würde oder nicht, sodass er nicht besonders müde war, als er dort halb saß, halb lag. Es gab auch nicht so viel, was er tun konnte, damit die Zeit verging. Den Fernseher konnte er natürlich nicht einschalten, sicher würde dann die eine oder andere pflichtbewusste Schwester hereinkommen, um ihn auszuschalten. Auf einem Tisch lag ein Haufen alter Zeitschriften, aber weder Strickanleitungen noch Diäten interessierten ihn. Valdemar griff lieber nach der Zeitung des Vortages, die sich unter einer Häkeldecke versteckt hatte, und versuchte, so gut es ging, in der Dunkelheit zu lesen. Die Schrift der Artikel war zu klein, also musste er sich mit den Überschriften und den Anreißern begnügen. Es gab Konflikte dort, wo es für gewöhnlich auf der Welt Konflikte gab, das war nichts Neues. Nichts Neues bis auf ein Interview mit dem Direktor des Krankenhauses, Sigurd Rosenvinge, der von einem Expertenbericht zur Zukunft des Krankenhauses erzählte. Valdemar musste ziemlich heftig blinzeln, um den Inhalt des Artikels mitzubekommen, und las erneut von Wirtschaftlichkeit und Effektivität. Er dachte, dies sei auch eine Art und Weise, seinen Fußabdruck zu hinterlassen. Er konnte nicht erkennen, dass mit dem Krankenhaus etwas falsch lief. Nachdem er aber ständig auf diesen widerlichen Kerl stieß, begann er, Unrat zu wittern. Auch wenn es dunkel im Raum war, gelang es ihm, zwischen den Zeilen zu lesen. Der Direktor hatte Lust auf ein neues Krankenhaus und zog alle rationalen Aspekte heran, die ihm in den Sinn kamen. Ungefähr so, als wolle er ein neues Auto kaufen. Er entschied sich zum Kauf und verwendete anschließend die Zeit darauf, seinen Beschluss zu verteidigen.

Valdemar schlief ein und sollte recht in der Annahme behalten, er könne dort die ganze Nacht verbringen. Gegen zehn wurde er von einer ihm unbekannten Krankenschwester geweckt.

»Birgitte?«, fragte Valdemar und tat so benebelt, wie er nur konnte.

»Nein, ich bin nicht Birgitte«, antwortete die Schwester.

»Sunniva?«, unternahm er einen neuen Versuch.

»Nein, ich heiße nicht Sunniva, mein Name ist Solveig«, sagte Solveig, bevor sie fortfuhr: »Was machen Sie hier? Haben Sie heute Nacht hier geschlafen? Auf diesem schlechten Sofa?«

Das waren so viele Fragen auf einmal, dass er beschloss, die Beantwortung für eine Weile zu vertagen.

»Wo bin ich?«, fragte Valdemar scheinbar verwirrt.

»Sie sind in der Oto-Rhino-Laryngologie«, antwortete Solveig mit der größten Selbstverständlichkeit. Er unternahm nicht einmal den Versuch, den Zungenbrecher zu wiederholen.

»Warum das?«, fragte er.

»Das frage ich Sie«, sagte Solveig.

»Ja, ich glaube, ich habe geschlafen. Eigentlich konnte ich nicht schlafen, also bin ich ein wenig auf dem Gang spazieren gegangen. Dabei bin ich wohl hierhergekommen. Wenn ich geschlafen habe, muss mich die Tour wohl angestrengt haben.«

»Aber Sie gehören nicht hierher«, fuhr sie fort und erklärte ihm, dass er eine Verletzung an der Schulter habe, die sich jemand ansehen sollte.

»Tue ich nicht?«, gab sich Valdemar verwundert. »Wo in aller Welt gehöre ich dann hin?«

»Was haben Sie mit Ihrem Armband gemacht?«

Er konnte natürlich erklären, dass er sich allem entledigt hatte, was ihn hätte identifizieren können, und dass das besagte Armband in einem Mülleimer am Empfang lag, aber das tat er nicht.

»Armband?«, fragte er stattdessen. »Das weiß ich nicht, ich kann mich nicht erinnern, irgendein Armband gehabt zu haben.« Um das zu unterstreichen, schüttelte er beide Handgelenke.

»Alle Patienten haben ein Armband«, erwiderte Solveig. »Das ist eines der ersten Dinge, die man bekommt, damit wir wissen, wer Sie sind.«

Anschließend griff sie vorsichtig nach der Schlinge und zog leicht an der Schulter. Die Schmerzen jagten durch seinen Körper, und er schrie auf.

»Sie sind in der Orthopädie zu Hause«, sagte sie.

»Bin ich weit von zu Hause fort?«, fragte Valdemar.

»Die Oto-Rhino-Laryngologische Abteilung«, antwortete Solveig mit ebenso perfekter Aussprache wie beim ersten Mal, »liegt ein gutes Stück entfernt von der Orthopädie, ja.« So als würden alle wissen, in welcher

Entfernung sich die Oto-Rhino-Laryngologische Abteilung von der Orthopädie befand. Aber er müsse sich keine Sorgen machen.

»Sie müssen sich keine Sorgen machen«, sagte Solveig, »ich werde mich darum kümmern, dass Sie wieder nach Hause kommen.«

Dann ging sie, um in der Orthopädie anzurufen und zu berichten, dass sie einen ihrer Patienten gefunden hatte. Valdemar überlegte, ob er die Flucht fortsetzen sollte, schob den Gedanken aber von sich. Es waren allzu viele Menschen in Bewegung, außerdem hatte der Uhrzeiger den Termin der Operation mit gehörigem Abstand überschritten. Für dieses Mal war er gerettet. Er schaffte es gerade noch, sein Resümee zu beenden, bevor Solveig mit einer Tasse Kaffee und einer Scheibe Brot zurückkehrte. Sie berichtete, dass jemand von der Orthopädie unterwegs sei, um ihn abzuholen, und meinte, er habe während der Wartezeit sicher Lust auf Frühstück. Er war so hungrig, dass er hätte Steine essen können, aber das sagte er nicht.

»Ich hatte gedacht, ich sei im Aufenthaltsraum der Abteilung«, sagte er, »aber möglicherweise bin ich einmal zu viel nach rechts oder links abgebogen und hier gelandet.«

Solveig lachte.

»Sie sind wohl mehr als nur einmal zu viel nach rechts oder links abgebogen. Sind Sie sicher, dass Sie nichts getrunken haben?«

»Getrunken? Machen Sie Witze? Ich bin auf Morphium«, antwortete Valdemar.

Solveig lachte erneut, und bevor sie fertig war mit Lachen, betrat Birgitte den Raum. Sie wirkte sehr erleichtert und hatte offensichtlich eine Weile Stress gehabt. Das war nicht so verwunderlich, denn sie vermissten ihn bereits seit sechs Uhr, als sie Puls und Temperatur messen wollten. Das war reichlich vier Stunden her, und er konnte sich gut vorstellen, dass ihr Blutdruck hoch genug war, um in die Kardiologie eingewiesen zu werden. Ihre glühenden Wangen standen ihr, aber er achtete darauf, genau das nicht zu erwähnen. Sollte sie den Drang verspüren, ihm mit irgendetwas Hartem vor den Kopf zu schlagen, dann zeigte sie es nicht.

»Das ist also Solveig, die mit Ihnen durchgebrannt ist«, sagte sie und dankte Solveig für ihren Einsatz. Solveig meinte, Birgitte müsse aufpassen, wie sie ihre Zukunft plane, und dann lachten sie beide.

Birgitte und Valdemar schlenderten zurück in die Orthopädie. Das heißt, Birgitte schlenderte, und Valdemar saß in dem Rollstuhl, den sie mitgebracht hatte. Sie war nicht überzeugt, dass er die lange Wanderung zurück schaffen würde.

»Wie in aller Welt haben Sie es fertiggebracht, in der Oto-Rhino-Laryngologie zu landen?« Auch Birgitte war in der Lage, das auszusprechen. Langsam ging ihm auf, wie schwer die Ausbildung zur Krankenschwester sein musste, denn Oto-Rhino-Laryngologie war ganz sicher nicht das einzige schwierige Wort.

»Ich weiß nicht«, log Valdemar. »Ich hatte heute Nacht nur das Gefühl, mich ein bisschen bewegen zu müssen, und dann habe ich mich wahrscheinlich verlaufen. Ich glaube, ich hätte bei der Telefonzelle nach links statt nach rechts gehen müssen oder so.«

»Ja, ja. Ich bin nur heilfroh, dass wir Sie gefunden haben. Sie können mir glauben, die Abteilung hat die letzten vier Stunden kopfgestanden. Für gewöhnlich verlieren wir unsere Patienten nicht, und das war hart für die Diensthabenden.«

»Aber es ist nicht ihre Schuld«, protestierte Valdemar. Er war ja nicht richtig weg gewesen, aber er hatte ihnen definitiv einen Strich durch die Rechnung gemacht.

»Es war nicht meine Absicht abhandenzukommen, aber alle Flure sind vollkommen gleich. Oder fast gleich. Oder auf jeden Fall so gleich, dass es nicht möglich ist, einen Unterschied zu erkennen«, sagte Valdemar und hoffte auf Sympathie und Verständnis.

»Vielleicht sind die Medikamente schuld«, schlug er vor. »Ich nehme nie Tabletten, und jetzt bekomme ich so viele, dass es in mir wie in einer Kastagnette klappert. Reagiere ich vielleicht daher so stark auf einige der Medikamente? Oder anders als erwartet? Aber ungeachtet dessen ist es weder Ihre noch Sunnivas Schuld.«

»Keine von uns hatte in dieser Nacht Dienst«, sagte Birgitte. »Es war Evelyn.«

»Aber es war auch nicht Evelyns Schuld«, sagte Valdemar.

»Das sagen Sie so. Aber wir haben gewisse Abläufe, die wir befolgen müssen.«

»Aber ich bin ganz sicher, dass Evelyn diese befolgt hat«, sagte er, »ich muss zwischen zwei Kontrollgängen abhandengekommen sein oder so.« Er war vorsichtig, zu viel zu erklären, das könnte verdächtig wirken. Am wichtigsten war es, leicht verwirrt zu erscheinen, und er glaubte, das gelang ihm.

»Das ist nicht das Schlimmste«, sagte Birgitte.

»Was ist das Schlimmste?«, fragte er und streckte sich.

»Das Schlimmste ist, dass Sie auch heute nicht operiert wurden. Wieder nicht.«

»Ah, aber das ist nichts, weswegen man sich sorgen sollte. Ich habe Übung darin, nicht operiert zu werden, und halte es gut bis morgen aus.«

»Wir hatten Sie als ersten Patienten heute eingeplant, und Sie sollten ungefähr jetzt fertig sein.«

Birgitte schaute auf die Uhr. Alle Krankenschwestern hatten bestimmt so eine Uhr, die an der Uniform hing und die Zeit von oben nach unten anzeigte. Es hatte ein paar Tage gedauert, bevor er verstanden hatte, wie es ihnen gelang, die Uhrzeit abzulesen.

»Und dann haben wir ab Mittag eine geplante Operation, und somit müssen wir Sie nach hinten schieben, auch wenn es hier momentan eigentlich ganz ruhig ist. Wir haben nur einen Operationssaal zur Verfügung, und nach diesem besteht große Nachfrage. Daher befürchte ich, dass wir Sie auch morgen nicht operieren können, und dann ist Wochenende. Am Wochenende führen wir nur akute Operationen durch.«

Valdemar glaubte in der Tat, allmählich könne sein Fall als akut charakterisiert werden, äußerte diesen Verdacht aber nicht.

»Das bedeutet also, dass ich bis nach dem Wochenende warten muss?«, fragte er.

»Genau, so ist es«, antwortete Birgitte, und er konnte schwören, dass sie weinte.

Jetzt war das fachliche Prestige angekratzt, und das ging an die Ehre. Er hatte sich soeben fünf Tage extra im Krankenhaus erkauft und war mehr als zufrieden.

»Ganz ruhig«, sagte er. »Ich werde keine der Boulevardzeitungen anrufen, ich werde mich nicht beim Krankenhausdirektor oder irgendjemand anderem beschweren. Der Patientenbeauftragte soll weiter in glücklicher Unwissenheit leben dürfen. Das wird alles richtig gut laufen. Ich bin ein paar Wochen zurechtgekommen, und egal, wie viele in der Schlange noch vor mir sind, ich komme auch noch ein paar Tage länger zurecht.«

»Wir müssen operieren, weil die Verletzung anfängt zusammenzuwachsen, verstehen Sie. Warten wir zu lange, müssen wir Ihre Schulter erneut brechen, mit der Gefahr, noch weitere Brüche zu verursachen. Glauben Sie mir, das möchten Sie nicht erleben. Das kann sich schnell zu einem bösen Kreislauf entwickeln.«

Valdemar verstand, dass er mit dem Rücken zur Wand stand. Sein Aufenthalt hatte eine etwas andere Richtung genommen, als er es vermutet hatte, aber es bestand noch immer keine Eile.

»Es besteht noch keine richtige Eile, aber das kann sich bald ändern«, sagte Birgitte.

Wohlbehalten zurück in Zimmer 404, bekam er Besuch von Evelyn. Sie bedauerte sehr, was ihm widerfahren war, aber sie konnte nicht so viel dafür. Valdemar durfte nicht erzählen, dass er sich davongeschlichen hatte und die Krankenschwestern wissentlich und willentlich gemieden hatte. Er konnte auch nicht zugeben, dass er genau das erreicht hatte, was er gehofft hatte. Das war eine Art Schützengrabenkrieg, in dem er der einzige Beteiligte war, der wusste, dass er Krieg führte.

»Keine Sorge«, sagte er. »Mir geht es ganz ausgezeichnet, und ich beschwere mich nicht.«

»Das sagte Birgitte bereits. Ich verstehe das nicht. Sie haben doch alle erdenklichen Gründe, unzufrieden zu sein?«

»Lassen Sie es uns so ausdrücken: Ich verbrauche eine Menge an Kalorien mit Unzufriedensein. Werde ich vor dem Wochenende operiert?«

»Nein, das werden Sie nicht.«

»Genau. Daher kann ich es am Wochenende angenehm und heiter haben, anstatt sauer und unzufrieden zu sein. So einfach ist das. Ich pflege zu sagen, was ich nicht ändern kann, das kann ich ebenso gut sein lassen. Ich kann in dieser Situation nichts anderes machen, als bis Montag zu warten. Also entscheide ich mich, so heiter wie möglich bis Montag zu warten.«

»Sie sind unglaublich geduldig.«

»Wer, ich? Ich bin nicht geduldig, ich bin pragmatisch.«

Innerlich jubelte er, und er hoffte, das war ihm nicht anzusehen. Wäre Valdemar Fußballspieler, er wäre zur Eckfahne gelaufen und hätte rituelle Handlungen ausgeführt.

»Aber ausgehungert, das müssen Sie sein?«

»Doch, ein bisschen Essen würde sicher gut schmecken.«

»Haben Sie vielleicht Lust auf ein warmes Mittagessen?«

»Ja, danke. Das hört sich gut an.«

»Ich weiß, dass wir Bœuf Stroganoff haben«, sagte Evelyn.

»Bœuf Stroganoff gehört zu dem Besten, was ich kenne«, antwortete Valdemar.

40

Es wurde Montag. Valdemar kannte Menschen, die hassten Montage, aber solange sie nur zur Arbeit gingen, um über die Fußballergebnisse des Wochenendes zu diskutieren, Mittag zu essen, Kaffee zu trinken und wieder nach Hause zu gehen, hatten sie nichts, vor dem sie sich fürchten mussten. Valdemar sollte operiert werden, gegen seinen Willen. Um dem zu entgehen, entschied er sich, die gleiche Methode wie beim letzten Mal anzuwenden, nur dass er sich jetzt von der Oto-Rhino-Laryngologie fernhalten wollte. Das war ein großes Krankenhaus mit vielen Abteilungen, sodass er sich ziemlich sicher war, einen Platz zu finden, an dem er sich verstecken konnte. Die Herausforderung bestand darin, dass die Krankenschwestern ihm ein wenig mehr Aufmerksamkeit schenkten, als sie es bisher getan hatten, und würde ihn jemand von der Abteilung davonbummeln sehen, würden sie ihn wohl wieder zurückholen. Birgitte zum Beispiel. Er wartete daher bis weit nach Mitternacht, bevor er sein Bett verließ und hinausschlich.

Auf dem Flur war es still. Die Lampenschirme hingen träge von der Decke, beinahe in Reih und Glied. Ein paar von ihnen zogen nach rechts, sicher weil der Elektriker seinerzeit ein schlechtes Augenmaß gehabt hatte. Die Birnen hatten verschiedene Stärken, einige strahlten hell wie die Sonne, andere glimmten beinahe nur. Valdemar kannte das Phänomen aus seinem aktiven Berufsleben, es war nicht so einfach, Birnen mit der gleichen Wattstärke einzusetzen. Hinter einer Tür konnte er jemanden schnarchen hören, aber ansonsten war kein Geräusch zu vernehmen. Um aus der Abteilung herauszukommen, musste er am Schwesternzimmer vorbei. Das war der kritische Augenblick. Glücklicherweise befand sich der Computer mitten im Raum, und in der Regel befand sich die diensthabende Schwester genau an diesem Platz. Ganz sicher nicht, um Patiencen zu legen. Er bückte sich, damit er durch die Luke nicht zu sehen war, und kroch wie ein gebeugter, alter Mann vorbei. Das ging ausgezeichnet, auch wenn er für einen kurzen Moment einen Stock vermisste. Als Valdemar noch zwanzig Meter hatte, bevor er auf den Korridor, der aus der Orthopädie hinausführte, abbiegen konnte, betätigte plötzlich einer der Patienten den Alarmknopf. Die Stille wurde vom ohrenbetäubenden Ticken der Uhr unterbrochen, die Lampe vor dem Zimmer hinter ihm blinkte in einem grellen Rot, und er begriff, dass er jeden Augenblick auffliegen konnte. Er hörte die Schwester den Stuhl nach hinten schieben, und im gleichen Moment entdeckte er rechts neben sich eine angelehnte Tür. Valdemar ging hinein und schloss die Tür hinter sich. Er war gerettet. Er hielt die Luft an, während er ihre Schritte hörte. Aber wo war er gelandet? Er suchte nach einem Lichtschalter, fand aber keinen. Stattdessen fand er ein Ausgussbecken, einen Stapel Plastikeimer und einen nassen Gegenstand, den er als Mopp ausmachte. Valdemar stand in der Abstellkammer und fühlte sich wie ein französischer Ermittler.

Er bekam jedoch keine Panik. Er musste nur warten, bis die Krankenschwester auf ihrem Rückweg an der Tür vorbeigegangen war, dann konnte er die Flucht fortsetzen. Er musste nicht lange warten, und als er damit rechnete, dass sich die Ruhe wieder über die Station gesenkt hatte, drückte er den Türgriff langsam und vorsichtig nach unten. Die Tür rührte sich nicht. War das möglich? Er wiederholte die Bewegung, lehnte aber die gesunde Schulter dagegen, ohne Ergebnis. Die Tür verfügte über ein Schnappschloss, und er hatte sie in einem Moment der Panik hinter sich zugeschlagen. Jetzt stand er da und hatte die Wahl zwischen Ausharren oder gegen die Tür hämmern und nach Hilfe rufen. Die letzte Alternative würde garantiert alle Möglichkeiten, der Operation zu entgehen, zunichtemachen. Die erste Alternative würde ihm garantiert steife Knochen einbringen, aber das wäre nicht ohne einen gewissen Nutzen. Valdemar entschied zu versuchen, das Beste aus der Situation zu machen, und stapelte die Eimer so, dass sie an einen Stuhl erinnerten. Es war alles andere als behaglich, darauf zu sitzen, und er konnte sich nicht sonderlich viel bewegen, ohne dass die Eimer ein solches Spektakel verursachten, dass man ihn hören würde. Er hatte zwar Wasser und eine Art Pissoir, aber ansonsten waren die Annehmlichkeiten begrenzt.

Valdemar versuchte zu schlafen, aber das Erste, was einschlief, war der Arm, mit dem er sich am Ausgussbecken festhielt. Es war nicht einfach, in der Dunkelheit ein kleines Nachtlager zu errichten, wenn er nicht einmal wusste, was für Baumaterialien er zur Verfügung hatte. Es war auch nicht einfach, sich umzudrehen, ohne dass die Eimer neu geordnet werden mussten. Einmal stellte er sich so ungeschickt an, dass der ganze Stapel umkippte. Das war ein höllisches Spektakel, aber glücklicherweise schien es niemand zu bemerken.

Anschließend verwendete Valdemar einige Zeit darauf, alles zusammenzusuchen, was an Lappen und Textilien zu finden war, und breitete es als eine Art Matratze auf dem Boden aus. Die Eimer stapelte er ineinander und platzierte das Ganze im Ausgussbecken. Als er sich in der Embryonalstellung zusammenkauerte, hatte er kaum Platz auf dem Boden, daher blieb er besser mit dem Rücken an die Wand gelehnt sitzen. Das war außerdem das Beste für die Schulter. Er wusste nicht, wie lange er so dagesessen hatte, glaubte aber geschlafen zu haben, als er plötzlich von eilig über den Flur hin und her laufenden Schritten aufgeschreckt wurde. Valdemar konnte auch aufgeregte Stimmen hören, verstand aber nicht, was sie sagten. Er vermutete, es war der Frühstücksdienst, der sich verspätet hatte. Als er aber genauer darüber nachdachte, zog er den Schluss, dass sie vielleicht nach ihm suchten.

Valdemar musste wieder eingenickt sein, denn er wurde unsanft davon aus dem Schlaf geholt, dass jemand die Abstellkammer öffnete und er mitsamt Schrubbern und Eimern auf den Boden fiel. Sollte das alte Sprichwort »Leere Töpfe machen den größten Lärm« doch irgendeine Bedeutung haben? Er bekam reichlich Aufmerksamkeit, und um eventuellen Kritikern zuvorzukommen, sagte er:

»Endlich. Ich habe die halbe Nacht gerufen, ohne dass mich jemand gehört hat.«

Zuerst war Birgitte an Ort und Stelle. Sie sah aus, als

hätte sie die Nacht des ersten Verschwindens erneut durchlebt. Sie griff nach ihm, zog ihn vom Boden hoch und sagte, sie wolle zusehen, ihn ins Bett zu bekommen. Valdemar musste sich nicht steif und schwerfällig stellen, das war er von ganz allein.

Sicher zurück in Zimmer 404, schaute sie ihm tief in die Augen und fragte:

»Sagen Sie mir, wie in aller Welt haben Sie es fertiggebracht, in der Abstellkammer zu landen?«

»Ich glaube, das war nicht besonders schwer«, erklärte er. »Ich hatte Muskelkater von dem ganzen Liegen und wollte eine Runde laufen, vor allem um den Kreislauf in Gang zu bringen. Als ich zurück ins Zimmer wollte, nahm ich die falsche Tür, und die fiel hinter mir einfach ins Schloss. Aber Sie müssen sich keine Gedanken machen, ich war nur ein paar Stunden dort drinnen. Ich habe mich vermutlich gegen Mitternacht eingesperrt.«

»Ein paar Stunden? Wissen Sie, wie spät es ist? Es ist fast elf Uhr am Vormittag.« Birgitte war schockiert. Valdemar nicht. Es fühlte sich an, als hätte er viel länger als elf Stunden dort drinnen gelegen. Länger als elf Tage. Der Glaubwürdigkeit halber riss er die Augen weit auf.

»Dann muss ich da drinnen wohl geschlafen haben«, sagte er. »Daran kann ich mich nicht erinnern.«

Valdemar überlegte, ob er es erneut auf das Morphium schieben sollte, rechnete aber damit, dass Birgitte ebenso gut wie er diese Alternative in Betracht ziehen konnte.

»Als wäre das nicht genug, sollten Sie heute wieder operiert werden. Haben Sie das vergessen?«

»Verdammt«, sagte Valdemar und versuchte, es zu meinen, ohne Erfolg.

»Verdammt«, wiederholte er, »was machen wir jetzt?«

»Diese Entscheidung überlassen wir dem Arzt, wenn er morgen früh zur Visite kommt. In der Zwischenzeit werde ich nachsehen, ob es im OP-Plan eine Lücke gibt.«

Yes. Ein weiterer Tag war gesichert, dachte Valdemar. Aber es begann, an die Substanz zu gehen. Bis jetzt hatte er das Glück auf seiner Seite gehabt, aber wie lange würde das andauern? Das hatte bisher einen erheblichen Einsatz seinerseits erfordert, und es würde in der Zukunft nicht einfacher werden. Er musste sich offensichtlich etwas anderes einfallen lassen, als sich scheinbar verwirrt in einer Ecke zu verstecken. Das würden sie maximal noch einmal mitmachen. Es gab keinen Grund, Birgitte und die anderen Krankenschwestern zu unterschätzen.

Valdemar streckte sich im Bett, das Lächeln unterdrückte er. Er wollte nicht riskieren, dass einer der Mitpatienten den Verdacht schöpfte, dies sei geplant gewesen. Es passiert nicht so viel in einem Krankenhaus, vom Standpunkt eines Patienten aus betrachtet, also würden die Gerüchte sicher Beine bekommen, wenn bekannt wurde, dass er sich absichtlich in der Abstellkammer eingesperrt hatte. Von den Zimmerkameraden war Kristian der neugierigste:

»Was in aller Welt hast du jetzt angestellt? Das war vielleicht ein Zirkus hier. Die Schwestern haben sogar in deinen Schränken nachgesehen, ob deine Sachen noch da sind. Ob du abgehauen seist. Nach Hause gegangen, ohne operiert worden zu sein.«

»Mir geht es hier sehr gut, ich habe nicht vor abzuhauen.«

»Nein, aber wo bist du gewesen? Sie haben sich die Hacken abgelaufen, um dich zu finden. Einige von ihnen haben heute Nacht das Marschabzeichen abgelegt.«

»Ich habe die falsche Tür genommen und bin in der Abstellkammer gelandet. So einfach ist das. Die Tür hat ein Schnappschloss, und niemand hat meine Rufe gehört.«

»Schloss? In einer Abstellkammer? Gibt es jemanden, der Plastikeimer und Schrubber klaut?«

»Frag mich nicht, ich bin nur auf der Durchreise.«

»Hättest du nicht gegen die Tür klopfen können? Schlagen vielmehr? Das müsste doch zu hören sein.«

»Sicher, aber mit gebrochener Schulter und einer lockeren Platte in selbiger gibt es Grenzen dafür, wie fest man klopfen kann. Außerdem ist die Tür ziemlich dick, und du wirst nicht glauben, wie eng es in einer Abstellkammer ist. Ich konnte gar nicht richtig ausholen zum Klopfen. Abgesehen davon war es mitten in der Nacht, ich war müde, und dann bin ich eingeschlafen.«

»So gut schläft niemand«, wendete Kristian ein.

»Oder vielleicht bin ich ohnmächtig geworden. Ich weiß es nicht, das Nächste, woran ich mich erinnern kann, ist, dass ich auf den Boden der Abstellkammer purzelte, als die Tür geöffnet wurde.«

»Du hast in der Abstellkammer geschlafen?« Kristian traute seinen Ohren nicht.

»Ich hatte schon immer einen guten Schlaf«, sagte Valdemar. Glücklicherweise entging er einer näheren Erklärung, denn im gleichen Augenblick kam Schwester Thea mit einem dampfenden Teller Bœuf Stroganoff herein. Thea war er zuvor noch nie begegnet, aber er war sicher, sie war irgendwann einmal Model für eine Zahnpastawerbung gewesen.

»Ich hoffe, Sie mögen Bœuf Stroganoff«, sagte sie, »denn das ist das Einzige, was wir noch haben.«

»Das ist mein Leibgericht«, antwortete Valdemar. Das stimmte nicht, aber er sah keinen Grund, Thea unglücklich zu machen. Er fragte, ob er ein Glas Wasser haben könnte, und natürlich konnte er das.

»Trotzdem ist es der Kaffee, den ich am meisten vermisse«, sagte Valdemar, und Thea versprach, ihm eine Tasse zu bringen.

»Mit Milch«, fügte er hinzu.

Er hatte seine Mahlzeit gerade beendet und genoss den Kaffee, als Birgitte, gefolgt von einem Arzt, den er zuvor noch nie gesehen hatte, hereinkam. Jeder setzte sich auf eine Seite seines Bettes, und Birgitte machte den Arzt mit Valdemar bekannt. Er stellte sich als Kjøtt-Torsen vor, aber Valdemar konnte sich natürlich verhört haben, denn er sprach einen Dialekt, den er nicht zuordnen konnte. Birgitte sagte, sie habe eine Lücke im OP-Plan gefunden, und daher hatten sie es ein wenig eilig.

»Eilig?«, fragte Valdemar und verstand nicht, was sie meinte. »Ich habe es nicht eilig, ich habe alle Zeit der Welt.«

»Nein, die haben Sie nicht. Sie werden in einer halben Stunde operiert, somit haben wir nur ein paar Minuten, um Sie fertig zu machen und in den OP zu bringen. Wir haben einen Beinbruch auf einen späteren Zeitpunkt heute Abend verschoben.«

Das machte ihm einen Strich durch die Rechnung. Valdemar hatte es als eine Selbstverständlichkeit betrachtet, dass er mindestens bis zum nächsten Morgen warten müsste und eine Operation noch mindestens zwei Tage entfernt lag. Stattdessen war plötzlich von

Minuten die Rede. Von Minuten! Er konnte nicht entkommen. Er war gefangen, aber er versuchte, sich aus der Sache herauszureden.

»Aber ich habe gerade gegessen«, wendete er ein, »ich dachte, die Operation müsste auf nüchternen Magen erfolgen?«

Der Arzt lächelte.

»Nur, wenn wir es so planen können«, sagte er. »Sie glauben sicher nicht, dass wir in akuten Fällen von den Patienten verlangen, nüchtern zu sein? Dass wir nicht in der Lage sind, das Leben von Patienten zu retten, die nach einem guten Abendessen pappsatt sind?«

»Ah nein, ich dachte nur ...«, fuhr Valdemar fort und tat so, als sei er nervös.

»Sie brauchen nicht nervös zu sein, wir haben eine Menge Leute operiert, die direkt vor einem Autounfall ein Drei-Gänge-Menü verspeist hatten. Das geht gut.«

Das war natürlich eine Lüge, denn eine Operation barg immer ein Risiko, egal wie einfach sie sein mochte. Menschen sind an einer Mandeloperation gestorben, und somit war das Risiko, eine AC-Luxation dritten Grades nicht zu überleben, nicht geringer. Auch Valdemar war nicht dumm.

Somit gab es keinen Ausweg. Birgitte wich ihm nicht eine Sekunde von der Seite. Ihr Verantwortungsgefühl hatte vollständig die Überhand gewonnen. Durch ein Labyrinth schob sie sein Bett zum Operationssaal. Nach einer schier endlosen Fahrt die Etagen rauf und runter erreichten sie den OP. Dort wurde Valdemar von der Anästhesistin in Empfang genommen. Sie wollte wissen, wie viel er wog, um ihm die richtige Dosis Betäubungsmittel verabreichen zu können. Valdemar dachte, dass es nichts brachte, ein Kilo abzuziehen oder draufzulegen, also sagte er die Wahrheit. Die Anästhesistin hatte in ihrer Karriere so viele Körper gesehen, dass er überzeugt war, sie könne sein Gewicht per Augenmaß bestimmen und dass seine Angabe nichts anderes als eine Bestätigung dafür war, dass sie richtig geschätzt hatte. Danach wurde ihm eine kleine Kanüle in den Arm gesteckt. Die Anästhesistin spritzte eine weiße Flüssigkeit in seine Vene, und er wollte gerade die unfassbar lustige Geschichte der beiden Handelsreisenden Pat und Mike erzählen, als er einschlief und alles verschwand.

41

Als Valdemar aufwachte, befand er sich im Raumschiff. Das Erste, was er hörte, war eine Art Summen, das er den Ionenmotoren zuschrieb, die das Raumschiff zu einem fernen Reiseziel beförderten. Er lauschte dem Geräusch eine Weile, versuchte, die Vibrationen im Rumpf zu spüren, und fühlte sich heimisch. Als wäre er viele Jahrhunderte lang unterwegs gewesen, teilweise im Dämmerzustand. Valdemar war dabei, aus dem Dämmerzustand zu erwachen, und dachte, sie näherten sich vielleicht dem Planeten, der einst ihr fernes Reiseziel gewesen war. Valdemar meinte sich zu erinnern, dass sie auf dem Weg zu Shaula B waren, einem extrasolaren Planeten im Sternbild des Skorpion. Langsam öffnete er die Augen und sah, dass er in einem Raum mit vielen Betten lag. Dem Aufwachsaal. Ein gedämpftes rotes Licht erfüllte den Raum. Er versuchte sich zu erinnern, wie das Raumschiff hieß. Er hatte auf so vielen der Flotte gedient, und der Raum erinnerte am ehesten an Yamato. Er versuchte, den Kopf zu heben, aber der fühlte sich viel zu schwer an. Er stöhnte leise.

Im gleichen Augenblick materialisierte sich an der Bettkante jemand aus der Mannschaft. Sie lächelte ihn an, fasste ihm an die Schulter und sagte:

»Hallo, ich heiße Wenche. Die Operation ist ohne Komplikationen verlaufen.«

Valdemar war sich sicher, Wenche schon einmal zuvor gesehen zu haben, an einem anderen Ort. War sie mit auf Nostromo gewesen? Er versuchte, sie zu fragen, aber sein Kiefer ließ sich so schwer bewegen. So als hätte er einen eigenen Willen und wolle nicht mit dem Sprachzentrum im Gehirn kommunizieren.

»Wir«, sagte er.

Dann glitt er zurück in den Dämmerzustand. Er hatte jeden noch so abgelegenen Ort des Universums besucht und wusste, dass es Zeit brauchte, um zu Bewusstsein zu gelangen, nachdem man beinahe vierhundert Lichtjahre gereist war. Das Aufwachen war immer schwer gewesen, so als hätte er die schlimmsten nur erdenklichen Nachwirkungen. Trotzdem, die Abenteuer waren es wert. Valdemar hatte Hamburger im Milliways gegessen. Er hatte Alderaan vor dessen Untergang besucht. Er hatte Barbara Kopetski in der Hammerhead Bar getroffen. Er freute sich, nach über tausend Jahren in der japanischen Hermetikdose seine Füße auf den Boden zu setzen. Würde Shaula B der Erde in irgendeiner Weise ähneln? Er konnte sich selbst auf der Oberfläche des fremden Planeten sehen, einen Strand entlangwandernd, an dem das Rote Meer unter einer blauen Sonne rauschte. Dann erwachte er plötzlich aus dem Traum.

Der Aufwachraum auf Yamato verschwand langsam und wurde durch die Aufwachstation des Krankenhauses ersetzt. Die Enttäuschung war groß, als ihm die Wahrheit bewusst wurde. Yamato war nur ein Traum, eine Fantasie, zu der er freilich zurückkehren konnte, aber die Wirklichkeit war die postoperative Abteilung.

Wenche stand noch immer an der Bettkante. Er wusste nicht, wie lange sie dort gestanden hatte. Eine Minute? Einen Tag? Wäre er auf Yamato aufgewacht, hätte er zumindest fragen können, wo sie waren. Wie weit sie gekommen waren.

»Wir müssen aufhören, uns auf diese Weise zu treffen«, nuschelte er, und Wenche antwortete mit einem Lächeln. Valdemar glaubte nicht, dass dies etwas bedeutete, aber es war auf jeden Fall angenehmer, als wenn sie sauer gewesen wäre. Er hatte ihr einen unfassbar schlechten Witz serviert. Sie hatte eigentlich keinen Grund zum Lächeln, aber sie tat es trotzdem. Typisch Krankenschwester.

Wenche fasste die Situation wie beim letzten Mal zusammen: Er war operiert worden, die Operation war gut verlaufen, und bald würde man ihn zurück ins Zimmer 404 bringen.

42

Valdemar wusste, dass es eine Sache gab, die er vergessen hatte. Palomma. Er hatte Palomma versprochen, mit Zimtschnecken zu kommen, aber die Operation hatte dazu geführt, dass sein Versprechen im Morphinrausch unterging. Er wurde beinahe überwältigt von schlechtem Gewissen. Als er aufwachte und es ihm einfiel, unternahm er den geradezu fieberhaften Versuch, raus ins Atrium zu kommen. Er versuchte, sich aus dem Bett zu wühlen, aber das war nicht von Erfolg gekrönt. Es sorgte für derart viel Krach, dass Sunniva herbeigeeilt kam.

»Was ist los?«

»Ich muss raus, laufen«, antwortete Valdemar.

»Was für ein Unsinn! Sie kommen gerade aus dem OP und werden nirgendwohin gehen.« Ihre weiche und warme Stimme wurde plötzlich hart und kühl.

»Ich muss raus und mich bewegen«, präzisierte er.

»Sie werden sich auch nirgendwohin bewegen.«

»Ich habe eine Abmachung«, sagte er, »die ich nicht brechen kann.«

»Selbstverständlich können Sie diese Abmachung brechen, ich werde anrufen und sagen, dass Sie nicht kommen, Sie müssen mir nur die Telefonnummer geben.«

»Der Termin ist mit einer Taube«, sagte er, »und die hat kein Telefon.«

Sunniva sah aus, als sei sie vom Mond heruntergefallen.

»Mit einer Taube?«

»Ja.«

»Sagen Sie, dass Sie scherzen! Bitte!«

»Ich scherze nicht. Ich habe ihr eine Zimtschnecke versprochen.«

»Sind Sie sicher, dass Sie sich nicht den Kopf gestoßen haben?«, fragte sie mitleidig, und hätte Valdemar um eine CT-Untersuchung gebeten, man hätte ihm diese auf der Stelle bewilligt. Er sah ein, dass ihm Sunniva um nichts in der Welt helfen würde, ins Atrium zu kommen. Also legte er sich zurück in die Kissen und hoffte, Palomma würde ihm vergeben.

43

Valdemar rechnete nicht damit, dass es ihm gelingen würde, das Mysterium im Keller aufzuklären. Er konnte nicht bis in alle Ewigkeit vor der Tür herumwandern, ohne dass er sich irgendwann verdächtig machen würde. So war er gezwungen, sich auf Stichproben zu beschränken. Solche nahm er regelmäßig vor, und während einer nachmittäglichen Kontrolle entdeckte er, dass die Tür nicht verschlossen war. Wer auch immer durch sie hindurchgegangen war, hatte sie nicht fest genug zugezogen. Wahrscheinlich hatte es so geklungen, als sei die Tür ins Schloss gefallen, aber der verräterische Verriegelungsbolzen hatte die Tür ein paar Millimeter nach hinten geschoben. Genug, damit Valdemar es aus zwanzig Metern Entfernung entdeckte, aber er wusste ja auch, wonach er Ausschau halten musste. Er war enorm angespannt, als er sich der Tür näherte, und der Schweiß rann ihm von Stirn und Handrücken. Wahrscheinlich gab es keinen Grund, nervös zu sein, das Leben im Krankenhaus war bisher ziemlich sicher gewesen, ohne nennenswerte Überraschungen. Ausgenommen denen, für die er selbst sorgte, natürlich.

Valdemar öffnete die Tür vorsichtig und schaute hinein. Es war vollkommen dunkel und roch nach altem Keller. Es roch nach trockenem Holz. Es roch nicht nach feuchtem, schimmeligem Keller, sondern nach einem trockenen, alten Keller, der sich in der Nähe eines Heizraumes befindet. Abgesehen davon war es aber auch kein Heizraum, wie das Schild an der Tür vorgab. Valdemar ging hinein und schloss die Tür hinter sich. Er versuchte vergeblich, einen Lichtschalter zu finden. Langsam gewöhnten sich seine Augen an die Dunkelheit, und nach ein paar Minuten machte er am anderen Ende des Raumes undeutlich eine weitere Tür aus. Eine Tür, durch deren schmale, längliche Glasscheibe sich ein gelber Lichtstreifen ausbreitete. Der Lichtstreifen war gerade kräftig genug, dass er erkennen konnte, was der Keller beinhaltete: lange Reihen mit leeren Regalen. Der Raum war eine Art Lager, in dem rein gar nichts gelagert wurde. Was war seinerzeit hier wohl gelagert worden? Röntgenbilder? Valdemar ging hinüber zu der Tür, hatte aber nicht einmal die Hälfte des Weges zurückgelegt, als er hörte, wie ein Schlüssel in das Schloss gesteckt und herumgedreht wurde. Aus reinem Reflex kroch er unter das am nächsten stehende Regal, ohne einen Gedanken an die verletzte Schulter zu verschwenden. Die Landung gelang nicht ganz, aber zumindest so still, dass ihn der Hereinkommende nicht hörte. Den Schmerzensschrei unterdrückte er mit aller Kraft. Eine Taschenlampe wurde angeschaltet, und der Neuankömmling bewegte sich mit festen Schritten durch den Raum auf die Tür am anderen Ende zu. Dort ging der Unbekannte hinein, und als er sich umdrehte, sah Valdemar, dass es Tundal war. Kurz darauf hörte er einen Fahrstuhl losknattern. Was er gesehen hatte, war also eine Fahrstuhltür. Aber wohin führte der Aufzug? Außer nach oben? Valdemar blieb still sitzen und lauschte. Der Fahrstuhl war unendlich lange unterwegs, aber irgendwann musste er doch die oberen Etagen erreicht haben. Endlich stoppte er.

Valdemar kroch aus seinem Versteck hervor und tastete sich entlang der Regalreihen zur Fahrstuhltür vor. Im Raum war es praktisch stockdunkel, mit Ausnahme einer kleinen Scheibe, die zeigte, dass der Aufzug in der obersten Etage gehalten hatte. Das hatte er bereits erraten. Sollte er auf den Knopf drücken, den Fahrstuhl rufen und Tundal somit verraten, dass er sein Geheimnis aufgedeckt hatte? Etwas sagte Valdemar, es sei geschickter, die Karten nicht offen auf den Tisch zu legen. Er hoffte, Tundal würde auf dem gleichen Weg zurückkehren, und entschied sich, die Ereignisse für eine Weile abzuwarten. Valdemar begann ein Lied zu summen, an dessen Titel er sich nicht mehr erinnern konnte. Er hatte nicht mehr als die erste Strophe geschafft, als sich der Fahrstuhl wieder in Bewegung setzte. Jemand befand sich auf dem Weg nach unten. Dieses Mal war Valdemar besser vorbereitet, was das Verstecken betraf. Er kroch unter das unterste Regalfach gleich neben der Fahrstuhltür, auf der Seite, wo die Tür an Scharnieren befestigt war. So würde ihn nicht nur das Regal, sondern auch die Aufzugtür verbergen. Zusätzlich zur Dunkelheit. Valdemar war sicher, nicht entdeckt zu werden. Der Fahrstuhl knirschte durch den Schacht nach unten und stoppte schließlich im Keller. Die Tür wurde geöffnet, und heraus kam Tundal mit einem älteren Herrn. Valdemar glaubte in ihm den Mann wiederzuerkennen, der den Tortenkarton in Empfang genommen hatte, war sich aber nicht ganz sicher. Unwahrscheinlich war es auf jeden Fall nicht. Tundal ging mit der Taschenlampe voraus, und bald standen sie schweigend vor der Tür, die hinaus auf den Flur führte. Es war deutlich, dass sie auf Schritte hörten, denn sie würden kaum wünschen, beim Hinausgehen beobachtet zu werden. Sie brauchten nicht lange zu warten, öffneten die Tür und verschwanden. Valdemar blieb in der Dunkelheit zurück und überlegte, was er tun sollte. Die Antwort ergab sich von selbst. Er war natürlich gezwungen, den Fahrstuhl nach oben zu nehmen, um herauszufinden, was sich dort eventuell verbarg. Valdemar öffnete die Tür und betrat einen länglichen Aufzug, der gerade einmal Platz für ein Krankenbett bot. An der Decke warf eine nackte Glühbirne einen schwachen Lichtschein auf die sparsame Einrichtung. Das war wirklich ein alter Fahrstuhl, eng, mit Gittertür und schwarzen Knöpfen aus Bakelit. Er drückte auf den obersten und wartete ab. Glücklicherweise klapperte er nicht, wie es alte Aufzüge seiner Meinung nach für gewöhnlich taten. Er hatte keine Ahnung, was ihn erwartete, sodass die Spannung mit den Etagen stieg, die der Fahrstuhl auf dem Weg nach oben zurücklegte. Er knatterte, als würde er von einem Tau anstatt eines Drahtseils gezogen, und gab Valdemar das Gefühl, sich auf einem Schoner mit gehissten Segeln zu befinden. Es fühlte sich wie eine Ewigkeit an, obwohl die Fahrt nicht länger als eine Minute gedauert haben konnte. Schließlich hielt der Aufzug an. Vor dem kleinen Fenster in der Tür war es stockfinster.

Valdemar schob die Fahrstuhltür auf und entschloss sich, um seine Spuren zu verwischen, den Aufzug wieder nach unten zu schicken. Er fand sich in einem Raum wieder, der ebenso voller leerer Regale war. Es waren exakt die gleichen Regale wie in dem Raum unten im Keller. Sonderbar. Das, was hier oben gelagert worden war, war auch im Keller gelagert worden, und der Fahrstuhl verband die Räume miteinander. Das war absolut sonderbar. Aber was hatte Tundal hier oben zu suchen?

Und was hatte der ältere Mann hier oben gemacht, bevor er von Tundal geholt worden war? Soweit Valdemar sehen konnte, gab es keinerlei Spuren, aber sie waren hier gewesen, um irgendetwas zu tun. Hinzu kam die Sache mit dem Kuchen. Dieser Kuchen passte in keiner Weise in das Bild. Würde es ihm gelingen, sich zu einer Lösung durchzupfriemeln? Von irgendeinem Lichtschalter war keine Spur zu entdecken, und als sich die Fahrstuhltür hinter ihm geschlossen hatte, war es stockfinster. Er stand für einige Minuten still, in der Hoffnung, die Augen würden sich an die Dunkelheit gewöhnen, sah aber trotzdem nicht besser. Ihm fiel der Witz ein, dass es dort lange dunkel gewesen sein musste, aber dumme Witze war er langsam leid. Er kannte sie alle bereits.

Tasten hatte nie zu Valdemars Stärken gezählt. Tasten entsprach einer Arbeitsweise, die voll und ganz vom Zufallsprinzip abhängig war, und Valdemar hatte es immer vorgezogen, strukturiert und systematisch zu arbeiten. Die Möglichkeiten für Struktur und Systematik glänzten hier oben indessen durch Abwesenheit, daher begann er, sich aufs Geratewohl in die Dunkelheit hinauszubewegen, ähnlich wie ein Blinder. Ein paar Mal trat er gegen etwas Stumpfes, und etwas öfter streifte er eines der Regale. Hätte es wenigstens eine Dachluke gegeben, dann hätte es keine Rolle gespielt, dass er keinen Lichtschalter fand. Valdemar hatte vermutet, die Dielen würden knarren, aber sie gaben keinen Ton von sich. Es war, als sei der Boden neu verlegt worden. Als er aber nach den Dielen tastete, merkte er, dass sie alt waren. Alt und ungehobelt, abgenutzt von vielen Jahren des Gebrauchs.

Als er dort hockte und die Bodendielen abtastete, bemerkte er, dass durch eine der Leisten ein winzig kleiner Lichtstreifen schien. Er begriff sofort, dass das Glück dem Tastenden beigestanden hatte, und bewegte sich auf das Licht zu. Kurz darauf stand er an der Wand. Eine logische Schlussfolgerung besagte, dass es auf der anderen Seite der Wand etwas gab und dass dieses Etwas der Grund dafür war, warum Tundal und der ältere Mann hier oben gewesen sind. Ergo musste es möglich sein, auf irgendeine Weise durch die Wand zu kommen, vorzugsweise durch eine Tür. Valdemar strich mit den Händen vorsichtig entlang der Paneele, fand aber nichts, weder Türgriff noch Schlüsselloch. Die Wand war, soweit er es einschätzen konnte, komplett glatt. Er entschied sich, vorsichtig dagegenzuklopfen, um herauszufinden, ob es irgendwo hohl klang. Dreimal klopfte er, und plötzlich hörte er auf der anderen Seite Schritte. Dort war jemand. Die Schritte kamen näher, und er konnte sich nirgends verstecken. Er konnte nicht mit dem Fahrstuhl flüchten, und nachdem ihn der Verursacher der Schritte offensichtlich gehört hatte, hatte es auch keinen Sinn, sich unter einem der Regale zu verstecken. Valdemar war gefangen.

Es ertönte ein schwaches Klicken, und eine Tür glitt frisch geölt und lautlos auf. In dem blendenden Licht stand ein Mann, dessen Alter Valdemar nicht schätzen konnte. Der Stimme nach zu urteilen, musste er ein paar Jahre älter sein als er. Valdemar blinzelte ihn an.

»Frederik, bist du das?«, fragte der andere.

»Nein, es ist nicht Frederik«, antwortete Valdemar und stellte sich vor. Er dachte, es sei das Beste, direkt zur Sache zu kommen.

Der Mann bewegte sich nach hinten und wollte die Tür schon schließen, aber Valdemar gelang es, einen Fuß dazwischenzustellen. Seine Erfahrungen aus dem Verkauf kamen ihm endlich in der Praxis zugute.

»Wollen Sie mich nicht hereinbitten?«, fragte Valdemar.

In das Zimmer hinter ihm kam unmittelbar Leben, und kurz darauf hatte der fremde Mann Gesellschaft von drei weiteren bekommen. Valdemar sah, dass alle ungefähr das gleiche Alter hatten wie der Mann, der Tundal nach draußen gefolgt war. Frederik. Valdemar zog den Schluss, dass der Kuchenmann Frederik ein Teil dieser Gang war und Tundal auf irgendeine Weise eine spezielle, wenn auch losere Verbindung zu ihnen hatte.

»Wollen Sie mich den anderen nicht vorstellen?«, fragte Valdemar. Angriff war die beste Verteidigung, und in diesem Fall funktionierte das ausgezeichnet. Sie sahen einander an, seufzten und zuckten mit den Schultern.

»Er hat uns entdeckt«, sagte einer der Unbekannten. Alle vier machten ein paar Schritte nach hinten, sodass es Valdemar möglich war, das Zimmer zu betreten. Er war milde ausgedrückt überrascht von dem, was er sah.

44

Der Raum war erstaunlich groß. Mindestens zwanzig Meter breit und sicher fünfzig Meter lang. Die Decke war hoch, mit altmodischen Holzbalken kreuz und quer, die aber trotzdem eine Dachgalerie ermöglichten. Der Raum war wie ein offenes Einfamilienhaus eingerichtet. Der Tür am nächsten befand sich ein Wohnzimmer, in dem ein langer Tisch zentral platziert war. Entlang der Wände standen Buchregale, die sich mit Büchern gefüllt vom Boden bis zur Decke erstreckten. Rechts hinter dem Esstisch gab es einen gemauerten Kamin, um den herum im Halbkreis mehrere tiefe Sessel standen, solche, die keine andere Funktion haben, als den Leser tief in die Erzählungen versinken zu lassen. Auf der entgegengesetzten Seite befand sich eine Küche, ausgestattet mit allen modernen Hilfsmitteln. Vor allem erinnerte ihn das Zimmer an einen Ballsaal aus der Wikingerzeit. Zumindest meinte er, sich aus dem Geschichtsunterricht an einen solchen zu erinnern. Oben auf der Dachgalerie sah es aus wie im Schlafsaal einer Internatsschule.

Die Stille war beklemmend. Keiner von ihnen wusste, was er sagen sollte. Die Situation war für sie alle unerwartet gekommen: Valdemar hatte nicht damit gerechnet, einen Stamm Eingeborener im Krankenhausloft zu finden, und sie waren nicht darauf vorbereitet, gefunden zu werden. Valdemar hatte das Gefühl, es läge in seiner Verantwortung, etwas Schlaues zu sagen, denn trotz allem war er es, der sie in diese Situation gebracht hatte.

»Ich habe mich nur gefragt, ob ein wenig von dem Kuchen übrig ist?«, fragte er so unschuldig wie möglich.

Sie sahen einander an, und alle warteten vermutlich darauf, dass einer der anderen das Wort ergriff.

»Äh«, sagte derjenige, der versucht hatte, Valdemar am Hereinkommen zu hindern, »selbst wenn ein Stück Kuchen übrig wäre …«

Aus seinem Geschäftsleben war Valdemar Smalltalk gewohnt, aber Smalltalk schien hier nicht die Rettung zu sein. Er machte einige Schritte in das Innere des Raumes, an ihnen vorbei, sodass sie sich nach ihm umdrehen mussten. Das Licht der Deckenlampen zeigte vier Greise. Er taufte sie sofort auf die Alten Kerle, weil sie ihn an die erinnerten, die er in der Werbung für Lebertran gesehen hatte. Aber da hörte die Übereinstimmung auch auf. Derjenige, der versucht hatte, ihn aufzuhalten, war ziemlich lang und dünn, mit großer Nase und großen Ohren. Er hatte sein Gegenstück in einem kurzen kleinen Kerl mit schmalem Bart. Der Dritte im Bunde konnte gut und gerne als Weihnachtsmann durchgehen. Er hatte einen großen grauen Bart, der ihm bis zur Gürtelschnalle reichte. Für den Weihnachtsmann war er zwar zu dünn, aber wiederum nicht so dünn, als dass ein paar Kissen das meiste nicht hätten richten können. Der Vierte und Letzte hatte eine Glatze, große, leicht vortretende Augen und war derjenige von ihnen, der am ehesten als Patient durchgehen konnte. Er maß beinahe zwei Meter und überragte die anderen um einen ganzen Kopf. Dazu kam Frederik, der im Augenblick abwesend war.

Aber was machten sie hier oben im Loft? Das heißt, Valdemar verstand schon, dass sie hier wohnten, aber warum? Um welche Art von Geheimnis ging es hier? War dies so etwas wie eine Spezialabteilung? Wie viele Personen wussten, dass sie hier wohnten? Lediglich Tundal? Und in welchem Flügel des Krankenhauses befanden sie sich? Valdemar beschloss, sich des Überraschungsmomentes zu bedienen.

»Das ist nicht so schlimm mit dem Kuchen, denn eigentlich bin ich kein Kuchenmonster«, sagte Valdemar. Er bezweifelte, dass er auch nur irgendein Stück Kuchen bekommen hätte, selbst wenn etwas übrig gewesen wäre. Der Ausgangspunkt für das Gespräch war nicht der beste, keiner von ihnen vertraute Valdemar, und er hatte nur diese eine Möglichkeit, um die Wahrheit herauszufinden.

»Ich persönlich bevorzuge Zimtschnecken«, sagte er.

Sie sahen einander an, als versuchten sie, sich zu einigen, wer von ihnen etwas sagen sollte. Der Mann mit dem Bart machte einen Schritt nach vorn, oder vielleicht waren es die anderen, die einen Schritt nach hinten machten?

»Äh«, sagte er.

Dann entstand eine Pause, bevor er fortfuhr.

»Wo soll ich anfangen?«

Valdemar entschied sich, konstruktiv zu sein, Möglichkeiten zu sehen anstatt Probleme.

»Sie könnten vielleicht mit dem Anfang beginnen?«

»Das wird wohl zu umständlich. Aber es ist so: Wir wohnen hier. Aber das haben Sie vermutlich bereits erraten.«

»Hier?«

»Ja, hier. Hier im Loft.«

»Ihr wohnt hier im Loft?«, fragte Valdemar, mit Betonung auf »wohnt«.

»Ja.«

»Aber warum? Wie?«

»Nun, also …«

»Nun, also?«

Er wurde plötzlich ein bisschen redseliger. Nicht viel, aber ein wenig.

»Das ist eine lange Geschichte, die vor 25 Jahren begann. Daher die Sahnetorte, um den Tag zu feiern, sozusagen. Sie können gern ein Stück bekommen, wir haben noch ein bisschen da …«

»Das ist nicht so wichtig. Wie gesagt bevorzuge ich Zimtschnecken. Im Ernst.«

Der lange Mann unterbrach ihn und übernahm.

»Ich habe mit dem Ganzen angefangen«, sagte er. »Lange Geschichte, wie es so schön heißt.«

Er zuckte mit den Schultern.

»Aber wie konntet ihr all die Jahre diesen Flügel für euch haben, ohne dass euch jemand entdeckt hat? Ich meine, jemand muss doch so neugierig gewesen sein, sich auf Entdeckungstour zu begeben?«

»Nur Tundal.«

»Nur Tundal? Warum kein anderer?«

»Tundal hat schon immer im Krankenhaus gearbeitet, auf jeden Fall lange bevor ich eingewiesen wurde. Die Gerüchte besagen, dass er seit hundert Jahren hier ist.«

»Hundert Jahre?«

»Ja.«

»Hundert Jahre?« Valdemar musste die Frage wiederholen, denn er sah es als erwiesen an, dass sein Gegenüber sie nicht verstanden hatte. Niemand hatte den gleichen Job mehr als hundert Jahre, nicht einmal Tundal.

»Ja.«

»Meinen Sie, dass Tundal immer hier gewesen ist?«

»Ja.«

»Ernsthaft ...«

»Es gibt ein Bild von der Gründung des Krankenpflegerverbandes. Da steht er am Rand. Das Foto ist unscharf an den Rändern, aber es gibt kaum Zweifel, dass es Tundal ist. Er sieht heute noch ganz genauso aus.«

»Sie meinen, dass er vor hundert Jahren genauso aussah?«

»Exakt.«

Valdemar betrachtete das mit Vorsicht, hatte aber gleichzeitig das Gefühl, dass es in dieser Welt nicht ausreichend Vorsicht gab, um den Eindruck von Tundal zu lindern.

»Und Tundal hält eine Hand über ...«

Valdemar war unsicher, wie er sich ausdrücken sollte.

»... den Plan?«

»Irgendwie.«

»Irgendwie?«

»Schwer zu erklären.«

Valdemar schauderte es. Sein Verdacht, dass Tundal mehr als ein Hausmeister oder etwas anderes als ein Hausmeister war, begann sich zu erhärten. Er war nicht sicher, ob er es wissen wollte, aber die Neugierde gewann die Oberhand.

»Ein Versuch?«

»Alles hängt mit dem ersten Jahr des Krankenhauses zusammen. Da war dieser Flügel eine Abteilung für psychisch kranke Kinder, und es sollen hier viele Grausamkeiten begangen worden sein. Über all das wurde nie gesprochen. Das Tageslicht würde es nicht vertragen. Damals nicht und heute erst recht nicht.«

Valdemar glaubte ihm. Wenn er daran dachte, zu was moderne, scheinbar aufgeklärte Menschen in der Lage waren, wollte man sich nicht vorstellen, wie bestialisch sie vor einem Jahrhundert gewesen sein konnten.

Valdemar lief es plötzlich kalt den Rücken herunter. Der Traum von Tundal, der am Bett von Kasus stand, kehrte aus der Vergessenheit zurück. Das war kein Traum gewesen. Der Heizer Tundal. Was konnte sonst das Geheimnis des Mannes sein?

»Und ihr anderen?«

Die Herren wollten gerade den Mund aufmachen, als sie hörten, wie sich der Fahrstuhl in Bewegung setzte. Wie auf Kommando drehten sie sich zur Tür und erstarrten. Das einzig hörbare Geräusch war das Knarren des Fahrstuhls. Valdemar hielt die Luft an. Er hatte das Gefühl, die Fahrt dauerte bedeutend länger, als er hier hoch gebraucht hatte, schrieb es aber der Stimmung zu. Die Fahrstuhltür ging auf, und heraus kamen Frederik und Tundal. Jetzt waren sie sechs gegen einen, und es wäre die einfachste Sache der Welt, Valdemar zu übermannen und in den Heizkessel zu werfen, um so das Geheimnis zu wahren. Er spürte die aufkommende Unruhe.

Tundal blickte ihn direkt an.

»Du«, sagte er.

»Ich«, erwiderte Valdemar.

»Dich habe ich schon mal gesehen, oder? Zimmer 404, Fensterbett links, oder?«

Valdemar sah keinen Grund zu antworten, die Art, wie er es sagte, war an sich eine Bestätigung. Es gab keinen Zweifel über das Bett, in dem er sich für gewöhnlich befand. Das Schlimmste oder das Merkwürdigste war, dass Tundal jetzt so viel größer wirkte als zu dem Zeitpunkt, als er die Postboxen mit den Briefen abgeholt hatte. Valdemar schätzte, dass Tundal mindestens einen Meter gewachsen war. Für einen kurzen Moment sah er Tundal als Basketballspieler vor sich.

»Was machst du hier?«

»Ich bin dir gefolgt. Du hast vergessen, die Tür zu schließen, und als ich erst im Kellerraum war, musste ich lediglich eins und eins zusammenzählen. Der Fahrstuhl war der einzige Weg, der irgendwohin führte.«

Die Alten Kerle sahen Tundal an. Sie hatten Lust, ihn im Chor auszuschimpfen und ihm verständlich zu machen, dass sie genau das die ganze Zeit gesagt hatten. Dass sie vorsichtig sein mussten, um nicht entdeckt zu werden, und es jetzt zu spät war. Jetzt waren sie entdeckt worden, und der erste Zeuge konnte das Geheimnis verraten. Jedem, von der Presse bis hin zur Krankenhausleitung. Er hätte hinzufügen können, »wenn er entkäme«, tat es aber nicht. Valdemar würde keine Chance haben, benebelt wie er war. Valdemar könnte in die Knie gezwungen werden, wenn ihm nur jemand die Hand auflegte. Die nachfolgende Stille konnte man förmlich greifen.

»Ich glaube, du und ich, wir sollten uns verabschieden«, sagte Tundal und legte eine schwere Hand auf Valdemars verletzte Schulter, um zu unterstreichen, dass Valdemar keine Wahl hatte. Ohne weitere Kommentare betraten sie den Fahrstuhl, Tundal schloss die Tür, drückte auf den Knopf, und damit knatterte der Aufzug nach unten. Im gleichen Augenblick bemerkte er, dass Tundal wieder seine normale Größe angenommen hatte. Oder war das nur Einbildung? Valdemar fühlte sich verwirrter als jemals zuvor, und da Tundal mit verschränkten Armen dastand und offensichtlich auf Schweigen eingestellt war, fiel ihm nichts ein, was er hätte sagen können. Tundal ließ Fremde vielleicht nicht zu nahe kommen, auch wenn sich Valdemar nicht als Fremder fühlte. Schließlich hatte er mittlerweile ein paar Wochen im Krankenhaus gelegen. Nach einer gefühlten Ewigkeit hielt der Fahrstuhl schließlich an. Tundal öffnete die Tür und winkte Valdemar nach draußen.

»Ich denke, jetzt ist es genug«, sagte er, »und ich rechne damit, dass du den Rückweg allein findest, nachdem du so flink warst, den Weg hierher auf eigene Faust zu entdecken.«

Valdemar kam nicht zum Protestieren, bevor die Tür hinter ihm zuknallte und er einsam im Flur stand. Sein Interesse daran, entlassen zu werden, war nie geringer gewesen. Eine Bande, die in einem stillgelegten Flügel wohnte. Ein Hausmeister, der vielleicht etwas komplett anderes war. Die Mysterien standen Schlange, und seine Neugierde ging auf wie ein Hefeteig. Nein, das Interesse, entlassen zu werden, war absolut zu keinem Zeitpunkt geringer gewesen. Ganz im Gegenteil, er musste sich wieder etwas einfallen lassen, um so lange wie möglich im Krankenhaus zu bleiben. Von jetzt an würde es ein Gefecht zwischen ihm und dem medizinischen Personal geben, einen Kampf, von dessen Existenz nur er wusste. Nicht für eine Sekunde kreisten seine Gedanken um sein bisheriges Leben, es war, als hätte die erfolgreiche Führungskraft eines Wirtschaftsunternehmens nie existiert.

45

Valdemar fand, der Boden unter seinem Bett sei schmutzig, und fragte Sunniva, wie lange die letzte Reinigung her sei. Sie schaute unter das Bett und sagte, ihrer Meinung nach sähe es da ganz gut aus.

»Aber ich kann es Hrundi sagen, wenn ich ihn sehe«, ließ sie ihn wissen.

»Das ist prima«, antwortete Valdemar, denn das war es durchaus.

Ein Plan hatte in seinem Kopf Gestalt angenommen, und Hrundi war ein wichtiger Teil dieses Plans. Er besaß quasi den Schlüssel zum Erfolg. Valdemar brauchte eine Person mit pharmazeutischer Kompetenz und ausreichendem Mangel an Gewissen, und da fiel ihm niemand anders als Hrundi ein. Die Krankenschwestern waren davon natürlich ausgeschlossen, egal wie hilfsbereit sie sein konnten. Sie waren es doch, die er täuschen wollte. Während er wartete, versuchte er, an dem Plan zu feilen, sah aber schnell ein, dass dies nicht möglich war, bevor er mit Hrundi gesprochen hatte. Glücklicherweise musste er nicht länger warten, als es gedauert hätte, genüsslich einen Kaffee zu trinken, bis Hrundi mit Mopp und Eimer auftauchte.

»Wa-War es hier, wo ein bisschen ge-gewischt werden sollte?«, fragte er.

»Ja, ich hatte das Gefühl, es sei ein wenig staubig unter dem Bett.«

Er machte sich mit bewundernswerter Effektivität ans Werk, aber Valdemar ließ ihn nicht länger wischen, als dass es tatsächlich so aussah, als wäre er zum Reinigen des Bodens gekommen.

»Das mit dem Wischen ist nicht so wichtig«, sagte Valdemar, »ich brauche Antworten auf ein paar pharmazeutische Fragen.«

»Endlich jemand, der meine Au-Ausbildung zu schätzen weiß. Womit ka-kann ich Ihnen helfen?«

»Nun, hören Sie. Ich möchte gern Medizin kaufen, die Symptome auslöst, die ich nicht haben sollte, wenn Sie verstehen, was ich meine?«

»Warum das? Reichen die Symptome nicht, die Sie haben?«

»Nein.« Valdemar fühlte keinen Drang, sich zu erklären.

Hrundi lächelte.

»Sie haben keine Lu-Lust, schon nach Hause zu fahren? Sie wollen ni-nicht zur Arbeit? Sie wollen noch ein paar Tage hierbleiben?«

»So in etwa, aber das spielt eigentlich keine Rolle.«

Auf dem Korridor ging eine Schwester langsam vorbei, und Hrundi senkte seine Stimme. Er sah sich nach allen Seiten um und sagte:

»Dann würde ich Stesolid empfehlen.«

»Stesolid?«

»Ja, das ist ein Medikament, das gegen Neurosen verschiedener Art, psychosomatische Leiden, Phobien, Unruhe, Spannungszustände, Angst und Epilepsie eingesetzt wird. Die Nebenwirkungen sind vielfältig. Sie können hyperaktiv oder schläfrig werden oder schlechte Laune bekommen oder verwirrt sein – alles, was Ihnen passt. Gibt es als Zäpfchen, Flüssigkeit zur rektalen

Anwendung und Tabletten. Ich schlage vor, Sie entscheiden sich für die Tabletten und übertreiben die Nebenwirkungen, die Sie bekommen. Dann wird es glaubwürdiger.«

Du meine Güte, dachte Valdemar. Hier ist dem Gesundheitswesen durch den Haupteingang eine Menge an Kompetenz hineinspaziert, und dann wird sie darauf verwendet, den Boden zu wischen. Jemand sollte sich den Gesundheitsminister vornehmen.

»Das hört sich gut an. Muss ich viele Tabletten nehmen, bevor der Effekt einsetzt?«

»Etwas schwierig zu sagen, aber lassen Sie uns mit fünf Stück à fünf Milligramm beginnen. Vier Stunden zwischen jeder. Sie dürfen nur so viel nehmen, dass es zu einer Reaktion kommt: Gerade ausreichend, damit Sie sich unnormal aufführen und sie neugierig machen, und gerade so wenig, dass die Symptome verschwinden, bevor sie die Lösung finden. Sie sollen nur etwas ins Grübeln geraten, und sie dürfen Sie auf keinen Fall nach Hause schicken, bevor Sie nicht wieder den Normalzustand erreicht haben. Die Behandlung kann wiederholt werden, aber es ist wichtig, dass es nicht zu verdächtig wirkt.«

Hrundi war merkwürdig vertrauenerweckend, und Valdemar stellte fest, dass er aufgehört hatte zu stottern, als er über Pharmazie sprach.

»Dann machen wir es so«, sagte Valdemar. »Fünf Stück. Dauert es lange, bis Sie einem der anderen Patienten Stesolid abgekauft haben?«

»Ah, nein, Stesolid kaufe ich nicht von anderen Patienten. Es ist viel schneller und billiger, es unten am Hauptbahnhof zu besorgen. Dort befindet sich die größte Apotheke der Stadt, und Sie müssen wissen, was

Sie wollen, bevor Sie einkaufen. Es besteht ein florierender Markt für Mogelmedikamente, aber es ist leicht, den Unterschied zu sehen, wenn man weiß, wonach man schauen muss.«

»Ah, was Sie nicht sagen.«

Valdemar erhielt einen flüchtigen Einblick in eine Welt, von deren Existenz er nichts geahnt hatte.

»Jede Tablette hat einen Kontrollcode, abhängig von der Dosis. Genau diesen kann jeder kopieren. Somit entscheidet die Referenz des Importeurs, ob es echte Ware ist oder sie von Pillendrehern eines asiatischen Landes produziert wurde, wo Fälschen eine lange Tradition hat.«

Hrundi erwähnte nicht den Namen des Landes, aber Valdemar verstand es trotzdem.

»Na dann.«

»Sie können ganz sicher sein.«

»Fein«, sagte Valdemar, »wie viel kostet es?«

»Tausend. Und dann schulden Sie mir noch eine Krone von letztens, und so sind es eintausendundeine Krone.«

»Wir können nicht auf neunhundert abrunden?«

»Eine Krone hier und eine Krone da, wissen Sie«, lächelte Hrundi, »aber das eine Kronenstück schulden Sie mir trotzdem weiterhin.«

»Abgemacht«, sagte Valdemar.

Dann wischte er äußerst gründlich unter dem Bett und fragte, ob Valdemar zufrieden sei. Dieser lehnte sich über die Bettkante.

»Da kann ich mich drin spiegeln«, sagte Valdemar.

»Prima«, entgegnete Hrundi.

»Aber was machen wir, wenn es nicht funktioniert?«

»Dann wiederholen wir die gleiche Übung, nur mit einem stärkeren und gefährlicheren Medikament.«

»Stärker?«

»Ja, 25 Milligramm Digitoxin. Ein Herzmedikament, das garantiert Resultate bringt, aber es ist auch einfach zu entlarven. Es ist mittels Blutprobe nachweisbar.«

»Und dann sagten Sie gefährlicher?«

»Ja, Sie bekommen wahrscheinlich Herzrhythmusstörungen. Das Herz kann ganz einfach zu sehr gestört werden, um es so auszudrücken.«

»Meinen Sie Herzstillstand?«, fragte Valdemar, um nicht länger um den heißen Brei herumzureden.

»Lassen Sie uns hoffen, dass Sie dem entgehen«, sagte Hrundi, bevor er aus dem Zimmer verschwand.

Bereits am nächsten Tag kam Hrundi mit einer Tüte Kampferbonbons ins Zimmer.

»Ich ha-habe gehört, dass Sie so gern Ka-Kampferbonbons mögen«, sagte er.

Valdemar hatte nie Veranlagung zum großen Schmuggler gezeigt, verfügte aber über hinreichend Erfahrung, um zu verstehen, dass die Tüte neben den Kampferbonbons fünf Tabletten Stesolid beinhaltete.

Valdemar dankte Hrundi für die Bonbons, und das Corpus Delicti wechselte den Eigentümer. An das Kronenstück versprach Valdemar zu denken.

Er nahm die erste Tablette und legte sich ins Bett zurück, während er darauf wartete, dass die Wirkung einsetzte. Er wusste, das würde nicht unmittelbar geschehen, war aber dennoch leicht enttäuscht. Er war ungeduldig wie gewöhnlich und vier Stunden auf Kampferbonbon Nummer zwei zu warten, erschien ihm wie eine Ewigkeit. Er war kurz davor zu schauen, ob irgendetwas im Fernsehen lief, schaffte es aber glücklicherweise, sich stattdessen eine Zeitung zu organisieren. Darin las er jede einzelne Spalte, jede noch so kleine Anzeige, ohne dass er sich nach vier Stunden an auch nur irgendetwas davon erinnerte. Mit einer gewissen Erwartung schluckte er das zweite Kampferbonbon und legte sich zum Ausruhen zurück in die Kissen. Jetzt könnte die Wirkung jederzeit eintreten, dachte Valdemar und war umso enttäuschter, als nichts passierte. Er war noch immer ungeduldig und überlegte ernsthaft, um einen Fernsehapparat zu bitten. Glücklicherweise entdeckte er eine Zeitschrift, die er noch nicht gelesen hatte, und ackerte sich durch jeden einzelnen Spaltenmillimeter. Artikel ebenso wie Strickanleitungen, aber er erinnerte sich an nichts davon. Valdemar dachte, wenn Hrundi einen Fehler gemacht hätte, würde er reklamieren. Er bezahlte nicht tausend Kronen für Pillen, die ausschließlich einen Placeboeffekt hatten. Nach weiteren vier Stunden war Zeit für das dritte Kampferbonbon, aber seine Hände zitterten derart, dass die Tüte auf den Boden fiel. Er konnte niemanden um Hilfe bitten, sie aufzuheben, denn dann könnte der Betreffende entdecken, dass sie nicht nur Kampferbonbons enthielt. Es gelang ihm überraschend leicht, sich aus dem Bett zu lehnen und die Tüte aufzuheben. Es war merkwürdig, zu was er imstande war, wenn die Motivation nur ausreichend hoch war, aber es kostete auch Kraft. Mit Mühe und Not gelang es Valdemar, die dritte Tablette in den Mund zu stecken, das Wasser schwappte über und auf die Decke, aber er bekam genug, um sie runterzukriegen. Dann legte er sich zurück und versank zwischen den Kissen. Er war bereit für eine Nebenwirkung, welcher Art diese auch sein mochte.

Valdemar wusste nicht, wie lange er im Dämmerschlaf gelegen hatte, als er oben auf dem Lampenschirm eine weiße Taube entdeckte. Wie in aller Welt hatte es Palomma geschafft, ins Zimmer zu gelangen, ohne dass er es bemerkt hatte? Stand das Fenster offen? Valdemar drehte sich um und sah nach, und auch da saß Palomma. Er drehte sich jäh zum Lampenschirm und stellte fest, dass die weiße Taube diesen keineswegs verlassen hatte. Es mussten zwei sein. Hatte sie eine Zwillingsschwester? Aber plötzlich tauchten im ganzen Zimmer weiße Tauben auf, egal wo er hinschaute. Oben auf den Schränken, unten auf dem Boden, in den Schränken. Entsetzlich, so viele Tauben, dachte Valdemar. Dann fiel ihm ein, dass er das vierte Kampferbonbon nehmen musste. Kampferbonbons werden unterschätzt, dachte er und überlegte, ob er das fünfte auch gleich nehmen sollte. Aber auch wenn es verlockend war, gelang es ihm zu widerstehen. Dafür erinnerte er sich später nicht, wann er die fünfte und letzte Tablette genommen hatte.

Die Kissen waren weich und warm, und Valdemar musste geschlafen haben, denn er wurde davon geweckt, dass zwei Krankenschwestern ins Zimmer kamen. Sie glichen einander wie zwei Tropfen Chablis, und er konnte sich nicht daran erinnern, unter den Krankenschwestern zu einem früheren Zeitpunkt Zwillingen begegnet zu sein. Valdemar versuchte, sich im Bett aufzusetzen, aber seine Augen drehten sich nur in seinem Kopf, und ihm wurde schwindelig. Er musste sich wieder hinlegen.

»Seid ihr es?«, fragte Valdemar.

»Ihr?«, entgegnete eine von ihnen.

»Ich glaube, ich habe euch bisher noch nicht gesehen«, redete er weiter. »Habt ihr immer zusammen Dienst?«

»Was meinen Sie?« Valdemar konnte an ihren Stimmen hören, dass sie auf der Hut waren. Sie beobachteten ihn, wie sie es ganz sicher auf der Hochschule für Krankenschwestern lernten.

»Ich erkenne Zwillinge, wenn ich sie sehe«, sagte er. »Ich bin kein kompletter Idiot.«

Sie wollte ihn gerade etwas fragen, als die Tür aufging und noch ein Zwillingspaar hereinkam.

»Kommt auch ihr nur herein«, sagte Valdemar gastfreundlich.

Er musste zugeben, dass das eigentlich ganz amüsant war.

»Zwei Zwillingspaare«, sagte er, »oder seid ihr Vierlinge?«

Valdemar war dieses Mal, was eigene Witze betraf, nicht ebenso kritisch, wie es gewöhnlich der Fall war, und kicherte dämlich.

Es wurde leise, und er konnte hören, dass die ersten Zwillinge mit den Neuankömmlingen sprachen, er konnte aber nicht verstehen, was.

»Wer flüstert, lügt«, sagte er.

Das erste Zwillingspaar kam herüber zu Valdemar und lehnte sich über das Bett. Plötzlich war eine von ihnen verschwunden, als wäre sie an Ort und Stelle verdunstet.

»Äh, wo ist Ihre Schwester abgeblieben?«, fragte Valdemar. »Musste sie weg?«

Dann winkte sie mit ihren Händen vor seinen Augen, um zu sehen, wie er reagierte. Valdemar hielt es für das Sicherste zurückzuwinken, was ihm aber nur halbwegs gelang. Aber er schaffte auf jeden Fall »Sieh an, sieh an«

zu sagen, bevor er wieder in die Kissen fiel. Es war unglaublich, was fünfundzwanzig Milligramm Chemikalien mit einem menschlichen Körper anrichten konnten und dass es nicht mehr brauchte, um diesen aus dem Gleichgewicht zu bringen. Das doppelte Sehen sollte Valdemar für ein paar Stunden spielen können, aber er machte sich ein wenig Sorgen, weil er auch unscharf sah. Eines von beiden hätte ausgereicht.

Dann verließ sie ihn und ging hinüber zu ihrer Zwillingsschwester, die sich in der Zwischenzeit vermutlich hinter der Tür oder anderswo versteckt hatte. Alle vier sprachen sie in gedämpftem Ton miteinander, bevor die zuletzt angekommenen Zwillinge zu seinem Bett herüberkamen und sich über Valdemar beugten. Plötzlich war auch eine von ihnen verschwunden, so als wäre sie an Ort und Stelle verdunstet. Vielleicht war das ansteckend? Die Verbliebene winkte vor seinen Augen, sicher um zu sehen, wie er reagierte. Valdemar versuchte zurückzuwinken, was ihm aber mehr schlecht als recht gelang. Er sagte erneut »sieh an, sieh an« und sank zurück in die Kissen.

»Erkennen Sie mich?«, fragte sie.

»Wen?«, fragte er.

»Ich bin es, Sunniva«, sagte sie.

»Wie bitte?«, entgegnete er auf Schwedisch, überzeugt, die Sprache sei geeignet, um das Eis zu brechen.

»Wie viele Finger sehen Sie?«, fragte sie und hielt eine Hand nach oben.

»Eine Hand hat fünf Finger, warum fragen Sie das?«

»Ich habe Sie nicht gefragt, wie viele Finger eine Hand hat. Ich habe Sie gefragt, wie viele Finger Sie sehen?«

»Zehn«, sagte Valdemar.

»Zehn?«, fragte sie.

»Ja, oder neun.«

»Neun?«

»So ungefähr. Vielleicht acht.«

»Hm.«

Normalerweise wäre diese Reaktion einer Krankenschwester ein schlechtes Zeichen, aber solange Valdemar wusste, warum sie so reagierte, gab es für ihn keinen Grund zur Besorgnis. Dann richtete sie sich auf, wodurch auch ihre Zwillingsschwester wieder zum Vorschein kam. Valdemar überlegte, Sunniva zu fragen, ob sie ihm ihre Zwillingsschwester nicht vorstellen wolle, fand aber, dass es auch dumm wäre zu übertreiben.

Dann verschwanden alle vier und ließen ihn liegen. Er schaute an die Decke und bemerkte, dass Tundal im Laufe des Tages hier gewesen sein musste, um mehr Lampen aufzuhängen. Allerdings wirkte das Zimmer nicht viel heller. Vielleicht hatte er gleichzeitig Energiesparlampen eingesetzt? Er konnte nicht weiter darüber nachdenken, da Sunniva und ihre Schwester, von ein paar Ärzten gefolgt, zurückkamen.

Die Ärzte stellten sich vor, aber Valdemar bekam nicht genau mit, wie sie hießen. Er glaubte, sie alle hatten den gleichen Namen. Irgendetwas in Richtung »Brekkasjen«, aber er konnte auch falschliegen. Die Chance, in einer Abteilung, im gleichen Zimmer auf zwei Ärzte mit dem gleichen Namen zu treffen, kam ihm recht gering vor. Aber es gab schließlich auch Leute, die im Lotto gewannen. Sunniva verließ ihre Schwester und befestigte ein Blutdruckmessgerät an seinem Arm.

»Ich glaube nicht, dass Sie dort etwas finden, denn Sie haben den Blutdruck bereits heute Morgen gemessen«, sagte Valdemar. Zu seiner großen Überraschung lachten beide Ärzte und meinten, dies sei ein guter Witz, den sie noch nicht gehört hatten. Ermuntert von der Reaktion, fragte Valdemar, ob sie den unglaublich amüsanten Witz über die beiden Handelsreisenden Pat und Mike hören wollten, aber da drehten sie sich weg und redeten stattdessen mit Sunniva und deren Schwester. Valdemar war froh, kein Komiker zu sein, denn das Publikum konnte offensichtlich ziemlich undankbar sein.

Dann beugten sich die Ärzte wieder zu ihm und sagten:

»Haben Sie Ihre Medikamente genommen?«

Valdemar richtete sich auf und stützte sich auf dem Ellenbogen ab.

»Ja, ich denke schon. Hätte ich das nicht tun sollen?«

»Sind Sie sich sicher, alle genommen zu haben?«

»Natürlich. Ich tue alles, was Sie verlangen.«

»Wie viele haben Sie genommen?«

»Keine Ahnung. Ungefähr einen Becher voll.«

»Nur um auf der sicheren Seite zu sein: Sie sind sich sicher, sie auch hinuntergeschluckt zu haben?«

»Ja, natürlich, aber nicht den Becher.« Valdemar fand, er sei witzig, aber mit der Ansicht war er allein.

»Die Medikamente gelten als nicht genommen, solange sie nicht heruntergeschluckt wurden. Das wissen Sie?«

»Nein, das wusste ich nicht, aber ich habe keine ausgespuckt«, sagte Valdemar, rollte mit den Augen und fiel in die Kissen.

»Es sieht so aus, als hätten Sie einige Nebenwirkungen.«

Valdemar versuchte zu fragen, was sie mit Nebenwirkungen meinten, aber sie hatten ihn längst vergessen und befanden sich in einem langen und vertieften Gespräch mit Sunniva und deren Schwester. Sie blätterten in etwas, das sicher Papiere waren, in denen es um ihn ging. Valdemar wusste nicht, was in den Papieren stand oder über was sie redeten, aber es war augenscheinlich etwas Ernstes, denn an der Tonlage konnte er hören, dass alle vier ziemlich wütend waren. Die Diskussion endete damit, dass die Ärzte das Zimmer verließen und Sunniva und ihre Schwester zurückblieben. Valdemar sah zwar doppelt und unscharf, aber die Reaktion der Schwestern deutete darauf hin, dass sie mit irgendetwas, das die Ärzte gesagt hatten, überhaupt nicht einverstanden waren.

»Was ist los?«, fragte er.

»Es sieht so aus, als hätten Sie Nebenwirkungen von den Medikamenten bekommen. Das Problem aber ist, dass diese nicht mit den Nebenwirkungen übereinstimmen, die Ihre Medikamente verursachen. Der Arzt ist daher der Meinung, Sie könnten die falsche Medizin bekommen haben.«

»Hä?«

»Ja, dass Sie zu wenige, zu viele oder nicht die richtigen Medikamente bekommen haben.«

Valdemar versuchte, benebelt auszusehen.

»Habe ich die falschen Nebenwirkungen bekommen?«

»Das hört sich dumm an, aber ja, so ist es.«

»Wie soll das passiert sein?«

»Das fragen wir uns auch. Sie haben nichts anderes als das bekommen, was der Arzt verschrieben hat, und es steht in Ihrer Patientenakte, dass alles so gelaufen ist, wie es sollte. Es gibt nirgendwo eine Abweichung.«

»Nein?«

»Daher hat er verlangt, dass wir im Laufe des Abends alles nachzählen. Denn wenn einer falsche Medikamente bekommen hat, kann das auch bei anderen passiert sein.

Es kann sich um einen Fehler handeln, der andere nach sich zieht.«

»Was nachzählen?«

»Alles, was wir an Medikamenten haben, und alles, was wir ausgeteilt haben.«

»Eine Art Inventur?«

»Ja.«

»Aber es ist doch noch nicht Neujahr.«

Sunniva schaute ihn mitleidig an.

»Ganz ruhig, es ist nicht Ihre Schuld«, sagte sie.

Valdemar war kurz davor zu sagen, dass die Schuld eben gerade bei ihm lag, aber er konnte ihnen doch nicht seine Pläne offenlegen. Hrundi war der Einzige, der etwas wusste, und er würde das Geheimnis garantiert für sich behalten. Würde das herauskommen, würde man sie beide nach Hause schicken. Valdemar in das Penthouse mit Meerblick und Hrundi nach Indien. Für Hrundi würde es am schlimmsten sein.

Es war natürlich übel, dass sie alles nachzählen mussten, nur weil Valdemar ein paar Tabletten außerhalb des Plans geschluckt hatte. Andererseits hatte es den Vorteil, dass die Zählung belegen würde, dass die fürsorglichen Schwestern ihre Arbeit einwandfrei machten. Dann könnte der Arzt nach einer Lücke in seinen Kenntnissen suchen.

»Ich bin sicher, dass alles stimmt«, sagte Valdemar.

»Danke«, antwortete Sunniva.

»Außerdem bin ich sicher, dass die Ärzte Trottel sind«, fügte er hinzu.

Wie sich zeigte, stimmte sie ihm in diesem Punkt mehr als zu, beharrte aber darauf, dass es sich bei den Ärzten lediglich um eine Person handelte. Der Arzt verlangte, dass jederzeit frische Sahne im Kühlschrank stand. Es interessierte ihn kein bisschen, wie die Sahne dahin kam, denn es lag ein gutes Stück unter seiner Würde, sich mit derartigen Bagatellen abzugeben. War keine Sahne im Kühlschrank, war sein Tag verdorben. Dann lief er den Rest seiner Arbeitszeit herum und schmollte, und Gnade der Krankenschwester, die ihm in den Weg kam.

Es brauchte nicht mehr als fünf Stesolid, um den Arzt von seinem hohen Ross zu stürzen. Als die Stunde der Abrechnung gekommen war und das Ergebnis der Inventur bekannt wurde, fand sich keinerlei Spur von falscher Medikamentengabe. Valdemar war nicht überrascht, aber das sagte er nicht. Das Einzige, was noch ausstand, war eine Erklärung für die Nebenwirkungen. Doch das lag außerhalb des Kompetenzbereiches des Arztes. Die Wirkung ließ nach, aber Valdemar erinnerte sich gut daran und schaffte es, den Effekt ganz gut darzubieten. Er sorgte dafür danebenzufassen, wenn er nach etwas griff, verfehlte mit der Kaffeetasse den Tisch, sodass sie auf den Boden fiel, zerbrach und sich der Kaffee im Zimmer ergoss. Nur um zu unterstreichen, dass es an den Medikamenten lag.

»Mir gefallen diese Nebenwirkungen nicht, und ich befürchte, wir können Sie nicht entlassen, bevor wir nicht ganz sicher sind, diese unter Kontrolle zu haben«, sagte der Arzt.

»Das ist dumm«, log Valdemar.

»Wir haben eine Verantwortung wahrzunehmen, also müssen Sie sich wohl darauf einstellen, einige Tage zur Beobachtung hierzubleiben.«

»Wie viel sind einige Tage?«

Valdemar versuchte, etwas ängstlich zu wirken, und meinte, dies gelänge ihm ganz gut.

»Vielleicht eine Woche. Bis wir ganz sicher sind.«

Nicht schlecht.

»Die Krankenschwestern werden Blutproben von Ihnen nehmen, wenn sie die Morgenrunde machen. Aber ich glaube nicht, dass dies irgendetwas ergeben wird.«

»Warum dann Blutproben nehmen?«

»Mögen Sie es nicht, gepikt zu werden?«

»Das ist das Schlimmste, was ich mir vorstellen kann. Kann ich zuerst eine Narkose bekommen?«

Valdemar spürte, wie leicht es war, bei solchen Dingen zu lügen.

»Wir können damit auch warten und Sie beobachten«, sagte der Arzt.

»Das wäre schön«, sagte Valdemar.

»Dann machen wir es so.«

Dann erhob er sich und ging. Das war einer der Tage, an denen er Sahne für den Kaffee bekommen hatte. Zum Glück für Valdemar, denn er hatte den Aufenthalt um eine Woche verlängert.

Als der Arzt gegangen war, kam Sunniva herein und fragte, wer Palomma sei.

»Palomma?«, entgegnete Valdemar. »Wer Palomma ist? Woher soll ich das wissen?«

»Wir dachten, Sie wüssten es. Sie lagen mehrere Stunden im Bett und zeigten im Zimmer umher, während Sie ›Palomma‹ riefen.«

46

Als Valdemar aufwachte, erinnerte er sich an beinahe alles, was am Abend zuvor geschehen war. Er hatte seinen Mut zusammengenommen und Sunniva eingeladen. Es war ein spontaner Einfall gewesen, aber sie war die reizendste Frau, der er jemals begegnet war. Valdemar war fast mit ihr zusammengestoßen, als er auf einer seiner Wanderungen durch die Korridore um eine Ecke bog, und hatte sofort begriffen, dass Sunniva der wahre Sinn seines Lebens war. Nicht mehr und nicht weniger. Ihr Pony war vielleicht ein bisschen seltsam, aber nicht so schlimm, als dass ein guter Friseur es nicht hätte richten können. Er hatte sie direkt gefragt, ob sie sich vorstellen könne, ihn zu einem guten und hoffentlich netten Abendessen zu begleiten. Valdemar hatte streng genommen an diesem Abend auch nichts anderes vorgehabt. Zu seiner Überraschung hatte sie Ja gesagt, und sie waren sich einig geworden, sich um sieben zu treffen. Er hatte einen Tisch in seinem Lieblingsrestaurant bestellt, und auch wenn sein letzter Besuch eine Weile zurücklag, hatte er seinen festen Tisch bekommen. In der Ecke neben dem Kamin, wo sie ganz ungestört von den anderen Gästen sitzen konnten. Er hatte keine andere Kleidung als Pyjama und Bademantel, die er ständig trug, aber sie ließen ihn trotzdem rein, als der gute Kunde, der er war. Sunniva war eine Offenbarung. Sie hatte ein anziehendes Wesen, und ihr rotes Kleid betonte ihren

Körper in einer Weise, wie es die Schwesternuniform nicht vermochte. Ihre Augen hatten den Kerzenschein reflektiert, und Valdemar hatte nicht darauf geachtet, was ihnen serviert wurde oder wie das Essen schmeckte. Er war einzig und allein mit Sunniva beschäftigt. Sie war seine Zwillingsseele. Sunniva wollte auch nach Venedig reisen. Sunniva wollte auch italienische Eiscreme in der Altstadt Roms essen. Sunniva wollte auch an einem Lagerfeuer sitzen und Kaffee kochen. Sunniva mochte auch Croissants mit Erdbeermarmelade. Es war beinahe zu schön, um wahr zu sein. Sie hatte so schöne Hände. Valdemar hatte sie gehalten und bemerkt, dass ihr ein Schmuckstück fehlte. Er hatte sich gefragt, ob er sie zu sich nach Hause einladen sollte, aber gedacht, dass er wohl ins Krankenhaus zurückmüsse. Dort wohnte er schließlich. Sunniva hatte gefragt, ob sie zu ihr nach Hause fahren sollten, ob sie das aber getan hatten, wusste er nicht. Valdemar wachte in Zimmer 404 auf, und bis auf das Ende konnte er sich an den Abend zuvor deutlich erinnern.

Valdemar war gelinde ausgedrückt überrascht, dass Sunniva die Morgenrunde übernahm und verantwortlich für das Einsammeln sämtlicher Körpertemperaturen war. Er stellte fest, wie froh er über die Erfindung des Ohrthermometers war. Als Sunniva zu ihm herüberkam, nutzte er die Gelegenheit, sich für den schönen Abend zu bedanken. Seiner Ansicht nach sollten sie das in nicht allzu ferner Zukunft wiederholen. Er hoffte natürlich, sie sei der gleichen Meinung, aber sie schaute ihn nur etwas merkwürdig an, was Valdemar so auslegte, dass sie vor den anderen im Zimmer nicht verraten wollte, dass sie zusammen ausgegangen waren. »Quatschkopf«, sagte sie zu ihm und meinte sicher die Geschichte von dem Bürgermeister in der Schweiz, über die sie so sehr gelacht hatte. Ihm war es recht, ein Geheimnis mit Sunniva zu teilen. Diskretion war er aus der Wirtschaft gewohnt. Als sie das Frühstück servierte, ließ er Sunniva wissen, dass er ihren Kolleginnen nichts von dem netten Abend erzählen würde. Um das zu unterstreichen, zwinkerte er ihr zu. Valdemar verstand, dass einige der Krankenschwestern neidisch werden könnten, und er hatte von so vielen Intrigen im Pausenraum gehört. Er konnte gut verstehen, dass sie damit warten wollte, es zu erzählen, bis die Zeit reif war. Im Laufe des Tages sah sie ihn immer merkwürdiger an, und in der Abendschicht lachte Birgitte darüber, dass es ihm tatsächlich gelungen war, Sunniva zu verwirren. Birgitte fand es toll, dass einige Patienten Sinn für Humor hatten, anstatt nur Selbstmitleid. Das war verwirrend. Valdemar wollte sie gerade fragen, was sie meinte, als ihm dämmerte, dass er vielleicht nur geträumt hatte. Dass dies eine der Auswirkungen der Medikamente war, die er nicht hatte nehmen sollen. Vielleicht war er überhaupt nicht mit Sunniva ausgegangen, und all ihre Gemeinsamkeiten sollten sich als reine Produkte seiner Fantasie erweisen. War es wirklich möglich, so realistisch zu träumen? Die Träume verschwanden doch üblicherweise von allein, wenn er am Morgen die Füße auf den Boden setzte. Warum hatte er sich an diesen dann den ganzen Tag über so real erinnert? Ja, selbst beim Abendessen war er noch immer genauso real gewesen. Valdemar konnte noch immer spüren, wie er ihre Hand gehalten hatte. Er konnte noch immer die Flammen sehen, die sich in ihren unergründlichen Augen spiegelten. Er tröstete sich damit, dass der Traum so lange wirklich war, wie er anhielt.

47

Caterina war wohl kaum norwegischer Abstammung, sprach aber Dialekt wie eine Einheimische. Valdemar hatte heftige Schmerzen in der Schulter gehabt, bevor sie ins Zimmer gekommen war, aber allein der Anblick ihrer Gestalt kurierte die Schmerzen. Valdemar fragte sich, ob er ihr das erzählen sollte, aber so etwas bekam sie sicher ständig zu hören, dachte er. Er schluckte gehorsam die Tabletten, die ihm zugeteilt wurden. Jemand hatte ihm erzählt, rosafarbene Pillen wirkten besser als weiße. Er persönlich meinte allerdings, dies treffe auf die blauen zu. Er glaubte, das Gleiche traf auch auf Wände zu, einige Farben wirkten einfach besser auf die Patienten als andere. Zimmer 404 war in einer höchst undefinierbaren Farbe gestrichen, die auf ihn keine andere Wirkung als Entmutigung hatte. Entmutigung darüber, dass jemand die nichtssagendste aller Farben für das Zimmer ausgewählt hatte. Eine Farbe, zu der niemand eine Meinung haben musste. Warum nicht eine optimistische Farbe wählen? Eine helle Farbe? Eine energische Farbe? Die kosteten doch genau das Gleiche pro Eimer. Wie war es da möglich, die nichtssagendste zu wählen, die geschlechtsloseste, impotenteste und langweiligste Farbe, die überhaupt aufzutreiben sein musste? Valdemar spürte, wie sich für einen kurzen Moment Initiative, Arbeitseifer und Lust auf Veränderung meldeten, aber dann sank er zurück in die Kissen.

Das Krankenhaus war nicht sein Laden. Es war nicht seine Aufgabe, der Krankenhausleitung mitzuteilen, sie solle bei den Patienten, der Verbraucherfreundlichkeit und anderen Selbstverständlichkeiten ansetzen. Auf so etwas müsste sie von selbst kommen. Auf der anderen Seite: Ein in dieser Weise geführtes Krankenhaus würde ihn höchstwahrscheinlich in Rekordzeit durchs System scheuchen und zurück ins Berufsleben befördern. Es würde die Krankenschwestern nach ihrem tatsächlichen Wert bezahlen, dafür sorgen, dass er ein Einzelzimmer mit Weinschrank bekäme, und das Team, welches ihn operieren sollte, würde sich in einer höflichen Form vorstellen. In Anbetracht dessen, dass er sein Leben in ihre Hände legte, war es wohl das Mindeste, ihn wissen zu lassen, wer sie waren. Das wäre was, dachte er.

Valdemar hatte registriert, dass er angefangen hatte, über andere Dinge des Lebens nachzudenken, ob große oder kleine. Was früher als Bagatelle erschienen war, war plötzlich wichtig, und was früher wichtig war, war zu einer Bagatelle geworden. Warum sollte er sich überhaupt darüber Gedanken machen, ob die Spitze der Krawatte die Gürtelschnalle tangierte oder nicht? Die Menschen waren wichtig geworden. Fürsorge war wichtig, egal wie professionell oder persönlich sie war. Das Interesse für andere. Alles, was er mit ins Grab nehmen konnte, war von Bedeutung, der Rest war unwichtig. Das Leben war ein nahezu konkreter Gegenstand geworden und die Welt auf den Kopf gestellt. Alles, was etwas bedeutete, befand sich innerhalb der Wände des Krankenhauses. Alles außerhalb war sinnlos.

Valdemar dachte an die Alten Kerle. Möglicherweise

hatten sie etwas Ähnliches erlebt wie er, aber auf eine seltsame Weise eine Gemeinschaft gefunden. Dank Tundal war es ihnen gelungen, ein Vierteljahrhundert im Verborgenen zu leben. Oder waren da oben noch mehr? Seine Neugierde erwachte so richtig, und er begriff, dass er ein näheres Gespräch mit den Herren im Loft führen musste, bevor seine Fantasie mit ihm durchging. Da Valdemar keinen Schlüssel für die magische Tür hatte, war er gezwungen, Tundal aufzusuchen und diesen zu überreden, ihn hineinzulassen. Ein ganz einfacher Plan, dessen Durchführung sich als schwierig erweisen sollte, weil Tundal, der für gewöhnlich nichts gegen eine Plauderei mit den Krankenschwestern hatte, angefangen hatte, die orthopädische Abteilung zu meiden. Valdemar begriff, was vor sich ging, und da seine Zeit im Krankenhaus offensichtlich begrenzt war, musste er die Sache selbst in die Hand nehmen. Er hatte schon immer einen Sinn für lösungsorientiertes Handeln gehabt. Daher brauchte er nicht lange, um zu wissen, wie er Tundal begegnen musste. Valdemar würde ihm eine Falle stellen, die so einfach und eindeutig war, dass Tundal nicht bemerken würde, wenn er hineintappte, und noch weniger würde es ihm gelingen, wieder herauszukommen.

Valdemar kletterte aus dem Bett und zog sich einigermaßen anständig an, er hatte genug Zeit in dem feuerwehrroten Bademantel zugebracht, mit dem ihn das Krankenhaus ausgestattet hatte. Er informierte die diensthabende Caterina, dass er sich auf eine Wanderung begeben wolle, er aber dafür sorgen würde, jemanden zu fragen, der sich auskannte, bevor er sich in unbekannte Abteilungen vorwagte. Sie lächelte wie ein

Glas Rotwein in einem venezianischen Straßencafé. Wenn sie nur wüsste, dachte Valdemar und verspürte einen Anflug von schlechtem Gewissen. Dennoch war es nicht ganz gelogen. Langsam schlendernd machte er sich auf den Weg, und als er am Materialzimmer vorbeikam, schnappte er sich einen Rollator. Er fühlte sich plötzlich vierzig Jahre älter, aber der Zweck heiligte die Mittel. Von dort aus rollte er zum Zentrum des Krankenhauses, was am besten als Nabe charakterisiert werden konnte, abgesehen davon, dass es keine Nabe war. Dort stieg Valdemar in den Hauptfahrstuhl, setzte sich auf den Rollator und wartete. Nach nur wenigen Sekunden setzte sich der Fahrstuhl in Bewegung und sauste nach oben in die sechste Etage. Dort stieg eine mit grünen Kitteln bekleidete Horde ein, die lautstark einige Kardiogramme diskutierte, die sie im Gepäck hatte. Einer von ihnen drückte auf »Erdgeschoss«, und so fuhren sie wieder hinunter. Gut unten angekommen betrat ein Krankenträger den Fahrstuhl. Er beförderte einen kleinen Jungen in die vierte Etage und war so höflich, Valdemar zu fragen, wo er hinmusste. Er antwortete »Sechste«, und der Krankenträger drückte auf beide Knöpfe. Menschen in Krankenhäusern sind so freundlich, dass es kaum zum Aushalten ist, dachte Valdemar. Er fragte sich, ob sie im Privatleben auch so freundlich waren? Wenn sie nach Hause kamen? Wie waren sie so geworden? Wurden sie so geboren? In diesem Fall sollte er vielleicht eine Krankenschwester für sich finden. Sunniva vielleicht? Dann stieg der Krankenträger aus, und der Fahrstuhl fuhr weiter in die Sechste. Dort oben blieb er für einige Minuten stehen, bevor er nach unten in die zweite Etage fuhr. Aber es stieg niemand ein. Eventuell hatte derjenige, der den Fahrstuhlknopf gedrückt hatte, stattdessen die Treppe genommen. Von dort aus fuhr der Aufzug nach unten in die Rezeption, wo die grünen Kittel zusammen mit einer Krankenschwester zustiegen, und dann ging es wieder nach oben in die sechste Etage. Keiner von ihnen reagierte darauf, dass sich Valdemar noch immer im Fahrstuhl befand. Kardiogramme waren offenbar spannender als ein Patient mit Rollator. Die Krankenschwester schaute ihn an, ohne etwas zu sagen. Valdemar überlegte, ob er vielleicht grüßen sollte, ließ es aber bleiben. Es gab keinen Grund, die Aufmerksamkeit auf sich zu ziehen. In der sechsten Etage blieb er eine ganze Weile stehen, ungefähr eine Viertelstunde. Valdemar fragte sich, ob der Arbeitstag vielleicht bereits vorüber war oder irgendetwas anderes nicht stimmte, als die Fahrstuhltür aufging und die Krankenschwester wieder hereinkam. Sie erkannte ihn wieder und fragte, ob er nicht wisse, wo er hinmüsse. Warum mussten diese Krankenschwestern so hilfsbereit sein, wenn er absolut keinen Bedarf an Hilfsbereitschaft hatte? Irgendetwas musste er ja antworten, also sagte er, er sei auf dem Weg in die Orthopädie. Sie drückte die zweite Etage, anschließend das Erdgeschoss, und dann erklärte sie, welchen Weg er nehmen müsse, wenn er im Erdgeschoss angekommen sei. Glücklicherweise stieg sie in der zweiten Etage aus und überließ es Valdemar, den Weg in die Orthopädie zu finden. Kurzzeitig überlegte er, ob er einen anderen Aufzug statt des Hauptfahrstuhls nehmen sollte, wusste aber, dass Tundal gezwungen war, diesen irgendwann zu nehmen, denn hier war die Chance größer, sich unter andere Reisende zu mischen. Die Fahrstuhltür schloss sich, und Valdemar fuhr wieder nach oben in die zweite Etage. Von allen möglichen Passagieren musste es natürlich besagte Krankenschwester sein. Zum ersten Mal schaute er auf ihr Namensschild und registrierte, dass sie Margit hieß. War sie zuvor hilfsbereit und strahlend wie ein Sommertag gewesen, war sie dieses Mal besorgt. Sie fragte, ob Valdemar nicht den Weg aus dem Fahrstuhl gefunden hatte. Er musste eine glaubwürdigere Erklärung finden. Daher sagte Valdemar, er sei von Beruf Fahrstuhlmonteur und dass es mit Fahrstuhlmonteuren wie mit Motorradfans sei. Motorradliebhaber könnten stundenlang Auspufftöpfen zuhören, ohne dem überdrüssig zu werden, und so verhalte es sich auch mit Fahrstuhlmonteuren. Sie erkannten einen guten Fahrstuhlmotor, wenn sie ihn hörten, auch wenn das vielleicht nicht genauso spektakulär sei wie ein Motorrad. Dann erklärte Valdemar, dass er die wirkliche Erklärung für so speziell hielt, dass er sich entschieden hatte, lieber eine glaubwürdigere vorzubringen. Er hatte natürlich nicht die Möglichkeit bedacht, hier mehrfach auf die gleiche Krankenschwester zu treffen. Valdemar wusste nicht, ob ihm Margit glaubte oder ob sie nur höflich war, aber zumindest ließ sie ihn in Frieden. Auch als sie ihn zum vierten, fünften und sechsten Mal im Aufzug begegnete. Beim siebenten Mal hatte sie eine Schokolade für ihn dabei, für die sich Valdemar aufrichtig bedankte. Sein Blutzucker befand sich schon ziemlich im Keller, und ein wenig Milchschokolade tat gut. Beim neunten Mal wurde die Begegnung beinahe peinlich. Glücklicherweise sprang Tundal in den Fahrstuhl, genau in dem Moment, als die Tür zugehen wollte. Valdemar tat so, als hätte Tundal ihn erwischt, und fiel nach hinten. Margit half ihm wieder auf, fragte nach seinem Wohlbefinden und zischte Tundal an, er solle vorsichtiger sein. Tundal wurde an Ort und Stelle unschuldig verurteilt, ohne Chance auf Berufung. Valdemar stützte sich auf Tundal und sagte zu Margit, dass dieser es ganz sicher nicht willentlich getan habe, dass ihm nur etwas schwindelig geworden sei, und fragte, ob Tundal ihn ins Café im Eingangsbereich bringen könne. Margit ließ Tundal keine Wahl, und als sich Valdemar an einen diskreten Fenstertisch setzte, fragte er, ob Tundal zu dem Kaffee, den er ihm versprochen hatte, eine Zimtschnecke mitbringen könne. Er sah vielleicht nicht ganz glücklich aus, tat aber ohne Protest, was Valdemar sagte.

Als er mit Kaffee und Zimtschnecke zurückkam, bat Valdemar ihn, sich zu setzen, denn er habe etwas mit ihm zu besprechen, und er wisse ganz genau, worum es sich dabei handelte. Tundal hatte leider kein Interesse daran, mehr über die Bewohner des Lofts zu erzählen, sodass Valdemar gezwungen war, ein wenig Druck auf ihn auszuüben. Entweder konnte Valdemar mit ihm darüber sprechen, oder er müsse mit jemand anderem darüber sprechen. Zum Beispiel Sigurd Rosenvinge. Tundal nannte ihn einen Erpresser, und Valdemar erteilte ihm die Erlaubnis, ihn zu nennen, wie es ihm gefiel. Ihm war das egal.

»Okay, aber komm zum Punkt«, sagte Tundal so mürrisch, wie es nur der Hausmeister eines Krankenhauses konnte.

»Du sollst mich heute Abend mit zu den Jungs nach oben nehmen«, sagte Valdemar.

»Und warum soll ich das?«

»Weil ich etwas mit ihnen zu besprechen habe.«

»Was?«

»Weil ich etwas mit ihnen zu besprechen habe, nicht mit dir«, entgegnete Valdemar ein bisschen zu schroff.

Tundal sah ihn fest an, lange.

»Sagen wir um sieben Uhr heute Abend, Tundal?«, fragte er. »Gleicher Ort?«

Sie hatten eine Abmachung, so viel stand fest. Tundal setzte sich natürlich nicht der Gefahr aus, dass Valdemar zur Krankenhausleitung stürmte, und auch wenn die Geschichte zu abgehoben war, bestand doch die Möglichkeit, dass der Direktor einen Vertreter losschickte, um herauszufinden, ob etwas an den Behauptungen dran war. Valdemar wäre so oder so nicht mit irgendeiner Behauptung zum Direktor gerannt, aber das konnte Tundal nicht wissen. Verhandlungstechnik war ein Fach, das Valdemar beherrschte und in dem er über einige praktische Erfahrungen verfügte. Er entschied sich, eine Tüte Schokolade für die Alten Kerle mitzunehmen, und ging zum Kiosk, um zu fragen, ob sie diese aufs Zimmer schreiben könnten.

48

Valdemar wollte nicht riskieren, zu früh aufzutauchen. Er hatte Angst, Verdacht zu erregen, wenn er wie ein einsamer Patient durch den Rezeptionsbereich schlich. Wahrscheinlich war das nur ein unbegründeter, paranoider Gedanke, aber er ahnte, dass es auch andere Patienten geben konnte, die ebenso neugierig waren wie er. Tundal wartete, nervös von einem Fuß auf den anderen tretend. Zusammen machten sie sich auf, die Irrgänge des Kellers zu durchwandern. Tundal war ein Mann weniger Worte, und Valdemar konnte ihn gut verstehen. Möglicherweise war es kein guter Zug, ihn in diese Falle zu locken. Aber so war die Welt: Unbarmherzig, und nur der Anpassungsfähigste überlebte. Gereizt ging Tundal voran. Valdemar war vollauf damit beschäftigt, mit ihm Schritt zu halten. Ein paar Mal musste Tundal auf ihn warten, und das missfiel ihm sichtlich. Valdemar ignorierte seine Gereiztheit und tat so, als sei alles in schönster Ordnung. Dann schloss Tundal die magische Tür auf, die in den nicht-existierenden Heizkeller führte. Schon als kleiner Junge hatte Valdemar von Grotten und Höhlen geträumt, die von der einen in eine andere Welt führten, von einem Planeten zum anderen. Dieses Kindheitsgefühl erwachte jetzt wieder in ihm, sobald die Tür hinter ihnen ins Schloss gefallen war. Diese Tür war magisch. Als sie den Aufzug betraten, verstärkte sich das Gefühl. Er ruckte kurz und bewegte sich dann im

Fahrstuhlschacht nach oben, aber kurz bevor die rotierende Etagenanzeige die Sechs erreichte, drückte Tundal den Halteknopf, und der Aufzug stoppte jäh.

»Was ist los?«, fragte Valdemar.

»Wir müssen hier raus«, sagte Tundal.

Was passierte hier? War das Tundals geheimes Krematorium oder was?

»Nach dir«, sagte Tundal und öffnete die Tür.

Valdemar blieb vor der Aufzugtür stehen. Der Raum war lang und breit, aber die Deckenhöhe war überraschend niedrig. Auch wenn er sich nicht bücken musste, hatte er dennoch das Gefühl, sich den Kopf an den Balken zu stoßen. Tundal drehte an einem Schalter, und eine Reihe von Kohlefadenlampen erhellten das Zimmer, in dem ein alter Schreibtisch aus Eichenholz stand. Beim Schreibtisch angelangt setzte sich Tundal auf einen alten Bürostuhl, dessen Füllung schon herausquoll, und zeigte auf einen anderen Stuhl, der nicht viel besser aussah. Der Besucherstuhl, dachte Valdemar und setzte sich.

»Ich glaube, du und ich, wir sollten uns ein wenig unterhalten«, sagte Tundal.

Das hatte Valdemar befürchtet. Vor den anderen oben im Loft hatte er keine Angst. Doch Tundal hatte etwas Unheimliches an sich; auch wenn er sich sicher von einer sehr netten Seite zeigen konnte, wenn es darauf ankam.

»Ich befürchte, du musst reden. Ich weiß nämlich nicht, was ich sagen soll«, antwortete er.

»Kein Problem. Ich bin gut im Reden.«

Valdemar sah ihn an. Das Licht war schwach und warf lange, groteske Schatten auf Tundals Gesicht. Mit der krummen Nase, den grauen Augen und den abstehenden Haaren sah er aus wie der Teufel persönlich.

Valdemar brach der Schweiß aus. Erneut hatte er das Gefühl, Tundal würde wachsen. Seine frisch operierte Schulter war zu allem anderen als zu einer Schlägerei geeignet, aber gegen Tundal hätte er so oder so verloren. Jemand, der mindestens einhundert Jahre Hausmeister war, musste definitiv mehr Kraft in den Fingern haben als jemand, der immer nur auf einer Tastatur herumtippte. Das stand außer Frage. Valdemar schätzte die Fluchtmöglichkeiten ab und sah ein, dass er gegen Tundal chancenlos war. Tundal kannte die Etage und das ganze Gebäude, während Valdemar bestenfalls ein Novize war. Also entschied er sich, Tundal das Wort zu überlassen, und hoffte, er würde sich als ein freundlicher Teufel erweisen.

Tundal erklärte, dass die Etage ein altes Zwischenlager noch aus jener Zeit war, bevor alles zentral eingekauft, gelagert und verteilt wurde. Mittlerweile waren alle Türen zugemauert. Die einzige Möglichkeit, in das Lager hineinzukommen, war, den Fahrstuhl mittels Nothalt zwischen der fünften und sechsten Etage zu stoppen. Valdemar war nicht überrascht, dass das alte Lager noch immer als Lager diente. Alle möglichen Waren stapelten sich hier, und es gab keinen Zweifel daran, wer diese Waren hierhergebracht hatte. Es gab auch keinen Zweifel daran, wer diese Waren bezahlt hatte. Der Verbrauch einer Bande alter Herren war keine Gefahr für den Gesamtverbrauch eines Krankenhauses. Das Krankenhaus hatte Tausende von Angestellten und im Laufe eines Jahres sicher bis zu einer Million Patiententage. Einige Rollen Toilettenpapier, Seifenstücke und Kaffeepackungen mehr oder weniger spielten keine Rolle. Dennoch war Valdemar beeindruckt von all dem, was Tundal hier drinnen gesammelt hatte.

»Ich sehe, was du denkst«, sagte Tundal. »Du denkst, ich bediene mich vom großen Kuchen.«

»Tust du das nicht auch?«

»Nur ein bisschen.« Er dachte nach. »Aber im Großen und Ganzen ist es gerecht. Ich werde für den Einsatz nicht bezahlt, und sie können nicht erwarten, dass ich das aus eigener Tasche begleiche.«

In dieser absurden Rechtfertigung lag eine Art Logik.

Über dem Schreibtisch hing ein Lampenschirm aus Metall, das Licht der Lampe war gelb und warm. An der Decke über dem Tisch war ein Schild angeschraubt, was darauf hinwies, dass es sich hier um ein Katastrophenlager handelte. Valdemar musste zugeben, dass dies eine gute Tarnung war, falls es jemandem gelingen sollte, sich hierher zu verirren. Es sah definitiv aus wie ein Lager für unvorhergesehene Notfälle, und was war natürlicher, als an gleicher Stelle ein winzig kleines Büro zu haben? Valdemar hatte in seinem Leben viele merkwürdige Besprechungen erlebt, aber kaum eine war so merkwürdig wie diese. Die Erfahrung aus allen früheren, merkwürdigen Unterredungen riet ihm, offensiv zu Werke zu gehen. Angriff war die beste Verteidigung, auch in einer merkwürdigen Situation wie dieser.

»Tundal«, sagte Valdemar.

»Nenn mich Rafael.«

»Okay, Rafael. Ich habe tausend Fragen. Ich verstehe alles, und ich verstehe nichts.«

Rafael zog auf seiner Seite des Tisches eine Schublade auf, holte eine Flasche und zwei Gläser heraus, goss beide halb voll und sagte »Prost«. Valdemar überlegte, ob die Kombination aus Alkohol und Medikamenten einige lustige Nebenwirkungen nach sich ziehen könnte, pfiff aber im nächsten Augenblick darauf. Auch er sagte

»Prost«. Der Geschmack von schottischem Whisky war eindeutig. Es schmeckte wie eine Mischung aus Malz, Torf, Moor, Rauch, Asphalt und Fischabfall, den die Möwen scheinbar aufs Autodach hatten fallen lassen.

»Ich bin kein Kognakmann«, sagte Rafael, »aber die Jungs in Sibirien lieben es, das Traubengesöff zu picheln. Verstehe nicht, wie sie das schaffen. Ich muss heimlich Whisky trinken.«

Plötzlich spürte Valdemar, dass es etwas an Rafael gab, das er mochte. Etwas Menschliches, ohne dass es ihm gelang, das näher zu erklären. Es spielte im Übrigen auch keine Rolle, denn wem gegenüber sollte er es erklären?

»Sibirien?«, fragte Valdemar.

»Ja, so nennen wir das Loft. Aus einleuchtenden Gründen, sollte ich vielleicht hinzufügen.« Rafael lehnte sich nach hinten. »Was willst du wissen?«, fragte er.

»Vor allem, was für ein Ort das hier ist? Ein Krankenhaus im Krankenhaus?«

»Nicht so schnell«, antwortete Rafael.

»Wie ist es möglich, dass dieser Flügel nicht genutzt wird? Ich hatte geglaubt, Platzmangel sei ein chronisches Problem, und da wirkt es komisch, zumindest für mich, einen ganzen Flügel brachliegen zu lassen.«

»Das hat seine Gründe«, sagte Rafael. »Aber ich glaube eigentlich nicht, dass du Lust hast, diese zu erfahren.«

»Doch, ich habe absolut Lust, diese zu erfahren.«

»Das ist eine düstere Geschichte.«

»Macht mich nicht weniger neugierig.«

»Dieser Teil ist als Kinderasyl gebaut worden. Hierher brachten sie Kinder, die ein Gemütsleiden hatten, oder von denen man glaubte, sie hätten ein Gemütsleiden. Manchmal brachten sie auch Kinder hierher, die man loswerden wollte. Auch wenn es lange her ist, kann niemand entschuldigen, was hier vor sich gegangen ist. Das ist vielleicht eines der dunkelsten Kapitel in der Geschichte des Landes. Hier unternahmen Ärzte und Krankenschwestern Versuche, die nicht ans Tageslicht kommen durften. Operationen, Eingriffe und Übergriffe, Misshandlungen. Irgendwann erfuhr die Krankenhausleitung die Wahrheit, und der ganze Flügel wurde geschlossen. Die Eingänge wurden zugemauert, mit Ausnahme der Kellertür.«

»Sag mir, wofür wurde der Kellerraum genutzt? Für Röntgenaufnahmen?«

Valdemar fand seinen Vorschlag recht gut, aber er erwies sich als Fehlannahme.

»Särge«, sagte Rafael.

»Särge?«, fragte Valdemar.

»Ja, aber du willst wie gesagt nicht mehr darüber hören.«

Valdemar hatte das Gefühl, dass Rafael wahrscheinlich recht hatte. Dunkle Machenschaften standen nicht auf der Liste der Themen, in die er sich vertiefen wollte. Der Aufenthalt im Krankenhaus war zu angenehm, als dass er dort herausgerissen werden wollte. Außerdem hatten die Misshandlungen vor so vielen Jahren stattgefunden, dass er daran doch nichts ändern konnte.

»Gut, dann sagen wir, dass ich genau darüber nicht mehr wissen möchte. Dann können wir doch über dich sprechen, Rafael. Stimmt es, dass du immer im Krankenhaus gearbeitet hast?«

»Nein, das stimmt nicht.«

»In diesem Fall müsstest du mindestens einhundertfünfzig Jahre alt sein, und auch wenn du kein Teenager mehr bist, so bist du auch nicht einhundertfünfzig.«

»Sag das nicht.«

Rafael lächelte, und Valdemar wusste nicht, ob er scherzte oder es ernst meinte.

»Die Jungs haben mir ein Bild gezeigt, mit einem Typen darauf, der dir unverschämt ähnlich sieht.«

»Ja, aber dieses Bild ist nicht so alt, wie sie behaupten.«

»Nicht? Wie alt ist es dann?«

Rafael dachte einen Augenblick nach.

»Sag schon.«

Valdemar starrte ihn an. Rafaels Lächeln war unergründlich.

»Ich bin Rafael«, sagte Rafael.

»Das habe ich verstanden«, sagte Valdemar.

»Nein, das hast du nicht«, sagte Rafael.

Es wurde still. Valdemar dachte nach, hatte aber nicht das Gefühl, des Rätsels Lösung zu finden. Meinte Rafael den Erzengel?

Valdemar glotzte ihn an. Er mochte es nicht zu glotzen, denn dann ähnelte sein Aussehen dem eines Dorsches. Außerdem zog er es vor, die vollständige Kontrolle zu haben.

»Noch mehr Whiskey?«, fragte Rafael. »Nur ein bisschen dazugießen?«

Valdemar nickte. Er konnte eine ordentliche Portion schottisches Landwirtschaftsprodukt gebrauchen. Rafael wurde plötzlich ernst. Sein bisher freundlicher Tonfall wurde bitter und wies tiefe Betroffenheit auf.

»Das Krankenhaus ist von Schließung bedroht. Das heißt, das Krankenhaus wird geschlossen, die Entscheidung wurde nur noch nicht gefällt. Es ist lediglich eine Frage der Zeit. Das steht fest, seit das Krankenhaus einen neuen Direktor hat.«

»Rosenvinge?«

»Exakt. Er wurde mit nur einem Ziel eingestellt: Schließung, Verlegung. Ach, zum Teufel! Nenn es, wie du willst. Die Stabssekretärin unterliegt zwar der Schweigepflicht, aber sie spricht mit mir. Ich habe Briefe und die Protokolle von Besprechungen gelesen. Das Ganze ist die Hölle.«

Er stellte das Whiskyglas mit einem Knall ab, der die edlen Tropfen über den Schreibtisch spritzen ließ.

»Doch das ist nicht das Schlimmste«, sagte Rafael.

»Was ist das Schlimmste?«, fragte Valdemar.

»Das Schlimmste ist, dass ich es nicht schaffe, ihnen die Wahrheit zu erzählen. Dass das Leben in Sibirien nach fünfundzwanzig Jahren ein Ende nimmt. Dass sie auf die Straße gesetzt werden. Was verdammt nochmal sollen sie jetzt machen? Sie sind so alt, dass sie große Probleme haben werden klarzukommen, und ich trage einen Großteil der Schuld, dass es so ist, wie es ist. Ich hätte sie niemals hereinlassen dürfen.«

»Warum hast du es dann getan?«

»Ich hatte keine Wahl. Sverre hat mich erpresst.«

»Sverre?«

»Ja, der Lange.«

»Erzähl.«

»Er machte mir einen Strich durch die Rechnung. Er kam vor fünfundzwanzig Jahren, gab sich als Kontrolleur des Bauordnungsamtes aus und wollte in den alten Flügel.«

»Daher der Kuchen«, brach es aus Valdemar heraus.

»Ja, ich war natürlich gezwungen, ihm Zugang zu gewähren, aber ich war auch gezwungen, genau zu verfolgen, was dieser Bauinspektor tatsächlich inspizierte. Sein Interesse für das Dachgeschoss war auffällig, und zum Schluss musste er mir erklären, worauf er aus war. Zu diesem Zeitpunkt hatte ich bereits mein bescheidenes Katastrophenlager in der Zwischenetage eingerichtet, und ich hatte Angst, dieses Kartenhaus würde zusammenfallen. Ich brauchte einen Ort, an den ich mich zurückziehen konnte, nicht nur das offizielle Büro. Wir trafen eine Abmachung hinsichtlich gegenseitiger Verschwiegenheit, und ich half Sverre dabei, einige Trennwände zu bauen und die Einrichtung zu organisieren. Gebrauchte Möbel fanden sich mehr als genug im Krankenhaus, und nach einem halben Jahr war das Loft fertig, und Sverre konnte einziehen. Am Anfang lief es gut, aber nach und nach wurde Sverre zu abhängig von mir. Ich musste ja trotz allem meinen Job machen. Deshalb plante ich, das Loft zu schließen. Aber dann tauchte Kåre auf.«

»Kåre?«

»Der mit dem Bart.«

»Was ist passiert?«

»Ich glaube, darüber solltest du mit Kåre sprechen.«

Es machte den Anschein, als wolle Rafael Tundal Valdemar doch nicht das Leben nehmen. Valdemar hatte sich längst zurückgelehnt und genoss Rafaels Erzählung. Das war ein spannendes Abenteuer, und Valdemar hatte gerade erst begonnen, an der Oberfläche zu kratzen. Aber die Fortsetzung befand sich oben im Loft. In Sibirien. Dorthin musste Valdemar.

»Sollen wir nicht nach Sibirien?«, fragte er.

Das widerstrebte Rafael sichtlich.

»Hör zu«, sagte Valdemar. »Ich werde dir den Dienst erweisen, ihnen von der Schließung zu erzählen. Es ist viel einfacher, wenn sie es von mir erfahren.«

Rafael nickte langsam und erhob sich vom Stuhl.

»Diese Freude sollst du gern haben«, sagte er.

Dann ging er zum Fahrstuhl.

»Kommst du?«, fragte er.

Der Aufzug fuhr nur eine halbe Etage. Dann verließen sie den Fahrstuhl und gingen hinein in die Dunkelheit. Rafael kannte die Richtung blind, und Valdemar musste den Geräuschen seiner Schritte folgen. Der kleine Lichtschein, der die Loftbewohner einst verraten hatte, war nicht mehr zu sehen. Ungefähr dreißig Schritte später blieb Rafael stehen, klopfte zweimal an die Tür, hielt kurz inne und klopfte erneut zweimal. Zweimal zwei, das wollte sich Valdemar merken. Dann öffnete Rafael die Tür und ging hinein. Valdemar folgte ihm und nickte den Bewohnern zu. Er überlegte, ob er seine Freude über das Wiedersehen zeigen sollte, beschloss aber, es sein zu lassen. Sie starrten erst ihn mit großen Augen an, dann Rafael und dann wieder ihn. Ein paar nickten, eher fragend als vorsichtig.

»Jungs«, sagte Rafael und zeigte auf Valdemar. »Ihr seid diesem jungen Mann ja bereits begegnet. Er hat es geschafft, dank eines dummen Fehlers meinerseits, zwei und zwei zusammenzuzählen. Er möchte unbedingt erfahren, was der Grund für eure Situation ist. Deshalb hat er sich hierher eingeladen. Ich sehe keine andere Möglichkeit, als dass wir seinem Wunsch nachgeben. Aber beruhigt euch«, fuhr Rafael fort, »unser Geheimnis ist bei ihm sicher. Ich überlasse es euch, miteinander zu sprechen. Ich setze Kaffee auf.«

Die Stimmung lockerte plötzlich auf. Valdemar wartete beinahe darauf, dass jemand anfangen würde, Klavier zu spielen. Rafael ging hinüber zur Küchenecke und hantierte an der Kaffeemaschine herum.

Keiner von ihnen hatte bisher etwas gesagt, also ergriff Valdemar das Wort. Er entschloss sich, mit offenen Karten zu spielen. Das würde die Unsicherheit vertreiben. Noch befand sich eine solide Mauer zwischen ihnen, und wenn er auch nicht wusste, wie hoch diese war, so hielt er sie nicht für unüberwindbar. Valdemar erzählte in kurzen Zügen seine Geschichte, von der Gründung der Firma, von dem Erfolg und dem Unfall und nicht zuletzt von seiner überraschend fehlenden Lust, ins Berufsleben zurückzukehren. Dann erzählte er von all den Anstrengungen, die er unternommen hatte, um im Krankenhaus zu bleiben. Ein paar von ihnen nickten schwach, sie erkannten sich offenbar wieder.

Währenddessen breitete sich der Kaffeeduft im Zimmer aus.

»Wenn ihr so freundlich wäret, euch vorzustellen, Jungs! Dann decke ich in der Zwischenzeit den Tisch«, sagte Rafael und klapperte mit den Tassen. Das war ein Signal, auf das alle gleichzeitig reagierten, indem sie begannen durcheinanderzureden. Valdemar bat sie, nacheinander zu sprechen, damit er eine Chance hatte, sich an ihre Namen zu erinnern. Kåre kannte er bereits, den Mann mit dem großen Bart. Und Frederik, den Mann in dem blauen Seidenbademantel, der den Kuchen geholt hatte. Von den drei Übrigen stach der Lange heraus. Er präsentierte sich als Sverre. Das war der Bauinspektor, von dem Rafael erzählt hatte. Der Lange. Die beiden Letzten stellten sich als Zwillinge heraus, auch wenn der eine dünn und der andere dick war. Valdemar hätte sie Helan und Halvan getauft, hätten sie nicht schon Anton und Karl Edvard geheißen.

Kåre fragte, ob jemand von ihnen Lust auf ein kleines Glas Kognak zum Kaffee hatte, und da geschah in der

Versammlung ein Taktwechsel. Es war, als würde das Wort »Kognak« alle im gleichen Augenblick aufwecken. Kåre schwenkte eine Flasche edlen Kognaks und sechs Gläser. Sverre überließ es Valdemar, im Salon einen Stuhl auszuwählen. Weil er befürchtete, jemandem seinen angestammten Platz wegzunehmen, entschied er sich für den, der am unbequemsten aussah. Als sich die anderen hingesetzt hatten, verteilte Kåre die Kognakgläser und schenkte ein.

»Nicht für mich, danke«, sagte Rafael, »ich bin im Dienst.«

»Das hat dich bisher auch nie davon abgehalten«, kommentierte Kåre und schenkte Rafael trotzdem ein Glas ein, bevor er sich Valdemar zuwendete.

»Du fragst dich wahrscheinlich, wo sich unser Schnapsladen befindet«, sagte er. »Aber den haben wir nicht. Dennoch haben wir über andere Kanäle Zugang zu Kognak und anderem Branntwein. Die Krankenträger können nicht allein davon leben, Krankenbetten herumzuschieben, weißt du. Also gilt es, die Fantasie zu gebrauchen, wenn sie erst einmal beim Rumschieben sind. Wir verpetzen sie nicht, und sie können uns nicht verpetzen. Sie liefern direkt an Rafael. Ein Gläschen?«

»Ich bin eigentlich kein Kognaktrinker«, sagte Valdemar, »aber ich werde es wohl schaffen, ein oder zwei Schlucke herunterzubekommen.«

Sofort wurden ihm Alternativen angeboten, denn der Barschrank war mehr als gut gefüllt. Er winkte ab und meinte, er halte sich an das Gleiche wie die Gastgeber.

Kåre erhob das Glas und bat die anderen, auf den Neuankömmling anzustoßen. Valdemar prostete zurück und sagte:

»Nun erzählt schon! Was hat das alles hier zu bedeuten?«

Er breitete die Arme aus, um auf das Zimmer zu zeigen – falls sie nicht verstanden hatten, was er meinte.

Sverre ergriff das Wort.

»Ich habe diesen Platz zuerst gefunden, hatte in den ersten Jahren ursprünglich nur eine kleine Wohnung. Ich hatte eine führende Position im Bauordnungsamt der Stadt und bekam die Schuld für etwas, das ein unfähiger Politiker zu verantworten hatte. Sie kriechen nach oben und treten nach unten. Die Stadt dankt sowieso nie jemandem. Bestenfalls bekommt man eine grauenvolle Kristallvase mit eingraviertem Stadtwappen, wenn man es ausreichend lange dort ausgehalten hat. Ich verlor die Stelle und wurde aufs Abstellgleis geschoben. Sie nahmen mir sogar meinen Parkplatz weg. Da entschied ich mich, loyal gegenüber mir selbst zu sein anstatt anderen gegenüber. Wenn die Stadt keine Verwendung für mich hätte, würde ich auch nichts tun, sie aber dennoch dazu bringen, den Preis zu zahlen. Warum sollte ich bis zum Rentenalter warten, um mich pensionieren zu lassen? Das Abstellgleis, auf das sie mich beförderten, war die Protokollierung der Instandsetzungen städtischen Eigentums. Nach etwas weniger Spannendem muss man lange suchen. Dabei fielen mir die alten Zeichnungen des Krankenhauses in die Hände. Alles wirkte wie ein fehlerloser Plan. Ich löschte die Zeichnungen in allen Registern. So würde niemand das Loft finden, es sei denn, man würde das Gebäude tatsächlich bis unter das Dach begehen. In der Zeitschrift des Stadtmuseums fand sich zwar ein Artikel über das Kinderasyl, das sich einst hier befand, aber der war so alt, dass sich der Autor des Artikels kaum selbst noch daran erinnern konnte. Als Vertreter des Amtes war es einfach, heimlich zu prüfen, ob die Karte mit dem Terrain übereinstimmte. Noch einfacher wurde es, als ich Rafaels Geheimnis entdeckte.«

Sverre unterbrach sich jäh, und es war deutlich, dass er das zuletzt Gesagte bereute.

»Entspann dich«, sagte Rafael, »er kennt das Geheimnis.«

Sverre fuhr fort:

»Von da an war es leicht, mich als Handwerker auszugeben, hier und da ein paar Änderungen vorzunehmen, einige ablenkende Schilder anzubringen, ein paar Türen zu versperren und so etwas. Niemand fragt einen Handwerker, was er in einem Krankenhaus macht, man freut sich nur, dass er endlich da ist. Das war nicht besonders schwer, und das erste Jahr hatte ich vollkommen meine Ruhe. In den Nächten beschaffte ich mir das, was ich an Requisiten brauchte, um als glaubwürdiger Teil des Inventars zu erscheinen. Grüne Chirurgenkittel funktionierten am allerbesten, weil alle großen Respekt vor Chirurgen haben. Das solltest du mal ausprobieren. Zieh dir einen grünen Kittel an und geh mit zielstrebigen Schritten über die Flure, und beachte, wie sich die Krankenschwestern und das gesamte übrige Personal im Staub vor dir verbeugen. Du brauchst nur ein paar Worte über Transplantationen oder so etwas herunterzuleiern, dann fressen sie dir beinahe aus der Hand. Sei mystisch. Achte nur darauf, nicht über ihr eigenes Fachgebiet zu sprechen, dann wirst du in Rekordzeit entlarvt. Erzähle in der Neurologie gern über die Orthopädie oder über Neurologie in der Orthopädie, aber niemals über Neurologie in der Neurologie. Verstehst du?«

Selbstverständlich verstand Valdemar das.

»Der Chirurgenkittel ist eine Kreditkarte ohne Limit. Man muss nur in eine Abteilung gehen und sich versorgen. Die wenigen Male, die jemand fragte, antwortete ich nur, ich bräuchte eine Kleinigkeit zu essen vor der nächsten Operation. Niemand protestiert bei so etwas, ganz im Gegenteil. Sie holen dir noch etwas Besseres hervor, denn niemand will, dass die Chirurgen mit leeren Mägen operieren. Auch nicht mit ganz vollen, aber definitiv nicht mit leeren.«

»Aber Rafael?«

»Rafael, ja. Er entdeckte mich, als ich mich als Bauinspektor ausgab und durch die Kellertür wollte. Er war natürlich neugierig, weil er nicht wollte, dass andere dort hineinkamen. Aber er hatte seine Gründe, und es war mein Glück, dass Rafael Rafael ist, um es so auszudrücken. Er ist kein bürokratischer Streber, der absolut zeigen will, wie tüchtig er ist.«

Valdemar dachte, nun sei der rechte Augenblick gekommen, um sein Versprechen gegenüber Rafael einzulösen und von der Schließung zu erzählen. Es gab so oder so keine schonende Methode, es zu erzählen, also konnte er die Fakten auch gleich auf den Tisch legen.

»Aber du weißt, dass das Krankenhaus geschlossen werden soll.«

Er wandte sich direkt an Sverre, denn so wurde es sozusagen zu Sverres Schuld, dass das Krankenhaus geschlossen werden sollte. Es wurde vollkommen still im Zimmer. Valdemar konnte den Kognak in den Gläsern gluckern hören. Die Stille dauerte an, bis Anton sie durchbrach.

»Was?«, fragte er.

»Das steht in den Zeitungen«, erklärte Valdemar. »In einem halben Jahr ist Schluss. Der Direktor des Krankenhauses, Sigurd Rosenvinge, hat auf allen Wirtschaftsseiten darüber gesprochen. Es herrschen neue Zeiten. Die Infrastruktur ist veraltet. Die Finanzen schwächeln. Die Fachbereiche sind zu klein. Die Effektivität zu niedrig. Um es kurz zu machen.«

Kåre griff nach der Kognakflasche und füllte sein Glas bis zum Rand. Dann trank er alles in einem Schluck aus, ohne auch nur eine Miene zu verziehen.

»Zur Hölle«, sagte er stellvertretend für alle.

»Dass die Patienten zufrieden sind, bedeutet nichts«, fügte Rafael hinzu.

»Hast du auch davon gewusst?«, fragte Kåre.

Rafael begriff, dass er mit etwas herausgeplatzt war, das er besser für sich behalten hätte. Er nickte nur schwach.

»Wie lange schon?«

»Eine Weile.«

»Und wie lange hattest du vor, es uns zu verschweigen?«

»Ich wusste nicht, wie ich es sagen sollte. Außerdem ist es noch nicht entschieden. Nicht zu hundert Prozent auf jeden Fall.«

»Zu wie viel Prozent dann?«

»Neunundneunzig ...«, entgegnete Valdemar.

»Dann gibt es noch immer eine Chance«, kam es von Karl Edvard.

»... Komma neun.«

Das war schon schlechter. Null Komma null eins ergab schlechte Chancen. Kåre schenkte sich noch ein Glas ein und kippte es resolut runter. Das leere Glas knallte er auf den Tisch.

»Wäre nur der beschissene Direktor Patient im Krankenhaus und nicht nur ein beschissener Direktor, dann würde er es verstehen. Würde ihm jemand die Beine brechen, sodass er spüren würde, wie es ist, hier Patient zu sein, würde er ein anderes Lied trällern.«

Dann wurde es wieder still. Valdemar erhob sich und sagte, es sei spät geworden und bald Schlafenszeit, und es wäre besser für ihn, bei der Abendrunde am Platz zu sein. Keiner von ihnen konnte das verstehen, und bevor sie protestieren konnten, kam ihnen Valdemar zuvor.

»Keine Widerrede. Ich muss gehen. Genau jetzt.«

Er bedankte sich für die Bewirtung und ging zu dem wartenden Aufzug, drückte auf den Bakelitknopf, und schon fuhr der Fahrstuhl nach unten. Das war vielleicht ein etwas jäher Abschied gewesen, aber Valdemar war eine Idee gekommen, deren Umsetzung eilte.

49

»Bist du dir sicher?«, fragte Boffen und stellte die Kaffeetasse mit dem verblichenen Krankenhauslogo ab. Der Aufenthaltsraum war leer, abgesehen von Boffen und Valdemar, die sich für ihren gewohnten Tisch am Fenster entschieden hatten.

»Das bin ich«, antwortete Valdemar, »ich sehe keinen anderen Ausweg, als auf umstrittene Methoden zurückzugreifen.«

»Du willst, dass ich mit jemandem ein pädagogisches Gespräch führe?«

»Nein, ich würde es eher als ein Incitamentum bezeichnen.«

»Du und die verdammten Fremdwörter.«

»Ich möchte, dass du eine gewisse Person motivierst, etwas nicht zu tun.«

»Für gewöhnlich motiviere ich Leute, etwas zu tun. Nicht umgekehrt.«

»Das läuft auf das Gleiche hinaus, Boffen. Zumindest dieses Mal.«

Zum ersten Mal war Valdemar bereit, mit Boffen zum Äußersten zu gehen. Nicht nur anzudeuten, dass es Direktor Sigurd Rosenvinge schlecht gehen könnte, sondern dafür zu sorgen, dass es tatsächlich so war. Dafür zu sorgen, dass der Direktor derart verletzt war, dass er erleben durfte, wie schön es war, Patient in seinem eigenen Krankenhaus zu sein. Bezüglich der Schließung hatte der Direktor so viele Feinde, dass Zehntausende ein Motiv für die Untat hätten und die Polizei den Fall garantiert zu den Akten legen und sich stattdessen auf Radfahrer konzentrieren würde, die bei Rot über die Ampel fuhren.

Valdemar war klar, dass er nicht umhinkam, Boffen von der Gemeinschaft im Loft zu erzählen. Aber Boffens Diskretion und Ehrenkodex besagten, dass die Information in höchstem Grad sicher war. Boffen würde niemals jemandem etwas erzählen. Das verhinderte jedoch nicht, dass er überrascht war. Boffen hatte viel gesehen und gehört, nicht zuletzt an schlechten Entschuldigungen, aber Valdemars Schilderung des Lebens im Loft war dennoch neu für ihn. Valdemar erklärte, dass die Schließung des Krankenhauses auch zu einem Ende der Gemeinschaft im Loft führen würde, und das wollte Valdemar schlichtweg verhindern. Er konnte diesen guten Freundeskreis nicht zugrunde gehen lassen. Natürlich spielten auch die medizinische Umgebung und die Patienten eine Rolle, vor allem aber war das eine persönliche Angelegenheit. Denn auch Valdemar hatte vor, ins Loft einzuziehen. Welche Motive Sigurd Rosenvinge auch immer haben mochte, sie sollten Valdemars Zukunftsplänen nicht im Weg stehen.

»Wie konkret soll ich sein?«, fragte Boffen.

»Du weißt, dass ich über solche Dinge nichts hören möchte«, antwortete Valdemar. »Für gewöhnlich pflege ich zu sagen, ein nettes Gespräch inklusive Konsequenzanalyse reicht aus, aber das wird in diesem Fall nicht genügen. Daher glaube ich, du brauchst eine erweiterte Vollmacht.«

»Das kostet extra«, stellte Boffen fest.

»Geld ist nicht das Problem«, sagte Valdemar.

»Okay, das lässt sich regeln. Ich kann recht überzeugend sein, wenn es darauf ankommt. Was weißt du über diesen Direktor?«

»Nicht viel, er ist ein typischer Betriebswirtschaftler. Nur an Geld interessiert und organisiert das Krankenhaus wie eine Rechenaufgabe.«

»Solche gibt es in allen Ausführungen. Viele von ihnen sind Grundstücksmakler.«

»Sigurd Rosenvinge könnte sicher Grundstücksmakler sein.«

»Wie weit soll ich deiner Meinung nach gehen?«

»Ich weiß nicht. Was derartige Maßnahmen betrifft, ist meine Kompetenz gering, äußerst gering.«

»Wie lange möchtest du, dass er im Krankenhaus liegt?«

»Ein paar Wochen, drei mindestens. Ich überlasse es dir zu improvisieren, aber sorge dafür, dass keine Zweifel an der Botschaft bestehen. Eine Schließung des Krankenhauses wird persönliche Konsequenzen für Sigurd Rosenvinge nach sich ziehen.«

»Wer nicht hören will, muss fühlen.«

Boffens Räsonnement gab es logisch nichts hinzuzufügen.

»Das hört sich gut an«, sagte Valdemar und fragte sich, ob sich eine der Krankenschwestern, die auf dem Flur vorbeispazierten, vorstellen konnte, was er und Boffen besprachen. Mit dem Ergebnis wären sie sicher einverstanden, aber wohl kaum mit der Aussage, dass das Ziel die Mittel heiligt. Krankenschwestern waren viel zu gute Menschen, um Valdemars Plan auszuführen, und er bekam einen Anflug von schlechtem Gewissen. Er hatte Pro und Kontra wiederholt gegeneinander abgewogen und war immer zu dem Schluss gekommen, dass das einzig Vernünftige war, von seiner Macht Gebrauch zu machen. Er kannte das Gefühl von der Zeit bei Global Village: die Gewissheit, recht zu haben und gleichzeitig formal außerstande zu sein, etwas zu tun. Er hatte so viele Male erlebt, dass das Gesetz den Unehrlichen beschützte, und seit Langem den Glauben an den Rechtsstaat verloren. Daher hatte er das Gesetz in die eigenen Hände nehmen müssen, aus reiner Selbstverteidigung. Damals hatte er, auf jeden Fall rein juristisch betrachtet, rechtmäßige Ansprüche gehabt. Die hatte er jetzt nicht. Jetzt wollte er seinen Willen durchdrücken, auch wenn die Leitung des Krankenhauses die Befugnis und Verantwortung hatte, das zu tun, was sie als das Beste für das Krankenhaus erachtete. Nie zuvor war er persönlich geworden, hatte nur zum Besten der Firma gehandelt. Plötzlich musste Valdemar ein solcher Drecksack sein, wie er es immer anderen unterstellt hatte. Aber er tröstete sich damit, dass dies eine einmalige Sache sei und nichts anderes. Das sollte niemals sein Modus Operandi werden.

»Kann sein, dass ich ihn an den Eiern packe«, sagte Boffen.

»Ich will es nicht wissen«, protestierte Valdemar.

»Vergiss es. Hatte nur gerade eine Idee.«

»Boffen«, sagte Valdemar.

»Schönes Wetter draußen«, sagte Boffen.

»Wir könnten ein bisschen Regen gebrauchen«, entgegnete Valdemar.

50

»Es ist seltsam, was man vom Leben lernen kann«, sagte Valdemar. »Nicht zuletzt über sich selbst. Bis gestern habe ich mich als einen Menschen betrachtet, der Gesetze und Regeln achtet. Ich habe sie vielleicht manchmal gedehnt, aber nicht so stark, als dass der Strick gerissen wäre. Aber gestern habe ich einen Torpedo dafür bezahlt, den Direktor des Krankenhauses so gründlich zu misshandeln, dass er Patient im eigenen Haus werden muss. Ich habe das getan, um ihm zu verstehen zu geben, dass er das Krankenhaus nicht schließen kann. Wer hätte von mir gedacht, dass ich so weit gehen würde?«

Valdemar machte sich nicht die Mühe, der Taube Stücke von der Zimtschnecke abzureißen, sondern gab ihr gleich die ganze.

»Wenn ich aufrichtig sein soll, bin ich von mir selbst enttäuscht. Ich habe nie geglaubt, so zu verzweifeln. Ich will nicht zurück ins Berufsleben, und es gibt Grenzen dafür, wie lange ich im Krankenhaus bleiben kann. Ich war dabei, in eine hoffnungslose Situation zu geraten, als ich zufällig einen Ausweg fand. Oben im Loft habe ich eine verborgene Gemeinschaft entdeckt, eine Bande alter Herren, die dort seit fünfundzwanzig Jahren wohnt. Ich habe vor, dort einzuziehen, aber der Plan platzt, wenn das Krankenhaus geschlossen wird. Ist das nicht typisch? Wenn ich endlich eine Lösung finde, dann zerbricht sie direkt vor meiner Nase. Alles steht und fällt mit einem Mann, und deshalb muss er brutal überredet werden. Ist es das, was man mit ›Eier zerschlagen, um Omelett zu machen‹ meint?«

Etwas zu spät verstand er, dass Palomma der Vergleich mit Eiern vielleicht nicht gefiel, aber glücklicherweise war die Taube mehr an der Zimtschnecke als an Valdemars Gerede interessiert. Das hinderte Valdemar nicht daran fortzufahren.

»Ich glaube nicht, dass meine Mädchen stolz auf mich wären. Es ist nicht einmal sicher, ob sie mich wiedererkennen würden, denn nach der Nacht vor zwölfeinhalb Jahren bin ich viel härter geworden. Ich habe versucht, mich einzugraben, um der Gesellschaft zu entkommen, aber die Zeit im Krankenhaus hat mich auf andere Gedanken gebracht. Ich kann entkommen, wenn ich ins Loft einziehe. Das ist eine viel bessere Lösung. Dort entgehe ich der Verantwortung, all dem Bemühen um Effektivität und Erfolg. Ich kann in eine Schattenwelt einziehen und muss trotzdem nicht einsam oder arm sein.«

Er schaute die Taube an. Sie blickte mit klugen Augen zurück.

»Das ist wie eine lebenslange Strafe«, fuhr Valdemar fort, »der man sich freiwillig aussetzt. Folglich ist es keine Strafe, aber so etwas Ähnliches.«

Das hört sich komisch an, dachte Valdemar. Dennoch lag eine Spur von Wahrheit darin. Er hatte den Wunsch, sich zu isolieren. Er hatte das Seinige für die Firma und die Wirklichkeit getan.

»Und wie könnte es anders sein? Gerade als ich die Lösung all meiner Probleme gefunden habe, taucht jemand auf, der mir einen Strich durch die Rechnung macht.«

Valdemar spürte, wie er wütend wurde. Oder verärgert. Er fühlte sich von einer gigantischen Walze überrollt, die ihn nicht einmal bemerkt hatte. Er wollte zurückschlagen. Er war es gewohnt zu bestimmen und zu bekommen. Palomma sah ihn an und legte den Kopf schief, so als hätte sie Mitleid mit ihm. So als wollte sie sagen, dass Valdemar glaubte, er könne die Welt nach seinen Vorstellungen formen, und nicht verstand, dass es umgekehrt war. Valdemar musste sich den Gegebenheiten anpassen. Er war zwölfeinhalb Jahre lang anpassungsfähig gewesen und konnte jetzt nicht damit aufhören. All das hätte Palomma gesagt, hätte sie sprechen können.

»Ich bin das eigentliche Problem«, sagte Valdemar. »Ich habe Herausforderungen immer mit offenen Armen angenommen und mich angepasst, aber jetzt will ich das Gegenteil. Ich verstehe, dass das nicht funktionieren kann, aber trotzdem kann ich nicht aufhören, es zu versuchen. Du hast es gut. Du bist nur ein Vogel. Du hast keine Sorgen, und wenn dir etwas nicht gefällt, fliegst du einfach auf und davon.«

Valdemar hatte das nie zuvor gesagt. Doch nun breitete Palomma die Flügel aus und flatterte in die Höhe. Sie drehte eine kleine Runde über das Atrium und verschwand.

Einfacher kann mein Leben nicht erklärt werden, dachte Valdemar. Nicht einmal eine Taube hielt sein Selbstmitleid aus, nicht einmal wenn sie mit einer Zimtschnecke bestochen wurde.

51

»Wir können nicht nur Glück haben«, sagte Kåre.

»Nein, aber man kann auch nicht nur Unglück haben. Aber genug von meinem Unglück«, sagte Valdemar, »erzähl lieber, wie du zu dieser speziellen Versammlung gehörst.« Er hatte an »komisch« gedacht, berichtigte sich aber in letzter Sekunde mit »speziell«.

Es wurde ganz still.

Valdemar schaute von Kåre zu den anderen und zurück. Hatte er etwas Falsches gesagt? Etwas, das er nicht hätte sagen sollen? Oder hatte er sich wie ein Elefant im Porzellanladen benommen? Nach einer gefühlten Ewigkeit ergriff Kåre das Wort.

»Das ist eine lange Geschichte, und ich weiß nicht recht, wo ich anfangen soll.«

»Versuch es mit dem Anfang«, antwortete Valdemar.

»In diesem Fall muss ich damit beginnen, wie ich hier gelandet bin.«

»Gerne.«

»Es begann mit der Scheidung. Wir arbeiteten in Schichten, beide, aber in verschiedenen. Deshalb haben wir uns wenig gesehen, und nach ein paar Jahren hatte sie genug, so als wäre das nur meine Schuld gewesen. Als ich eines Abends nach Hause kam, standen meine Koffer gepackt vor unserer Wohnung in der vierten Etage. Ich konnte nichts anderes tun, als sie mitzunehmen und mir einen anderen Platz zu suchen. Ich mietete mir einen Unterschlupf auf der anderen Straßenseite, denn ich dachte, ich könne sie überreden, mich wiederaufzunehmen. Das war natürlich vergebens, sie war fertig mit mir. Mehr als ich es mir vorstellen konnte. In der Woche darauf, als ich meine Steinsammlung abholen wollte ...«

»Steinsammlung?«, fragte Valdemar.

»Ja, alles von gewöhnlichen Feldsteinen und Zinkblenden bis hin zu exotischeren norwegischen Arten wie Glimmerschiefer und Jamesonit.«

»Jamesonit?«

»Ja, das ist ein metallisches Mineral, ein bleihaltiges Sulfid. Jamesonit ist relativ gewöhnlich auf gewissen hydrothermalen Kiesvorkommen, aber selten in Norwegen. Ich kenne eine Stelle oberhalb von ...«

»Drauf gepfiffen, erzähl weiter!«, befahl Frederik.

»An dem Abend, als ich die Steinsammlung abholen wollte, gewann ich im Lotto. Das große Los. Mehrere Millionen Kronen. Wir konnten mit der Schichtarbeit aufhören, in den Sonnenuntergang segeln, und ich war überzeugt: Das ist die Lösung.«

Frederik stimmte in ein lautes Gelächter ein. »Wir kapieren, dass es nicht so lief. Erzähl lieber von dem Unfall, Kåre! Das ist eine verdammt gute Geschichte.«

Kåre protestierte und sagte, er habe sie schon viele Male erzählt. Frederik war der Meinung, dass Valdemar sie wohl noch nicht gehört hätte und die Geschichte so gut war, dass er sie noch viele Male hören könne. Die anderen nickten zur Bestätigung.

»Also, wir wohnten in der vierten Etage eines alten Stadthauses mit hohen Decken und langen, steilen und schmalen Treppen. Eigentlich seltsam, dass sie die Erlaubnis bekommen hatten, so zu bauen. Als ich zurückkam, um meine restlichen Sachen zu holen, wollte sie mir nicht dabei helfen, diese die Treppen hinunterzutragen. Ganz im Gegenteil, es war offensichtlich eine Mischung aus Rache und Genuss, mich rackern zu sehen. Das Letzte, was ich heruntertragen sollte, war die Steinsammlung. Ich sammle seit meiner Kindheit Steine. Gab es also eine Sache, die ich mitnehmen wollte, dann war es die Steinsammlung. Ich war verärgert und wollte ihr zeigen, dass ich es auch ohne ihre Hilfe schaffen würde, und zwar alles auf einmal. Ganz oben auf der Treppe stolperte ich. Der Abstand zwischen den Etagen in einem so alten Stadthaus ist groß, also fiel ich bestimmt fünf Meter. Mit mir zusammen fielen alle Steine. Der Sturz weckte alle Hausbewohner auf. An mehr erinnere ich mich nicht, aber sie fanden mich vermutlich unter der Fuhre Steine. Ich war verletzt, hatte gebrochene Arme und Beine. Sie fuhren mich mit Blaulicht und Sirene ins Krankenhaus. Und ich, dem beim Autofahren so schnell schlecht wird, erbrach mich hinten im Krankenwagen.«

Die Herren lachten lauthals, als hätten sie die Geschichte zum ersten Mal gehört.

»Ich kann es vor mir sehen«, sagte Karl Edvard und wischte eine Träne weg. »Der Troll im Steinhaufen.«

»Und so bist du ins Krankenhaus gekommen?«, fragte Valdemar.

»Ja.«

»Aber wie bist du hier oben gelandet?«

Kåre beugte sich nach vorn.

»Das war Rafaels Vorschlag«, sagte er. »Er erzählte mir, er habe eine Lösung für mich. Nach dem Unfall wurde mir klar, dass ich nichts hatte, zu dem ich zurückkehren konnte. Also versuchte ich, so lange wie möglich hierzubleiben. Ich machte mich kränker, als ich es war, aber ich war kein großartiger Schauspieler. Es ist verflixt nochmal nicht einfach, Krankenschwestern zu täuschen. Es gelang mir nicht, die Heimreise mehr als ein paar Tage hinauszuzögern. Als ich vor dem Krankenhaus im Platzregen auf meinem Koffer saß, fragte mich Rafael, ob es mir gut gehe. Ich war drauf und dran, Ja zu antworten, aber glücklicherweise sagte ich Nein und erzählte ihm, was geschehen war.«

»Ich brauchte Gesellschaft«, sagte Sverre, »denn ich ging Rafael genug auf die Nerven.«

Frederik kam mit klappernden Tassen und Kaffee, und schnell verliefen die Gespräche in alle Richtungen.

»Was denkst du über die Schließung?«, fragte Kåre.

»Wer? Ich?«, entgegnete Valdemar. Er hatte sich für einen Augenblick weggeträumt. Er hatte an diese Schattenwelt gedacht, ohne Arbeit oder Familie, und verspürte einen brennenden Wunsch, ein Teil der Gemeinschaft und der isolierten Wirklichkeit zu werden. In jedem Einzelnen von ihnen konnte er etwas von sich wiedererkennen und wusste, dass die Aufrechterhaltung des Exils von der weiteren Existenz des Krankenhauses abhängig war. Valdemar hatte das Gefühl, zehn Jahre zu spät geboren zu sein, dass er dieses Loft viel früher hätte finden sollen. Er hatte sich auf den letzten Wagen geschwungen, leider in dem Augenblick, als die Lok entgleiste.

»Ja.«

»Ich weiß, dass die Zukunft mit jedem Tag aufs Neue beginnt«, sagte er. »Die Fachverbände und der Freundschaftsverein haben Alarm geschlagen, mit Fackelzügen und Demonstrationen und so. Die Lokalpresse liegt auf der Lauer. Ich glaube, dieser Beschluss ist noch nicht endgültig.«

Das stimmte nicht. Es brauchte gewiss Zeit, ein neues Krankenhaus zu planen, zu finanzieren und zu bauen. Wenn aber die Entscheidung getroffen war, würde das alte Krankenhaus beginnen zu verfallen. Ärzte würden kündigen. Krankenschwestern würden aufhören. Die Investitionen gestoppt werden. Die Wartung eingestellt werden. Und das Vierteljahrhundert im Loft würde unweigerlich zu Ende gehen. Valdemar wusste, dass er recht hatte. Viele der Investitionen für ein neues Krankenhaus würde man von dem Betriebsbudget des alten nehmen. Außerdem entsprach der Wert eines so nah am Zentrum gelegenen Grundstücks einem Vermögen, und ob Patienten und Angehörige hierhin oder dorthin fahren mussten, würde in einem Standortprozess kaum Gewicht haben. Er kannte derartige Prozesse nur allzu gut und wusste, dass externe Einflussnahme minimale Durchschlagskraft hatte. Solange die Leitung kein persönliches Risiko auf sich nahm, gab es wenig, das man tun konnte, um den Beschluss zu ändern. Valdemar konnte zwar nicht erzählen, wie er das Risiko für den Krankenhausdirektor erhöht hatte, drückte aber die Daumen, dass es funktionieren würde.

52

Valdemar begriff, dass sich der Zeitpunkt der Entlassung gefährlich näherte, als ihm Sunniva mitteilte, dass die Symptome der fehlerhaften Medikamentengabe verschwunden seien. Er war strikt dagegen, dem Aufenthalt eine Obergrenze zu setzen, und meinte, er und nicht das Krankenhaus habe zu entscheiden, wie lange er bleiben sollte. Die Situation war kritisch, denn eine Entscheidung, was die Schließung des Krankenhauses und die weitere Existenz Sibiriens betraf, war noch immer offen. Valdemar hatte Boffen zwar beauftragt, doch nach seiner Entlassung würde er keine Kontrollmöglichkeiten mehr haben. Er spürte die Verzweiflung wie kalte Grütze in seinem Gehirn.

Valdemar war klar, dass es sich hier um einen Kampf der Professionen handelte: das medizinische Personal, repräsentiert durch Ärzte und Krankenschwestern, auf der einen Seite und die Patienten, vertreten von Valdemar, auf der anderen Seite. Sein Vorteil lag noch immer im Überraschungsmoment: Weder die Ärzte noch die Krankenschwestern waren in den sich abspielenden Kampf eingeweiht. Sie ahnten nicht, dass sie mit ihm Krieg führten. Sie wussten schlichtweg nicht, dass er daran arbeitete, im Krankenhaus zu bleiben, und gaben daher strategische und taktische Geheimnisse preis, die er zu seinem Vorteil ausnutzen konnte. Außerdem hatte er die Oberhand, was das kontinuierliche Wissen betraf, während das Krankenhauspersonal gezwungen war, sein Wissen über die Patienten wie einen Staffelstab von Schicht zu Schicht weiterzureichen. Seinen Gegnern gelang es nicht, den Interessenkonflikt aus seiner Perspektive zu sehen, wodurch ihnen essentielle Details entgingen. Auf der anderen Seite waren sie in der Überzahl und kannten das System bestens, sodass das Ergebnis offen war. Auf jeden Fall aber war Valdemar sicher, dass ihm seine aufgeschlagene AC-Luxation dritten Grades allein nicht beim Erreichen seines Ziels helfen konnte. Falsche Medikamente hatte er bereits eingesetzt. Rein theoretisch konnte er sich zwar weitere Medikamente beschaffen und krankheitsähnliche Zustände hervorrufen, aber das würde Verdacht wecken. Davon war er überzeugt. Und dann wäre die Sache gegessen. So kam er zu dem Schluss, dass er noch eine AC-Luxation brauchen würde. Allerdings in der anderen Schulter. Das hatte mehrere Vorteile: Vor allem würde es eine weitere Operation mit der entsprechenden Wartezeit und Nachbehandlung erforderlich machen. Zugleich würde es bedeutend schwerer sein, ihn nach Hause zu schicken, solange beide Arme teilweise außer Funktion gesetzt waren. Das würde alles erschweren, allein sich den Allerwertesten abzuputzen, wäre ein Ding der Unmöglichkeit. Er würde eine Rundumbetreuung brauchen, für mindestens drei bis vier Monate. Valdemar lächelte. Das war eine geniale Idee. Jetzt fehlte nur noch die entsprechende Verletzung. Aber da es innerhalb des Krankenhauses keinen Autoverkehr gab, musste er eine andere Methode finden. Es hatte zwar prima geklappt, sich durch einen Sturz aus dem Bett die linke Schulter erneut zu verletzen, aber das würde bei der rechten nicht funktionieren. Die Fallstrecke vom Bett auf den Boden wäre zu kurz.

Er war mit anderen Worten gezwungen, tiefer zu fallen. Wäre er gut in Mathematik und Physik gewesen, wäre es ihm sicher gelungen zu berechnen, wie tief er fallen müsste, um genauso schnell zu sein wie im Moment seines Unfalls. Der elektrische Reiskocher hatte eine Geschwindigkeit von fünfundvierzig Stundenkilometern gehabt, während Valdemar wohl bei sechzehn km/h gelegen hatte, also insgesamt einundsechzig km/h beim Zusammenstoß. Aber welcher Falltiefe entsprach das? Valdemar musste sich auf sein Augenmaß verlassen, und nachdem er eine Weile nachgedacht hatte, meinte er, ein Fall aus der dritten Etage sollte ausreichen.

Aber wo in einem Krankenhaus war es natürlich, drei Etagen nach unten zu fallen? Die Aufzugschächte waren nicht zugänglich, und so blieben nur die Treppen oder besser gesagt: die Treppenhäuser. In modernen Gebäuden war die Ausnutzung des Platzes so wichtig, dass man die Treppenhäuser so dicht und eng wie möglich baute, aber das hier war ein altes Krankenhaus, in dem das Treppenhaus noch ein architektonisches Erlebnis war. Gebaut von Menschen, die eng genug gelebt und gewohnt hatten, um zu wissen, dass der Mensch Licht und Luft brauchte. Hier würde es ein Leichtes sein, sich über das Geländer zu schwingen und hart auf dem Kellerboden zu landen.

Das zu beschließen, war einfach gewesen. Daher schlenderte er in Richtung des Treppenhauses, das am weitesten vom Haupteingang entfernt lag. Dort würden die wenigsten Menschen sein. Valdemar bewegte sich gemächlich, sodass niemand den Verdacht schöpfte, er hätte ein bestimmtes Ziel, stand fünf Minuten hier und zehn Minuten dort. Als er endlich zum Seitenflur kam, war dieser menschenleer, und er konnte schnellen Schrittes zum Fahrstuhl gehen und hinunter in den Keller fahren. Er musste ein Gefühl für die Höhe bekommen. Er schaute nach oben und konnte sehen, wie das Treppenhaus irgendwo weit entfernt ins Universum verschwand. Konnte es wirklich so weit bis zum Dach des Gebäudes sein? Das war unglaublich. Er würde unterwegs sowohl den Mond als auch den Planeten Mars passieren. Er ging nach oben ins Erdgeschoss und lehnte sich über das Geländer. Das war ein erschreckendes Gefühl, er konnte von dort aus den Boden deutlich sehen. Er konnte sehen, dass es eine Weile her war, seit der Boden gereinigt wurde, da die Wollmäuse in den Ecken herumkrochen. Egal, das war auf jeden Fall nicht hoch genug. Valdemar ging weiter nach oben. Als er sich über das Geländer lehnte, fiel ihm ein, dass er vergessen hatte, die Deckenhöhe in seine Berechnungen einzubeziehen. Das war ein altes Krankenhaus, und die Deckenhöhe betrug gut vier Meter. Ein Fall aus sechs Metern Höhe war für komplizierte Beinbrüche gut geeignet, aber vielleicht zu viel für eine einfache Luxation? Daher beschloss er, dass ein Sturz aus der ersten Etage ausreichen müsste, folglich ging er eine Etage nach unten und schaute auch dort über das Geländer. Weit unten konnte er den Boden sehen. Es war ungefähr wie fliegen.

Das einzige noch zu überwindende Hindernis war die Höhenangst. Menschen ohne Höhenangst hatten keine Ahnung, wie beängstigend es war, an einem Geländer zu stehen und nach unten zu sehen. Aber mit Höhenangst an einem Geländer zu stehen und nach wie vor entschlossen zu sein, sich nach unten zu stürzen, war ein Ding der Unmöglichkeit. Er war schweißgebadet, vor allem Stirn und Handflächen waren betroffen. Das Salz des Schweißes brannte in den Augen. Valdemar war kurz davor zu kneifen. Wie lautete noch das Gesetz der Beschleunigung? Die Beschleunigung eines Körpers hat die gleiche Richtung wie die Summe aller auf ihn einwirkenden Kräfte? Irgendwo in seinem Hinterkopf tauchte ein Bild von Newton und seinem Apfel auf. Warum sollte sich Valdemar dem aussetzen? Warum konnte er sich nicht darauf freuen, an die Arbeit zurückzukehren, so wie alle anderen? Er ließ das Geländer los und war kurz davor, sich umzuentscheiden, als die Krankenschwestern in seinen Gedanken auftauchten. Sie liefen kreuz und quer, nicht einmal in alphabetischer Reihenfolge. Er war sich sicher, würde er entlassen, wäre ihnen die Arbeitslosigkeit gewiss. Er hatte doch auch eine Verantwortung ihnen gegenüber! Valdemar griff wieder nach dem Geländer und lehnte sich darüber. Weit unten sah er den Kellerboden, gefertigt aus norwegischem Urgestein. Drei Milliarden Jahre alt. Es sah hart aus, und er begann zu zweifeln, ob er die Begegnung mit dem Granit überleben würde. Die Chancen schienen ihm gering, und er ließ das Geländer los. Es könnte auch gut gehen, dachte er. Es gab keinen Ausweg. Sollte er sich darauf vorbereiten, ins Büro zurückzukehren, zu all den Angestellten, die einen Lohnvorschuss wollten, und zu all denen, die nicht in der Lage waren, die Toilettenspülung zu betätigen? Ohne weiter nachzudenken, umklammerte er fest das Geländer, schwang sich hinüber und befand sich im nächsten Augenblick im freien Fall.

Er versuchte, mit der rechten Schulter auf den Boden zu zielen, aber das war nicht so einfach, wie er gedacht hatte, und er hatte keinerlei Möglichkeiten gehabt zu üben. Sein Leben lief wieder nicht wie ein Film vor seinen Augen ab, als er nach unten sauste. Valdemar wusste es besser. Er hatte persönliche Erfahrungen damit. Eine ganze Weile, vermutlich mehrere Stunden, konnte er den Granitboden studieren und sehen, wie jahrzehntelanger Gebrauch ihn blank poliert und die Kanten der Treppenstufen abgerundet hatte. Er versuchte sich vorzustellen, über welche Menschen und Schicksale der Boden erzählen könnte, wenn er denn reden könnte. Er versuchte zu erraten, woher der Granit gekommen war, welche Anstrengung es für die alten Steinmetze gewesen sein musste, ihn herauszuschlagen. Er konnte sie deutlich vor sich sehen, hämmernd, mit aufbrausendem Zorn und unendlicher Geduld. Valdemar konnte die Schwielen an ihren Händen spüren. Er konnte den Himmel über ihnen sehen, in einem Moment voller Sterne, im anderen voller Sommerwolken. Dann wurde es schwarz.

Als Valdemar aufwachte, blinzelte er in ein blendendes, grelles Gegenlicht. Es war, als würde er aus der Dunkelheit eines Tunnels ans Tageslicht kommen. Er versuchte, die Arme nach vorn zu strecken, glaubte aber nicht, es zu schaffen. Es war, als würden ihm seine Arme nicht gehorchen. Dann wurde es allmählich wieder schwarz, und er sank zurück in die Dunkelheit.

Als Valdemar das nächste Mal erwachte, riskierte er nicht, die Augen zu öffnen. Der Gedanke an das Licht erschreckte ihn. Weit entfernt konnte er murmelnde Stimmen hören. Ein paar Mal hörte er seinen Namen, aber den Zusammenhang verstand er nicht. Das Gehirn registrierte zumindest, dass er noch am Leben war und dass er aller Wahrscheinlichkeit nach noch im Krankenhaus lag. Aber bedeutete das, dass ihm der Sturz geglückt war? War es ihm gelungen, sich die gewünschte Schulterverletzung zuzuziehen? Oder hatte er falsch gerechnet? War er mit dem Kopf auf dem Granitboden aufgekommen und hatte sich einen Hirnschaden zugezogen? Valdemar ging im Kopf einige mathematische Theorien durch, die Pendelgleichung, das Gesetz von Boyle-Mariotte und die Formel der Preiselastizität, und stellte fest, dass das Gehirn funktionierte. Auf jeden Fall die eine Hälfte. Anschließend versuchte er, Ludvig Karstens Bild »Sommerabend« zu beschreiben. Seine Art, mit scheinbar zufälliger Komposition und suggestivem Können das Wesentliche und Charakteristische des Motivs hervorzuheben; der Strich nervös und ausdrucksvoll, die Farbe bald flimmernd, bald leuchtend; seine Vorliebe für kontrastreiche, expressive Zusammenstellungen von roten und eisgrünen Tönen im Gegensatz zu einem azurblauen Himmel. Als Maler überstieg Karsten seiner Meinung nach Munch, eine Ansicht, die alles andere als politisch korrekt war. Valdemar stellte fest, dass beide Gehirnhälften funktionierten und es an der Zeit war, die Augen aufzuschlagen. Was würde ihn erwarten?

Das Erste, was er sah, war Schwester Sunniva. Er hätte einen Scherz machen können, dass er im Himmel sein müsse, weil ein Engel an seinem Bett saß, ließ es aber bleiben. Alles hatte seine Grenzen. Außerdem würde sie den Spruch sicher bereits kennen. Er war fest entschlossen, seine Rolle zu spielen, und versuchte, überrascht und verwirrt zugleich zu wirken.

»Guten Morgen«, sagte Valdemar.

Sie sah ihn mit einer Sorgenfalte auf der sonst glatten Stirn an. Sie hielt ihre Hand vor seine Augen und winkte. Wollte sie, dass Valdemar zurückwinkte? Er versuchte, den rechten Arm zu heben, aber es gelang ihm nicht. Es tat nicht weh, und daraus schlussfolgerte er, dass er es geschafft haben musste, den Arm zu verletzen, und dieser betäubt war.

»Gibt es hier Mücken?«, fragte Valdemar.

Sie antwortete nicht, sondern drehte sich um und teilte jemandem weiter hinten im Raum mit, dass er wach sei. Umgehend war sein Bett von besorgten Menschen umringt, und er fühlte sich wie die neueste Touristenattraktion der Stadt.

»Vielleicht sollte ich Eintrittsgeld nehmen?«, schlug er vor, ohne dass dies bei jemandem ein Lächeln hervorzauberte.

Ein Arzt stellte sich als Doktor Vagle vor, aber er konnte sich auch verhört haben. Er beugte sich zu Valdemar hinunter und leuchtete ihm mit einer Taschenlampe in die Augen. Erst in das eine, dann in das andere, während er etwas Unverständliches murmelte. Er nickte mit dem Kopf und gab den Schwestern Instruktionen, die eine Mischung aus Latein und Abkürzungen beinhalteten. Eine der Krankenschwestern antwortete bestätigend, anschließend erhob er sich und ging.

»Was ist los?«, fragte Valdemar, denn er hatte das Gefühl, es sei an der Zeit, dass auch er an den Begebenheiten teilhatte. Seinem Verständnis nach war doch er der Mittelpunkt des Geschehens.

»Guten Morgen übrigens«, fügte er hinzu.

»Es ist nicht Morgen«, sagte Sunniva.

»Nicht?«

»Sie sind mehrere Tage weg gewesen.«

»Weg? Wie weg?«

»Weg wie ohnmächtig.«

Er weigerte sich, das zu glauben. Ohnmächtig für mehrere Tage? Er war doch gerade erst aus der ersten Etage gesprungen, und auch wenn ihn offensichtlich jemand ins Bett bugsiert hatte, konnte dies nicht mehrere Tage her sein. Alles hatte wie gesagt seine Grenzen.

»Machen Sie keine Witze«, sagte Valdemar.

»Sie macht keine Witze.« Eine Krankenschwester, die er nicht wahrgenommen hatte, kam Sunniva zu Hilfe. Auf ihrem Namensschild stand »Tuva«. Sie muss neu sein, dachte Valdemar und versuchte, sie geografisch einzuordnen, ohne dass es ihm recht gelang. Auf der einen Seite wirkte es, als komme sie aus dem Westen des Landes, auf der anderen, als sei sie im Osten der Hauptstadt aufgewachsen. Er konnte sich an einen Großteil von dem, was geschehen war, erinnern. Aber es war auch ganz offensichtlich, dass ihm etwas entgangen war. Seine Landung auf dem Kellerboden war wohl kaum eine sanfte gewesen.

»Was ist los?«, wiederholte Valdemar.

Die kleine Falte auf Sunnivas Stirn tauchte wieder auf.

»Erinnern Sie sich an nichts?«, fragte sie.

»Ich erinnere mich, dass ich gefrühstückt habe und mich anschließend hingelegt habe, um ein bisschen zu entspannen«, log er.

»Wir haben Sie im Keller gefunden«, sagte Sunniva.

»Im Keller? Was hatte ich dort zu suchen?«

»Nun, Sie sind das Treppenhaus hinuntergefallen und äußerst unsanft auf dem Kellerboden gelandet.«

»Das Treppenhaus hinuntergefallen?«

»Ja, Marte hat Sie gefunden, durch einen reinen Zufall. Marte ist glücklicherweise immer daran interessiert, dass wir die neueste und effektivste Ausrüstung verwenden. Als sie also auf dem Weg ins Fernlager war, entdeckte sie Sie auf dem Kellerboden.«

»Hat sie?«

Und beinahe wie durch Zauberhand stand Marte neben dem Bett, mit einer ebenso besorgten Miene wie Sunniva. Schrecklich, wie besorgt alle waren.

»Hat sie?«, wiederholte er, aber dieses Mal an Marte gerichtet.

»Ich war mir sicher, man habe Sie umgebracht«, sagte sie, und er verspürte einen heftigen Stich schlechten Gewissens. Es war nicht seine Absicht gewesen, jemanden zu erschrecken. Doch das konnte er nicht sagen.

»Sie lagen zusammengekrümmt ganz unten im Treppenhaus, und es war ganz klar, dass Sie heruntergefallen waren. Aber von wo? Ich habe Alarm geschlagen, und ich kann ungelogen sagen, dass wir beim Ausrücken einen neuen norwegischen Rekord aufgestellt haben.«

»Ich erinnere mich an nichts davon«, sagte Valdemar.

»Nein, Sie waren drei Tage lang bewusstlos. Das Schlimmste oder das Beste ist, dass Ihr rechtes Bein und Ihre rechte Schulter den Aufprall abgefangen haben. Das hätte richtig böse ausgehen können.«

»Das ist doch toll«, sagte er optimistisch.

»Die schlechte Nachricht ist, dass Sie sich bei dem Sturz einen Beinbruch und eine AC-Luxation dritten Grades zugezogen haben.«

Beinbruch? Das hatte nicht zu seinen Plänen gehört. Er wollte sich doch nur die Schulter verletzen. War er etwa aus zu großer Höhe gesprungen? Der Beinbruch war also eine Art Bonus.

»Wahrscheinlich hat Ihr rechtes Bein bei dem Sturz

das meiste abbekommen, und Sie können froh sein, dass Sie keine Osteoporose haben. Dann hätten die Chirurgen ein kleines Puzzle zusammensetzen müssen.«

»Glück im Unglück also?«

»So kann man es wohl ausdrücken. Aber Sie bleiben viel länger hier liegen, als Sie es sich jemals vorgestellt haben. Jetzt sind Sie der erste Patient in der Geschichte des Krankenhauses mit einer beidseitigen AC-Luxation dritten Grades.«

»Eine Art Rekord also?«

»Das ist nicht lustig«, zischte Sunniva. An der Oberfläche konnte sie sanft wirken, aber tief im Inneren verbarg sich eine Frau, die sich nicht gern an der Nase herumführen ließ.

»Das ist verdammt nochmal nicht lustig«, zischte sie erneut, »denn es ist nicht der Sinn der Sache, dass sich die Patienten im Krankenhaus verletzen. Und es ist auf keinen Fall der Sinn, dass sie aus welcher Etage auch immer auf den Kellerboden knallen.«

Valdemar dämmerte, dass jemand für den Sturz verantwortlich gemacht werden sollte.

»Ich erinnere mich an nichts, aber ich bin ganz sicher, dass ich es nicht mit Absicht getan habe«, sagte er.

»Sie erinnern sich an nichts?«, fragte Marte.

»Nein, vollkommene Leere.«

»Erinnern Sie sich nicht einmal daran, wie Sie in den Seitenflügel gekommen sind?«

»Nein.«

»Sie haben keine Feinde, die Ihnen ans Leben wollen?«

»Hä?«

»Ja, in der Geschäftswelt, also?«

»Sie gucken zu viele Krimis«, behauptete er.

»Aber Sie müssen irgendwie vom Zimmer in den Seitenflügel gekommen sein!« Marte und Sunniva waren ziemlich eifrig, das Mysterium zu lösen.

»Damit haben Sie ganz sicher recht, aber ich kann mich nicht daran erinnern. Kann ich geschlafwandelt sein? Jemand muss mich wohl gesehen haben.«

»Das ist es ja«, sagte Sunniva, »alle und niemand haben Sie gesehen. Alle, die Sie gesehen haben, meinen, Sie waren völlig klar. Gleichzeitig gibt es viele, die überzeugt sind, dass Sie diesen Weg nicht gegangen sein können.«

»Was sagen Sie da?«, sagte Valdemar.

»Kann es sein, dass Sie an anderer Stelle heruntergeworfen wurden und anschließend zum Treppenaufgang gebracht wurden? Dass der Tatort ein anderer ist als der Fundort?«

»Sie haben zu viele Krimis gesehen«, präzisierte er.

Zu diesem Zeitpunkt waren es zu viele lose Fäden geworden, und er fühlte ein akutes Bedürfnis, einen Überblick über die Situation zu erlangen. Er wandte sich an Sunniva und fragte:

»Das sind ein wenig zu viele lose Fäden hier, Sunniva. Können Sie ganz in Ruhe erzählen, was an den drei Tagen passiert ist, von denen die Rede ist?«

Sie dachte eine Weile nach, schaute nach oben an die Decke, wo es streng genommen nicht viel zu sehen gab, schluckte und erzählte:

»Nun, also. Marte wollte einiges an Ausrüstung aus dem Fernlager holen, das wir so nennen, weil es sich am weitesten entfernt im Seitenflügel befindet. Es wurde wahrscheinlich dorthin gelegt, weil es so umständlich wie möglich sein sollte, an die neueste und etwas teurere Ausrüstung zu kommen, sodass es einfacher ist, die alte, aber weitaus nicht so effektive Ausrüstung zu verwenden. Sie sparen an den Öre und lassen die Kronen sausen. Sie hatte es sehr eilig, und hätte sie aus dem Augenwinkel nicht den Schimmer eines hellblauen Pyjamas gesehen, hätte sie Sie kaum entdeckt. Aber glücklicherweise tat sie das, und die Art, wie Sie dalagen, ließ den Schluss zu, dass Sie gefallen waren. Marte geriet in Panik und rief den diensthabenden Arzt an, während sie die beiden Etagen nach unten lief. Eine einfache Untersuchung zeigte, dass Sie am Leben waren und atmeten.«

»Kein Bedarf für die Mund-zu-Mund-Beatmung also?«

»Nein.«

»Wie ärgerlich.«

Niemand ging auf den Witz ein. Wie konnten so hübsche und nette Krankenschwestern so humorlos sein? Valdemar verspürte einen Anflug kognitiver Dissonanz. Vielleicht war sein Plan doch nicht fehlerfrei? Vielleicht würde es auf Dauer doch nicht so nett werden, wie er geglaubt hatte?

»Aber Ihre Schulter war eindeutig verletzt, und Sie waren bewusstlos. Der Arzt kam nur wenige Sekunden später, und anschließend ging es für Sie direkt auf die Intensivstation. Dort lagen Sie, bis Sie stabil waren, das heißt, ein paar Tage, und dann wurden Sie zu uns zurückgebracht. Dass Sie eine deutliche retrograde Amnesie haben, unterstreicht, dass Sie sich bei dem Sturz eine Gehirnerschütterung zugezogen haben.«

»Das bedeutet genau?«

»Dass Ihnen die Erinnerung an den Sturz fehlt. Eine Gehirnerschütterung kann auch Kopfschmerzen, Schwindel und gewisse nervöse Symptome zur Folge haben. Wir haben versucht, Sie aufzuwecken, um uns zu versichern, dass Sie keine Gehirnblutung erlitten haben, aber das ging nicht. Daher wurden Sie in bewusstlosem Zustand zum MRT geschickt, und glücklicherweise waren die Ergebnisse negativ.«

Die Abkürzung erkannte Valdemar von den Instruktionen des Arztes wieder. Er begriff: Selbst wenn irgendwie alles nach Plan gelaufen war, so passte doch nicht alles. Nicht der Fall war gefährlich gewesen, sondern der jähe Aufprall. Es war auch nicht das erste Mal, dass er mehr Glück als Verstand hatte, aber er war froh darüber.

»Aber was wir alle uns fragen, ist: Wie ist es möglich, an so einer Stelle herunterzufallen? Niemand würde so ein Idiot sein und aus freien Stücken springen, und Sie wirken nicht gerade wie ein Selbstmordkandidat. Und wollten Sie Selbstmord begehen, hätten Sie in diesem Fall von einem Stockwerk weiter oben springen müssen, um sicherzugehen. Wir glauben, Sie sind herumspaziert, mehr oder weniger benebelt, und sind dann auf irgendeine merkwürdige Weise über das Geländer gekippt.«

»Ist es möglich, so ohne Weiteres über ein Geländer zu kippen?«

»Nein, das sollte in der Tat nicht möglich sein. Und wenn sich jemand die Schuhe dafür anziehen muss, dann ist es Tundal. Es ist seine Aufgabe, dafür zu sorgen, dass die Gebäude den notwendigen Standards und Genehmigungen entsprechen. Die Nächste, die einen Satz warme Ohren bekommen hat, ist die diensthabende Oberschwester. Sie hat die Verantwortung für die Patienten der Abteilung. Das heißt, dass sie jederzeit wissen muss, wo sich der einzelne Patient befindet. Es kann passieren, dass wir evakuieren müssen, zum Beispiel bei einem Feueralarm, und da können wir die

Patienten nicht beliebig herumspazieren lassen. Außerdem wäre es eine erbärmliche Reklame für das Krankenhaus, wenn bekannt würde, dass die Sicherheitsabteilung komplett außer Kontrolle geraten ist. Sie ahnen nicht, für wie viel Aufruhr Sie gesorgt haben.«

»Uff, ich wollte niemandem zur Last fallen«, bedauerte Valdemar mit echtem Einfühlungsvermögen. Er hatte nicht geglaubt, dass die Oberschwester nur wegen ihm eine Rüge bekommen würde. Er konnte auch nicht erklären, warum die Oberschwester nicht gewusst hatte, wo er gewesen war. Nicht eine einzige kleine Bewegung erschütterte seine Mundwinkel. Aber wie konnte er ihr erklären, dass sie unschuldig war, wenn er nicht gleichzeitig erklärte, dass dies von Anfang an seine Absicht gewesen war? Und wie sollte er das Rafael erklären?

»Aber um auf Sie zurückzukommen«, sagte Marte, und nun wurde es interessant, »Sie haben also Luxationen in beiden Schultern und einen Bruch im rechten Oberschenkelknochen, Sie waren drei Tage bewusstlos, und auch wenn es so aussieht, als würde es gut ausgehen, müssen Sie sich darauf vorbereiten, noch eine Weile unser Gast zu sein. Ich bezweifle, dass jemand Sie vor Ablauf von zwei Wochen entlassen wird.«

Das Pokerface war kurz davor zu zerspringen. Valdemar wollte am liebsten aus dem Bett springen und irgendjemanden umarmen, stattdessen seufzte er schwer und sagte:

»Einen halben Monat?«

»Aber wir haben auch gute Nachrichten für Sie«, sagte Sunniva, »Sie müssen nicht mehr in diesem Schlafsaal liegen, sondern bekommen ein Einzelzimmer. Das ist wie im Hotel zu wohnen. Außerdem bekommen Sie einen eigenen Rollstuhl.«

»Rollstuhl?«

»Ja, der Beinbruch kann nicht gegipst werden, und mit diesen Schultern können Sie keine Krücken verwenden. Da ist ein Rollstuhl das Praktischste für Sie, aber seien Sie vorsichtig in der Nähe der Treppen.«

Das war beinahe zu gut, um wahr zu sein. Zwei Wochen mit Vollpension im Einzelzimmer. Eigenes Fahrzeug. Jemand im Krankenhaus hatte offensichtlich ein schlechtes Gewissen und wollte einen Ausgleich für das bieten, was er durchgemacht hatte. Wenn die nur wüssten. Er hatte sich mehr und mehr wie ein Seiltänzer gefühlt, aber exakt in diesem Moment hatte er gute Balance und Kontrolle. Er hatte zwei Wochen, um den weiteren Aufenthalt zu planen. Was konnte er mehr verlangen?

53

Die dritte Operation war eine Wiederholungsübung, auch wenn er Vollnarkose gehabt hatte. Der Reiz des Neuen war so langsam verschwunden, aber das Wichtigste für Valdemar war, im Krankenhaus zu bleiben. Der Arzt hatte angedeutet, dass er für eine Weile zur Reha geschickt werden sollte, und das wirkte vielversprechend. Sie schickten niemanden zur Reha, wenn es nichts Ernsthaftes war, nahm er an.

Erneut war es Birgitte, die ihm in den Operationssaal folgte, und Valdemar überlegte, ob er etwas in der Richtung sagen sollte, sie müssten andere Methoden finden, einander zu treffen, ließ den Gedanken aber fallen. Er rechnete damit, dass ihr der Witz bereits ausreichend bekannt war. Außerdem war er nicht besonders lustig.

Valdemar wurde von der Anästhesistin freundlich empfangen. Sie erkannte ihn wieder und fragte, ob er seit dem letzten Mal zugenommen habe. Das war wichtig zur Berechnung der richtigen Dosis. Valdemar sagte, er habe wohl ein oder zwei Kilo zugenommen, weil ihn die Krankenschwestern so gut versorgten. Anschließend wurde ihm das kleine Rohr in die Vene gesteckt, durch das die Anästhesistin die weiße, Farbe ähnelnde Flüssigkeit spritzte, und ihn überkam exakt in dem Moment der Drang, die unfassbar lustige Geschichte über die beiden Handelsreisenden Pat und Mike zu erzählen. Dann schlief er ein, und alles um ihn verschwand.

54

Als er aufwachte, befand er sich in einem Raumschiff. Das Erste, was er hörte, war eine Art tiefes Summen, das er den Protonenmotoren zuschrieb, die das Raumschiff zu einem fernen Reiseziel beförderten. Er hörte dem Geräusch eine Weile zu, versuchte, die Vibrationen im Rumpf zu spüren, und fühlte sich heimisch. Als wäre er viele Jahrhunderte lang unterwegs gewesen, teilweise in einer Art Dämmerzustand. Valdemar begriff, dass er dabei war, geweckt zu werden, und dachte, sie näherten sich dem Zielplaneten. Er meinte sich zu erinnern, dass sie auf dem Weg zum Stern Fomalhaut im Sternbild Südlicher Fisch waren, um einen extrasolaren Planeten zu untersuchen, bekannt als Fomalhaut Alpha. Oder war er vielleicht an der Reihe mit dem Wachdienst? Langsam öffnete er die Augen und sah, dass er in einem Raum mit vielen Betten lag. Der Aufwachsaal. Hier war er bereits so viele Male aufgewacht, und es hatte etwas Sicheres und Heimisches. Ein angenehmes grünes Licht erfüllte den Raum. Er erinnerte sich an den Namen des Raumschiffes. Alexandria, benannt nach der Stadt auf der Erde, die einst für die größte Bibliothek der Welt bekannt war. Valdemar versuchte, den Kopf zu heben, aber der fühlte sich viel zu schwer an. Er stöhnte leise.

Im gleichen Augenblick materialisierte sich an der Bettkante jemand aus der Mannschaft. Sie trug die bekannte weiße Uniform, mit dem oben auf der linken

Seite aufgedruckten Logo des Raumschiffes. Er war noch immer zu schläfrig, um deutlich lesen zu können, was dort stand, meinte aber, es müsse Alexandria sein.

»Hallo, ich heiße Wenche. Die Operation ist gut verlaufen.«

Mit »Operation« meinte sie den Dämmerzustand. Dessen war er sich sicher.

Der Aufwachraum von Alexandria verschwand langsam und wurde von der postoperativen Abteilung des Krankenhauses abgelöst. Die Enttäuschung war groß, als Valdemar die Wahrheit bewusst wurde. Er versuchte, Wenche zu antworten, brachte aber kein Wort heraus. Wäre er in Alexandria aufgewacht, hätte er zumindest fragen können, wo sie sich befanden. Wie weit sie gekommen waren. Ob sie hier essen würden. Wenche hatte mit einem einzigen Satz alles gesagt, was notwendig war, um die Situation zu erklären. Er war operiert worden, die Operation war gut verlaufen, und es war nur eine Frage der Zeit, bis er zu seinem Zimmer zurückgeschoben werden würde, um weiterzudösen. Genau wie die letzten zwei Male. Sie berichtete, er könne die Balser-Platten behalten, die sie einoperiert hatten, wenn es so weit war, und er sah keinen Grund, das Angebot auszuschlagen. Man konnte nie wissen, wann man ein paar Balser-Platten brauchen würde.

55

Der Arzt hatte seine Visite gerade beendet, als Sunniva erklärte, Valdemar könne jetzt nicht weiterschlafen. Das Krankenhaus hatte für ihn eine Reha bei netten Menschen draußen auf dem Land gebucht, und der Minibus würde in wenigen Minuten bereitstehen. Er würde nicht einmal Zeit für das Frühstück haben, aber Sunniva besaß eine warme und mitmenschliche Art, schlechte Nachrichten zu überbringen. Valdemar stellte fest, dass er sich auf den Aufenthalt freute, auch wenn er fest entschlossen war, sich nicht rehabilitieren zu lassen. Vor allen Problemen konnte man davonlaufen. Sunniva erzählte von dem Seeblick von der Veranda des Hauses, von dem Essen, das die Inhaberin selbst zubereitete und das sich folglich von den Fertiggerichten unterschied, die ihm für gewöhnlich serviert wurden; von weidenden Kühen, hochfliegenden Schwalben und von weißen, kleinen Wolkenbüscheln oben am blauen Himmel. Sunniva sollte Direktorin von etwas sein, von etwas, wo man ihre Motivationskünste brauchen könnte. Er war sicher, dass sie eine gute Leiterin abgeben würde. Sie half ihm, seine wenigen Sachen einzusammeln, und begleitete ihn aus dem Zimmer. Auf dem Weg machten sie in der Wachstube halt und wechselten ein paar Worte mit denen, die dort saßen und darauf warteten, dass der Tag begann. Sowohl Birgitte als auch Marte waren dort, morgenfrisch wie es nur Krankenschwestern sein konnten, und zusammen lachten sie ein bisschen über die Geschichte, als er in die Abstellkammer geraten und eingeschlafen war. Das Letzte, was sie sagten, war, dass sie hofften, ihn nie wiederzusehen. Valdemar wusste, das war nett gemeint, aber er war fest entschlossen zurückzukommen. So eine Reha konnte gefährlich sein, besonders, wenn er in dem Glauben, eine Reha berge keinerlei Gefahren, unachtsam werden würde.

Der Bus kam nicht zur vereinbarten Zeit, und Valdemar spürte, dass seine Geschäftsführender-Direktor-Nerven wieder erwachten. Wie schwer konnte es sein, pünktlich zum ersten Termin des Tages zu erscheinen? Oder spielte es keine Rolle, weil die Patienten sowieso warteten und daher alle Zeit der Welt hatten? Nachdem er sich einige Minuten darüber gewundert hatte, bekam er plötzlich den unheimlichen Drang, die Initiative zu ergreifen. Daher lehnte er sich zurück und dachte, dies sei wie in der Rekrutenschule. Man konnte nichts machen: Es kommt, wie es kommt. Der Kiosk hatte geöffnet, und der Inhaber war dabei, Speckwürstchen zu braten. Die Leute wollten frühstücken, und die ersten Taxifahrer standen bereits mit angeschalteter Dachleuchte vor dem Krankenhaus. Der Geruch von verbranntem Fett verteilte sich langsam über den Rezeptionsbereich und forderte seinen knurrenden Magen heraus. Er setzte sich näher ans Fenster, um dem schlimmsten Gestank zu entgehen. Das half ein wenig. Er schaute aus dem Fenster und sah, wie die Autos Richtung Zentrum strömten, sich wie ein glühender Midgardswurm durch den Kreisverkehr schlängelten und auf der anderen Seite wie ein vielköpfiges Ungeheuer verschwanden.

Als er klein war, hatte er mit seinen Freunden an der Landstraße gesessen und Autokennzeichen aufgeschrieben. Es galt, das seltenste zu finden. Ausländische waren am außergewöhnlichsten, selbst schwedische Nummernschilder galten als exotisch. Valdemar hatte gerade begonnen, darüber nachzudenken, dass die Kinder heutzutage vielleicht nicht mehr die Bedeutung kleiner Freuden lernten, als der Bus anrollte. Er wusste nicht, woher der Bus kam, aber plötzlich fuhr er dicht an das Gebäude, so nah an den Eingang, dass er glaubte, der Fahrer wollte direkt in den Kiosk hineinfahren, um Speckwürstchen zu bunkern.

»Soll hier jemand mit nach ...?«, rief der Fahrer. Er sagte auch den Ort, artikulierte sich aber so undeutlich, dass er alles Mögliche hätte sagen können. Valdemar zählte zwei und zwei zusammen und vermutete, dass dies der Transport sei, mit dem er fahren sollte.

»Ja«, antwortete er und wollte erklären, dass er das zumindest glaubte, aber nicht verstanden hatte, welches Reiseziel der Fahrer angesagt hatte.

»Dann springen Sie an Bord, wir sind spät dran«, sagte der Fahrer und gab Valdemar die ganze Schuld dafür, dass er es nicht geschafft hatte, an diesem Morgen aufzustehen.

Valdemar sprang an Bord.

Oder so etwas in der Art. Mit zwei Armen, die schwerlich funktionstüchtig waren, und einem gebrochenen Bein in einen Bus einzusteigen, war ein Balanceakt, selbst mit Krücken. Der Fahrer hätte möglicherweise helfen können, begnügte sich aber damit, laut zu seufzen. Valdemar platzierte sich in der zweiten Sitzreihe, rechts am Fenster. Im gleichen Augenblick setzte sich der Bus in Bewegung, entging einer Kollision mit dem

Molkerei-Fahrzeug, das mit der täglichen Lieferung landwirtschaftlicher Produkte ankam, nur knapp und machte sich anschließend auf den Weg zur Autobahn. Valdemar wollte noch um Hilfe beim Anlegen des Sitzgurtes bitten, aber es war bereits zu spät. Sie mussten nach Norden, aus der Stadt heraus, und da die meisten Autofahrer in der Gegenrichtung unterwegs waren, hatten sie freie Fahrt. Der Fahrer beschleunigte und zog den Bus auf die linke Spur, um dort zu bleiben. Die Landschaft vor dem Fenster flimmerte und erinnerte an ein Aquarell, egal wie stark Valdemar versuchte zu fokussieren. Er saß dem Fahrer schräg zugewandt, sodass er Armaturenbrett und Tachometer im Blick hatte, und als dieser einhundertfünfzig Stundenkilometer zeigte, dachte er, sie hätten die Höchstgeschwindigkeit erreicht. Nach drei Operationen befand sich Valdemar auf dem Weg zur Reha und hatte keine besondere Lust, einem Autounfall ausgesetzt zu sein. Diesbezüglich war der Ausgang viel zu unsicher. In seinem Kopf tauchte das Bild von zwei Oberschenkelknochen auf, die auf der Rückseite des Körpers herausstachen, wie es Sunniva so malerisch beschrieben hatte. Es war eine Sache, die Schulter bei einem Sturz aus dem Bett oder ins Treppenhaus zu verletzen, eine ganz andere aber, in Lichtgeschwindigkeit zu verunglücken.

Er entschied sich, dem Fahrer seine Sicht der Dinge zu erläutern. Der Fahrer richtete seinen Blick von der Fahrbahn weg auf ihn und sagte »Hä?«. Valdemar hob die Stimme ein wenig an. Er erklärte, dass er bereits operiert und auf dem Weg zur Reha sei und dass es von dem Fahrer vielleicht unklug sei, auf der linken Spur zu verharren, mit dem Logo des Krankenhauses an der Seite des Busses, fünf Meter lang und anderthalb Meter hoch. Er erklärte, dass der Bus eine Art mobiles Werbeplakat sei und dass sein Verhalten im Straßenverkehr die Sicht der Menschen auf das Krankenhaus beeinflussen könnte. Dann fügte er hinzu, dass der Minibus kein Blaulicht habe. Der Fahrer verstand kein Wort von dem, was Valdemar sagte.

Er verdrehte die Augen und stöhnte laut.

»Zum Teufel, so einer bist du also«, stellte er fest, bremste ab und lenkte den Bus hinüber auf die rechte Spur. Valdemar sollte offensichtlich bekommen, um was er gebeten hatte. Es war deutlich, dass der Fahrer plötzlich darauf pfiff, wann sie ankamen, und dass jegliche Verspätung von jetzt an Valdemars Verschulden war. Er hatte getan, was in seiner Macht gestanden hatte. Die Stimmung im Bus sank auf den Gefrierpunkt. Sie tuckerten in einem Tempo dahin, das bei Valdemar den Wunsch auslöste, auszusteigen und Blumen zu pflücken, aber die Landschaft war zumindest scharf erkennbar geworden. Als sie von der Autobahn abfuhren und etwas durchquerten, das einer Ortschaft ähnelte, staute es sich schon hinter ihnen. Der Fahrer machte keine Anstalten, jemanden vorbeizulassen, und nach und nach hatte es den Anschein, als wäre die Anzahl der Autos hinter ihnen dreistellig. Allen voran schlichen der Privatchauffeur und Valdemar in einem Minibus mit einem fünf Meter breiten Logo des Krankenhauses darauf. Es gab keinen Zweifel daran, wer der Erste in der Schlange war. Alles, was Reklame für ein schlechtes Produkt tun konnte, war, es schneller zu töten, hatte Valdemar jemanden sagen hören. Als es ihnen gelang, einen Traktor mit einer Fuhre Rüben einzuholen, unternahm der Fahrer keinerlei Versuch, diesen zu überholen, sondern drosselte das Tempo weiter und blieb schön dahinter. Hätten sie sich in der Stadt befunden, wäre die Stimmung in der Schlange hinter ihnen garantiert gereizt gewesen, aber die Menschen auf dem Land hatten sichtlich mehr Zeit und waren weniger aggressiv. Niemand hupte oder wies Anzeichen von Aggressivität auf. Valdemar glaubte, langsam zu verstehen, warum man die Leute zur Erholung aufs Land schickte. Nachdem sie ein paar Feldwege gekreuzt hatten, bog der Rübentransport ab, und sie waren wieder die Ersten in der Schlange.

Auf einem Hügel mit Aussicht über den Binnensee bogen sie nach links ab und fuhren auf einem trockenen Schotterweg weiter. Sie fuhren so langsam, dass der Bus nicht einmal Staub aufwirbelte, und nach einer gefühlten Stunde tauchte am Horizont ein großes, weiß gestrichenes Haus mit grünen Fensterrahmen auf. Nach einer weiteren Stunde stoppte der Bus auf dem Platz vor dem Haus. Der Fahrer öffnete die Tür ohne ein Wort, verschwand aus dem Bus und überließ es Valdemar, die Stufen allein herunterzukriechen. Das Haus war länglich, hatte zwei Etagen und war behutsam modernisiert. Über der Eingangstür hing ein grünes Schild mit der Aufschrift »Pension Engeset«. Die Aussicht über die Felder und den Binnensee war schöner, als eine Postkarte es wiedergeben konnte, die Schwalben flogen zwischen den Apfelbäumen umher, und von einer eingezäunten Wiese schauten ihn neugierig ein paar Pferde an. Das sollte also für die nächsten Wochen sein Zuhause sein. Eine dunkelhaarige, zierliche Gestalt kam ihnen von der Eingangstür her entgegen. Sie hatte blaue Augen, Grübchen auf beiden Wangen sowie einen freundlichen und bestimmten Händedruck. Möglicherweise stellte sie sich vor, er bekam auf jeden Fall mit, dass sie »Jenny« sagte, der Rest aber ging an ihm vorbei. Valdemar glaubte, sie hieß ihn auch willkommen, aber er war weder in der Lage, sich zu bedanken, noch sich vorzustellen. Er hatte mehr als genug damit zu tun zu atmen. Es war, als hätte der Blitz eingeschlagen. So hatte er sich noch nie gefühlt, auf jeden Fall nicht die vergangenen zwölfeinhalb Jahre.

Der Fahrer öffnete seinen Mund.

»Ja, dann wollen wir es uns mal schmecken lassen«, sagte er und schmatzte.

Also war auch die Rede von Essen gewesen – und Valdemar spürte plötzlich, wie hungrig er war. Mittag war lange vorüber, und es waren viele Stunden vergangen, seit er im Krankenhaus im Bratenqualm von Speckwürstchen gesessen hatte, und er musste zugeben, dass der Fahrer recht hatte.

Der Fahrer stürmte hinter der Frau her, und Valdemar blieb auf dem Hofplatz wie eine abstrakte Statue zurück. Das war ein richtig schöner Hof, mit einem großen Baum in der Mitte, umgeben von Rhododendronbüschen. Er atmete die warme Sommerluft ein und merkte auf einmal die Abwesenheit von Kohlendioxid. Nicht verwunderlich, dass die Menschen an solchen Orten gesund wurden, dachte er.

Valdemar wollte gerade ins Haus gehen, als eine weiße Taube aus dem Minibus geflogen kam.

»Palomma?«, fragte er ungläubig. Der Vogel war als blinder Passagier mitgefahren, als wäre er zu faul zum Fliegen. Palomma flog auf seine Schulter, und auch wenn sie sicher kaum ein halbes Kilo wog, reichte das aus, um ihm wehzutun. Sollte er den Vogel wegjagen, oder sollte er ihn mit hineinnehmen? Er konnte ihm keine Zimtschnecke anbieten und dachte, wenn der Vogel genauso hungrig war wie er, könnte er ihm vielleicht ein paar Brotstückchen beschaffen. Er folgte den anderen nach drinnen.

Der Fahrer langte bereits kräftig zu, so als hätte er lange kein Essen gesehen oder bekommen, auch wenn sein Körper etwas anderes vermuten ließ. Valdemar entschied sich, ihn zu übersehen, und wollte sich an einen anderen Tisch setzen. Doch der Blick der dunkelhaarigen Frau hielt ihn auf. Sie starrte ihn an, als wäre er soeben mit einer fliegenden Untertasse gelandet und nicht mit dem Minibus angekommen. Das heißt, sie starrte Palomma an, die wie ein Papagei auf seiner Schulter saß. Sie sprach mit Valdemar, aber wieder bekam er nicht mit, was sie sagte. Entweder sprach sie zu schnell, oder es hatte etwas mit ihrem Dialekt zu tun. Gleichzeitig unternahm sie den Versuch, mit der einen Hand auf etwas zu zeigen, aber es blieb bei einem Versuch.

»Hä?«, schaffte Valdemar hervorzubringen, nachdem der Strom an Wörtern beendet war. Er wirkte alles andere als intelligent. Jennys Anblick hatte ihm vollständig den Atem geraubt, und er hatte große Schwierigkeiten, sich zu konzentrieren. Er konnte an nichts anderes als an das Glück denken, das ihm gerade begegnet war.

Jenny schaffte es endlich, auf Palomma zu zeigen, und wiederholte das Gesagte, langsamer dieses Mal. Valdemar gelang es, zwischen all den Vokalen einige Konsonanten auszumachen, aber nicht genug, um daraus konkrete Wörter zu bilden. Er starrte sie weiter an, glotzte regelrecht, und hoffte, sie würde es nicht missverstehen. Auf jeden Fall sabberte er nicht. Nun hatte er das unbedingte Gefühl, er müsse etwas sagen, und so fragte er:

»Das?«

Jenny ging in die Hocke und sprach mit ihm so langsam es ihr möglich war, aber es war dennoch zu schnell.

»Wo haben Sie die Taube gefunden?«

Ah! Sie wollte wissen, wo er die Taube gefunden hatte.

»Ich habe sie nicht gefunden«, antwortete Valdemar. »Sie hat mich gefunden. Sie ist mir von der Stadt gefolgt und hat beschlossen, dass wir beste Freunde sind.«

»Ist sie Ihnen nachgeflogen?«, fragte Jenny.

»Nein, sie hat den Bus genommen«, entgegnete er und merkte, wie vollkommen idiotisch sich dieses Gespräch anhören musste. Bald würde sie sicher fragen, ob Palomma mit dem Ticketpreis für Kinder davongekommen war.

Sie wurde still.

»Was?«, fragte Valdemar. »Sind Haustiere hier nicht erlaubt?«

Das war natürlich eine dumme Frage.

»Doch«, antwortete Jenny. »Es ist nur so, dass Tauben nicht unter die Kategorie Haustiere fallen. Sie haben eine Tendenz, Ungeziefer mit sich herumzuschleppen.«

»Das ist nicht irgendeine Taube«, sagte er. »Das ist Palomma. Sie duscht täglich und ist reinlicher als die meisten Menschen, die ich kenne.«

»Das macht sie immer noch nicht zu einem Haustier.«

»Sind denn Kuscheltiere erlaubt?«

»Ich glaube nicht, dass in den Vorschriften etwas über Kuscheltiere steht.«

»Da haben wir es«, sagte Valdemar und betrachtete die Diskussion für sich als beendet. Palomma hatte das Thema nie auch nur einer Diskussion wert empfunden, und als wolle sie dies unterstreichen, flog sie auf Valdemars Kopf und fing an zu gurren. Er zog einfach die wundersamsten Geschöpfe an, seien es Tauben oder Menschen.

»Ich glaube nicht ...«, sagte Jenny.

»Nicht was?«, fragte Valdemar.

»Nichts«, antwortete sie, schenkte Kaffee ein und stellte das Milchkännchen bereit. Vielleicht wusste sie, dass Valdemar seinen Kaffee mit Milch trank, oder es war etwas, das sie auf dem Land einfach taten. Oder hatte jemand aus dem Krankenhaus gepetzt?

»Glauben Sie, Palomma könnte eine Scheibe Brot bekommen?«, fragte er.

»Palomma?«

»So nenne ich sie. Ich habe sie immer mit Zimtschnecken gefüttert, und vielleicht ist sie mir deshalb gefolgt. Ich weiß es nicht. Sie können sie fragen.«

Benahm er sich wie ein Verrückter? Oder war es das Bedürfnis, Aufmerksamkeit auf sich zu ziehen, sodass er sich wie ein Teenager benahm? Er fühlte sich regelrecht tollpatschig. Die Selbstsicherheit, die ihn im Geschäftsleben ausgemacht hatte, war verschwunden. Er hatte die verzwicktesten Situationen gemeistert, aber keine von ihnen war so verzwickt gewesen wie diese. Jenny schaute ihn einige Sekunden lang an, bevor sich auf ihrem Gesicht ein Lächeln breitmachte.

»Natürlich soll Palomma eine Scheibe Brot bekommen«, sagte sie und fügte hinzu: »Auf der Terrasse.«

56

»Was meinst du?«, fragte Valdemar, als sie auf einer Gartenbank saßen und über die Landschaft schauten. Palomma antwortete nicht, sondern starrte ungeduldig auf die Scheibe Brot, die Valdemar in der Hand hielt.

»Glaubst du, ich bin zu alt? Oder hat all das einen Sinn?« Er sah die Taube an und verstand sofort, was sie meinte. Er brach drei, vier Stückchen Brot ab und gab sie ihr.

»Glaubst du, das kann der Sinn des Unfalls gewesen sein?«, sagte er und holte mit den Armen aus. Die Landschaft badete im Sonnenlicht, kleine weiße Wölkchen segelten am Himmel entlang, und einige Vögel einer ihm unbekannten Art zwitscherten eifrig in den Baumwipfeln. Der Kontrast zum Loft war beachtlich. Hier draußen sprühte es vor Leben, während das Loft von Zurückgezogenheit, Isolation und der Abwesenheit von vielem geprägt war. Aber war es nicht gerade die Isolation, die er sich wünschte? Zu nichts Stellung beziehen zu müssen? Nur an sich selbst zu denken? Plötzlich überkamen ihn Zweifel. Wollte er eine unbekannte Anzahl von Jahren in einem dunklen Loft mit fünf alten Herren verbringen, am Whisky nippen und Bridge spielen? Wollte er wirklich stagnieren und auf diese Weise eintrocknen? Oder hatte er sich so weit in dem Loch nach unten gegraben, dass er im Begriff war, auf der anderen Seite wieder herauszukommen?

»Glaubst du, ich wurde nur angefahren, um hierherzukommen und all das zu sehen? Das Licht und die Luft zu erleben? Glaubst du, ich wurde beinahe getötet, um das Leben spüren zu können? Um aus dem Loch herauszukommen, in dem ich mich die letzten zwölfeinhalb Jahre versteckt habe? Glaubst du das?«

Der Vogel sah ihn an und legte den Kopf schief. Valdemar gab ihm noch ein paar Stückchen Brot, aber er zeigte kein Interesse daran. Er nickte mit dem Kopf, so als hätte Valdemar endlich mal etwas Vernünftiges gesagt, als hätte er sich endlich auf den richtigen Weg begeben, als würde die Taube ihm ihre Genehmigung erteilen. So als wolle sie sagen, dass Jenny eine gute Wahl war. Dann flatterte sie von der Bank hinauf auf die nächstgelegene Baumspitze, schwebte zurück und drehte eine Runde über Valdemar, bevor sie in den Himmel aufstieg und verschwand. Er blieb mit einer halben Brotscheibe und der Gewissheit zurück, dass die Taube niemals zurückkehren würde. Er stand auf und ging zu den anderen.

57

Der Fahrer war fertig damit, Essen in sich hineinzuschlingen, bevor es Valdemar überhaupt geschafft hatte anzufangen; dann schlürfte er den restlichen Saft aus, rülpste und sagte, es sei an der Zeit, in die Hauptstadt zurückzukehren. Er hätte sich für das Essen bedanken können, entschied sich stattdessen aber dazu, das Haus ohne einen Blick zurück zu verlassen. Im Bus angelangt legte er den ersten Gang ein, gab Gas und ging direkt von der Kupplung. Der Bus machte einen Satz und raste vom Hof, sodass Kiesel und Schotter nur so spritzten. Er wollte die verlorene Zeit offensichtlich wieder einholen. Als sich der Staub gelegt hatte, sagte Valdemar:

»Ich glaube, er hat vergessen, meinen Koffer auszuladen, bevor er losfuhr.«

Jenny lächelte.

»Wir warten, bis er im Krankenhaus zurück ist«, sagte sie.

Auch Valdemar musste lächeln. Jenny war eine Frau, die dort zurückschlug, wo es am meisten wehtat. Er fand es unglaublich, zu welchen Fäusten sich so schlanke Hände formen konnten. Er konnte vor sich sehen, wie der Chef dem Fahrer mitteilte, er müsse die Fahrt zur Pension erneut machen und dieses Mal daran denken, das Gepäck auszuladen, auch wenn es nur ein einzelner Koffer war. Er konnte auch vor sich sehen, wie er sich an anderen Verkehrsteilnehmern rächte, denn natürlich war es ihre Schuld, dass er vergessen hatte, das Gepäck auszuladen.

»Ein schönes Haus haben Sie da«, sagte Valdemar.

»Finden Sie?«, fragte sie. Sie streckte ihren Rücken leicht, stolz.

»Das schönste der Welt«, sagte er und hoffte, das wirkte nicht allzu anbiedernd. Dennoch entsprach es der Wahrheit. Der Unterschied zu den Krankenhausfluren, Zimmer 404, dem Loft, dem Büro und den Besprechungsräumen war überwältigend.

»Aber, wer hilft Ihnen?« Auch das war eine Frage, die leicht missverstanden werden konnte. Oder die leicht so verstanden werden konnte, wie Valdemar sie meinte.

»Keiner.«

»Keiner?«

»Nein. Es sei denn, Sie hätten Lust dazu, wenn Sie wieder gesund sind.« Jenny lachte, und Valdemar war sich nicht sicher, ob sie mit ihm scherzte oder es ernst meinte.

»Ich bin doch hier, damit Sie mich wieder gesund machen«, sagte er, »also liegt es an Ihnen, wie lange es dauert, bis ich mit der Arbeit beginnen kann.«

Es entstand eine kleine Pause. Keinem von beiden fiel eine kluge Fortsetzung des Gesprächs ein, und nach einigen Sekunden schlug Jenny vor, ihm sein Zimmer zu zeigen. Gemeinsam stiegen sie eine frisch gestrichene Treppe hinauf in den ersten Stock. Sein Zimmer lag ganz am Ende des Ganges, mit Blick über das Tal und den See.

»So, das ist das Zimmer«, sagte Jenny, »ich hoffe, Sie fühlen sich wohl. Derzeit ist es ein bisschen ruhig. Sie sind der einzige Gast.«

»Fein«, sagte Valdemar und schickte dem Schicksal ein Dankeschön dafür, dass es so vorausschauend gewesen war.

»Das ist das Bjørnsonzimmer«, erklärte sie.

»Aha. Ist Bjørnson hier gewesen?«

»Nein, es heißt Bjørnsonzimmer, weil Bjørnson nicht hier gewesen ist.«

»Genau.« Er verstand. Seine Art von Humor.

»Und das ist das Ibsenzimmer«, sagte sie und zeigte quer über den Flur.

»Genau«, wiederholte Valdemar. »Und das, weil Ibsen nicht hier gewesen ist?«

»Genau.«

Valdemar mochte sie von Sekunde zu Sekunde mehr.

Die Aussicht über den großen Binnensee war, ja, wie sollte Valdemar es ausdrücken? Reizend? Es beruhigte den Körper, eine Landschaft mit so viel blauem Himmel zu überblicken. All das Blau stand im Gegensatz zu all dem Grau der Stadt. Nicht verwunderlich, dass sie Patienten hierherschickten, dachte er. Plötzlich wurde er unruhig. Ihm wurde bewusst, dass Reha vielleicht auch bei ihm wirken könnte, und das hatte er nicht auf der Rechnung. Vielleicht hatte man ihn durchschaut? Oder, wenn er in sich hineinhorchte, hatte vielleicht Jenny seine Lust geweckt, gesund zu werden? Er war voll von verwirrenden und widersprüchlichen Gefühlen.

Valdemar erklärte, dass es an dem Zimmer nichts auszusetzen gab. Dann fragte er sich, ob in der Pension sonst noch etwas los war, und bekam die Antwort, dass es im Erdgeschoss eine Fernsehstube gäbe.

»Und wenn ich kein Fernsehen schauen möchte?«, fragte Valdemar.

»Dann ist nichts los«, antwortete sie. Fügte aber hinzu, dass sie das Abendessen zu der Zeit servierte, die ihm am besten passte.

Er war also allein mit Jenny in der Pension. Er war unruhig und fühlte sich in die Ecke gedrängt. Er hatte nicht vorgehabt, gesund zu werden, befand sich nun aber plötzlich in einer Situation, in der er gesund werden und sich im Loft verstecken wollte. Beides zusammen konnte er jedoch auf keinen Fall haben. Erneut wurde er von dem Gefühl übermannt, das er zuletzt im Gespräch mit Palomma verspürt hatte. Kribbelnde Freude. Doch dann waren da noch all die ungelösten Probleme im Krankenhaus: Boffen, den er in die Spur geschickt hatte. Rafael, der nicht wusste, was er mit den alten Herren in Sibirien machen sollte. Die Alten Kerle, die nicht wussten, was sie machen sollten, wenn das Krankenhaus geschlossen und das Loft abgerissen würde. Valdemar wollte nicht gesund werden und wollte doch gesund werden. Er konnte schlichtweg nicht riskieren, so gesund zu werden, dass man ihn nach Hause schicken würde. Aber zweifelsohne würde Jenny ihn schneller gesund machen, als er sich vorstellen konnte. Er spürte deutlich einen Interessenkonflikt. Er konnte Jenny natürlich nicht ihre Gastfreundschaft und Umsichtigkeit vorhalten, aber es hätte definitiv geholfen, wenn er sich nicht wohlgefühlt hätte. Es wäre auch hilfreich gewesen, wenn Jenny einer Furie geähnelt hätte. So aber schaute er sie an, und es war ihm, als würde der große Eisklumpen in ihm endlich anfangen zu schmelzen.

Jenny ließ ihm indes keine große Wahl. Sie war die personifizierte Nächstenliebe, und er brachte es nicht übers Herz, sich anders als ordentlich zu benehmen. Außerdem musste er seinem Ruf als netter und geduldiger Patient gerecht werden, und es würde Verdacht wecken, wenn ihm gleich nach seiner Ankunft in der Pension ein Unglück widerfahren würde. Es wäre das Beste, dem Ganzen ein wenig Zeit zu geben, dachte er. Ein paar Tage. Er hatte längst gelernt, dass es wichtig war, sich ein Ziel zu setzen und dafür zu sorgen, dieses Ziel nicht aus den Augen zu verlieren. Viele machten schließlich den Fehler, ihr Ziel aus den Augen zu verlieren. Egal, wie nett sie auch war, Valdemar war fest entschlossen, das Gegenteil zu sehen. Jenny war eine Furie. Ein verfluchtes Weib. Ein Besen. So war es natürlich nicht, aber er wollte einfach keine erfolgreiche Reha riskieren. Das war sowohl psychisch als auch physisch wichtig. Er musste zurück, um aufzuräumen.

Das Essen war unübertroffen. Valdemar hatte nicht die geringste Lust, sich wohlzufühlen, aber es ließ sich ganz einfach nicht vermeiden. Er versuchte, es Jenny so schwer wie möglich zu machen, indem er zum Vegetarier wurde. Doch auch diese Herausforderung nahm Jenny liebend gerne an. Wer hätte gedacht, dass Nuss-Steak mit Topinamburpüree so himmlisch schmeckte? Auf die Schnelle fiel ihm nicht ein einziges Restaurant in der Hauptstadt ein, das es mit der Pension aufnehmen konnte. Er hatte in vielen von ihnen gegessen und wusste, dass ein oder zwei Sterne in einem französischen Restaurantführer rein gar nichts besagen mussten. Einige der Restaurants waren sicher schicker, aber besseres Essen gab es in keinem von ihnen. Während des Abendessens begann er, an einem neuen Plan zu basteln. Würde es möglich sein, anstatt im Krankenhaus in der Pension wohnen zu bleiben? Zwischen der Pension und dem Krankenhaus lagen gastronomische Welten. Fertiggerichte, aufgewärmt in der Mikrowelle, konnten natürlich nichts anderes sein als Treibstoff. Valdemar fiel so schnell keine Lösung ein. Wenn er sich verletzen würde, läge er garantiert binnen kürzester Zeit wieder im Krankenhaus. Ergo musste er unverletzt bleiben. Doch auch dann würde er irgendwann gesunden und zurück in seine Dachgeschosswohnung mit Meerblick geschickt werden. Viele Menschen wären sicher glücklich, auf reichlich Stabparkett zu leben. Er war es nicht. Der Rundumblick von seiner Dachterrasse war nicht so verlockend, und erst recht nicht, nachdem er die Aussicht von der Veranda der Pension genossen hatte. Valdemar musste es schaffen, den Gordischen Knoten zu lösen.

58

Zu Anfang hatte Valdemar gedacht, die Pension sei ein Ort der Abstinenz, an dem es zu jeder Mahlzeit nur Wasser gab und wo jedes Tröpfchen Alkohol ins Zimmer geschmuggelt und unter der Matratze versteckt werden müsse. Valdemar wusste nicht, woher er solche Vorstellungen hatte. Vielleicht waren es alte Spielfilme gewesen. Folglich war er schwer enttäuscht, als Jenny seine Frage, ob es möglich sei, mit einem Glas Rotwein auf der Veranda die Abendsonne zu genießen, positiv beantwortete. Es war schier unmöglich, sich in der Pension Engeset nicht wohlzufühlen. Jenny war schlicht und einfach eine Lichtgestalt.

Sie kam mit zwei übervollen Gläsern Rotwein aus der Küche und hatte beschlossen, ihm auf der Veranda Gesellschaft zu leisten. Besser als Karten spielen, dachte er und sagte: »Wie nett.«

»Nur damit ich nicht zweimal gehen muss«, sagte sie und wies auf die Gläser.

Er konzentrierte sich darauf, auf die Landschaft zu zeigen und zu erzählen, was er sah: eine Eiche, einige Schwalben auf Insektenjagd und eine Wolke, die an einen Pantoffel erinnerte. Sie nannte ihm die Namen der umliegenden Höfe, die von der Veranda aus zu sehen waren, und wahrscheinlich erzählte sie ihm auch von den Menschen, die dort wohnten. Außerdem zeigte sie ihm die Kirche und sagte: »Dort bekommt man keinen Selbstgebrannten.« Er war davon überzeugt, dass sie jeden Abend auf der Veranda sitzen und aneinander vorbeireden könnten; und für eine Weile vergaß er, dass er in ihr eigentlich eine Furie sehen wollte.

Er zeigte auf die Umgebung und fragte, ob all das ihr gehöre.

»Meins?«, entgegnete sie und lachte.

»Ja, was ist daran so lustig? Das ist doch nicht vollkommen undenkbar.«

»Doch, das ist es. Zur Pension gehören ein bisschen mehr als viertausend Quadratmeter, der Rest gehört dem Bauern.«

»Warum kaufen Sie kein Grundstück dazu?«

»Bewirtschaftungspflicht«, entgegnete sie knapp.

»Dann kaufen Sie doch den ganzen Hof.«

»Wohnpflicht«, sagte sie. »Außerdem habe ich mit der Pension genug zu tun.«

Valdemar begriff, dass er irgendwann die Sprache auf die Herren im Loft bringen müsste, und dachte, dass er ebenso gut gleich damit anfangen könne.

»Also haben Sie keinen Scherz gemacht, als Sie fragten, ob ich Ihnen helfen will?«

»Nicht nur.«

Valdemar setzte das Glas an den Mund, und es entstand eine etwas unangenehme Pause, als er kräftig husten und Jenny ihm auf den Rücken klopfen musste. Verdammt, dachte Valdemar. Er war gut im Plaudern, wenn es um sachliche Themen ging, aber sobald sich das Gespräch um Gefühle drehte, befand er sich schnell auf dünnem Eis. Er war nie gut darin gewesen, spürte aber, dass er jetzt dazu gezwungen war. Valdemar erkannte eine Chance, wenn sie auftauchte, und für gewöhnlich zögerte er nicht, sie zu ergreifen. Aber das war geschäftlich, niemals persönlich. Jetzt saß er da und dachte nach. Sollte er die Chance vergeuden, oder sollte er sich direkt hineinstürzen? In der Sekunde bevor Jenny sich entschied etwas anderes zu tun, warf er alle Zweifel über Bord:

»Erzählen Sie mir lieber von sich, Jenny.«

Jenny stellte ihr Rotweinglas ab.

»Da gibt es nicht viel zu erzählen«, sagte sie bescheiden. Valdemar protestierte, sicher gab es da viel zu erzählen. Er war nur an sich selbst interessiert gewesen und hatte zwölfeinhalb Jahre lang gearbeitet, und es gab nichts, was er lieber wollte, als ihre Geschichte hören. Also erzählte sie, von großen und von kleinen Dingen, vom Aufwachsen am Meer, von Bootstouren im Schärengarten, von der Stadt, von ihrem Studium und wie Zufälle sie in die Pension geführt hatten.

Sie trank von dem Wein und schaute ihn über den Rand des Glases an. Valdemar war unsicher, wie er das deuten sollte. Er war schon zu lange aus der Übung. Er verspürte das dringende Bedürfnis, etwas anderes anzusprechen.

»Sie haben nichts von einem Partner erzählt«, sagte Valdemar und fühlte sich mutig. Er wollte nicht, dass es jemanden in ihrem Leben gab. Das musste er einfach wissen. Er musste direkt zur Sache kommen.

Offenbar hatte er einen wunden Punkt getroffen. Ihr blieb für einen Moment die Luft weg, und sie sackte kurz auf ihrem Stuhl zusammen. Dann richtete sie sich wieder auf.

Valdemar war nicht sicher, ob sie darüber sprechen wollte, aber es waren nur sie beide in der Pension, und so würde es den Abend über bleiben.

»Er hat mich vor vielen Jahren verlassen. Bevor ich hier angefangen habe«, sagte sie.

»Oh«, sagte Valdemar und versuchte, enttäuscht auszusehen. Innerlich jubelte er.

»Wir hatten es schön zusammen, bis ich krank wurde. Da hatte er genug. Aber ich weiß nicht, ob das Krankenhaus ihm Angst machte oder ob es die Krankheit war.«

»Oh«, wiederholte Valdemar und fühlte sich so dumm wie schon lange nicht mehr. Er hatte einen Kalauer auf der Zunge, aber sein Unterbewusstsein sorgte dafür, dass er dort blieb.

»Ich lief Gefahr, an einem Herzfehler zu sterben.«

Jenny erzählte von der Krankheit, die schleichend gekommen war, von den Symptomen, die sie am Anfang auf die leichte Schulter genommen hatte, die aber immer stärker geworden waren, bis nur noch zwei Auswege blieben. Sie erzählte von der Trauer, die sie anschließend gefühlt hatte, von den Schuldgefühlen, dass sie lebte. Das Gespräch nahm eine Wendung, auf die Valdemar nicht vorbereitet war.

»Und hätte ich nicht das Glück gehabt, eine Herztransplantation zu bekommen, hätte ich nicht überlebt.«

Es war, als würde sie einen Dampfhammer in Valdemars Zwerchfell schlagen. Er zitterte und war kurz davor, die Kontrolle zu verlieren. Sein Körper bebte, ihm kamen die Tränen, und er ballte die Hände hart zu Fäusten, um sie zu unterdrücken. Die Nägel gruben sich in seine Handflächen. Doch langsam fing er sich wieder und fragte:

»Und da hat er Sie verlassen? Als Sie ihn am meisten brauchten?«

Jenny wurde still, dachte nach.

»Ich hätte jederzeit sterben können. Ja, ich kann so gesehen auch jetzt jederzeit sterben. Ich glaube, er wollte das Risiko nicht auf sich nehmen.«

Ich bin bereit, dieses Risiko auf mich zu nehmen, dachte Valdemar. Aber wie sollte er das sagen?

59

Wie Valdemar in sein Bett im Bjørnsonzimmer gekommen war, wusste er nicht. Die Landluft musste ihm gutgetan haben, denn er wachte mit einem Ruck rechtzeitig zum Mittagessen auf. Die Sonne schien vom blauen Himmel, und im Laufe der Nacht schien es einen kleinen, erfrischenden Regenschauer gegeben zu haben.

Jenny zeigte keinerlei Enttäuschung darüber, dass er nicht zum Frühstück erschienen war und ihre Vorbereitungen umsonst gewesen waren. Er bedauerte es zwar nach Kräften und schob es auf die frische Luft und die Erkenntnisse des Abends, dass er viel länger als normal geschlafen hatte. Das war ganz unglaublich. Er zweifelte keine Sekunde daran, dass er kerngesund werden und wie der Hauptdarsteller irgendeines Musicals über die Blumenfelder springen würde, wenn er noch länger in der Pension Engeset blieb. Wie um das zu unterstreichen, fragte Jenny, ob er sich vorstellen könne, das Mittagessen auf der Veranda einzunehmen. Früher hätte er natürlich Ja gesagt, aber jetzt suchte er verzweifelt nach Ausflüchten. Das sei zu viel Aufwand, aber das leugnete sie heftig. Aber das sei nicht notwendig, versuchte er noch zu sagen. Aber sie lächelte nur und sagte, genau das sei es. Valdemar sah ein, dass sie sich bereits entschieden hatte und jedes seiner Argumente entkräften würde. Er gab auf und sagte, es wäre nett, auf der Veranda zu Mittag zu essen. Das entsprach ja auch der Wahrheit.

Valdemar wusste nicht, wie lange er auf der Veranda gesessen hatte, als er auf der anderen Seite des Hauses ein Fahrzeug abrupt stoppen hörte. Eine Tür wurde geöffnet, und dann hörte er das Geräusch eines Koffers, der mit einem heftigen Aufprall den Erdboden traf. Dann verschwand das Fahrzeug, schneller als es gekommen war. Er dachte, es könnte sein Koffer gewesen sein, der auf dem Hof eine Bruchlandung hingelegt hatte. Aber dann vergaß er es, bis Jenny mitteilte, sie habe seinen Koffer ins Zimmer gestellt. Valdemar bekam sofort ein schlechtes Gewissen und erklärte, das hätte er selbst tun können. Aber da unterbrach sie ihn mit der Information, dass er das mit einer beidseitigen AC-Luxation dritten Grades nicht hätte tun können. Der Punkt ging möglicherweise an sie. Jenny hatte die besondere Fähigkeit, sofort den Kern der Sache zu durchschauen.

Die Sonne schien über Feierabend nachzudenken, als sich Valdemar endlich von seinem Stuhl erhob, nach einem Mittagessen, um das ihn selbst ein Däne beneidet hätte, zum Geländer hinkte und hinunterschaute. Für nur eine Etage wirkte es zwar recht hoch, aber nicht abschreckend. Darunter befand sich eine mit Steinplatten verlegte Terrasse, auf der sich langsam Schatten breitmachte, und bevor er richtig nachgedacht hatte, schwang er sich über das Geländer und blieb kurz stehen. Vor dem Sprung war es ihm wie eine gute Idee erschienen, als er sich aber in der Luft befand, kamen ihm plötzlich Zweifel. Er hätte vielleicht nicht ganz so impulsiv sein sollen. Auch dieses Mal lief sein Leben nicht als Film vor ihm ab, aber das hatte er auch nicht erwartet. Der Fall nahm ziemlich viel Zeit in Anspruch, irgendetwas zwischen zehn und fünfzehn Minuten nahm er an, und er schaffte es, sich gut umzusehen. Ein Flugzeug befand sich auf dem Weg in den Norden. Eine Hummel summte in aller Eile vorbei, um einen Termin mit einer Glockenblume einzuhalten. Valdemar hatte eine Entscheidung getroffen. Er wollte das Krankenhaus vor der Schließung retten. Er wollte sich um die alten Herren im Loft kümmern. Und danach wollte er zurück zu Jenny in die Pension. Aber nichts von den ersten Aufgaben konnte er erledigen, wenn er gesund entlassen werden würde. Daher hatte er keine Wahl. Er hoffte, Jenny würde das verstehen. Valdemar traf die Terrasse mit den Füßen zuerst und fiel anschließend durch die offene Terrassentür hinein in die Fernsehstube. Er hatte ein verblüffend hohes Tempo aufgenommen und riss ein paar Blumenvasen und den einzigen Fernseher der Pension mit sich, bevor er schließlich auf dem Boden liegen blieb. Der Sturz war so geglückt, wie er es gehofft hatte. Wäre der Aufenthaltsraum voller Gäste gewesen, hätte jemand von ihnen ganz sicher einen Herzinfarkt bekommen. Aber die einzige Person, die sich im Zimmer befand, war nicht einmal überrascht. Jenny war offensichtlich einiges gewohnt, aber glücklicherweise nicht so viel, dass sie nicht zu ihm herüberkam. Mit besorgter Miene fragte sie:

»Was in aller Welt …?«

Sein Sprung kam so plötzlich, dass er nicht geschafft hatte, sich eine gute Erklärung zurechtzulegen. Also sagte er das Erste, was ihm einfiel:

»Ich bin bestimmt auf der Treppe gestolpert.«

Die Antwort klang schon schlecht, bevor sie seine Lippen verlassen hatte, und es war offensichtlich, dass Jenny der gleichen Auffassung war. Mehrere Stunden lang hatte sie ihn für einen intelligenten Menschen gehalten, aber jetzt war es ihm in Rekordzeit gelungen, sie vom Gegenteil zu überzeugen, und er konnte nicht erklären, was hinter seinem ungewöhnlichen Verhalten steckte. Er verdiente eine Auszeichnung für sein Schauspiel, fand Valdemar. Sie beugte sich über ihn und tastete vorsichtig seine Schultern ab. Ihre Grübchen hatten sich zu diesem Anlass versteckt.

»Sie haben die Wunde aufgeschlagen, Dummkopf«, stellte sie fest. Dann befahl sie ihm still zu liegen. Das erschien naheliegend. Er hatte jegliche Lust verloren, sich zu bewegen. Sie rauschte von dannen und kam mit einem Glas Wasser und vier weißen, länglichen Tabletten zurück, die er als Schmerzstiller der besten Sorte ausmachte.

»Hier«, sagte sie, stopfte ihm die Pillen in den Mund und kippte das kalte Wasser hinterher. Valdemar schluckte alles gehorsam herunter.

»Wir müssen Sie zum Arzt schaffen«, schlussfolgerte Jenny, und er stimmte ihr zu. Er fragte, ob es einen netten Landarzt in der Nähe der Pension gab, den sie rufen könnten, aber das tat es offenbar nicht. Die Sonne war untergegangen und die Sprechstunde lange vorbei. Was machen die Leute auf dem Land, wenn es einen medizinischen Notfall gibt?

»Die Wirkung der Tabletten setzt in fünfzehn Minuten ein, aber wir fahren jetzt«, kommandierte sie und führte Valdemar nach draußen zu einem kleinen roten, flinken Auto. Nicht so ein Auto, das er bei einer Pensionswirtin vermutet hatte. Jenny half ihm auf den Beifahrersitz und legte ihm den Sicherheitsgurt an, ohne dabei seine Schultern zu berühren. Gut gemacht, eigentlich. Dann setzte sie sich auf den Fahrersitz, und zusammen schwebten sie am See entlang Richtung Hauptstraße. Dann bogen sie nach links ab und befanden sich kurz darauf auf dem Weg zum Krankenhaus.

Jenny sagte, es sei das Beste, wenn diejenigen ihn behandelten, die es zuvor gemacht hatten. Das klang auf jeden Fall logisch. Dann sagte sie auch einige andere Sachen, aber er genoss einfach nur, ihre Stimme zu hören, und antwortete aufs Geratewohl. Außerdem hatten ihn die Schmerzmittel gleichgültig gegenüber fast allem gemacht, von Schlaglöchern auf der Fahrbahn bis hin zum Gehalt seiner Antworten. Wahrscheinlich hatte sie genug von ihm, als sie schließlich vor der Notaufnahme des Krankenhauses anhielten.

Dort wurde er von Rebekka in Empfang genommen. Sie war für die Belegung der Stationen verantwortlich und hatte ihm gegenüber bereits mehrfach angedeutet, dass er nicht für immer im Krankenhaus bleiben konnte.

»Sind Sie nicht erst vor ein paar Tagen weggefahren? Was ist passiert?«

Jenny antwortete für ihn: »Er ist auf der Treppe gestolpert. Sagt er.«

Rebekka schaute ihn zweifelnd an.

»Machen Sie Witze?«

»Wenn ich ehrlich sein soll«, sagte Valdemar, »dann habe ich mich willentlich verletzt, um länger bei Jenny wohnen zu können. Zwei Wochen reichen noch lange nicht.«

Jenny wusste nicht, ob sie lachen oder rot werden sollte.

»Er hat sich eine Schulter aufgeschlagen, und auch sein Bein sieht nicht gut aus«, sagte sie. Rebekka bedankte sich und sagte, sie wolle sich fortan um ihn kümmern. Jenny drehte sich um und war auf dem Weg zum Auto, als ihm plötzlich etwas einfiel:

»Ich glaube, wir haben in der Aufregung vergessen, meinen Koffer mitzunehmen.« Aufregung war in der Tat ein schönes Wort, und es fiel ihm in genau dem Moment ein, als er Verwirrung sagen wollte. Glücklicherweise hatte er sich anders entschieden. Er war nicht verwirrt gewesen, er war aufgeregt gewesen. Ohne Zweifel. Jenny sah erschöpft aus, und er konnte nichts anderes tun, als sie dümmlich anzulächeln. Sie erwiderte das Lächeln, sagte, das Bjørnsonzimmer würde auf ihn warten, und der Koffer könne so lange dort stehen bleiben. Ihre Grübchen hatten ihren Dienst wieder aufgenommen, und Valdemar spürte sein Herz schneller schlagen.

60

»Sie hatten Glück«, sagte der Arzt. Er stellte sich als »Doktor Marmelade« vor, aber Valdemar begriff, dass er so nicht heißen konnte. Einige Ärzte sprachen ebenso undeutlich, wie sie schrieben.

»Hatte ich?«, fragte Valdemar.

»Oder besser gesagt, wir hatten Glück«, sagte Doktor Marmelade.

»Hatten Sie?«, fragte Valdemar.

»Ja, die Chirurgen haben bei Ihnen gute Arbeit geleistet. Auch wenn Sie die Treppe heruntergefallen sind, hat sich weder etwas verschoben noch ist etwas aus den Fugen geraten. Sie haben sich ein paar Platzwunden zugezogen und einige blaue Flecke bekommen, aber ansonsten sind Sie vollkommen in Ordnung. Wenn man von dem gebrochenen Bein und den beiden Schultern absieht.«

»Das ist Glück«, sagte Valdemar, ohne dass er es meinte.

»Ja. Das sage ich doch. In einer Woche sind Sie wieder draußen in der Freiheit. Gut, was?«, sagte der Arzt, lächelte, erhob sich und verschwand. Eine Woche, dachte Valdemar und spürte, wie die Verzweiflung von ihm Besitz ergriff. Er brauchte mehr Zeit, vielleicht nicht so viel mehr, aber eine Woche reichte nicht aus.

Es war in der Dusche, als ihm die Idee förmlich auf dem Silbertablett serviert wurde. Er schaute herunter zum

Abfluss und fragte sich, was sich wohl dahinter verbarg. Er dachte, wenn es dort schmutzig sein würde, wäre es doch kein Wunder, wenn sich jemand eine Krankenhausinfektion zuzog. Gerade als er das Wort »Krankenhausinfektion« dachte, beschloss er, sich eine zu beschaffen. Das war ein merkwürdiges Gefühl, ein Gefühl, das er aus seinem aktiven Berufsleben kannte; da konnte er vor dem Laden eines Uhrmachers stehen und sich einfach entscheiden, die im Schaufenster ausgestellte Uhr zu kaufen. Genau das gleiche Gefühl übermannte ihn in der Dusche, und er stellte fest, dass das Badezimmer zwei Stellen bot, an denen man sich eine derartige Infektion zuziehen konnte. Die Toilette war die eine, der Abfluss die andere. Nichts von beidem wirkte verlockend, das musste er zugeben. Wollte er sich aber eine Infektion zulegen, war er gezwungen, dies an einem Ort zu tun, an dem er mit Erlaubnis der Krankenschwestern den Verband abnehmen und an dem ihn niemand beobachten konnte. Das Badezimmer war die einzige Möglichkeit. Also: Gesagt, getan. Aber wie lange dauerte es, eine Wundinfektion zu entwickeln? Würde sie noch im Krankenhaus eintreten? Oder würde sie erst aufblühen, wenn man ihn entlassen hatte? Zum ersten Mal nach der Einweisung fühlte er sich gestresst. Und wenn es etwas gab, worauf er keine Lust hatte, dann war es das Gefühl von Stress. Valdemar hatte viele Aufgaben und wenig Zeit, sie zu erledigen.

Nachdem sich der Aufenthalt seinem Ende näherte und die Krankenschwestern begonnen hatten, die Tage zu zählen, eilte es wirklich. Valdemar schaute verzweifelt auf die Operationswunde, konnte aber überhaupt nichts sehen. Drei Tage vor der Entlassung meinte er, am Rand der Wunde undeutlich eine rote Nuance erkennen zu können, war sich aber nicht sicher. Wenn die Entwicklung so langsam vonstattenging, war es beinahe unmöglich, eine Veränderung zu bemerken. Aber er hatte gelernt, lieber einmal zu viel als einmal zu wenig zu fragen.

Daher rief er nach Hilfe, und kurz darauf betrat Sunniva das Zimmer, lächelnd wie eine ganze Blumenwiese in der schwedischen Mittsommernacht.

»Ich habe mich nur gefragt, ob Sie sich die Operationswunde kurz ansehen könnten, bevor der Verband gewechselt wird«, sagte er. »Vielleicht bilde ich es mir nur ein, aber auf mich wirkt sie röter als sonst.«

Ihre Stirn wurde plötzlich faltig wie ein altmodisches Waschbrett.

»Rot?«, fragte sie.

»Ja«, entgegnete er und machte sich frei.

»Wie lange ist das schon so rot?«

»Ich weiß nicht, ich habe es eben erst entdeckt, als ich die Schulter waschen wollte, um einen neuen Verband zu bekommen. Ich habe ja keine Ahnung davon, aber Sie sagten doch, ich solle lieber einmal zu viel als einmal zu wenig stören?«

»Das sieht nicht gut aus«, sagte Sunniva.

»Das ist bestimmt nicht so schlimm«, protestierte er.

»Das entscheiden auf jeden Fall nicht Sie.«

»Nein, aber es ist doch nur ein bisschen rot. Ich habe keine Schmerzen oder so in der Schulter. Sie fühlt sich ganz normal und gut an.«

»Legen Sie sich hin.«

»Aber …«

»Sofort.«

Sunniva war streng und duldete offensichtlich keinen

Widerspruch. Ihm blieb nichts anderes übrig, als sich hinzulegen. Anschließend befahl sie ihm, ihr den rechten Arm zu reichen, und legte ihm einen Venenkatheter. Das war nicht besonders angenehm, aber er hatte ja bereits ein wenig Erfahrung damit. Er erlaubte sich zu fragen, was los war, aber dazu konnte sie nicht mehr sagen, bevor der Arzt da gewesen war. Dann verschwand sie.

Ein paar Minuten später war sie zurück, jemanden hinter sich herziehend, den Valdemar für den Arzt hielt. Er stellte sich vor, sprach aber ebenso undeutlich wie die meisten seiner Kollegen. Valdemar glaubte nicht wirklich, dass er »Bruskeland« hieß, auch wenn es sich so angehört hatte. Doch Valdemar fand den Namen ebenso in Ordnung wie Nielsen oder Johnsen.

Auch Doktor Bruskeland schaute sich die Operationswunde an und kam zu dem gleichen Schluss wie Sunniva.

»Das sieht nicht gut aus«, sagte Bruskeland.

»Kann es denn gefährlich sein?«, fragte Valdemar.

»Das entscheide ich.«

»Ja, ja. Aber es ist doch nur ein bisschen rot? Ich habe keine Schmerzen oder so in der Schulter, sie fühlt sich ganz normal und gut an.«

Das prallte vollkommen an ihm ab. Anschließend befahl Bruskeland Sunniva, eine Probe der Operationswunde zu nehmen und diese analysieren zu lassen. Er deutete zudem an, dass es eilte, denn er sagte etwas wie »verflixt nochmal«. Es konnte natürlich auch sein, dass sich »verflixt nochmal« auf eine Freizeitaktivität bezog, die ihm zu entgehen drohte. Anschließend wandte er sich an Valdemar und erklärte, dass er sich womöglich eine Krankenhausinfektion zugezogen habe. Die Behandlung könne sich als schwierig erweisen, wenn die Infektion von Krankenhauskeimen verursacht worden war. Denn diese seien in weit höherem Maße als andere Bakterien resistent gegenüber Antibiotika. Abschließend gab er einige Kostproben seines hervorragenden Lateins, ohne dass Valdemar auch nur ein Wort davon verstand, und teilte mit, dass sie warten müssten, bis die Probe ausgewertet sei. Soweit es Valdemar verstand, konnte dies jederzeit der Fall sein.

In der Praxis zeigte sich jedoch, dass jederzeit zwei Tage waren. In der Zwischenzeit erwiesen Sunniva und die anderen Krankenschwestern der Operationswunde jede nur erdenkliche Aufmerksamkeit. Es war ganz deutlich, dass die Krankenhausinfektion an der Ehre aller kratzte, und es nicht möglich war, jemandem die Schuld zu geben. Das heißt, es war natürlich möglich, Valdemar die Schuld zu geben, aber der Gedanke, der Patient würde sich eine Infektion zuziehen, nur um länger im Krankenhaus zu bleiben, war geradezu absurd. Sie nahmen ganz natürlich an, dass jeder Patient so schnell wie möglich aus dem Krankenhaus heraus- und wieder in das Alltagsleben hineinwollte. Doch Valdemar war eine Ausnahme.

Da die morgendliche Kontrolle ergeben hatte, dass er gewisse fieberhafte Tendenzen aufwies und die Infektion mittlerweile identifiziert war, wurden ihm flüssige Antibiotika verabreicht. Das war viel langweiliger, als es sich anhörte, ähnelten sie doch lediglich Wasser, das langsam durch den Schlauch tropfte, der hinunter zum Venenkatheter führte. Seine Hand fühlte sich ein bisschen kühl an, und das war es dann auch schon im Großen und

Ganzen. Valdemar dachte, das Zuschauen könnte ein wenig amüsanter sein, wenn man dem Antibiotikum einige farbige Granulate zugesetzt hätte. Einige gelbe oder blaue Kugeln, die in der Flüssigkeit kreisten, vielleicht? Oder beide Farben?

Sunniva erklärte, dass er einige Infusionen bekommen müsste, und dass garantiert viele Tage vergehen würden, bevor sie sich zu hundert Prozent sicher waren, die Infektion unter Kontrolle zu haben. Sie verboten ihm jedwede Mitwirkung beim Wechseln der Verbände, nachdem sie ihm aber diese Regeln erläutert hatten, wurden sie viel sanfter und umgänglicher. Es war offensichtlich, dass sich das Krankenhaus irgendwie schuldig fühlte, aber glücklicherweise bekam Valdemar aus diesem Grund kein schlechtes Gewissen. Er betrachtete es als eine Win-win-Situation, er trug dazu bei, Arbeitsplätze zu sichern, und schaffte es gleichzeitig, seinen Aufenthalt zu verlängern. Sunniva meinte, nach einer Woche würde er bereits auf dem Weg der Besserung sein und nach einer weiteren Woche garantiert entlassen werden können. Das gab ihm vierzehn Tage, bevor ihm etwas Neues einfallen musste. Vierzehn Tage, um sich etwas Geniales auszudenken. Aber es wurde immer schwerer. Außerdem ging es nicht um ihn. Jetzt ging es darum, die Aufträge zu erledigen, die ihm auferlegt worden waren. Oder die er sich auferlegt hatte.

Als Sunniva sagte, sie rechnete mit seiner Entlassung in vierzehn Tagen, begriff Valdemar, wie er die Entlassung um weitere Wochen hinauszögern konnte. Aber dieses Mal sollte er das Krankenhaus dazu bringen, ihn aus freien Stücken hierzubehalten, ohne dass er sich Brüche oder Infektionen einfangen musste. Er fragte Sunniva, ob das Krankenhaus einen Pressesprecher, PR-Berater oder Marketing-Verantwortlichen habe. An der Reaktion erkannte er, dass sie das kaum für echte und ehrliche Arbeit hielt. Sie bezweifelte, dass das Krankenhaus Ressourcen auf derartige Dinge verwendete. Sie versprach ihm unterdessen, sich darum zu kümmern. Valdemar bedankte sich und sagte, wenn es ihr gelänge, eine solche Person aufzuspüren, würde er gern mit dieser sprechen.

Nach der kurzen Zeit in der Pension Engeset sah Valdemar die Krankenschwestern mit anderen Augen als zuvor. Die Krankenschwestern hatten eigentlich kein Interesse an seinem Charme, sie fanden mehr als genug Bestätigung in ihrem Beruf. Natürlich lachten sie über seine schlechten Witze, aber das geschah weder aus Fürsorge noch aus Mitleid. Sie behandelten ihn so, wie sie alle anderen Patienten behandelten. Es war nichts Besonderes an Valdemar, er war nur einer von vielen, eine Nummer am Fließband der Genesung. Dem warmen Empfinden, das er für sie gehegt hatte, begegneten sie mit professioneller Distanz, und das würde sich niemals ändern. Valdemar sah ein, je länger er im Krankenhaus blieb, desto erbärmlicher und lächerlicher würde er sich machen. Seine Zeit lief ab.

Am nächsten Tag tauchte eine Gestalt auf, die sich als Kommunikationsberater des Krankenhauses vorstellte. Das passte perfekt zu seinem Plan. Auch Valdemar stellte sich vor und sagte, er habe etwas mit ihm zu besprechen, das ein wenig abseits des Medizinischen lag.

»Ich weiß nicht, ob Sie mit meinem Fall vertraut sind«, begann er.

»Nein, das bin ich nicht«, antwortete der Namenlose.

»Nun, kurz gesagt: Ich wurde von einem Autofahrer umgefahren, als ich mit dem Fahrrad auf einem Radweg unterwegs war, und nach einer Runde in der Notaufnahme landete ich hier im Krankenhaus. Die ersten zwei Wochen lag ich nur herum und wartete darauf, operiert zu werden. Mein Problem aber war, dass ich nicht ernsthaft genug verletzt war, um vorrangig behandelt zu werden. Ständig kamen neue Patienten mit schlimmeren und weitaus lebensbedrohlicheren Verletzungen herein. Ich habe natürlich großes Verständnis dafür, dass das Krankenhaus Prioritäten setzen muss, aber es gibt auch Grenzen dafür, wie lange man mit einem Bruch herumliegen kann, ohne dass etwas anderes als die Verteilung von Schmerzstillern passiert. Nun gut, schließlich wurde ich doch noch operiert. Aber von der Betäubung umnebelt, fiel ich aus dem Bett und verletzte mich erneut an der Wunde. Das war dumm, aber nicht meine Schuld. Die Betten sind so konstruiert, dass man herausfallen kann, und ich weiß nicht, wofür das gut sein soll. Auf jeden Fall ist es nicht gut für diejenigen Patienten, die sich noch im Narkoserausch befinden.«

»Meine Güte«, sagte der Namenlose.

»Es wird noch schlimmer. Eines Morgens erwachte ich und sah alles unscharf, ja doppelt. Diese Sehstörung machte mir das Leben unglaublich schwer, und es war eine Kraftanstrengung, die Augen offen zu halten. Alles, was ich wollte, war schlafen. Das tat ich mehrere Tage lang, und die Ursache war wahrscheinlich eine fehlerhafte Medikamentengabe. Denn keines der mir verschriebenen Medikamente hatte derartige Nebenwirkungen. Also musste ich etwas bekommen haben, was ich nicht hätte bekommen dürfen. Danach wurde ich zum zweiten Mal operiert, und gleich nach dieser Operation fiel ich von der ersten Etage in den Keller hinunter.«

»Was sagen Sie da?«, fragte der Namenlose, aber er hatte es natürlich verstanden. Alle im Krankenhaus hatten von den Geschehnissen gehört, dafür hatte der Buschfunk gesorgt.

»Ich weiß nicht, ob es an der Narkose oder an den falschen Medikamenten lag, jedenfalls erinnere ich mich an nichts. Ich hatte eine leichte Gehirnerschütterung, einen Bruch im rechten Oberschenkelknochen und eine erneute AC-Luxation, dieses Mal in der rechten Schulter.«

»Ist das möglich?«

»Ja, das ist es wohl. Das Krankenhaus hatte Glück. Ich hätte bei dem Sturz ums Leben kommen können. Stattdessen blieb ich weitere Wochen hier liegen, um auch an der rechten Schulter operiert zu werden. Aber wieder waren viele andere schlimmer verletzt und brauchten den Platz im Operationssaal dringender als ich. Natürlich hatte ich auch dafür großes Verständnis. Aber alles hat seine Grenzen. Schließlich wurde ich doch noch operiert, aber vor ein paar Tagen entdeckte Sunniva, dass die Operationswunde gerötet und geschwollen war. Es stellte sich heraus, dass ich mir eine Krankenhausinfektion zugezogen habe, und nun liege ich hier und bekomme Antibiotika, wie Sie sehen.«

»So etwas Schlimmes habe ich bisher noch nie gehört«, sagte der Namenlose.

»Tatsächlich?«

»Absolut! Von allen Geschichten, die ich hier im Krankenhaus gehört habe, kommt keine an Ihre heran. Wie groß ist denn die Wahrscheinlichkeit, dass so etwas passiert? Sie hatten wirklich großes Pech!«

»Meinen Sie?«

»Ja, natürlich! Das ist eine Katastrophe.«

»Was, glauben Sie, würden die Boulevardzeitungen davon halten?«

Der Namenlose wurde blass vor Schreck und hatte sichtlich die Sprache verloren. Valdemar entschied sich, Salz in die Wunde zu streuen.

»Was, glauben Sie, wird aus dem Ruf des Krankenhauses, wenn die Zeitungen darüber schreiben? Auf der Titelseite, Leitartikel, mittig platziert? Ganz zu schweigen von den sozialen Medien! Was meinen Sie, wie schnell sich die Geschichte verbreitet? Wie oft werden die Artikel Ihrer Meinung nach kommentiert? Wie wird der Minister den Canossagang entlang der Mikrofone wohl meistern? Wie wird er die Flutlichtloipe wohl durchlaufen?«

»Sie haben doch wohl nicht daran gedacht, irgendeiner Zeitung davon zu erzählen?«

»Habe ich nicht?«

»Nein, das haben Sie nicht!«

»Wie können Sie sich da so sicher sein?«

»Ja, aber das wäre doch ziemlich unangenehm.«

»Ja, für Sie. Aber nicht für mich. Die Zeitungen bezahlen gut für solche Tipps, und einige Tausender extra sind nicht schlecht, oder?«

»Ja, aber jetzt, wo wir so nett miteinander geplaudert haben …«

Bald würde er vermutlich vorschlagen, sie sollten ein Liedchen zusammen singen. Valdemar antwortete nicht, dachte aber, eine Kunstpause mache sich gut. Dann konnte der Namenlose ein wenig darüber nachdenken, welche Antwort für die anrufenden Journalisten am besten geeignet sei.

»Wie lange würde es Ihrer Meinung nach dauern, den guten Ruf danach wiederherzustellen?«

»Ja … aber …? Nein!«

Das wirkte auf Valdemar recht zusammenhanglos. Zweifellos brauchte der Namenlose Hilfe, um zu einer Lösung zu kommen.

»Die Presse muss von alldem nichts erfahren«, sagte Valdemar.

»Muss sie nicht?«

»Nein.«

»Nicht?«

Seine Neugierde war geweckt.

»Nein.«

»Wie das?«

Der Fisch biss an.

»Ich kann den Mund halten.«

»Können Sie?«

»Ja, das kann ich.«

»Werden Sie?«

Valdemar musste nur zugreifen.

»Ich verspüre keinerlei Wunsch, jemanden anzuprangern, weder das Krankenhaus, die Abteilung noch irgendeinen Angestellten. Absolut nicht, aber …«

»Was aber?«

»Aber ich will nicht entlassen werden, bevor ich nicht zu einhundert Prozent gesund bin. Nicht neunundneunzig Komma neun, sondern einhundert.«

»Das ist doch selbstverständlich.«

»Nicht wahr? Daher möchte ich, dass Sie dafür sorgen, dass ich nicht entlassen werde, bevor ich nicht zu einhundert Prozent genesen bin. Das ist alles, was ich fordere.«

»Das müssten wir hinkriegen.«

»Ja, das müssten wir.«

»Wir wollen ja nicht, dass Sie krank oder verletzt nach Hause geschickt werden – nach all dem, was Sie erlebt haben. Sonst würden wir ja den nationalen Versäumnis-Rekord aufstellen.«

»Ich hätte es nicht besser ausdrücken können.«

»Ich habe keine medizinische Kompetenz, aber dafür bin ich hier auch nicht angestellt. Sollte es irgendwelche Probleme geben, werde ich das Marketingbudget dafür nehmen.«

»Können Sie das?«, fragte Valdemar unschuldig, wohl wissend, dass das die einfachste Sache der Welt war.

»Das ist eine einfache Rechnung«, sagte der Namenlose.

»Es ist schön, dass Sie das so sehen. Wegen der Infektion muss ich sowieso ein paar Wochen hier liegen, aber ich kann mir gut vorstellen, dass Sie mir vier Wochen extra bewilligen. Das lässt sich doch einrichten, oder?«

Sie einigten sich darauf, sich am nächsten Tag zu treffen, um den Rahmen für den weiteren Aufenthalt festzulegen. Marketingabteilungen sind unglaublich empfindlich, und diese hier war keine Ausnahme. Als die Tür hinter dem Namenlosen ins Schloss fiel, hatte Valdemar Vollpension und Logis gebucht. Es würden dennoch keine Ferien werden.

61

Valdemar krabbelte aus dem Bett, zog den Krankenhausbademantel über und schlurfte in Richtung Fernsehzimmer. Das badete im Sonnenlicht, und am Fenster saß Boffen und trank schwarzen Kaffee.

»So nah man Cortado hier kommen kann«, sagte er mit einem Lächeln.

Valdemar setzte sich.

»Willst du auch einen?«, fragte Boffen.

»Latte«, antwortete Valdemar.

Boffen kam mit einem Kaffee mit einem Schuss Milch zurück. Dazu zwei Stückchen Zucker.

»Das lässt sich regeln, auf jeden Fall die Sache mit dem Kaffee«, sagte Boffen.

Valdemar verstand.

»Was ist schiefgelaufen?«, fragte er.

»Hör zu«, sagte Boffen.

Boffen hatte freundlich das Zimmer betreten und die Tür höflich hinter sich geschlossen. Er hatte sich die Schuhe abgetreten, vorrangig aus symbolischen Gründen und die blonde Schönheit angelächelt, die hinter dem Schreibtisch saß. Eine Vorzimmerdame, ohne Zweifel, auch wenn Sekretärin vielleicht eine modernere Bezeichnung war. Den Baseball-Schläger hatte er hinter dem Rücken versteckt und gefragt, ob der Direktor des Krankenhauses, Sigurd Rosenvinge, in seinem Büro sei.

Die blonde Schönheit hatte ihre Gehirnzellen an Ort und Stelle geschoben, den Rücken aufgerichtet und die Brüste nach vorn gestreckt. Auf den ersten Blick war Boffen ein attraktiver Kerl, und sie hatte in ihm vielleicht den Mann ihres Lebens gesehen. Boffen seinerseits hatte eine Freundin in Honduras, einem Land ohne Auslieferungsabkommen mit Norwegen.

»Direktor Rosenvinge ist leider beschäftigt«, hatte sie gesagt, »aber ich kann einen Termin für Sie ausmachen ...«

Sie hatte den Satz in der Luft hängen lassen, in der Hoffnung, Boffen würde sich vorstellen und das Angebot einer späteren Audienz akzeptieren. Doch das beabsichtigte er keineswegs. Ganz im Gegenteil. Boffen war nun schon einmal da und hatte keinen Grund gesehen, einen Umweg über den Terminkalender zu machen. Er hatte versucht, der Schönheit zu erklären, dass er eine recht lange Anreise gehabt hatte und es gut passen würde, wenn der Direktor ein paar Minuten Zeit für ihn hätte. Den Weg in Rosenvinges Büro würde er allein finden. Daraufhin hatte er zwei Tassen Kaffee bestellt. Die Schönheit war auf den Hinweis nicht eingegangen, sondern hatte darauf gedrängt, dass Direktor Rosenvinge ein vielbeschäftigter Mann sei. Boffen hatte noch nie ein Nein als ein Nein akzeptiert und festgestellt, egal wie beschäftigt Direktor Rosenvinge auch sei, so würde er dennoch Zeit für Boffen haben. Damit hatte er die hübsche Vorzimmerdame verlassen und die Tür zum Büro des Direktors mit einem perfekt ausgerichteten Tritt geöffnet. Das war auch nicht das erste Mal, dass sich Leute den Weg in das Büro des Direktors mit Drohungen bahnten, und für gewöhnlich pflegte die Dame hinterherzulaufen, sich zu entschuldigen und mitzuteilen, dass sie versucht habe, die betreffende Person aufzuhalten, jedoch ohne Erfolg. Ungefähr so wie in einem amerikanischen Actionstreifen. Aber im Fall von Boffen war sie der Ansicht gewesen, der Direktor solle selbst klarkommen. Als die Tür aufgetreten wurde, war Direktor Sigurd Rosenvinge in seinen Bewegungen erstarrt. Er war dabei gewesen, sich zu erheben, und in einer komischen, vornübergebeugten Haltung stehen geblieben. Auch Boffen, der ursprünglich vorgehabt hatte, sogleich Nägel mit Köpfen zu machen, indem er den Schreibtisch zerschmetterte, war stehen geblieben. Den Baseballschläger über die rechte Schulter schwingend, bereit loszuprügeln. Es war wie ein Stillleben gewesen, herausgeschnitten aus dem gleichen Actionfilm, in dem die Vorzimmerdame mitspielte. Sie hatten sich mehrere Sekunden lang angestarrt, bevor Boffen festgestellt hatte, dass Direktor Sigurd Rosenvinge kein anderer als Siggen höchstpersönlich war. Siggen war ursprünglich Sigurd Jensen und in der gleichen Straße wie Boffen aufgewachsen. Boffen wusste freilich nicht, dass Siggen im Laufe der Jahre feiner geworden war und sich einen Nachnamen zugelegt hatte, der besser zu einem Mann in seiner Position passte. Siggen, Klassenkamerad in den ersten sieben Schuljahren. Siggen, das größte Mobbingopfer der Schule. Sigurd Rosenvinge hatte den riesigen Kerl, der mit erhobenem Baseballschläger in seiner Tür stand, angestarrt, und sein Gehirn war auf Hochbetrieb gelaufen. Er hatte die Situation analysiert. Der Typ war zweifelsohne gekommen, um ihm zu schaden. Daran bestand kein Zweifel. Der Baseballschläger war weitaus mehr als eine vage Drohung. Der Baseballschläger war auch kein Baseballschläger im eigentlichen Sinne, es war vielmehr ein Metallschläger, auch wenn das Aussehen ansonsten identisch war. Er fragte sich, wer den Riesen geschickt hatte und warum, aber die Tatsache, dass er Sigurd Rosenvinge wiedererkannte, erwies sich als Vorteil. Vielleicht würde der Baseballschläger doch nicht zum Einsatz kommen? Rosenvinge hatte gerade fragen wollen, was dieser Typ wollte, als ein kleines Elektron in seinem Gehirn zwei episodische Erinnerungen zusammenkoppelte: zwei Episoden, die er viele Jahre verdrängt hatte. Sie waren an die Oberfläche geschnellt und wie zum Laichen bereite Forellen erwacht. Er hatte Boffen erkannt.

Danach hatten sie über dieses und jenes gesprochen, aber zu guter Letzt musste Siggen fragen, was Boffen mit dem Baseballschläger beabsichtigte. Da hatte Boffen erklären müssen, dass es viele Menschen gab, die verdammt wütend auf Siggen waren. Einige von ihnen wollten dafür bezahlen, dass Siggen verletzt wurde und selbst erlebte, wie schön es war, im Krankenhaus zu liegen. Das Problem war, dass es Boffens Ehre entsprach, den Kunden das gewünschte Ergebnis zu liefern. Das wiederum wusste Siggen äußerst gering zu schätzen. Siggen hatte erklärt, die Entscheidung über die Schließung des Krankenhauses läge außerhalb seiner Befugnis, auch wenn das nicht so aussah. Die Wahrheit war, dass die Politiker die Schließung schon längst beschlossen hatten, aber keiner wollte sich damit politisch belasten. Niemandem, der reparierte, wurden Denkmäler gesetzt. Das Einzige, was galt, war abreißen und neu bauen. Daher schoben sie Direktor Sigurd Rosenvinge vor, dem sie als Belohnung für die Schließung die beste Dachwohnung in dem Wohnkomplex, der das Krankenhaus ersetzen sollte, versprochen hatten. Er musste sich sogar mit der Peinlichkeit einer Absetzung abfinden, aber auch das war Teil des Paktes. Und nach ein paar Jahren im Exil bei vollem Lohn würde man ihn wieder in die Arme schließen. So funktionierte es. Siggen wusste nur zu gut, welch fantastische Arbeit die Krankenschwestern und Ärzte leisteten. Sigurd hatte erklärt, egal wie sehr ihn Boffen auch verprügeln würde, das Ergebnis wäre das gleiche. Würde Siggen die Schließung nicht akzeptieren, käme nach ihm ein neuer Direktor, nach diesem wieder ein neuer und so weiter. Die Reihe der Direktoren, die bereit waren, nach der Pfeife der Politiker zu tanzen, war nahezu unendlich. Folglich war es sinnlos, Siggen zu misshandeln. Er würde nichts anderes erreichen, als Siggen wehzutun. Aber das war nicht der Grund, warum Boffen den Auftrag angenommen hatte. Und so könne Boffen von Siggens Moral halten, was er wolle. Boffen hatte es natürlich missfallen, den Verdienst auf diese Weise zu verlieren, gleichzeitig aber hatte er eingesehen, dass Siggen keine Tracht Prügel mit dem Baseballschläger verdiente, nur weil Boffen Lust hatte, sich zu dreschen. Außerdem waren sie seit der Kindheit befreundet, daher hatte Boffen gesagt, er könne Siggen verschonen, insofern dieser seinen Verdienstausfall deckte. Dazu war Siggen mehr als bereit gewesen, und Valdemar schuldete Boffen nicht eine einzige Krone. So gesehen war die Sache erledigt und entschieden.

Es wurde still. Weder Boffen noch Valdemar hatten noch etwas zu sagen, ihnen war der Gesprächsstoff ausgegangen. Es war alles gesagt. Sie waren am Ende des Weges angelangt. Das Krankenhaus würde geschlossen werden, egal wie Valdemar es drehte und wendete, und die Gemeinschaft im Loft ging dem sicheren Untergang entgegen.

62

»Erzähl mir lieber, wie du hier im Loft gelandet bist«, sagte Valdemar.

»Das ist eine seltsame Geschichte«, entgegnete Frederik. »Die beiden dort drüben sind Zwillinge, auch wenn es nicht so aussieht.«

Valdemar schaute Anton und Karl Edvard an. Sie sahen wirklich nicht wie echte Zwillinge aus. Dennoch entschied er sich zu glauben, dass Frederik die Wahrheit sagte. Er hatte schließlich keinen Grund, das nicht zu tun.

»Zweieiige«, fügte Frederik hinzu, vollkommen unnötig. »Sie landeten im Krankenhaus nach dem kuriosesten Verkehrsunfall aller Zeiten: Sie hatten einen Frontalzusammenstoß miteinander.«

»Miteinander?«

»Ja. Und dann verschwanden sie plötzlich von der Erdoberfläche, und einige entfernte Verwandte fingen an, sich Gedanken um das Erbe zu machen. Es würde sich auf einen hohen zweistelligen Millionenbetrag belaufen. Nachdem niemand etwas von ihnen gesehen oder gehört hatte und das Krankenhaus annahm, sie hätten sich selbst entlassen, wurde mehrere Jahre lang nichts unternommen. Doch dann beschloss ein übereifriger Verwandter, dass das Erbe aufgeteilt werden müsse. Ihre kleine, scharfsinnige Nichte stoppte das Ganze indes.«

»Irene«, sagten Anton und Karl Edvard im Chor. »Sie ist die Klügste in der Familie und schaffte es, zwischen den Zeilen zu lesen. Gott sei Dank.«

»Und ich wurde als Ermittler auf den Fall angesetzt«, sagte Frederik. »Mein letzter Fall, bevor ich in Rente gehen sollte. Eigentlich etwas, das ich als Bagatelle abtat, aber auch Bagatellfälle sollten besser gelöst werden. Ich entdeckte recht schnell, dass ihre Geldkarten – wenn auch unregelmäßig – in Gebrauch waren. Das Komische an der Sache war, dass es sich bei allen Kontobewegungen um Abhebungen an Geldautomaten handelte. Und wäre da nicht ein kleines Detail gewesen, hätte man glauben können, dass jemand sowohl die Karte als auch die Pin geklaut hatte und nun auf Kosten der Zwillinge lebte.«

»Aha! Welches Detail war das?«

»Mehr Kognak?«, fragte Kåre.

»Vielleicht später«, antwortete Valdemar ungeduldig. Das hielt Kåre nicht davon ab, eine neue Runde einzuschenken.

»Welches Detail?«, wiederholte er.

»Dass alle Abhebungen an ein und demselben Geldautomaten getätigt wurden. Das machte meine Arbeit verhältnismäßig einfach. Alles, was ich tun musste, war, mich in den Empfangsbereich zu setzen, Kaffee zu trinken, so zu tun, als würde ich Zeitung lesen, und dabei beobachten, wer kam und wer ging.«

»Wir waren Amateure«, sagte Anton.

»Aber es dauerte«, sagte Frederik, »ich glaubte, ich würde in Pension gehen, bevor ich diesen Fall gelöst hatte.«

»Na ja, man konnte den Polizisten in ihm ja schon von ferne riechen«, sagte Karl Edvard. »Zum einen war es eine schlechte Verkleidung, hinter einer Zeitung zu sitzen und über den Rand zu gucken. Es war, als wolltest du entdeckt werden. Du hättest ebenso gut Löcher für die Augen hineinschneiden können. Zum anderen hattest du eine Polizeiuniform an. Und zum dritten …«

»Danke, das reicht«, sagte Frederik, »aber ihr seid auch mit einem Chirurgenkittel herumgelaufen.«

Sie sahen einander an und nickten beinahe im Takt.

»Sie sind mit einem Chirurgenkittel herumgelaufen«, sagte Frederik, »und als er da sich verstohlen zum Geldautomaten schlich, musste ich ihm nur folgen. Ich verfolgte ihn bis zum Keller und begriff, dass er durch die Tür verschwunden sein musste. Daher habe ich den Betriebsleiter des Krankenhauses gebeten, die Tür zu öffnen.«

»Mich«, sagte Rafael, »aber ich wollte nicht.«

»Nein, du wolltest nicht. Aber wie ich dir damals erzählte, wäre es nicht besonders schwierig gewesen, einen Durchsuchungsbeschluss zu bekommen. Es gab mehr als einen triftigen Verdacht. Nun, hinter der Tür waren nur leere Regale und eine Fahrstuhltür zu sehen. Selbst meine Großmutter wäre in der Lage gewesen, die einzig logische Schlussfolgerung zu ziehen, nämlich, dass der Schuldige den Aufzug genommen hatte. Genauer gesagt in die sechste Etage, denn dort hatte der Fahrstuhl gehalten.«

»Ich hatte keine Wahl«, sagte Rafael. »Als Frederik fragte, was dieser Flügel verbergen würde, antwortete ich, dass es nur ein altes, verlassenes Loft sei. Das machte ihn selbstverständlich noch neugieriger, denn das entsprach offensichtlich nicht der Wahrheit, nicht wahr? Außerdem musste ich mein Katastrophenlager schützen.«

Frederik übernahm wieder.

»Ich war, vorsichtig ausgedrückt, überrascht, als ich hier heraufkam und diese kleine Gemeinschaft vorfand. Ich habe viel erlebt in meiner Zeit als Ermittler, aber das übertraf alles. Ich konnte sie nicht dafür festnehmen, dass sie ihr eigenes Geld abhoben, dazu hat man in Norwegen ja noch immer das Recht. Doch die Umstände drum herum waren besorgniserregend. Nicht für mich, nicht für die Polizei, sondern für einzelne Erben. Oder sagen wir es so, ohne jemanden beleidigen zu wollen: Es gab einzelne Familienmitglieder, die scharf darauf waren, leicht verdientes Geld in die Finger zu bekommen.«

»Es ist eine Schande, dass solche Leute ein Anrecht auf das Erbe haben sollen«, sagte Anton.

»Norwegisches Recht ist und bleibt norwegisches Recht. Aber solange ihr am Leben seid, gibt es niemanden, der auch nur irgendetwas erben kann. Alles, was ich tun musste, war den Fall mit dem Ergebnis zu den Akten zu legen, dass die Zwillinge am Leben waren und keinen Kontakt zur Familie wünschten.«

»Wir machen mit unserem Geld, was wir wollen«, sagte Karl Edvard.

»Wir drehen den Schilling nicht zweimal um«, vollendete Anton die Aussage, »und unsere Nichte bekommt natürlich jeden Monat eine kleine Summe als Belohnung. Es ist gut, dass es noch immer Menschen gibt, die nicht um jeden Preis alles an sich raffen.«

63

Valdemar saß im besten Sessel des Lofts. Er berichtete, dass das Ende des Krankenhauses seit langer Zeit beschlossen und der Direktor nur dazu da war, die Schließung abzuwickeln. Valdemar unterließ es allerdings, von Boffen zu erzählen. Er wollte nicht, dass einer der Herren einen falschen Eindruck von ihm bekam. Diesen verzweifelten Versuch konnte er ebenso gut für sich behalten. Valdemar bemerkte, dass er der Einzige war, der die Zitronen, die das Schicksal ihnen gab, akzeptierte. Er hatte Mitleid mit den Alten. So ein Ende hatten sie nicht verdient, sie müssten im Siegesrausch und mit erhobenem Kopf aus dem Loft ausziehen. Da hatte Valdemar plötzlich eine Idee.

»Ist es lange her, dass ihr ein Fest gefeiert habt?«, fragte er.

Die Herren sahen einander verständnislos an, als käme das Wort »Fest« direkt aus dem Fremdwörterbuch. Das Letzte, auf was sie jetzt Lust hatten, war ein Fest. Valdemar musste fragen, ob sie verstanden hatten, was er gesagt hatte, aber das hatten sie.

»Wir sind meistens nicht in Feierlaune«, sagte Sverre, »besonders jetzt nicht.«

»Das braucht ihr nicht zu sein«, antwortete Valdemar.

»Wir hatten doch alle fünf Jahre Sahnetorte«, protestierte Anton.

»Ob wir die brauchten oder nicht«, fügte Karl Edvard hinzu.

»Ich meinte nicht unbedingt eine House-Party mit Disco-Rhythmen und Lichteffekten, aber wenigstens einen gastronomischen Höhepunkt, über den wir noch lange reden können. Lasst uns diese Epoche, die für einige länger und für andere nur ein paar Wochen gedauert hat, würdig beenden. Lasst uns mit gehisster Flagge untergehen.«

»House-Party?«, fragte Sverre.

»Ich habe gescherzt. Ich hatte keine Lust, es Leichenschmaus zu nennen, aber das wird es sein.«

»Darüber müssen wir mit Rafael sprechen«, sagte Sverre.

»Das müsst ihr sicher nicht, es ist mehr als ausreichend, wenn ihr Lust auf ein Fest habt.«

»Dürfen wir das denn?«, fragte Karl Edvard.

Valdemar seufzte so laut, dass sie es hören konnten, alle.

»Mal ehrlich, Jungs, ihr seid doch hier nicht im Kirchenvorstand, oder?«

Sie schauten einander erneut an und waren sich offensichtlich einig, dass sie nicht im Kirchenvorstand waren.

»Nein, das sind wir hoffentlich nicht«, sagte Anton.

»Ihr seid schlimmer«, sagte Valdemar, »denn ein Kirchenvorstand hat jeden Sonntag Sandkuchen, nach dem Gottesdienst, zum Kirchencafé. Und ihr habt nur alle fünf Jahre Kuchen, und trockene Kekse zählen nicht als Kuchen, auch wenn ihr das glaubt. Euch würde selbst der konservativste Kirchenvorstand Trauerklöße nennen.«

Sie sahen einander ein drittes Mal an, aus Furcht, etwas zu sagen, dem die anderen nicht zustimmen würden. Aber Sverre entschied, dass sie versuchen könnten, sich einen solchen gastronomischen Höhepunkt zu gönnen. Die Welt drehte sich weiter, trotz allem. Valdemar überredete sie, ihm die Verantwortung für das Arrangement zu überlassen. Dazu waren sie gezwungen, wenn sie nicht mit einer weiteren Sahnetorte enden wollten.

Rafael stand der Idee ein wenig kritisch gegenüber und fragte sich, auf welche Idee Valdemar gekommen war. Er befürchtete, dass ein Fest im Loft ausarten und das ganze Geheimnis herausposaunt werden könnte. Valdemar erklärte, dass es möglich sei, ein Fest zu haben, ohne drinnen ein Feuerwerk zu zünden, und dass er bezweifle, dass die Herren auf den Fluren Jenkka tanzen würden. Außerdem war die Schließung nur noch eine Frage der Zeit, und einen anständigen Schlusspunkt konnten sie sich gönnen. So wurden am darauffolgenden Tag vier diskret verpackte Kisten an Rafael geliefert, die er in aller Stille ins Loft transportierte. Außerdem wurden drei Vertreter der Kochmannschaft des Blindenverbandes unter dem Vorwand bestellt, an einer großen Führung durch das Krankenhaus teilzunehmen. Rafael führte die Köche durch die großen und kleinen Labyrinthe, bevor sie schließlich den Fahrstuhl hinauf zur Gildehalle nahmen.

Die Herren hatten die Mottenkugeln von ihrem feinen Zwirn gebürstet. Selbst wenn die Sachen alles andere als modern im Schnitt und die Krawattenknoten ziemlich unsymmetrisch waren, gaben sie dem Fest doch einen eleganten Rahmen. Valdemar fühlte sich wie Ausschussware, wie er da in der alles andere als eng sitzenden Patientenkleidung des Krankenhauses saß, aber er hatte nicht riskiert, eigene Sachen mitzubringen. Niemand sollte glauben, er wolle sich selbst entlassen.

Der lange Tisch in der Gildehalle war mit einer weißen Tischdecke und Kerzenleuchtern geschmückt, die drolligerweise gut zum Service des Krankenhauses passten. Frauen würden über die Dekoration sicher leicht die Nase rümpfen und ebenso darüber, Rotwein aus Saftgläsern zu trinken. Aber sowohl die alten Herren als auch Valdemar waren zufrieden. Die Köche zauberten sieben fantastische Gerichte, die mit einem einzigen Wort beschrieben werden konnten: Gaumenschmaus.

Mit jedem aufgetragenen Gericht stieg die Stimmung am Tisch. Zweifellos war es viele Jahre her, seit diese Bande ordentliches Essen bekommen hatte. Sie waren wie eine Horde Schneemänner, die plötzlich anfing zu schmelzen, und bereits beim ersten Zwischengang sangen sie Trinklieder. Diese konnten zwar noch den härtesten Seemann erröten lassen, sorgten aber für herrliches Gelächter.

Als das zweite Hauptgericht verspeist war und sie auf das erste von zwei Desserts warteten, erhob sich Kåre, um eine Rede zu halten. Er klopfte ans Glas, und das Gelächter verstummte. Kåre räusperte sich, wischte eine Träne weg und blieb schweigend stehen. Valdemar hatte plötzlich das Gefühl, ihm helfen zu müssen, denn langsam wurde es peinlich still. Er betrachtete es als Zeichen einer Berufskrankheit, denn die anderen warteten mit der allergrößten Geduld. Kåre räusperte sich noch einige Male, sah sich um, wischte noch ein paar Tränen weg und sagte dann:

»Ihr seid mir verdammt nochmal eine Bande!«

Dann setzte er sich hin, und der Applaus brach los.

Das war die beste Rede, die Valdemar jemals gehört hatte, frei von Floskeln und leerem Gerede. Direkt zur Sache und mit einer guten Pointe, die die Stimmung noch weiter auflockerte. Das war eine Bande, daran gab es keinen Zweifel.

Und natürlich mussten sie singen, viele Lieder. Und zwischen jedem Lied sangen sie einen Refrain, den alle kannten, ohne dass einer von ihnen wusste, wo er eigentlich herkam. Sie einigten sich jedoch darauf, dass diese vier Zeilen ihre Nationalhymne sein sollten, und von da an erhoben sie sich jedes Mal, wenn sie angestimmt wurden.

»Denn ich kann nicht, ich kann nicht mehr
Hier ist alles, was mir das Leben gab;
wollt ihr mich haben, nehmt mich nur
denn ich kann nicht mehr.«

Valdemar lachte so sehr, dass es wehtat. Er konnte sich nicht daran erinnern, jemals zuvor so viel Spaß gehabt zu haben. In nüchternem Zustand waren die alten Herren bereits mehr als verrückt, aber mit einigen Gläsern französischem Feuerwasser intus verloren sie alle Hemmungen. Karl Edvard versuchte, einen Witz zu erzählen, den er für so lustig hielt, dass die Erzählung in schluchzendem, lautem Gelächter unterging.

»Das steht nicht im Manuskript…«, sagte er und schlug mit der Stirn auf die Tischkante.

»Was meinst du?«, versuchte Valdemar zu fragen.

Sie wurden unterbrochen. Auf der anderen Seite des Tisches setzten sie zu einem Trinklied an, die Aussprache war recht undeutlich, aber dennoch verständlich.

»Ein Prosit, ein Prosit der Gemütlichkeit, ein Prosit,

ein Prosit der Gemütlichkeit! Schenkt ein, trinkt aus, schenkt ein, trinkt aus! Proscht.«

Karl Edvard hatte offenbar vergessen, dass er dabei gewesen war, Valdemar den lustigsten Witz der Welt zu erzählen. Er umklammerte die Tischkante, versuchte für ein Prosit aufzustehen, gab es aber auf. Die Kameraden auf der anderen Seite des Tisches fanden es ungeheuer komisch, dass ihm das Vorhaben nicht gelang. Karl Edvard trocknete sich die Lachtränen ab, drehte sich zu Valdemar und zog ihn am Hemd.

»Doch, doch … ohne Urteil olympische Ringe!«

Danach brach er vollständig zusammen, denn er war zur sicher unfassbar guten Pointe gekommen. Es war nur so, dass die Darbietung des Witzes über eine Viertelstunde gedauert hatte, mit ständigen Unterbrechungen, sodass Valdemar schon längst den Anfang vergessen hatte. Er lachte zum Schein mit, auch wenn er die Pointe nicht verstanden hatte. Aber es zeigte Humor, als er sich von Lachkrämpfen geschüttelt über den Boden rollte und sich den Bauch hielt, um nicht zu platzen.

So sangen sie noch ein wenig, und ein gutes Stück nach Mitternacht kroch Valdemar leicht benebelt, aber geräuschlos in sein Bett.

64

Valdemar wachte davon auf, dass ihn etwas heftig in den Bauch pikste. Wenn es etwas gab, das er nicht mochte, dann war es, von heftigem Piksen im Bauch geweckt zu werden. Er war nicht kitzlig, aber es bedeutete wahrscheinlich, dass es sich um etwas Wichtiges handelte und das Gehirn ohne die notwendige Dosis Koffein in Gang gebracht werden musste. Er grunzte und versuchte weiterzuschlafen, aber das Piksen hörte nicht auf. Er musste wohl oder übel die Augen öffnen und fuhr zusammen, als er in das Gesicht von Rafael blickte. Der legte Valdemar sofort die Hand auf den Mund und gab ihm Zeichen, er solle still sein. Von seiner Stirn perlten die Schweißtropfen, und sein Blick war wilder, als er es je zuvor erlebt hatte. Rafael quälte ganz offensichtlich irgendetwas, und es war einleuchtend, dass er der Ansicht war, Valdemar sei in der Lage, ihm zu helfen.

»Psst«, sagte er.

»Was?«, fragte Valdemar.

»Psst«, wiederholte Rafael, ging zur Tür, öffnete sie, schaute hinaus, nach rechts und links, bevor er die Tür vorsichtig schloss. Dann stellte er einen Stuhl davor, um zu verhindern, dass jemand sie öffnete. Die Szene erinnerte an einen schlechten deutschen Kriminalfilm. Rafael war vollkommen ernst. Er wollte etwas sagen, aber es fiel ihm schwer, es zu formulieren.

»Kåre ist tot«, sagte er.

Erst glaubte Valdemar, er mache Scherze, aber dann begriff er den Ernst der Lage. Es gibt einige Dinge, über die man keine Scherze macht.

»Was sagst du da? Wie tot?«, fragte Valdemar.

Rafael schluckte schwer. Seine Augen glänzten, und er kämpfte mit den Tränen.

»Aber ...«, sagte Valdemar.

»Ja«, entgegnete Rafael.

»Aber ...«, war das Einzige, was Valdemar einfiel.

»Die anderen Jungs haben nach dem Mittagsschlaf nicht geschafft, ihn zu wecken. Das Herz, glauben wir. Es soll eine Schwäche in der Familie liegen.«

Valdemar nickte langsam.

»Wir müssen auch nach oben.«

Valdemar konnte sich nicht erinnern, dass der Fahrstuhl jemals so lange für die sechs Etagen gebraucht hatte. Am Fußende von Kåres Bett standen die vier anderen, weinend, während sie einander festhielten, unbeholfen, ratlos, was zu tun war. Jeder für sich hatte wohl daran gedacht, dass diese Situation eintreten konnte, aber die Wirklichkeit war brutaler als in ihrer Vorstellung. Kåre war eine Schlüsselfigur gewesen, und jetzt schien es, als würde alles zusammenbrechen.

»Ich möchte gern ein paar Worte sagen«, begann Anton.

Er redete stellvertretend für sie alle.

»Ich weiß nicht, wie es euch geht, ob ihr eine spezielle Beziehung zum Planeten Jupiter habt, aber die habe ich. Für mich ist es ganz einfach unmöglich, in den Sternenhimmel hinaufzuschauen, ohne zuerst Jupiter zu suchen. Im Spätsommer findet man ihn nordöstlich des aufgehenden Mondes. Jupiter durch ein Teleskop anzuschauen ist ein ganz fantastisches Erlebnis, denn man kann nicht nur den Planeten durch den Weltraum segeln sehen, sondern auch die sogenannten Galileischen Monde. Jupiter hat 63 bekannte Monde, aber es sind nur die vier, Io, Europa, Ganymed und Kallisto, die von der Erde aus durch ein starkes Teleskop zu sehen sind. Weil die Monde Jupiter in Bahnen umkreisen, ist nicht sicher, dass man alle vier gleichzeitig sieht, sondern man muss sich mit einem, zweien oder dreien zufriedengeben. Hat man gar kein Glück, haben sie sich auf der Rückseite von Jupiter versteckt, und man sieht keinen von ihnen. In diesen Fällen war ich immer gezwungen, Jupiter am nächsten Tag nochmal zu suchen, nur um sicherzugehen, dass die Galileischen Monde noch immer da waren.

Das erste Mal, dass ich Jupiter sah, war durch unser Dachfenster. Als Kåre sein selbst gebautes Teleskop hervorgeholt hatte und mich fragte, ob ich Lust hätte, mir den Sternenhimmel etwas genauer anzuschauen. Natürlich hatte ich das. Richtig pädagogisch begann Kåre mit dem Mond, auf dem ich die gezackten Krater studieren konnte und mit eigenen Augen die Bestätigung erhielt, dass der Mond nicht flach, sondern rund war. Ich sah, wie sich die Gebirgswände gegen den unendlich schwarzen Hintergrund des Universums erhoben. Wir reisten bis hinaus zu Saturn, so weit das selbstgebaute Teleskop reichte. 1427 Millionen Kilometer hinaus in die Leere, die sich dennoch als nicht so leer erwies. Ich sah Saturn sich entfernen, umgeben von einem magischen Ringsystem, genauso wie ich zuvor darüber gelesen hatte. Aber es war Jupiter, mit seinen magischen Monden, der den größten Eindruck machte.

An diesem Spätsommerabend war es, als hätte ich das Universum von Kåre als Geschenk bekommen. Er ließ mich mit eigenen Augen sehen, was bis dahin nur eine schlechte Zeichnung und ein nüchterner Text in einem Schulbuch gewesen war. Jedes Mal wenn ich das Teleskop hervorhole, um zu kontrollieren, ob die Galileischen Monde noch immer da oben hängen, will ich ein Dankeschön und einen freundlichen Gedanken an Kåre schicken. Solange Jupiter leuchtet, wird er mich an ihn erinnern.

Ich schlage vor, dass ihr wie ich, jedes Mal wenn ihr hinauf in den Sternenhimmel schaut, Kåre einen Gedanken schickt. Denn auch wenn ihr Jupiter nicht mit dem bloßen Auge sehen könnt, wisst ihr, dass er da ist. So wie Kåre immer bei uns sein wird.

Friede seinem Andenken.«

Sie verharrten eine Minute in Schweigen. Ein paar schluchzten leise, andere trockneten sich mit dem Handrücken die Tränen ab. Der Erste einer sonderbaren Kameradschaft war gegangen.

65

»Aber dann wären da noch all die praktischen Überlegungen«, sagte Rafael. »Einen Kranken hätten wir zu den Ärzten bringen können. Das können wir jetzt nicht. Nicht, ohne dass es unglaublich viele Fragen geben wird.«

»Du denkst an die Beerdigung?«, fragte Valdemar.

»Nein, nicht wirklich. Was sollen wir mit seinem Körper machen? Der kann nicht im Loft liegen bleiben.«

Damit hatte Rafael recht.

»Uns bleibt nichts anderes übrig, als ihn finden zu lassen«, sagte Valdemar.

Rafael antwortete nicht, sondern schaute ihn nur fragend an.

»Ich meine nicht, dass er im Loft gefunden werden soll. Er muss irgendwo anders im Krankenhaus gefunden werden.«

»Was meinst du?«

»Ich meine ganz einfach, dass wir ein Zimmer für ihn finden müssen, einen anderen Ort im Krankenhaus, und ihn dort hinbringen. Wir müssen ein Krankenbett organisieren, ihm Patientenkleidung anziehen, das Bett in dieses Zimmer schieben, wo auch immer es sein mag, und es jemand anderem überlassen, ihn zu finden. Und all das müssen wir tun, bevor morgen früh die Visite beginnt. Wenn er im Krankenhaus gefunden werden soll, muss der Tod im Laufe der Nacht eingetreten sein.

Mit anderen Worten: Wir haben nur ein paar Stunden Zeit.«

»Das schaffen wir niemals«, sagte Rafael pessimistisch.

»Natürlich tun wir das«, sagte Valdemar. »Das Erste, was wir tun müssen, ist ein freies Zimmer finden. Bekommen wir auf irgendeine Weise Zugang zum Computersystem?«

»Eigentlich nicht«, sagte er.

»Wie meinst du das?«

»Der Computer in meinem Büro ist mit dem Patientensystem verbunden.«

»Prima«, sagte Valdemar.

»Aber ich kann nicht damit umgehen«, sagte Rafael.

»Du vergisst eine Sache: Ich war zwölfeinhalb Jahre lang Direktor einer Computergesellschaft.«

Sie nahmen den Fahrstuhl hinunter in Rafaels geheimes Büro. Das Computersystem war alles andere als verbraucherfreundlich, und Valdemar spürte, dass er die Branche, die er verlassen hatte, nicht vermisste. Er musste zurück in das Leben außerhalb des Krankenhauses, aber die Computerbranche würde gut ohne ihn klarkommen. Valdemar hatte sich entschieden, was er tun würde, wollte es aber niemandem sagen. Noch nicht. Nicht, bevor die Zeit nicht reif dafür war.

Rafael gab das Passwort »Metatron« ein, und damit lag die gesamte Datenbank des Krankenhauses Valdemar zu Füßen. Nach anfänglichem Herumsuchen fand er ein freies Zimmer auf einer Reha-Station, die ein wenig abseits lag.

Jetzt hieß es keine Zeit zu verlieren. Die Erfahrung hatte Valdemar gelehrt: Lagen die Chancen auf Erfolg bei siebzig Prozent, belief sich die Wahrscheinlichkeit für Erfolg auf nahezu einhundert Prozent. Die Rechenaufgabe war nicht sonderlich einleuchtend, also sagte er Rafael, es könnte funktionieren, wenn sie Tatkraft bewiesen. Er selbst konnte im Rollstuhl nicht viel ausrichten, aber er konnte seine analytischen und organisatorischen Fähigkeiten einsetzen.

Rafael beugte sich zum Bildschirm hinunter.

»Das geht trotzdem nicht«, sagte er.

»Warum nicht?«

»Weil wir raus auf die Straße müssen, um dort hinzukommen. Irgendjemand wird uns sehen. Garantiert.«

»Bist du dir sicher?«

»Ganz sicher, wir müssen direkt am Haupteingang vorbei. Dort, wo sich die Notaufnahme befindet. Die ist rund um die Uhr besetzt, und ich will nicht darauf wetten, dass sie dort schlafen.«

»Gibt es keinen Tunnel, den wir nutzen können?«

»Nein.«

»Bist du sicher? Laut Aussagen eines Krankenträgers soll es rund um das Krankenhaus zweiundvierzig Kilometer Tunnel geben. Bist du sicher, dass keiner davon dorthin führt?«

»Keine Ahnung.«

»Können wir ihn fragen?«

»Nach dem Weg?«

»Ja, oder ob er den Job übernehmen kann?«

»Niemals.«

»Aber haben die Krankenträger nicht eine Art Übersicht, die wir nutzen können?«

»Das ist nicht so einfach, jeder Krankenträger erstellt seine eigene Karte, basierend auf eigenen Präferenzen. Das sind Informationen, die von einem Krankenträger an den anderen weitergegeben werden. Ungefähr so wie vom Vater an den Sohn. Selbst wenn wir solch eine Karte in die Finger bekämen, würden wir sie nicht verstehen. Die sind auf jeden einzelnen Krankenträger zugeschnitten.«

»Es muss eine Möglichkeit geben, das herauszufinden«, insistierte Valdemar.

»Das ist nicht so einfach, denn das ist der älteste Teil des Krankenhauses. Wäre es einer der neueren, aus den Fünfzigern oder jünger, hätte ich alle Bauzeichnungen.«

Rafael nickte in Richtung eines großen Schrankes. Valdemar öffnete ihn und erkannte augenblicklich, dass von dort keine Hilfe zu erwarten war. Der Schrank war zum Bersten gefüllt mit Bauzeichnungen und Schaltplänen unterschiedlicher Art, und selbst wenn dort drinnen etwas Nützliches liegen sollte, war es, als würde man nach der Nadel im Heuhaufen suchen. Er spürte, dass die Lösung zum Greifen nah war, sah sie aber nicht. Das war unglaublich irritierend, genauso als hätte man einen Blackout bei einer Frage, deren Antwort man definitiv wusste. Das Einzige, was half, war, über etwas anderes zu reden.

»Was ist mit einem Krankenbett?«, fragte Valdemar.

»Unser kleinstes Problem«, entgegnete Rafael. »Die Werkstatt, die die Betten zusammenschraubt und wartet, befindet sich im Keller, und ich habe natürlich einen Schlüssel.«

Er nahm einen Schlüsselbund von einem Haken an der Wand und fand überraschend schnell einen alten Schlüssel.

»Das ist einer der ältesten Schlüssel in der Sammlung, die Jungs in der Werkstatt sind ein bisschen nostalgisch und haben sich entschieden, das alte Schloss zu behalten.«

Das alte Schloss. Natürlich, es war so einfach. Warum war Valdemar nicht gleich darauf gekommen?

»Sverre hat das Loft von allen Zeichnungen gelöscht, nicht wahr?«, fragte er.

»Ja, das hat er gesagt.«

»Aber was hat er mit all den Zeichnungen gemacht, die er entfernt hat? Hat er sie verbrannt? Oder hat er sie aufgehoben?«

Rafael dachte einen Augenblick lang nach.

»Wenn ich darüber nachdenke«, sagte er, »dann glaube ich, er hat eine Mappe mit Zeichnungen von der Entstehung des Krankenhauses, die er ab und an hervorholt. Ich glaube nicht, dass er es über das Herz gebracht hat, sie zu verbrennen.«

Das gab ihm neue Energie, denn er war zu dem gleichen Schluss wie Valdemar gekommen. Die Antwort, nach der sie suchten, lag mit großer Wahrscheinlichkeit in der Etage über ihnen.

Der Aufzug stoppte im Loft, wo sie von den verbliebenen Bewohnern in Empfang genommen wurden. Kåre lag auf dem Bett, und es sah aus, als würde er friedlich schlafen.

»Ich befürchte, wir haben keine Zeit mehr, über Kåre zu sprechen«, sagte Valdemar, »sondern müssen uns darauf konzentrieren, was zu tun ist. Wir sind gezwungen, Prioritäten zu setzen. Ich bin nicht in vielem gut. Wenn ich aber eine Sache als geschäftsführender Direktor gelernt habe, dann ist es, Aufgaben zu gewichten. Wir haben ein freies Zimmer in einer Reha-Abteilung gefunden, und dorthin müssen wir ihn bringen. Wir müssen dafür sorgen, dass er so gefunden wird, dass die Behörden einen sauberen Strich machen können, um es so auszudrücken. Wir müssen dafür sorgen, dass Kåre gefunden wird und sich jemand seiner annimmt, denn das können wir gerade nicht selbst tun.«

Niemand antwortete. Valdemar spürte, dass es notwendig war, die Pointe zu wiederholen.

»Wir müssen unsere Grenzen kennen, und das Einzige, was in unserer Macht steht, ist, ihn an einen Ort zu transportieren, der nicht zu uns zurückverfolgt werden kann. Und wo er in einer Weise gefunden wird, die dazu führt, dass man ihn für einen Patienten hält, der im Laufe der Nacht eingeschlafen ist. Er hat kein Patientenarmband, also müssen wir dafür sorgen, dass sein Portemonnaie auf dem Nachttisch liegt.«

Die anderen nickten.

Sverre sollte das mit dem Portemonnaie regeln. Sie einigten sich darauf, dass der Führerschein ausreichen würde, um ihn zu identifizieren. Er war zudem abgelaufen und konnte somit zur Verwirrung beitragen.

»Das Zimmer liegt ungünstig«, fuhr Valdemar fort. »Die einzige Chance, die wir haben, um Kåre unbemerkt zu verlegen, ist, die Tunnel zu nutzen. Leider kennt keiner von uns den Weg, aber ich glaube, er könnte vielleicht in den alten Zeichnungen des Krankenhauses beschrieben sein.«

Sverre zuckte zusammen.

»Aber die Zeichnungen habe ich«, sagte er, »ich habe es nicht über das Herz gebracht, sie wegzuwerfen.«

Dann stand er auf und ging hinüber zu einer Kommode, zog die unterste Schublade heraus und holte einen grauen Pappumschlag hervor. Er öffnete ihn, blätterte ein wenig in dem Haufen zusammengefalteter Zeichnungen und hielt mit einem Mal inne. Genau wie Valdemar es gehofft hatte.

»Diese«, sagte er, »diese ist es.«

Er ging hinüber zu den anderen und breitete die Zeichnung auf dem Boden aus. Jedes Gebäude war deutlich markiert, und zwischen ihnen und kreuz und quer verliefen jede Menge Striche. In Valdemars Augen konnte jeder von diesen einen Tunnel darstellen.

Sverre lächelte.

»Das ist vielleicht das letzte Mal, dass ich Verwendung für meine gebäudetechnischen Kenntnisse habe. Die Zeichnung kann auf euch chaotisch wirken, aber ich lese sie wie ein offenes Buch.«

Er zeigte Wasserleitungen, Abwasserkanäle und Kabelschächte für die Elektrik, aber Valdemar musste ihn unterbrechen und mitteilen, dass selbst wenn das interessant war, sie vor allem Informationen über die Tunnel brauchten. Wasserleitungen, Abwasserkanäle und Kabelschächte für die Elektrik mussten leider auf einen günstigeren Zeitpunkt warten.

»Nun, diese dünnen, gestrichelten schwarzen Linien zeigen, wo die Tunnel verlaufen.«

Valdemar lehnte sich nach vorn, und als er genauer hinsah, wimmelte es nur so vor dünnen, gestrichelten schwarzen Linien. Der Krankenträger musste recht haben mit seiner Behauptung, dass sie unterirdisch Marathon laufen konnten, ohne zweimal den gleichen Tunnel zu nehmen.

»Wir müssen von A«, sagte Valdemar und zeigte auf den alten Flügel, in dem sie sich befanden, »nach B.« Sein anderer Zeigefinger ruhte auf einem kleineren Gebäude gleich nordöstlich des Haupteinganges. Wenn diese Karte stimmte, mussten sie nach rechts, nach rechts, nach links, nach rechts, nach links, nach rechts, nach links und zum Schluss geradeaus. Valdemar hatte keine Ahnung, ob das Terrain mit der Karte übereinstimmte, aber sie war der einzige Anhaltspunkt, den sie hatten. Er starrte so angestrengt er konnte auf die Zeichnung und prägte sich die Reihenfolge der Kurven ein. Was für ein Tunnelchaos! Konnte das gut gehen?

»Nun«, sagte er an Rafael gerichtet, »dann fehlt uns nur noch das Bett.«

Rafael stand auf, ging zum Fahrstuhl und sagte, er würde in zehn Minuten zurück sein. Genau genommen sollte eine Viertelstunde vergehen. In der Zwischenzeit warteten die anderen schweigend. Valdemar fiel nichts Schlaues ein, das er hätte sagen können, und so ging es den anderen gewiss auch. Aber Schweigsamkeit war schön. Es zeigte nur, dass sie nachdachten.

Der Fahrstuhl knarrte wieder, und schon bald schob Rafael ein frisch gewartetes Krankenbett herein. Die Räder waren geölt, und das Bett glitt förmlich über den Boden. Frederik schob es hinüber zu dem Bett, in dem Kåre lag.

»Ich würde gern helfen«, sagte Valdemar, »aber ich habe zwei frisch operierte Schultern. Ihr müsst ihn herüberheben und ihm einen Krankenhauspyjama anziehen.«

Das war einfacher, als es sich anhörte, denn sie waren zu fünft und das Nachtgewand ebenso eng wie ein japanischer Karateanzug. Sie brauchten vielleicht zwei Minuten, um die Aufgabe zu bewältigen.

»Prima«, sagte Valdemar. »Sollen wir fahren?«

Dann begann für Rafael und Valdemar der schwierigste Teil der Arbeit. Sie blieben einen Moment hinter der Geheimtür stehen und lauschten, bevor sie sich einig waren, es zu wagen. Es war ungefähr so, wie vom Zehnmeterturm zu springen, dachte Valdemar, oder von der zweiten Etage in das Treppenhaus eines Krankenhauses. Rafael schob das Bett heraus und fragte, in welche Richtung sie mussten, rechts oder links? Valdemar erklärte, sie müssten zuerst nach rechts. Das Bett mit Kåre darin glitt lautlos über den Flur, das einzige Geräusch kam von den Rädern an Valdemars Rollstuhl. Nach fünfzig Metern kamen sie an eine T-Kreuzung, wo sie nach rechts abbogen. Vor ihnen lag ein langer Korridor, der ins Dunkle führte. Jemand hatte offensichtlich daran gedacht, Strom zu sparen, und sie wollten nichts tun, was Verdacht erwecken könnte. Die einzige Beleuchtung war der grüne Schein der Lampen, die auf die Notausgänge hinwiesen. Sie machten eine kurze Pause, um sich an die Dunkelheit zu gewöhnen. Langsam konnte Valdemar etwas um sie herum erkennen. Der Flur war frei von Möbeln und mit öffentlichen Geldern gekaufter Kunst.

»Das sieht gut aus«, sagte Valdemar. »Lass uns weiterfahren.«

Das Tempo ließ nach, aber auch wenn sich Valdemar noch keine Sorgen um die Zeit machte, fragte er Rafael, wie spät es war. Er blieb kurz stehen und sagte halb fünf. Das gab ihnen eine Stunde, bevor sie riskierten, irgendwelchen Ärzten auf dem Weg zur morgendlichen Visite zu begegnen. Das sollte reichen, dachte Valdemar und führte sie weiter in die Dunkelheit hinein. Neben dem Knirschen der Rollstuhlräder hörte er sein Herz vor Spannung schlagen. Es war eine Sache, einen Krimi im Fernsehen zu sehen, eine ganz andere hingegen, draußen in der realen Welt einen Auftrag zu erledigen. Sein Herz klopfte derart, dass er sicher war, der Putz würde von den Wänden fallen.

»Hörst du das?«, fragte Valdemar.

»Was?«, fragte Rafael.

»Mein Herz«, antwortete er.

»Nein, ich kann überhaupt nichts hören«, sagte Rafael.

Valdemar atmete erleichtert auf.

»Hier müssen wir nach links«, sagte er, als etwas auftauchte, das bestimmt ein Tunnel war. Er ging schräg nach unten, und ungefähr dort, wo er in eine Ebene überging, waren die Lichter angeschaltet, und das Stromsparen hatte ein Ende. Valdemar ließ dem Rollstuhl freie Fahrt nach unten und erreichte einen soliden Vorsprung vor Rafael. Nach einem ebenen Stück stieg der Tunnel wieder an, und Valdemar nutzte den herausgearbeiteten Schwung, um so weit wie möglich zu kommen. Oben angelangt sollten sie nach rechts abbiegen, und er hatte sicher fünfzig Meter Vorsprung vor Rafael, als er um die Kurve bog und direkt in einen Wachmann fuhr. Valdemar wusste nicht, wer von ihnen sich mehr erschreckt hatte, glaubte aber, es war der Wachmann. Das Letzte, dem ein Wachmann begegnen wollte, waren Unbefugte. Er zog die Taschenlampe heraus, die im Übrigen seine einzige Waffe war, und leuchtete Valdemar mitten ins Gesicht.

»Und wen haben wir hier?«, fragte er. Valdemar hatte immer behauptet, er denke am besten unter Druck, aber irgendwie schien das nicht immer zu stimmen.

»Wer fragt das?«, entgegnete Valdemar, in dem Glauben, Angriff könne eine brauchbare Verteidigung sein. Das war es natürlich nicht, aber es verschaffte ihm ein paar Sekunden zum Nachdenken. Der Wachmann winkte mit etwas, das einem Ausweis ähneln konnte, aber das Licht blendete Valdemar so sehr, dass es alles Mögliche hätte sein können. Er tat so, als würde er lesen und die Karte schließlich anerkennen. Dann erklärte er, dass er in die Orthopädie gehörte, aber nicht schlafen konnte und sich deshalb ohne Plan auf eine Tour begeben hatte. Nun sei er sich nicht ganz sicher, wo er sich befand. Valdemar verwies auf sein Patientenarmband, die einzige Identifikation, die er vorweisen konnte. Er erzählte, dass er ein bisschen herumgefahren sei und es ihm nicht gelang, sich zu orientieren. Gleichzeitig hoffte er, dass Rafael ihn sprechen hörte, sodass er nicht auch noch um die Ecke geschossen käme. Dann hätte man sie ganz sicher entlarvt. Glücklicherweise hatte es den Anschein, dass Rafael Lunte gerochen hatte und sich ruhig verhielt. Damit musste Valdemar nur noch den Wachmann von dem Tunnel fernhalten, in dem sich Rafael befand, und die Lösung dafür hatte der Wachmann selbst parat.

»Ich werde Sie auf den rechten Weg führen«, sagte er und lächelte. Er schaltete die Taschenlampe aus, und Valdemar gewann sein Sehvermögen zurück.

»Würden Sie so freundlich sein?«

»Na klar, kommen Sie, hier entlang«, sagte er und drehte sich um. Valdemar atmete erleichtert auf und folgte ihm. Die Gefahr war abgewehrt, aber ein Problem war durch ein anderes ersetzt worden. Valdemar musste den Weg zurück zu Rafael finden, ohne dabei auf den Wachmann zu treffen, und je länger sie sich durch die Katakomben bewegten, desto schwerer fiel es ihm, sich zu erinnern, wo sie in welche Richtung abgebogen waren. Am Ende war er vollkommen durcheinander. Valdemar war der Navigator der Expedition, und ohne Navigator würde Rafael verloren sein. Schließlich machte der Wachmann vor einem Aufzug halt und erklärte Valdemar, er könne diesen zwei Etagen nach oben nehmen und so in den Empfangsbereich gelangen. Von dort aus würde er den Weg allein finden. Valdemar bedankte sich, und der Wachmann drückte auf den Fahrstuhlknopf. Der Fahrstuhl stand in der vierten Etage, und sie blieben eine Weile stehen und schauten auf die leuchtende Vier, bis der Wachmann unruhig wurde. Valdemar glaubte nicht, dass er sich langweilte, aber er hatte wohl seine Aufgaben zu erledigen. Daher schlug Valdemar vor, alleine zu warten. Ein Angebot, das der Wachmann mit Freude annahm, bevor er in die entgegengesetzte Richtung als die, aus der sie gekommen waren, von dannen zog.

Als er verschwunden war, machte sich Valdemar auf den Weg zu Rafael. Aber woher war er gekommen? Alle Flure sahen vollkommen gleich aus. Alle Türen hatten die gleiche undefinierbare Farbe. Alle Schilder hatten die gleichen kryptischen Botschaften. Sogar der Boden hatte den gleichen langweiligen Linoleumbelag, nicht eine einzige Stelle unterwegs hatte irgendwelche besonderen Kennzeichen aufgewiesen. Die Wahrheit wurde Valdemar bewusst: Er hatte sich verlaufen und keine Ahnung, wo in dem zweiundvierzig Kilometer langen Labyrinth sich Rafael befand. Sollte er aufs Geratewohl suchen? Würde das nicht nur das Schlimme noch schlimmer machen? Im Hinterkopf tauchte etwas auf, das Valdemar einst über Labyrinthe gelesen hatte. Wenn er sich konsequent an eine Richtung hielte, das heißt, nach rechts oder nach links, würde er immer wieder hinein- oder herausfinden. Könnte das hier auch zutreffen? Valdemar entschied, sich konsequent rechts zu halten. Das fühlte sich wie ein verzweifelter Ausweg an, aber er hatte keine bessere Idee. Er rollte über den Korridor, bog einige Meter hinter dem Fahrstuhl nach rechts ab. Vielleicht hätte er sich stattdessen konsequent links halten sollen? Strategisch betrachtet wäre es ein Fehler zu schwanken, daher entschloss er sich, alles auf eine Karte zu setzen. Hatte er sich für rechts entschieden, musste er das konsequent durchziehen. Es würde funktionieren – oder schiefgehen. Valdemar rollte weiter. Jedes Mal, wenn er um eine Ecke bog, hoffte er, auf Rafael zu treffen, aber wie sich zeigte, gab es unglaublich viele Ecken in diesem Labyrinth. Rein mathematisch betrachtet hatte Valdemar geglaubt, er würde zum Ausgangspunkt zurückkehren, indem er lediglich vier Mal nach rechts abbog, aber das sollte sich als falsch erweisen. Plötzlich kam er in einen dunklen Korridor. Valdemar hielt an, um sich an die Dunkelheit zu gewöhnen. Langsam erkannte er seine Umgebung. Der Flur war frei von Möbeln und mit öffentlichen Geldern gekaufter Kunst. Hier bin ich schon einmal gewesen, dachte Valdemar. Ein Stück in der Dunkelheit ging ein neuer Tunnel schräg hinunter nach links, und dort, wo er in die Ebene überging, waren die Deckenlampen wieder angeschaltet. Er rollte hinunter und erreichte ein ganz ansehnliches Tempo, genauso wie beim letzten Mal. An der Stelle, wo der Tunnel wieder nach oben ging, entdeckte er Rafael. Er stand an der gleichen Ecke, an der Valdemar dem Wachmann begegnet war, sein Blick wirkte völlig verzweifelt, hellte sich aber beträchtlich auf, als er Valdemar erkannte. Er fluchte, dass sich seine Beine wie gelähmt anfühlen würden und er außerdem keine Ahnung hätte, wohin er hätte allein weitergehen sollen.

»Ganz ruhig, Rafael«, sagte Valdemar. »Alles wird gut. Wie spät ist es?«

»Halb fünf«, sagte er.

»Halb fünf?«, fragte Valdemar, »das war es doch auch, als wir losgegangen sind?«

Rafael rüttelte an der Armbanduhr und stellte fest, dass sie stehen geblieben war. Das kam vorsichtig ausgedrückt ungelegen, aber wie lange war sie schon stehen geblieben? Valdemar spürte die Verzweiflung den Nacken heraufkriechen, und das Gefühl, die Kontrolle wiedergewonnen zu haben, verschwand ebenso schnell, wie es gekommen war.

»Verdammt«, sagte Valdemar. »Irgendwo auf dem Weg muss es eine Uhr geben, wir müssen nach links und dann nach rechts. Komm Rafael. Es eilt.«

Das Wunder geschah: War er in einem Moment noch nahezu in beiden Beinen gelähmt, so war Rafael im nächsten wieder fit. Valdemar rollte voran, so schnell es seine Schultern zuließen, und nach einmal links, einmal rechts und noch einmal links entdeckte er über einer Tür eine Uhr. Sie zeigte zwei Minuten nach halb sechs. Sie hatten also noch achtundzwanzig Minuten, um Kåre abzuliefern und Valdemar zurück in sein Zimmer zu bringen. Valdemar nahm an, die Chancen auf ein Gelingen waren von den anfänglichen siebzig Prozent gesunken, aber solange sie nicht bei null lagen, gab es immerhin noch eine Chance.

Danach wurde alles zu einer Art Traum, in dem die Korridorwände ausradiert und alle Geräusche undeutlich wurden, so als würde alles in Zeitlupe ablaufen. Plötzlich standen sie vor der Tür der Reha-Abteilung, wie sie aber dort hingekommen waren, war Valdemar ein Rätsel. Von dort aus mussten sie lediglich den Aufzug hinauf in die zweite Etage nehmen, das Bett mit Kåre rechts im letzten Zimmer des Westflügels unterbringen und den Rückweg antreten. Es lief merkwürdig glatt, so als hätten die Schutzengel endlich bemerkt, was sie dort trieben, und sich entschieden, ihre Hände über sie zu halten. Der Fahrstuhl war modern und bewegte sich vollkommen lautlos. Weder sahen noch hörten sie den Schatten einer Krankenschwester. Das Zimmer war genauso leer, wie Rafael es ausgemacht hatte, und es lag genau da, wo es liegen sollte. Sie platzierten Kåre mit dem Rücken zur Tür, sodass er auf den Park hinausschauen konnte. Sein Portemonnaie legten sie in die Nachttischschublade. Dann gewährten sie sich eine Minute, um Abschied zu nehmen, bevor sie sich in die orthopädische Abteilung aufmachten.

Valdemar war gerade ins Bett gekrochen und hatte Wärme unter der Decke gefunden, als die Visite in der Tür stand, um herauszufinden, wie es ihm ging. Er erklärte, dass er sehr schlecht geschlafen habe, der Schlaf aber mit dem Morgengrauen eingesetzt hatte. Er bestellte das Frühstück ab und gab an, er könne sich vorstellen, bis zum Mittagessen zu schlafen. Der Arzt hatte keine Bedenken, und Valdemar schlief, bevor sich die Tür wieder geschlossen hatte.

66

Valdemar verzehrte sein Mittagessen auf dem Zimmer, bekam aber Lust auf eine Tasse Kaffee. Er hätte nach einer der Krankenschwestern rufen können, aber er wollte nicht zu träge erscheinen. Daher schlurfte er hinaus auf den Flur in Richtung Kaffeemaschine, wobei er eine seltsame Unruhe unter den Krankenschwestern bemerkte. Sie sprachen leise und eifrig miteinander und glaubten, die Patienten würden nichts davon bemerken. Aber je leiser und eifriger sie miteinander sprachen, desto leichter verstand er, dass etwas geschehen war, das sie alle beschäftigte und von dem die Patienten bestenfalls nichts erfahren sollten. Valdemar versuchte mitzubekommen, was sie sagten, aber jedes Mal, wenn er sich ihnen neugierig näherte, hörten sie auf zu sprechen und wurden zu den professionellen Engeln, die sie zu sein pflegten. Sie lächelten ihn an und fragten, ob sie mit etwas behilflich sein könnten, ob er noch eine Tasse Kaffee wolle und ob das Essen gut geschmeckt habe. Die Höflichkeit wirkte aufgesetzt, denn es hatte den Anschein, als säßen sie auf Kohlen, als würden sie auf schlechte Nachrichten warten. Ja, als hätten sie schlechte Nachrichten erhalten, würden aber auf noch schlechtere warten. Valdemar fuhr seinen Rollstuhl zu Sunniva herüber.

»Was ist los?«, fragte Valdemar.

»Nichts«, antwortete sie, mit einer Tonlage, die etwas

ganz anderes sagte. Valdemar hatte das Gefühl, Sunniva nach all den Wochen ganz gut zu kennen, und war der Meinung, er könne ganz direkt mit ihr sprechen.

»Natürlich ist etwas los, ich bin weder taub noch blind.«

Es war nicht schwer, Sunniva zu überreden.

»Es ist nur etwas ziemlich Mysteriöses geschehen«, sagte sie.

»Was ist daran so entsetzlich?«, fragte er.

»Sie haben einen toten Patienten gefunden.«

»Was Sie nicht sagen?«, sagte Valdemar in einem Versuch, das Ereignis zu bagatellisieren. »Passiert so etwas nicht ab und an in einem Krankenhaus?«

»Doch, aber dieser Patient war zwanzig Jahre lang verschwunden und ist heute Morgen tot aufgefunden worden.«

»Zwanzig Jahre? Wie kann jemand zwanzig Jahre weg sein?« Valdemar konnte kaum glauben, was er hörte. Die Gerüchte verbreiteten sich wirklich schnell.

»Ja, er wurde vermutlich vor zwanzig Jahren eingeliefert und heute Morgen gefunden. Er ist nie entlassen worden, und in der Zwischenzeit war er verschwunden.«

»Aber jemand muss doch wissen, in welcher Abteilung er gelegen hat. Er muss doch zumindest Essen bekommen haben.«

»Das ist ja das Eigenartige«, sagte Sunniva, »aber viel mehr weiß ich nicht. Ein verschwundener Patient ist ein Albtraum für uns, aber ein zwanzig Jahre lang verschwundener Patient ist eine Katastrophe. Über die Jahre hinweg müssten ihn hunderte von Menschen entdeckt haben.«

»Das macht es schwer, jemandem die Schuld zu geben.«

Valdemar hoffte, dass sie nicht einer oder mehreren unschuldigen Krankenschwestern Probleme bereitet hatten, und Sunniva verstand natürlich nicht, warum er die Frage stellte.

»Ach nein, das ist überhaupt nicht schwer. Jetzt bekommt die Leitung des Krankenhauses die Verantwortung. Sie hat das System erschaffen, das es dem Patienten ermöglichte, für zwanzig Jahre zu verschwinden, und sie muss die Frage beantworten, wie sich das abgespielt haben kann.«

»Aber wie kann sich das abgespielt haben?«

»So gesehen kann jeder das Krankenhaus zu dem Zeitpunkt verlassen, den er für richtig erachtet. Aber dann kommt er nicht wieder zurück. Auf jeden Fall nicht nach zwanzig Jahren. Und auf jeden Fall nicht, um zu sterben.«

Valdemar machte in ihrer Stimme einen Anflug von Schadenfreude aus.

»Bilde ich es mir nur ein, oder genießen Sie es ein bisschen, dass die Leitung dafür einen Rüffel bekommt?«

Sie zögerte eine Sekunde.

»Es ist kein Geheimnis, dass die Schließung des Krankenhauses gegen den Willen der Angestellten erfolgt. Ich genieße es ein wenig. Aber das Schlimmste ist, dass es beweist, dass das Krankenhaus unmodern ist. Es beweist, dass die Entscheidung, es zu schließen, überfällig war. Fest steht, wenn man sich verstecken kann oder was auch immer er zwanzig Jahre lang gemacht hat, dann funktioniert etwas nicht so, wie es soll.«

»Aber was passiert mit denen, die dort arbeiten, wo er gefunden wurde?«

»Ich glaube, ihnen wird nichts anderes geschehen, als dass sie ein paar Fragen beantworten müssen. Sie waren es ja nicht, die für sein Verschwinden gesorgt haben, sie haben ihn gefunden. Also eigentlich müssten sie eine Prämie erhalten. Und wenn sie alle ausfindig machen wollen, die in der Abteilung arbeiteten, aus der er vor zwanzig Jahren verschwunden ist, dann viel Glück.«

Valdemar war erleichtert. Es war klar, dass sie jemandem Probleme bereitet haben mochten, aber laut Sunniva betraf das nur die Leitung des Krankenhauses. Die würde nun ein paar neue Herausforderungen bekommen, an denen sie sich die Zähne ausbeißen konnte. Sigurd Rosenvinge musste sich damit abfinden, das eine oder andere Gespräch zu führen.

Weder Sunniva noch einer der anderen Krankenschwestern gelang es, ihre Arbeit mit der gewohnten Gewissenhaftigkeit zu erledigen. Der archäologische Fund in der Reha-Abteilung hatte Eindruck gemacht, und die ganze Zeit über tauchten neue Gerüchte auf. Gerüchte wachsen exponentiell, aber Valdemar hielt sich nicht daran auf, selbst wenn sie einen gewissen Unterhaltungswert hatten. Er wusste schließlich mehr darüber als jeder andere.

67

»Wer hätte gedacht, dass Sie jemals entlassen werden?«, fragte Sunniva.

»Ich muss doch zugeben, dass ich tief im Inneren eine winzig kleine Hoffnung hatte«, antwortete Valdemar.

»Ich bin mir sicher, dass Sie eine Art Rekord aufgestellt haben, ich weiß nur nicht, welcher Art.«

»Solange ich nicht den Königspokal bekomme, ist es sowieso egal.«

»Ich glaube, ich kann – stellvertretend für uns alle – sagen, dass wir hoffen, Sie nie wiederzusehen. Zumindest nicht als Patient.«

»Ich komme gern zur Weihnachtsfeier«, schlug Valdemar vor, stieß aber auf Unverständnis.

»Weihnachtsfeier? Hier im Krankenhaus? Dann haben Sie unser Budget nicht gesehen.«

»Ist es so schlimm?«

»Vergangenes Weihnachten musste die Küche die Rosinen aus den Stollen entfernen, nur um Geld zu sparen.«

»Nein, dann kann ich die Weihnachtsfeier wohl abhaken, nehme ich an. Falls ihr nicht privat etwas plant.«

Das war ein Scherz. Aber Valdemar hatte das Gefühl, sie erkannten ihn nicht als solchen.

»Wie lautete noch gleich Ihre Adresse?«

Valdemar erklärte ihr, wo sich die Dachgeschosswohnung befand, rechnete aber nicht damit, dass die Krankenschwestern an Weihnachten oder zu irgendeinem anderen Zeitpunkt dort einfielen. Er erklärte, dass er im Esszimmer einen Tisch für zwanzig Personen hatte, und ihre Reaktion ließ vermuten, dass ihre Wohnung ungefähr so groß wie sein Esstisch war. Sunniva meinte, er müsse sich auf eine Belagerung vorbereiten; ansonsten unterhielten sie sich auf dem Weg zur Rezeption über dieses und jenes. Valdemar wollte gerade ein Taxi nach Hause nehmen, als zufällig Hrundi auftauchte. Valdemar fiel ein, dass er ihm eine Krone schuldete.

»Ich schulde Ihnen eine Krone«, sagte Valdemar, nahm ein Zehn-Kronen-Stück aus der Tasche und gab es ihm.

»Warten Sie, dann bekommen Sie das Wech-Wechselgeld«, sagte Hrundi.

»Das ist nicht so tragisch«, entgegnete Valdemar.

»Sie müssen auf Ihr Geld auf-aufpassen, dann werde ich auf meins auf-aufpassen.«

»Sie haben recht. Eine Krone gespart, ist eine Krone verdient«, sagte Valdemar und legte das Wechselgeld in sein Portemonnaie.

Der Taxifahrer verstaute sein Gepäck im Kofferraum, Valdemar winkte Sunniva und bat sie noch einmal, alle zu grüßen, und somit endete seine Karriere im Krankenhaus, beinahe ebenso abrupt, wie sie begonnen hatte. Nachdem das Taxi durch das Tor gefahren war und sich dem Kreisel näherte, bat er den Fahrer umzukehren. Er sagte, er habe etwas vergessen und würde gut bezahlen, auch wenn die Fahrt kurz war. Am Empfang angekommen, stieg Valdemar aus, der Fahrer gab ihm sein Gepäck, nachdem er bezahlt hatte, und dann ging Valdemar langsam hinunter zur geheimen Kellertür des alten Flügels.

68

Der Aufzug knatterte langsam nach oben. Das war seine letzte Tour hinauf ins Loft, und er rechnete damit, dass sie seinen Vorschlag akzeptieren würden.

Die vier Herren saßen jeder an einer Seite des Esstisches. Jeweils einer an jeder kurzen Seite und jeweils einer an jeder langen Seite. Das sah merkwürdig aus. Valdemar entschied sich, mitten im Raum zu stehen, sodass er mit allen Augenkontakt halten konnte.

Valdemar räusperte sich. Er griff nach einem Schlüsselbund, den er in der Tasche hatte, und warf ihn auf den Tisch. Die Schlüssel rutschten ein wenig über den Tisch, bis sie ruhig liegen blieben. Die vier Herren starrten den Schlüsselbund verständnislos an.

»Das sind die Schlüssel zu meiner Wohnung«, sagte er. Das war der einzige Ort, an den sie umziehen konnten. Das war die einzige Möglichkeit, es abzuschließen.

»Aber wo wirst du wohnen?«, fragte Anton.

»Ich habe meine Pläne«, sagte Valdemar.

69

»Oh verdammt, bist du das wieder?«, fragte der Busfahrer. Valdemar fühlte sich äußerst willkommen, ließ sich aber von seiner schlechten Laune nicht die Vorfreude darauf verderben, zu Jenny in die Pension zurückzukehren. Er setzte sich in den Minibus, der gleich darauf langsam in Richtung Norden losfuhr. Valdemar schloss die Augen und versuchte, Jenny vor sich zu sehen. Sie wusste nicht, dass er kam, und würde vielleicht hinaus auf den Hof gehen, neugierig schauen, wer es war. Würde sie froh und überrascht sein, wenn sie ihn entdeckte? Würde sie ihm entgegenkommen, lächelnd, so wie er sich an sie erinnerte? Oder war das nur ein törichter Traum, ein vergeblicher Versuch, zu einem normalen Leben zurückzukehren? Er war sich so sicher gewesen, aber je mehr sich der Bus langsam der Pension Engeset näherte, desto stärker zweifelte er. Sollte er sich doch noch umentscheiden, mit dem Bus zurückfahren oder unterwegs aussteigen?

Als der Busfahrer brüllte, sie seien am Ziel, begriff er, dass er geschlafen hatte und es zu spät für Reue war. Nachdem er ausgestiegen war, setzte sich der Bus umgehend wieder in Bewegung. Und als er vorbeigefahren war, konnte er Jenny sehen, die ihn etwas verlegen anlächelte. Er ging zu ihr.

»Du hast etwas, das mir gehört«, sagte er.

»Meinst du den Koffer?«, fragte Jenny.
»Den auch«, entgegnete Valdemar.

Danke

Danke an alle Krankenschwestern des Aker Sykehus, die mit ihrer Umsicht die Inspiration zu diesem Buch geliefert haben.

Danke an Tonje, die mich einige Zeilen des herrlichen Liedes »Orca ikkje« (Ich kann nicht mehr) von dem ebenso herrlichen Album »Æ ro aleina« verwenden ließ. Der Spelemannprisen war wohlverdient!

Danke an Malin, die versucht hat zu erklären, wie es ist, aus einem fliegenden Flugzeug zu springen.

Danke an Margit und Jeanette, die mir alles über Krankenhausroutinen, fehlerhafte Medikamentengabe, Krankenhausinfektionen und anderes, was ich vielleicht gut gebrauchen konnte, beigebracht haben.

Und an meine Freunde auf Facebook: Danke für das Ausleihen von Namen und persönlichen Eigenschaften. Ich habe von vielen von euch ein wenig geklaut und das so zusammengesetzt, wie ich es für passend hielt. Keiner genannt, keiner vergessen.